滕志賢 注譯
葉國良 校閱

新譯詩經讀本（下）

三民書局

新譯詩經讀本 目次

下冊

小雅

鹿鳴之什

南有嘉魚之什

鴻鴈之什

節南山之什

大雅

文王之什

生民之什

蕩之什

周頌

清廟之什

臣工之什

小雅

雅是西周王都鎬京一帶之詩歌。〈小雅〉七十四篇，大部分為貴族宴飲詩、祭祀詩以及批評朝政之刺詩，也有一些詩篇無論內容、形式與〈國風〉幾乎沒有區別，可能是採自鎬京周圍地區之民歌。

鹿鳴之什

一 鹿鳴

呦呦❶鹿鳴，
食野之苹❷。

鹿兒呦呦地歡叫，
吃那野地的蘋蕭。

我有嘉賓，
鼓瑟吹笙❸。
吹笙鼓簧❹，
承筐❺是將❻。
人之好❼我，
示我周行❽。

呦呦鹿鳴，
食野之蒿❾。
我有嘉賓，
德音❿孔昭。
視⓫民不恌⓬，
君子是則是傚⓭。

我有嘉賓，
奏起瑟來吹起笙。
吹起笙來簧片振動，
捧起竹筐把禮物分送。
大家如果愛護我，
就請給我指明大路。

鹿兒呦呦地歡叫，
吃那野地的青蒿。
我有嘉賓，
德行光明磊落。
給百姓做榜樣不輕薄，
君子要向他們學習仿效。

我有旨酒，
嘉賓式⑭燕⑮以敖⑯。

呦呦鹿鳴，
食野之芩⑰。
我有嘉賓，
鼓瑟鼓琴。
鼓瑟鼓琴，
和樂且湛⑱。
我有旨酒，
以燕⑲樂嘉賓之心。

我有美酒，
嘉賓請飲酒遊遨。

鹿兒呦呦地歡叫，
吃那野地的香蒿。
我有嘉賓，
奏起瑟來彈起琴。
奏起瑟來彈起琴，
大家快樂又盡興。
我有美酒，
使嘉賓快樂高興。

【注釋】❶呦呦　鹿鳴聲。❷苹　草名，又名藾蕭，葉青白色，莖似箸而輕脆，始生香，可生食。❸笙　樂器名。由簧片、笙管、斗子三部分組成；演奏時，手按簧管下端之指孔，吹吸振動簧片而發音。❹簧指笙中簧片。❺筐　指盛放禮品之竹器。❻是將　將是之倒文。將，送也。是，此，指禮品。❼好　愛也。❽周行　大路，引申為大道理。❾蒿　草名。又名青蒿、香蒿。❿德音　聲名；好品德。⓫視　通「示」。顯示。⓬恌　輕薄；不敦厚。⓭是則是傚　則是傚是之倒文。是，此，指嘉賓。賓語前置。則，法則，此作動詞。傚，效法也。⓮式　語助詞。⓯燕　通「宴」。宴飲也。⓰敖　古「遨」字。遊也。⓱芩　草名。蒿類，莖如釵股，葉如竹，蔓生。⓲湛　通「媅」。樂也。⓳燕　通「安」。樂也。

【研　析】此是天子宴請群臣之詩。《詩序》曰：「〈鹿鳴〉，燕群臣嘉賓也。」詩中「嘉賓」實即群臣，敬之而已，故不當有所分別也。

詩共三章，形式複疊。首章言奏樂、贈禮。次章言飲酒。末章合奏樂、飲酒而言之。馬瑞辰曰：「此詩三章文法參差，而義實相承。首章前六句言我之敬賓，後二句言賓之善我。二章前六句即承首章人之好我言，後二句乃言我之樂賓。三章則接言賓之樂，後二句又申言我之樂賓。」（《通釋》）其章法嚴整如此。詩人巧用疊字、疊句，音節和平優美。此雖屬宴飲之詩，然無沉酣貢諛之氣，氣象宏闊，格調謙敬和諧，無愧〈小雅〉之首也。

【韻　讀】一章：鳴、苹、笙，耕部。簧、將、行，陽部。二章：蒿、昭、恌、傚、敖，宵部。三章：芩、琴、琴、湛、心，侵部。

二 四牡

四牡騑騑❶，
周道❷倭遲❸。
豈不懷歸？
王事靡盬❹，
我心傷悲。

四牡騑騑，
嘽嘽❺駱❻馬。
豈不懷歸？
王事靡盬，

四匹公馬奔跑不息，
周國國道蜿蜒無邊。
難道不想回歸？
公差沒有止境，
我心中十分傷悲。

四匹公馬奔跑不息，
白馬在不停地喘氣。
難道不想回歸？
公差沒有止境，

不遑啟處❼。

翩翩❽者鵻❾，
載飛載下，
集于苞栩❿。
王事靡盬，
不遑將⓫父。

翩翩者鵻，
載飛載止，
集于苞杞⓬。
王事靡盬，
不遑將母。

我沒有閑暇在家安居。

那飛翔的是鵓鴣，
忽而飛上，忽而飛下，
還能停落叢生的柞樹。
公差沒有止境，
我沒有工夫奉養老父。

那飛翔的是鵓鴣，
忽而飛翔，忽而停下，
還能停落叢生的枸杞樹。
公差沒有止境，
我沒有工夫奉養老母。

駕彼四駱，
載驟⑬駸駸⑭。
豈不懷歸？
是用⑮作歌，
將母來諗⑯。

駕著那四匹白馬，
急急奔馳趕路。
難道不想回歸？
因此作了這首詩歌，
惦念奉養老母。

【注釋】❶騑騑　行不止之貌；疲憊貌。❷周道　周之國道。參見〈周南・卷耳〉周行注。❸倭遲　道路迂迴遠伸貌。❹靡盬　不止。參見〈唐風・鴇羽〉注。❺嘽嘽　喘息貌。❻駱　黑鬃之白馬。❼啟處　猶言安居。啟，跪也，古者席地而坐，作跪狀。❽翩翩　飛翔貌。❾鵻　鳥名，今稱鵓鴣。❿苞栩　見〈唐風・鴇羽〉注。⓫將　侍養。⓬杞　木名，即枸杞。⓭驟　馬疾馳也。⓮駸駸　疾馳貌。⓯是用　猶是以，因此也。⓰將母來諗　諗將母之倒文。來，語助詞，猶代詞「是」也。諗，念也。

【研析】此是使臣自傷之詩。《詩序》曰：「〈四牡〉，勞使臣之來也。」蓋用詩者之意也，非詩之本義。

詩共五章，一、二兩章複疊，二、四兩章複疊。首章言王事無止，我心傷悲，為全詩總提。二章言無暇居家。三章言無暇養父。四章言無暇養母。末章申作詩之意。章法井然有序。

前四章分別以「四牡騑騑」、「翩翩者鵻」起興，言飛鳥猶有息時，己則駕四馬馳驅周道無有閑暇。前四章每章反復詠嘆「王事靡盬」，怨苦之情溢於言表。詩之三章言「不遑將父」，四章言「不遑將母」，而末章「將母來諗」則獨言母而不及父，蓋因句字所限省略「父」字，別無深意，不可深求。

【韻讀】 一章：騑、歸、悲，微部；遲，脂部。微脂合韻。二章：騑、歸，微部。馬、盬、處，魚部。三章：下、栩、盬、父，魚部。四章：止、杞、母，之部。五章：駸、諗，侵部。

三　皇皇者華

皇皇❶者華❷，
于彼原隰❸。
駪駪❹征夫❺，
每懷靡及❻。
我馬維駒❼，
六轡如濡❽。

鮮艷的花朵，
盛開在那高原和低田。
來來往往的使者，
雖經思慮，仍不周全。
我的馬有五尺高，
六根韁繩多麼潔潤。

載馳載驅，
周❾爰咨諏❿。

我馬維騏⓫，
六轡如絲⓬。
載馳載驅，
周爰咨謀⓭。

我馬維駱，
六轡沃若⓮。
載馳載驅，
周爰咨度。

趕著馬，駕著車，
於是到處去訪問。

我的馬是青黑馬，
六根轡繩像絲一樣柔韌。
趕著馬，駕著車，
於是到處去訪問。

我的馬是黑鬃白馬，
六根轡繩多麼鮮潤。
趕著馬，駕著車，
於是到處去訪問。

我馬維駰⑮，
六轡既均⑯。
載馳載驅，
周爰咨詢。

我的馬是雜白毛的淺黑馬，
六根韁繩多麼調勻。
趕著馬，駕著車，
於是到處去訪問。

【注　釋】❶皇皇　鮮明貌。❷華　古「花」字。❸隰　低濕之地。❹駪駪　眾多疾行貌。亦作「莘莘」。❺征夫　行人；使者也。❻每懷靡及　言雖有所思慮，猶有考慮不周之處。每，雖也。❼駒　五尺以上之馬。❽濡　潔潤。❾周　普遍。❿咨諏　訪問。⓫騏　有青黑色紋理之馬。⓬如絲　喻轡之柔韌也。⓭咨謀　猶咨諏也。下「咨度」、「咨詢」同。⓮沃若　潤澤貌。若，猶然也。⓯駰　淺黑色而雜有白毛之馬。⓰均　調和。

【研　析】此是使臣自儆自勉之詩。《詩序》曰：「〈皇皇者華〉，君遣使臣也。」不確。

詩共五章，除首章以外，其餘四章皆複疊。首章以花開原隰起興，興義不顯，蓋為起首定韻也。「每懷靡及」一語，為全篇重心，唯其「靡及」，故須廣詢而博訪也。二、三、四、五章結構、章旨全同：前二句詠馬駿轡美，後二句詠遍訪賢良。一唱三嘆，曲盡其意。

【韻　讀】一章：華、夫，魚部。隰、及，緝部。二章：駒、濡、驅、諏，侯部。三章：騏、絲、謀，之部。四章：駱、若、度，鐸部。五章：駰、均、詢，真部。

四 常棣

常棣❶之華，
鄂不❷韡韡❸。
凡今之人，
莫如兄弟。

死喪之威，
兄弟孔懷❹。
原隰裒矣，
兄弟求矣❺。

棠棣盛開的花，
花蒂多麼鮮明。
如今所有的人，
都不如兄弟親近。

遇到死喪的威脅，
兄弟最為關切。
人們相聚在原野，
只把兄弟尋覓。

脊令在原⑥，
兄弟急難。
每⑦有良朋，
況也永歎⑧。
兄弟鬩⑨于牆，
外禦其務⑩。
每有良朋，
烝⑪也無戎⑫。
喪亂既平，
既安且寧。
雖有兄弟，

水鳥脊令落在平原，
只有兄弟在危難時出力。
縱然有好朋友，
他們只會增加些長嘆息。
兄弟在家裡爭鬥，
在外卻共同抵禦欺侮。
縱然有好朋友，
人多也不能相助。
喪亂已經平定，
既安全又寧靜。
縱然有兄弟，

不如友生⑬。
儐⑭爾籩豆⑮，
飲酒之飫⑯。
兄弟既具⑰，
和樂且孺⑱。
妻子⑲好合⑳，
如鼓瑟琴。
兄弟既翕㉑，
和樂且湛㉒。
宜爾㉓室家，

卻不如朋友親近。
擺齊你的碗盞，
喝酒喝得痛快。
兄弟已都聚齊，
和樂而且愉快。
老婆孩子歡樂和諧，
好比奏瑟彈琴。
兄弟也該團結和睦，
和樂而且盡興。
使你家庭和睦，

樂爾妻帑㉔。
是究是圖㉕，
亶㉖其然乎？

使你老婆孩子快樂。
細細想想這些，
是否確有道理？

【注釋】❶常棣　木名，即常棣。常，通「棠」。參見〈召南·何彼襛矣〉唐棣注。❷鄂不　花萼，即襯托花瓣之綠色小片。鄂，通「萼」。不，指花萼之足。❸韡韡　鮮明貌。❹死喪之威二句　言面臨死喪之威脅，唯兄弟最為關切。懷，思也。❺原隰裒矣二句　言人於原隰相聚時，唯兄弟相互尋求。裒，聚集也。❻脊令在原　言失其常處也。脊令，水鳥名，又名鶺鴒。❼每　雖也。❽況也永歎　言不能如兄弟相救，空滋之長歎而已。況，滋也；益也。❾鬩　爭鬥。❿務　通「侮」。⓫烝　眾也。參見〈豳風·東山〉注。⓬戎　相也；助也。⓭友生　朋友。生，語助詞。⓮儐　陳列。⓯籩豆　食器名。參見〈豳風·伐柯〉注。⓰飫　飽也。一說：私宴。⓱具　古「俱」字。⓲孺　通「愉」。（從朱駿聲《說文通訓定聲》）⓳妻子　妻與子。⓴好合　歡樂和睦。㉑翕　合也；和睦也。㉒湛　樂也。參見〈鹿鳴〉注。㉓爾　此指兄弟。㉔帑　子也。㉕是究是圖　究是圖是之倒文。究，深也。圖，思也。㉖亶　誠也。

【研析】此是宴請兄弟之詩。詩之主旨即「凡今之人，莫如兄弟」，詩人反復縷說，暢明此理。《詩序》謂閔管、蔡失道之作，蓋以為出自周公手筆，然於詩中未見明據。

詩共八章。首章以常棣之花、萼相互輝映起興，喻兄弟情誼親密無間。「凡今之人」二句，點出全篇主腦。二、三、四章，言遭遇死喪、急難、外侮，唯兄弟能相助相救。五章突然一跌，言喪亂既平，兄弟竟反不如朋友，此為一篇樞紐。六、七兩章復又舒緩，言兄弟當和睦歡娛。末章更進一層，言兄弟親睦乃家庭幸福之本。全篇以「是究是圖，亶其然乎？」作結，促人深省。

詩人抒寫兄弟情誼，曉之以理，動之以情，「說得委曲深至，要哭要笑只是一箇真」（鍾惺語）。三、四章言處變，借朋友作陪襯；七、八章言處常，借妻子作陪襯，總以申明首章「莫如兄弟」之意也。全詩抑揚頓挫，方玉潤云：「章法極變換，亦極整飭。」（《詩經原始》）

【韻讀】一章：韡，微部；弟，脂部。微脂合韻。二章：威、懷，微部。裒、求，幽部。三章：原、難、歎，元部。四章：務，幽部；戎，侵部。幽侵合韻。五章：平、寧、生，耕部。六章：豆、飫、具、孺，侯部。七章：合、翕，緝部。琴、湛，侵部。八章：家、帑、圖、乎，魚部。

五　伐木

伐木丁丁❶，
鳥鳴嚶嚶❷。
出自幽谷❸，

伐木響聲錚錚，
鳥兒啼鳴嚶嚶。
從幽深的山谷飛出，

遷于喬木❹。
嚶其❺鳴矣，
求其友聲❻。
相❼彼鳥矣，
猶求友聲，
矧❽伊❾人矣，
不求友生？
神之❿聽之，
終⓫和且平。

伐木許許⓬，
釃⓭酒有藇⓮。
既有肥羜⓯，

遷上高大的樹木。
鳥兒還嚶嚶地啼鳴，
尋求牠的友朋。
瞧那鳥兒喲，
尚且要尋求友朋，
何況那人類喲，
可以不尋求友朋？
神靈如果聽到，
會既賜和樂，又賜安寧。

伐木沙沙地響，
去糟的清酒多麼醇香。
既有肥嫩的羔羊，

以速[16]諸父[17]。
寧適不來，
微我弗顧[18]。
於[19]粲[20]洒掃，
陳饋[21]八簋[22]。
既有肥牡[23]，
以速諸舅[24]。
寧適不來，
微我有咎[25]。

伐木于阪[26]，
釃酒有衍[27]。
籩豆有踐[28]，

就邀請同姓父老同享。
寧可他們剛巧有事不來，
不能讓人說我不顧念。
呵！把庭堂打掃潔亮，
擺上美食八盤。
既有肥嫩的公羊，
就邀請異姓的長輩同享。
寧可他們剛巧有事不來，
不能讓人把我責怪。

在那山坡伐木，
去糟的清酒斟得滿滿。
籩豆食器排列得整齊，

兄弟㉙無遠。
民之失德，
乾餱以愆㉚。
有酒湑我，
無酒酤我㉛。
坎坎㉜鼓我，
蹲蹲㉝舞我。
迨㉞我暇矣，
飲此湑矣。

同輩親友不能疏遠。
人們被指責無情無義，
是吝惜乾糧招來的責怨。
有酒我就用去糟的清酒，
沒酒我就用帶糟的薄酒。
我為客人擊鼓咚咚，
我為客人起舞盤旋。
趁我得此閒暇喲，
痛飲這杯清酒喲。

【注　釋】❶丁丁　伐木聲。❷嚶嚶　鳥鳴聲。❸幽谷　深谷。❹喬木　高大的樹木。❺嚶其　猶嚶嚶。其，語助詞，猶然也。❻友聲　猶友生，朋友也。❼相　看。❽矧　何況。❾伊　彼；那。指示代詞。❿之　語助詞，無義。⓫終　既也。⓬許許　亦伐木聲。蓋「丁丁」者砍木之聲，「許許」者鋸木之聲。⓭釃　濾酒。⓮有藇　猶藇然，醇美也。有，語助詞。⓯羜　羔羊。⓰速　召；請也。⓱諸父　指同姓長輩。⓲寧適不來二句　言寧可邀請諸父而他們恰巧有事不來；但不能不邀請他們，讓人說我不顧念他們。適，恰好。

微，勿也。（從《鄭箋》）⑲於 嘆詞。⑳粲 古「燦」字。潔淨明亮。㉑陳饋 陳設食物。㉒簋 古代盛食器，圓口方座。以八簋待客，是十分隆重的禮節。㉓牡 此指公羊。㉔諸舅 指異姓長輩。《孔疏》曰：「燕言諸父，食言諸舅，互文相通。」㉕咎 過錯。此作動詞，責罪也。㉖阪 山坡。㉗有衍 猶衍然，盈溢也。㉘籩豆有踐 見〈豳風・伐柯〉注。㉙兄弟 指同輩親友。㉚民之失德二句 言下民蒙無情義之訕謗，多由乾餱不以分人而招怨也。失德，無恩德情義。乾餱，乾糧，食之薄者也。愆，過錯也。㉛有酒湑我二句 言有酒我則用濾滓之酒，無酒則用有滓之酒。湑，指濾去酒糟之酒。酤，僅釀一宿之薄酒，有糟者也。（從《傳疏》）又：「湑我」、「酤我」，倒文。下「鼓我」、「舞我」同。㉜坎坎 擊鼓聲。㉝蹲蹲 舞蹈貌。㉞迨 及；趁也。

【研 析】此是宴請親朋之詩。《詩序》曰：「〈伐木〉，燕朋友故舊也。自天子至于庶人，未有不須友以成者。親親以睦，友賢不棄，不遺故舊，則民德歸厚矣。」甚切詩旨。

全篇《毛詩》分六章，每章六句。《詩集傳》從劉氏說分為三章，每章十二句。此說較優，然非始於劉氏，實發端於《孔疏》也，今從之。

首章「矧伊人矣，不求友生？」為一篇總提。章首六句皆為興辭。詩以伐木而及鳥鳴，又由鳥鳴求友興人須求友。二三兩章興辭但言伐木，不及鳥鳴者，舉伐木而兼知鳥鳴也，此亦興辭省文之例。二章述願以肥羊美酒宴饗長輩，情意懇切。三章述願以酒肴樂舞宴饗兄弟朋輩，誠摯熱情。全篇章法，先總提友情之重要，後由長及幼、由親及疏分述，次第井然。此詩文法多變，首章興辭環環相扣、逐層推進；次章「諸父」、「諸舅」互文見義；末章倒文造句，「有酒湑我」四句排比，皆奇特而各得其妙，頗堪玩索。

【韻讀】一章：丁、嚶、鳴、聲、聲、生、聽、平，耕部。谷、木，屋部。二章：許、藇、羜、父、顧，魚部。掃、簋、牡、舅、咎，幽部。三章：阪、衍、踐、遠、愆，元部。湑、酤、鼓、舞、暇、湑，魚部。

六 天保

天保①定爾②，
亦孔之固③。
俾④爾單厚⑤，
何福不除⑥？
俾爾多益，
以⑦莫不庶⑧。
天保定爾，

上天保佑您，
基業很穩固。
使您福祿多多，
什麼福不賜予？
使您福祿多多，
而沒有什麼不富庶。
上天保佑您，

俾爾戩穀[9]。
罄[10]無不宜，
受天百祿[11]。
降爾遐福[12]，
維日不足[13]。

天保定爾，
以莫不興。
如山如阜[14]，
如岡如陵[15]，
如川之方至，
以莫不增。

使您有福有祿。
沒有任何不順利，
您領受上天所賜的大福。
上天降給您長久的幸福，
唯恐每天所賜不足。

上天保佑您，
而讓您無不興盛。
好比高山，好比土山，
好比山岡，好比山陵，
好比江濤湧來，
一切無不增添。

吉蠲⑯為饎⑰，
是用⑱孝享⑲。
禴祠烝嘗⑳，
于公㉑先王。
君曰㉒：「卜㉓爾，
萬歲無疆！」

神之弔㉔矣，
詒㉕爾多福。
民之質㉖矣，
日用飲食㉗。
群黎㉘百姓㉙，
徧為㉚爾德。

吉日淨身準備酒食，
用它祭祀神靈。
夏禴春祠冬烝秋嘗，
獻祭先公先王。
先君說：「賜給你，
萬壽無疆！」

神明降臨，
賜給您許多幸福。
百姓淳樸，
每天有飲食就滿足。
百姓和百官，
都被您的美德感化。

如月之恆，
如日之升㉛。
如南山㉜之壽。
不騫㉝不崩，
如松柏之茂，
無不爾或承㉞。

好像新月上弦，
好像太陽初升。
好像終南山一樣長壽。
既不虧損，也不崩壞，
好像松柏一樣茂盛，
您的功業子孫無不繼承。

【注釋】❶保　安也。❷爾　您，指君王。下「爾」皆同。❸亦孔之固　謂政權穩固。亦、之，皆語助詞，無義。孔，甚也。❹俾　使也。❺單厚　厚也。「單」、「厚」同義連用，與下「多益」義同，皆指福之厚益也。❻除　通「余」、「予」。賜予也。(從馬瑞辰《通釋》)一說：通「儲」。積儲也。❼以　而也。❽庶　富庶。❾戩穀　福祿。戩，福也。❿罄　盡也。⓫百祿　言祿之多也。⓬遐福　長久之幸福。⓭維日不足　言唯恐每日降福不足。維，只也。⓮阜　土山。⓯陵　大土山。⓰吉蠲　擇吉日潔身也，指祭祀前之齋戒沐浴。⓱饎　酒食。⓲是用　用是之倒文。是，此，指酒食也。⓳孝享　獻祭。⓴禴祠烝嘗　四時宗廟祭祀之名：春祭曰祠，夏祭曰禴，秋祭曰嘗，冬祭曰烝。㉑公　指先公。㉒君曰　即尸代神言。君，指先君，即先公先王之神靈。古代祭祀，以活人扮神像，名曰「尸」。㉓卜　賜予。㉔弔　至；降臨也。㉕詒　同「貽」。送給也。㉖質　樸實。㉗日用飲食　言每日得飲食即可滿足。用，通「以」。而。㉘群黎眾民；百姓。㉙百姓　百官。㉚為　通「訛」。化也。㉛如月之恆二句　言王之基業如新月之盈，如旭日之明。恆，通「緪」。月上弦。㉜南山　指終南山。㉝騫　虧損。㉞無不爾或承　無不承爾之倒文。或，語助詞。承，繼承。

【研析】此是臣下祝頌君上之詩，《詩序》所謂「下報上」是也。詩中有「于公先王」句，朱熹曰：「文王時周未有曰先王者，此必武王以後所作也。」（《詩集傳》）可參。

詩共六章。前三章述上天賜福於君，後三章述先君之靈賜福於君，章法嚴整。五章「群黎百姓，徧為爾德」為全詩之重心，揭示天神所以降福，唯其有明德之故也，「故極其頌禱不為諛，反覆譬喻而非夸」（方玉潤《原始》）。詩中連用九「如」字句，以山川日月松柏廣為取譬，氣勢恢宏。後世遂以「天保九如」為祝頌之辭。

【韻讀】一章：固、除，魚部；庶，鐸部。魚鐸通韻。二章：穀、祿、足，屋部。三章：興、陵、增，蒸部。四章：享、嘗、王、疆，陽部。五章：福、食、德，職部。六章：升、崩、承，蒸部。壽、茂，幽部。

七　采薇

采薇❶采薇，
薇亦作❷止❸。

採薇菜，採薇菜，
薇菜正破土而出。

曰❹歸曰歸，
歲亦莫❺止。
靡室靡家❻，
玁狁❼之故。
不遑啟居❽，
玁狁之故。

采薇采薇，
薇亦柔止。
曰歸曰歸，
心亦憂止。
憂心烈烈❾，
載飢載渴。

回家吧，回家吧，
又到了年尾歲末。
彷彿沒有妻子家庭，
這是玁狁來犯的緣故。
沒有閑暇在家安居，
這是玁狁來犯的緣故。

採薇菜，採薇菜，
薇菜正柔嫩。
回家吧，回家吧，
心中多麼憂悶。
憂心如火燒焚，
又飢餓又乾渴。

我戍⑩未定，
靡使⑪歸聘⑫。

采薇采薇，
薇亦剛⑬止。
曰歸曰歸，
歲亦陽⑭止。
王事靡盬⑮，
不遑啟處。
憂心孔疚⑯，
我行不來。

彼爾⑰維何？

我的駐地尚未確定，
不能託人回家探問。

採薇菜，採薇菜，
薇菜已經又老又粗。
回家吧，回家吧，
已經到了初冬十月。
兵役沒有休止，
沒有閒暇在家安住。
心中憂悶，十分痛苦，
我出征不能回來。

那盛開的是什麼花？

維常⑱之華。
彼路⑲斯⑳何？
君子㉑之車。
戎車既駕，
四牡業業㉒。
豈敢定居？
一月三捷㉓。

駕彼四牡，
四牡騤騤㉔。
君子所依，
小人㉕所腓㉖。
四牡翼翼㉗，

是棠棣開的花。
那高大的車是什麼車？
是將帥乘的戰車。
戰車已經套上了馬，
四匹公馬多高大。
哪敢住下歇一歇？
一個月三戰三捷。

駕著那四匹公馬，
四匹公馬多強壯。
將帥靠在戰車上，
士卒掩蔽在戰車旁。
四匹公馬步伐整齊，

象弭㉘魚服㉙。
豈不日戒？
玁狁孔棘㉚。

昔我往矣，
楊柳依依㉛。
今我來思㉜，
雨雪㉝霏霏㉞。
行道遲遲㉟，
載渴載飢。
我心傷悲，
莫知我哀。

象牙飾弓，魚皮箭袋。
怎敢不天天警戒？
玁狁來犯軍情緊急。

從前我出征呀，
楊柳搖曳。
如今我歸來呀，
大雪紛飛。
走在路上步子緩慢，
又乾渴又飢餓。
我心中多麼悲傷，
沒有人知道我的悲哀。

【注　釋】❶薇　野菜名，即野豌豆苗。見〈召南・草蟲〉注。❷作　萌生。❸止　語助詞，無義。下同。❹曰　語助詞，無義。❺莫　古「暮」字。晚也。❻靡室靡家　無妻室家庭也。征人終年遠戍，與妻室分離，室家雖有若無，故云。❼玁狁　古代北方少數民族。商周稱葷粥、玁狁，字亦作「獫狁」；戰國時始稱匈奴、胡。❽啟居　猶啟處，止息也。見〈四牡〉注。❾烈烈　深憂貌。❿戍　屯兵以守；駐守也。⓫使　猶委託也。⓬聘　探問。⓭剛　堅韌，即俗謂「老」也。⓮陽　指夏曆十月。⓯王事靡盬　見〈唐風・鴇羽〉注。此王事指兵役。⓰疚　痛苦。⓱爾　通「薾」。花繁盛貌。⓲常　木名，即棠棣。參見〈召南・何彼襛矣〉唐棣注。⓳路　古「輅」字。車之高大者，此指將帥所乘之戰車。⓴斯　猶維，語助詞。㉑君子　指將帥。㉒業業　高大雄壯貌。㉓捷　勝利。㉔騤騤　猶業業，馬強壯貌。㉕小人　指士卒。㉖腓　通「庇」。隱蔽；掩護也。㉗翼翼　訓練有素貌。㉘象弭　兩端有象牙鑲飾之弓。㉙魚服　以魚獸之皮所製之箭袋。《正義》引陸璣《詩義疏》：「魚獸，似豬，東海有之。其皮背上斑文，腹下純青，今以為弓鞬义步者也。」㉚棘　通「急」。謂形勢急迫也。㉛依依　枝葉茂盛貌。㉜思　語助詞。㉝雨雪　下雪。雨，動詞。㉞霏霏　雪盛貌。㉟遲遲　緩行貌。見〈邶風・谷風〉注。

【研　析】此是士卒久戍歸家之詩。《詩序》以為「遣戍役」之作，然與詩辭不合。姚際恆《通論》曰：「詩明言『曰歸曰歸，歲亦莫止』，『今我來思，雨雪霏霏』等語，皆既歸之詞；豈方遣即已逆料其歸時乎？」所駁甚是。

全詩共六章，前三章形式複疊。詩人採用倒敘筆法，前五章皆追述之辭。首三章追述出戍之原因以及久戍思歸之憂苦。三章章首皆以采薇起興，首章曰「作止」，二章曰「柔止」，三章則曰「剛止」，節節遞進，以薇之生長變化暗示出戍日久。四、五兩章追述戍邊禦敵情景。

「豈敢定居？一月三捷」，抒寫士氣高昂，戰績輝煌；「四牡翼翼，象弭魚服」，形容將士威武風采；「豈不日戒？玁狁孔棘」，寫既勝而戒備，軍中整肅可見。六章轉寫歸途情景，往來風光迥異，不禁黯然神傷。

方玉潤曰：「此詩之佳，全在末章：真情實景，感時傷事，別有深情，非可言喻，故曰『莫知我哀』。」（《詩經原始》）「昔我往矣」四句，善寫物態，慰人情，傳誦千古而不絕，謂之三百篇最佳之句亦不為過。

【韻讀】一章：薇、歸，微部。作、莫，鐸部。家、故、居、故，魚部。二章：薇、歸，微部。柔、憂，幽部。烈、渴，月部。定、聘，耕部。三章：薇、歸，微部。剛、陽，陽部。盬、處，魚部。疚、來，之部。四章：華、車，魚部。業、捷，盍部。五章：騤，脂部；依、腓，微部。脂微合韻。翼、服、戒、棘，職部。六章：依、霏，微部。遲、飢，脂部。悲、哀，微部。

八　出車

我出我車，
于彼牧❶矣。

我出動我的兵車，
從那遠郊呀。

自天子所，
謂我來矣❷。
召彼僕夫❸，
謂之載❹矣。
王事多難，
維其❺棘❻矣。

我出我車，
于彼郊矣。
設此旐❼矣，
建彼旄❽矣。
彼旟❾旐斯❿，
胡不旆旆⓫？

我宣告，從天子那裏，
受命而來呀。
召集那些車伕，
叫他們載上將士呀。
工朝多患難，
情勢是那樣緊急呀。

我出動我的兵車，
從那近郊呀。
樹起這龜蛇旗呀，
掛上那旄牛尾呀。
那老鷹旗和龜蛇旗喲，
怎麼不迎風飄揚？

憂心悄悄⑫，
僕夫況瘁⑬。
王命南仲⑭，
往城于方⑮。
出車彭彭⑯，
旂⑰旐央央⑱。
天子命我，
城彼朔方⑲。
赫赫⑳南仲，
玁狁于襄㉑。
昔我往矣，

我憂心忡忡，
車伕也勞累憔悴。
天子命令南仲，
前往北方修築城牆。
兵車出動聲勢壯大，
交龍旗和龜蛇旗鮮亮。
天子命令我，
去那北方修築城牆。
聲名顯赫的南仲，
驅除入侵的玁狁。
當初我出征時呀，

黍稷方華[22]。
今我來思[23]，
雨雪載塗[24]。
王事多難，
不遑啟居。
豈不懷歸？
畏此簡書[25]。

喓喓草蟲，
趯趯阜螽。
未見君子，
憂心忡忡。
既見君子，

黍稷正抽穗揚花。
如今我回來喲，
飄雪已經滿路。
工朝多患難，
沒有閒暇安居。
難道不想回家？
怕這傳達王命的文書。

草蟲喓喓鳴叫，
蝗蟲上下跳躍。
沒有見到夫君，
我憂心忡忡。
已經見到夫君，

我心則降㉖。
赫赫南仲，
薄伐西戎㉗。
春日遲遲㉘，
卉木萋萋。
倉庚㉙喈喈，
采蘩祁祁㉚。
執訊㉛獲醜㉜，
薄言還歸。
赫赫南仲，
玁狁于夷㉝。

我的心就放下。
聲名顯赫的南仲，
奮力征伐西戎。
春天白日漫長，
草木蔥翠茂盛。
黃鶯唧唧歡叫，
採蘩姑娘多如浮雲。
抓舌頭，俘眾敵，
凱旋回歸。
聲名顯赫的南仲，
平定了玁狁。

【注釋】❶牧　遠郊。❷自天子所二句　言我方自天子之所領命而歸也。此蓋「我」向眾將士宣告之語也。所，處所。一說：謂，使也。見馬瑞辰《通釋》。❸僕夫　車伕。❹載　裝載。❺維其　猶云只因為。❻棘　通「急」。❼旐　繪有龜蛇圖案的旗幟。❽旄　指干旄，即竿頭懸旄牛尾的旗幟。參見〈鄘風・干旄〉注。❾旟　繪有鷹隼圖案的旗幟。❿斯　語助詞。⓫旆旆　旗幟飄揚貌。⓬悄悄　憂貌。參見〈邶風・柏舟〉注。⓭況瘁　憔悴。⓮南仲　周宣王時武將，曾率兵征伐玁狁。一說：周文王時武將。⓯方　北方地名，在今寧夏或甘肅一帶，不能確指。⓰彭彭　強盛貌。⓱旂　繪有交龍圖案的旗幟。⓲央央　鮮明貌。⓳朔方　北方。⓴赫赫　威名顯赫貌。㉑襄　古「攘」字。驅除也。㉒華　古「花」字。此指抽穗。㉓思　語助詞。㉔載塗　滿路。塗，通「途」。㉕簡書　此指王命，因書於竹簡，故稱。㉖喓喓草蟲六句　見〈召南・草蟲〉注。㉗西戎　古代西部之游牧民族，戰國後期與北狄融合為匈奴族。㉘遲遲　晝長貌。㉙倉庚　見〈豳風・七月〉注。㉚祁祁　見〈召南・采蘩〉注。㉛訊　指可供審訊探知敵情之俘虜，今俗稱舌頭。㉜醜　指眾俘。㉝夷　平定。

【研　析】此是美南仲征伐玁狁凱旋之詩，蓋作於宣王之世。《詩序》曰：「〈出車〉，勞還率也。」大旨不誤。

詩共六章。一、二兩章述南仲奉天子之命出車征伐玁狁。其中之「我」，南仲自我也。三章詩人自述受命天子，城彼朔方，以輔佐南仲也。四章抒寫詩人歸途心境。其中之「我」，詩人自我也。五、六兩章述征人之室家企盼征人得勝回歸。其中之「我」，征人室家自我也。全詩以「執訊獲醜，薄言還歸。赫赫南仲，玁狁于夷」作結，寫出一派凱旋氣象。

本詩情節曲折複雜，時空跨度皆大，詩人採用倒敘手法，並不斷切換場景，充分展現各個不同層面。詩人自始至終抓住南仲出征此一主線，章法結構嚴整，敘事雖繁，但有條不紊。方玉潤曰：「須看他處處帶定南仲，章法自能融成一片。末乃歸重玁狁，完密之至。」《詩經原始》詩之後三章大量採擷套語，但自然貼切，與全詩水乳交融。

【韻讀】一章：牧、棘，職部；來、載，之部。職之通韻。二章：郊、旐、旄，宵部。旆，月部；瘁，物部。物月合韻。三章：方、彭、央、方、襄，陽部。四章：華、塗、居、書，魚部。五章：蟲、螽、忡、降、仲、戎，侵部。六章：遲、萋、喈、祁、夷，脂部；歸，微部。脂微合韻。

九 杕杜

有杕之杜❶，
有睆❷其實。
王事靡盬，
繼嗣我日❸。
日月陽❹止❺，

挺立的棠梨樹，
它的果實多麼豐碩。
王朝的差役沒有止境，
我的歸期又得後拖。
時間已經到了十月，

女心傷止，
征夫遑止。

有杕之杜，
其葉萋萋。
王事靡盬，
我心傷悲。
卉木萋止，
女心悲止，
征夫歸止。

陟彼北山，
言采其杞❻。

妻子的內心多麼憂傷，
遠行的人該有點空閑。

挺立的棠梨樹，
它的葉子多麼繁盛。
工朝的差役沒有止境，
我的內心多麼悲傷。
花草樹木多麼茂盛，
妻子的內心多麼悲苦，
遠行的人該可以回家。

登上那座北山，
採摘那枸杞。

王事靡盬，
憂我父母。
檀車❼幝幝❽，
四牡痯痯❾，
征夫不遠。

匪載❿匪來，
憂心孔疚⓫。
期逝⓬不至，
而多為恤⓭。
卜筮偕⓮止，
會言⓯近止，
征夫邇⓰止。

王朝的差役沒有止境，
我為父母深感憂慮。
役車也已破舊，
四匹公馬也已疲憊，
遠行的人該離此不遠。

丈夫不能乘車回來，
我內心憂悶，十分痛苦。
歸期已過，不能到家，
更增添我的憂愁。
占卜算卦並用，
都說離家已經很近，
遠行的人該近在眼前。

【注釋】❶有杕之杜　孤立生長的棠梨樹。參見〈唐風・杕杜〉注。❷有睆　猶睆然，果實肥碩貌。有，語助詞。❸繼嗣我日　謂我行役延續其日也。嗣，續也。我，征夫自謂。❹陽　指農曆十月。參見〈采薇〉注。❺止　語助詞。下同。❻杞　木名，即枸杞。參見〈四牡〉注。❼檀車　指役車。檀木堅韌，宜為輪輻之材。❽幝幝　破舊貌。❾痯痯　疲病貌。❿載　乘也；駕也。⓫疚　病也。⓬期逝　歸期已過。逝，往也。⓭恤　憂也。⓮偕　俱也。言卜筮俱用。⓯會言　共言。⓰邇　近也。

【研析】此詩《詩序》謂「勞還役」之作，姚際恆曰：「勞之而代其妻思夫，豈不甚迂乎？」《通論》所駁可謂一針見血。姚際恆、方玉潤等皆云室家思望之辭，從之者眾，其實亦不確。揆之詩辭，全篇「繼嗣我日」、「我心傷悲」、「憂我父母」諸「我」字，皆指征人自我。余培林曰：「〈四牡〉、〈采薇〉、〈北山〉多見此類詩句，皆為征人之語，何以此篇獨為征人室家之辭？此詩當是征夫思歸之作。」（《詩經正詁》）其說良是，故從之。

詩共四章。前三章形式複疊，各章首四句皆以第一人稱述征夫行役之勞，末三句皆征夫想像妻子思己之辭。末一章變調，換用妻子語氣，述其望夫心切。章末「卜筮偕止」三句尤為奇妙，卜筮兼詢，情切可知。

此詩明明寫征夫思歸，落筆卻重在想像妻子思己，此種虛實相間之筆法，與〈周南・卷耳〉頗為相似。詩人通過「視通萬里」（《文心雕龍・神思》）之想像，婉曲深摯地抒寫了征夫與妻子天各一方的相思之苦，讀之令人心酸動容。吳闓生《詩義會通》曰：「其文煞有頓挫，雍容閑雅。」

【韻讀】一章：杜、盬，魚部。實、日，質部。陽、傷、遑，陽部。二章：杜、盬，魚部。

萋，脂部；悲、悲、歸，微部。脂微合韻。三章：杞、母，之部。幝、痯、遠，元部。四章：來、疚，之部。至、恤，質部。偕、邇，脂部。

一〇 魚麗

魚麗❶于罶❷，
鱨鯊❸。
君子有酒，
旨且多❹。

魚麗于罶，
魴鱧❺。
君子有酒，
多且旨。

魚兒闖進了捕魚簍，
有黃頰魚和小鯊鮀。
君子有酒，
又美又多。

魚兒闖進了捕魚簍，
有鯿魚和黑魚。
君子有酒，
又多又美。

魚麗于罶，
鰋❻鯉。
君子有酒，
旨且有❼。

物❽其多矣，
維❾其嘉矣。

物其旨矣，
維其偕❿矣。

物其有矣，
維其時⓫矣。

魚兒闖進了捕魚簍，
有鮎魚和鯉魚。
君子有酒，
又美又豐富。

菜肴那麼多呀，
真是那樣好呀。

菜肴那麼美呀，
真是那樣齊呀。

菜肴那麼豐富呀，
真是那樣時鮮呀。

【注釋】❶麗 通「罹」。陷落也。❷罶 捕魚器。即魚笱，以葦蓆或竹為之，葫蘆形，置魚梁，魚可進而不可出。❸鱨鯊 皆魚名。鱨，俗稱黃頰魚，體狹長，細鱗，頰骨及魚尾微黃，肉質細嫩鮮美。鯊，又名鮀、鯊鮀，淡水小魚，體圓而有黑點文，與生於海之鯊魚迥異。❹旨且多 言酒既美且多。下文「多且旨」、「旨且有」亦指酒而言。❺魴鱧 皆魚名。魴，即鯿魚，參見〈周南·汝墳〉魴魚注。鱧，俗稱黑魚、烏魚，體長而圓，黑色，性凶猛，肉質鮮美。❻鰋 魚名。即鮎魚，又名鯰魚，魚額扁平，有鬚，大口大腹，色青白，無鱗體滑，肉質肥美。❼有 猶多也。❽物 指筵席上之菜肴，非專指魚酒。❾維 語助詞，幫助判斷，猶繫詞「是」。❿偕 齊備也。⓫時 指時鮮；應時之果蔬菜肴。

【研 析】此是賓客讚美盛筵之詩。《詩序》曰：「〈魚麗〉，美萬物盛多，能備禮也。」未盡合於詩旨。

詩共六章，前三章與後三章各為一層次。前三章句字參差，形式複疊，抒寫主人設宴，魚肥酒美。後三章各章僅二句，每句四字，形式複疊，由魚酒推而廣之，抒寫筵席豐盛，各色美味佳肴皆「嘉」、「偕」、「時」也。其實後三章大意與前三章相似，反復詠嘆，以見主人待客之殷勤也。方玉潤承姚際恆評點，曰：「重重再描一層，是畫家渲染法。」

本詩形式十分優美，句法章法各具特點。前三章「旨且多」、「多且旨」、「旨且有」雖分屬各章，但相蟬聯。後三章「物其多矣」、「旨矣」、「有矣」，與前三章「君子有酒，旨且多」、「多且旨」、「旨且有」遙相呼應。「嘉」、「偕」、「時」亦隱含「美」、「旨」、「多」、「有」之意。前後層次分明，又交相貫通，真巧奪天工矣。

【韻 讀】一章：罶、酒，幽部。鯊、多，歌部。二章：罶、酒，幽部。鱧、旨，脂部。三章：

罶、酒，幽部。鯉、有，之部。四章：多、嘉，歌部。五章：旨、偕，脂部。六章：有、時，之部。

南陔

白華

華黍

此三篇僅有篇目而無詩辭，其辭蓋經戰國及秦火亡佚。據《儀禮》記載，其樂曲在鄉飲酒禮及燕禮中皆用笙演奏，故又稱「笙詩」。

《詩序》曰：「〈南陔〉，孝子相戒以養也。〈白華〉，孝子之潔白也。〈華黍〉，時和歲豐，宜黍稷也。」三詩之題旨由此可以窺見一斑。

南有嘉魚之什

一 南有嘉魚

南有嘉魚，
烝然❶罩罩❷。
君子有酒，
嘉賓式燕❸以樂。
南有嘉魚，
烝然汕汕❹。

南方有美味魚，
魚兒盛多罩不盡。
君子有酒，
嘉賓飲酒作樂盡興。
南方有美味魚，
魚兒盛多捉不盡。

君子有酒，
嘉賓式燕以衎❺。

南有樛木❻，
甘瓠❼纍❽之。
君子有酒，
嘉賓式燕綏❾之。

翩翩❿者鵻⓫，
烝然來思⓬。
君子有酒，
嘉賓式燕又⓭思⓮。

君子有酒，
嘉賓飲酒取樂盡興。

南方有彎曲的樹木，
葫蘆藤兒把它纏繞。
君子有酒，
嘉賓飲酒安心享樂。

輕盈飛翔的是鵓鴣鳥，
紛紛飛來喲。
君子有酒，
嘉賓飲酒頻頻舉杯喲。

【注釋】❶烝然　眾多貌。❷罩罩　此作動詞，疊言「罩罩」，非一之詞也。罩，捕魚器。編細竹為之，為無底之筐，漁人以手抑按於水中以罩魚。今江蘇水鄉猶可見之。❸燕　通「宴」。宴飲也。一說：樂也。❹汕汕　非一之詞。汕，亦捕魚器。又稱撩罟，以葦蓆為之。❺衎　樂也。❻樛木　枝幹彎曲之樹。參見〈周南・樛木〉注。❼甘瓠　葫蘆之一種，味甜，可食。❽纍　纏繞。❾綏　安享。❿翩翩　鳥飛貌。⓫鵻　鳥名。見〈四牡〉注。⓬思　語助詞，無義。⓭又　通「侑」。勸酒也。⓮思　語助詞，無義。

【研　析】此是貴族燕饗之詩，大旨與〈魚麗〉相類。《詩序》曰：「〈南有嘉魚〉，樂與賢也。大平之君子至誠，樂與賢者共之也。」大旨不誤。

詩共四章。一、二兩章形式複疊，讚君子設宴魚多酒美。三章以甘瓠纍樛木，興嘉賓願依附君子共享福祿。四章以翩翩鵻來，興嘉賓紛至沓來。各章後「君子有酒」二句文意基本相同，反復詠唱，烘托主厚賓歡濃濃情意。

【韻　讀】一章：罩、樂，藥部。二章：汕、衎，元部。三章：纍、綏，微部。四章：來、又，之部。

二　南山有臺

南山有臺❶，　　南山有薹草，
北山有萊❷。　　北山有野藜。

樂只❸君子❹，
邦家之基。
樂只君子，
萬壽無期。

南山有桑，
北山有楊。
樂只君子，
邦家之光。
樂只君子，
萬壽無疆。

南山有杞❺，

快樂呀君子，
您是國家的根基。
快樂呀君子，
祝您長壽無盡期。

南山有桑樹，
北山有白楊。
快樂呀君子，
您是國家的榮光。
快樂呀君子，
祝您萬壽無疆。

南山有杞木，

北山有李。
樂只君子，
民之父母。
樂只君子，
德音不已。

南山有栲❻，
北山有杻❼。
樂只君子，
遐不❽眉壽❾？
樂只君子，
德音是茂❿。

北山有李樹。
快樂呀君子，
您是百姓的父母。
快樂呀君子，
您的聲譽永傳播。

南山有栲木，
北山有杻樹。
快樂呀君子，
怎能不長壽？
快樂呀君子，
您的聲譽這樣美盛。

南山有枸⓫，北山有楰⓬。樂只君子，遐不黃耇⓭？樂只君子，保艾⓮爾後。

南山有枸木，北山有楰樹。快樂呀君子，怎能不高壽？快樂呀君子，保佑您的子孫傳千秋。

【注釋】❶臺　古「薹」字。草名，又名夫須、莎草，莖葉可製蓑衣。❷萊　草名。又名藜，多生荒地，其葉可食。❸只　語助詞，猶哉。參見〈周南・樛木〉注。❹君子　指周王或諸侯。❺杞　木名。又名狗骨，屬落葉喬木。一說：即杞柳。又一說：即枸杞。❻栲　見〈唐風・山有樞〉注。❼杻　見〈唐風・山有樞〉注。❽遐不　何不也。遐，通「何」。❾眉壽　長壽；高壽也。眉，通「彌」。滿也。❿茂　盛也。⓫枸　木名。即枳枸，樹高如白楊，子實大如指，甘甜如飴。⓬楰　木名。楸樹之一種，又名鼠梓、苦楸。⓭黃耇　長壽；高壽。人老則髮黃。⓮保艾　保護養育；保佑也。

【研析】此是祝頌君上之詩，篇中有「邦家之基」、「民之父母」句可證。或據「邦家之基」、「邦家之光」，謂此君當是邦國之諸侯而非天子。然〈采芑〉云「蠢爾蠻荊，大邦為讎」，可見天子之國亦可稱「邦」。故詩中「君子」究係天子抑或諸侯，不可遽定。《詩序》曰：「〈南山有臺〉，樂得賢也。得賢，則能為邦家立大平之基。」「樂得賢」謂興義則可，謂詩旨則非。詩共五章，形式複疊。各章章旨相似，「可謂極其祝頌，然總不出德、壽、後人三意，而所重似尤在德。」（孫鑛《批評詩經》）各章皆以南山有某、北山有某起興，蓋山喻君子邦國，卉木茂盛喻人才濟濟也。

【韻讀】一章：臺、萊、基、期，之部。二章：桑、楊、光、疆，陽部。三章：杞、李、母、已，之部。四章：栲、杻、壽、茂，幽部。五章：枸、楰、耇、後，侯部。

由庚

崇丘

由儀

此三篇亦為笙詩，有聲而無辭，與〈南陔〉、〈白華〉、〈華黍〉同。《詩序》曰：「〈由庚〉，萬物得由其道也。〈崇丘〉，萬物得極其高大也。〈由儀〉，萬物之生，各得其宜也。」

三　蓼蕭

蓼❶彼蕭❷斯❸，
零露湑❹兮。
既見君子，
我心寫❺兮。
燕❻笑語兮，
是以有譽處❼兮。

蓼彼蕭斯，
零露瀼瀼❽。
既見君子，

那又長又大的香蒿喲，
落上了重重的晨露呀。
見到了君子，
我真喜悅心舒呀。
開心談笑呀，
因此而融融相處呀。

那又長又大的香蒿喲，
落上了多多的晨露。
見到了君子，

為龍⑨為光。
其德不爽⑩，
壽考不忘⑪。

蓼彼蕭斯，
零露泥泥⑫。
既見君子，
孔燕豈弟⑬。
宜兄宜弟⑭，
令德⑮壽豈⑯。

蓼彼蕭斯，
零露濃濃。

他多麼尊貴榮光。
他的品德完美高尚，
祝願他長生不老。

那又長又大的香蒿喲，
落上了濕濕的晨露。
見到了君子，
他很快樂平和。
像兄弟一樣親密，
祝願他德美壽長和樂。

那又長又大的香蒿喲，
落上了濃濃的晨露。

既見君子，
鞗革⑰沖沖⑱，
和鸞⑲雝雝⑳，
萬福攸同㉑。

見到了君子，
馬絡頭的金環響聲沖沖，
和鈴鸞鈴多麼和諧，
祝願他萬福會同。

【注釋】❶蓼 長而大之貌。❷蕭 蒿草。參見〈王風・采葛〉注。❸斯 語助詞。❹湑 濃盛貌。此指露多。❺寫 舒暢；喜悅也。❻燕 樂也。❼譽處 安處。譽，通「豫」。安樂也。❽瀼瀼 露多貌。參見〈鄭風・野有蔓草〉注。❾龍 古「寵」字。尊貴；貴寵也。❿不爽 無差錯。⓫不忘 無止期。忘，通「亡」。參見〈秦風・終南〉注。⓬泥泥 露多貌。⓭孔燕豈弟 言甚和樂也。燕，安樂也。豈弟，和樂也。參見〈齊風・載驅〉。⓮宜兄宜弟 言為兄為弟，無不相宜，形容親密無間也。⓯令德 美德。⓰壽豈 長壽快樂。豈，通「愷」。樂也。⓱鞗革 綴有金屬飾物之馬絡頭，周代天子馬飾之一，亦作賜品。鞗，馬絡頭上環狀金屬飾物。革，「勒」之古字，馬絡頭。⓲沖沖 鞗鳴之聲。一說：轡繩下垂貌。⓳和鸞 天子車馬之鈴。《毛傳》曰：「在軾曰和，在鑣曰鸞。」但近年出土之周代古車，鸞多裝在車衡上。⓴雝雝 鈴聲和諧也。㉑攸同 所聚。攸，所也。

【研析】此是諸侯朝見天子祝頌之詩。《詩序》曰：「〈蓼蕭〉，澤及四海也。」過於空泛。

詩共四章，形式複疊。首章抒寫得見君子之歡愉心情。二章抒寫君子位尊而德高。三章抒寫君子平和快樂、待人真誠。末章借寫車馬，烘托君子王者氣象。後三章章末，皆祝禱君子福壽之詞。全篇各章皆以蓼蕭霑露起興，或即《詩序》所謂天子「恩澤四海」之意也。

孫鑛《批評詩經》曰：「寫一時歡樂光景，藹然可味。首章點得透快。二、三章歸之德，是詩骨。末章借車馬寫意。陡發而緩收，正是頓挫。」

【韻讀】一章：湑、寫、語、處，魚部。二章：瀼、光、爽、忘，陽部。三章：泥、弟、弟，脂部；豈，微部。脂微合韻。四章：濃、沖，侵部。雝、同，東部。

四　湛露

湛湛❶露斯，
匪陽不晞❷。
厭厭❸夜飲，
不醉無歸。

湛湛露斯，
在彼豐草❹。

濃濃的露珠喲，
太陽不曬不會乾。
夜裏飲酒，多麼快樂安閑，
不醉就不能回。

濃濃的露珠喲，
在那茂盛的草地上凝結。

厭厭夜飲，
在宗載考❺。

湛湛露斯，
在彼杞棘❻。
顯允❼君子❽，
莫不令德❾。

其桐其椅❿，
其實離離⓫。
豈弟君子，
莫不令儀⓬。

夜裏飲酒，多麼快樂安閑，
在這宗廟落成典禮上設宴。

濃濃的露珠喲，
在那枸杞和棗葉凝結。
光明誠信的君子，
沒有不是好品德。

那桐樹，那椅樹，
它們的果實累累。
快樂平和的君子，
沒有不是好儀態。

【注釋】❶湛湛　露盛貌。❷晞　乾也。❸厭厭　安樂和悅之貌。❹豐草　茂盛之草。❺在宗載考　言在宗廟落成之時也。宗，宗廟。載，通「在」。此湊音節也。考，落成也。❻杞棘　枸杞與酸棗樹。❼顯允　光明誠信。❽君子　此指諸侯。❾令德　好品德。❿椅　木名。見〈鄘風・定之方中〉注。⓫離離　猶累累，果實下垂貌。參見〈王風・黍離〉注。⓬令儀　好儀態。

【研析】此是宗廟落成之日，天子宴諸侯之詩。《詩序》曰：「天子燕諸侯也。」稍簡。

詩共四章，形式基本複疊。一、二兩章詩義互足，言在宗廟落成之日夜飲也。詩以「不醉無歸」寫出主人盛情，烘托熱烈氛圍。三章言應邀之嘉賓皆有美德。四章言應邀之嘉賓皆有美儀。前三章以湛露零落草木，興天子夜飲諸侯。首章云「匪陽不晞」，意當謂露必待陽而晞，飲必至醉而歸耳。（此黃焯之說，見《毛詩鄭箋平議》。）末章蓋以桐椅之實離離，興天子培植賢臣人才濟濟也。

【韻讀】一章：晞、歸，微部。二章：草、考，幽部。三章：棘、德，職部。四章：離、儀，歌部。

五　彤弓

彤弓❶弨❷兮，　紅彤彤的大弓弦兒放鬆，
受言❸藏之。　拜受之後就將它珍藏。

我有嘉賓，
中心貺[4]之。
鐘鼓既設，
一朝[5]饗[6]之。
彤弓弨兮，
受言載[7]之。
我有嘉賓，
中心喜之。
鐘鼓既設，
一朝右[8]之。
彤弓弨兮，

我有嘉賓，
打心裏想給他們重賞。
鐘和鼓都已經架設，
整個上午大宴賓客。
紅彤彤的大弓弦兒放鬆，
拜受之後就將它珍藏。
我有嘉賓，
打心裏感到高興。
鐘和鼓都已經架設，
整個上午勸酒頻頻。
紅彤彤的大弓弦兒放鬆，

受言櫜❾之。　拜受之後就將它珍藏。
我有嘉賓，　我有嘉賓，
中心好之。　打心裏感到喜歡。
鐘鼓既設，　鐘和鼓都已經架設，
一朝醻❿之。　整個上午敬酒頻頻。

【注　釋】❶彤弓　諸侯之弓，漆紅色。❷弨　弓弦鬆弛貌。古代賜弓不張。❸言　語助詞。❹貺　賜也。❺一朝　猶終朝，整個上午。❻饗　指大宴賓客。❼載　收藏。（從《詩集傳》）一說：載以歸也。❽右　通「侑」。勸酒。❾櫜　藏弓於弓袋，引申為收藏。❿醻　敬酒。

【研　析】《詩序》曰：「〈彤弓〉，天子賜有功諸侯也。」與詩文甚切合。

詩共三章，形式複疊。各章皆先言諸侯受賜，後言天子須賜，詩文蓋倒敘耳。

詩以「中心貺之」、「喜之」、「好之」，突出天子賞賜之真誠；以「受言藏之」、「載之」、「櫜之」突出諸侯受賜之珍重。「一朝饗之」、「右之」、「醻之」，渲染典禮之隆重、熱烈、諧和。本詩文字簡練典雅，情意深厚濃重。有王者氣象。吳闓生《詩義會通》引舊評曰：「是篇須玩其鍊意鍊字之妙。」

【韻　讀】一章：藏、貺、饗，陽部。二章：載、喜、右，之部。三章：櫜、好、醻，幽部。

六 菁菁者莪

菁菁❶者莪❷，
在彼中阿❸。
既見君子，
樂且有儀❹。

菁菁者莪，
在彼中沚❺。
既見君子，
我心則喜。

茂盛的蘿蒿，
長在那大山之中。
我見到了君子，
他既和樂又有禮貌。

茂盛的蘿蒿，
長在那小洲之中。
我見到了君子，
心中就喜滋滋。

菁菁者莪，　茂盛的蘿蒿，
在彼中陵❻。　長在那大土山之中。
既見君子，　我見到了君子，
錫❼我百朋❽。　就像送我貨貝百朋一樣激動。

汎汎❾楊舟，　漂蕩的楊木船，
載沈❿載浮。　忽沈忽浮。
既見君子，　我見到了君子，
我心則休⓫。　心中就格外喜歡。

【注釋】❶菁菁　茂盛貌。❷莪　草名。又名蘿蒿，其莖嫩時可食，味似蔞蒿。❸阿　大山。❹儀　禮節；禮貌也。❺沚　水中小洲。參見〈秦風・蒹葭〉注。❻陵　大土山。參見〈小雅・天保〉注。❼錫　賜也。❽朋　上古貨幣單位，五枚貝殼為一朋。一說：十枚貝殼為一朋。❾汎汎　船飄流貌。參見〈邶風・二子乘舟〉注。❿沈　同「沉」字。⓫休　喜也。〈從王引之《詩經述聞》〉一說：安也。亦通。

【研析】此蓋人君喜得賢才之詩。姚際恆曰：此詩「《小序》謂『樂育材』，不切。《集傳》謂『亦燕飲賓客之詩』，篇中無燕飲字面，尤不切。大抵是人君喜得見賢之詩，其餘則不可以臆斷也。」（《詩經通論》）其說甚是。

詩共四章，形式複疊。首章述「君子」之賢。其餘三章皆抒寫得見「君子」之喜悅心情，以見人君思賢若渴也。前三章皆以菁莪生於阿、沚、陵起興，喻賢者之眾也。末章忽換楊舟沉浮起興，《詩集傳》云：「以興未見君子而心不定也。」三章「既見君子，錫我百朋」，非真賜百朋也，《詩集傳》云：「錫我百朋者，見之而喜，如得重貨之多也。」觀之詩文，二章曰「既見君子，我心則喜」，四章曰「既見君子，我心則休」，三章不應夾入賜朋，故朱子之說最為允當。

【韻讀】一章：莪、阿、儀，歌部。二章：沚、喜，之部。三章：陵、朋，蒸部。四章：舟、浮、休，幽部。

七六　六月

六月棲棲❶，
戎車既飭❷。

六月裏檢閱正忙，
戰車已經整修停當。

四牡騤騤❸，
載是常服❹。
玁狁孔熾❺，
我是用❻急。
王于出征❼，
以匡王國。

比物❽四驪，
閑❾之維則❿。
維此六月，
既成我服⓫。
我服既成，
于⓬三十里⓭。

四匹公馬強壯，
載上這些戎裝。
玁狁太猖狂，
我因此焦急萬狀。
我奉王命出征，
來挽救王國危亡。

挑選等力的四匹黑馬，
訓練牠們很有章法。
在這盛夏六月，
製成了我的戰服。
我的戰服已經製成，
每日行軍三十里路。

王于出征，
以佐天子。

四牡脩廣，
其大有顒[14]。
薄伐玁狁，
以奏[15]膚公[16]。
有嚴有翼[17]，
共[18]武之服[19]。
共武之服，
以定王國。

玁狁匪茹[20]，

我奉王命出征，
來把天子輔助。

四匹公馬體長背寬，
魁梧高大。
討伐玁狁，
來進獻大功。
威嚴謹慎，
盡力完成戰鬥任務。
盡力完成戰鬥任務，
來安定我們王國。

玁狁不自度量，

整居㉑焦穫㉒，
侵鎬及方㉓，
至于涇陽㉔。
織文鳥章㉕，
白旆㉖央央。
元戎㉗十乘，
以先啟行㉘。

戎車既安，
如輊如軒㉙。
四牡既佶㉚，
既佶且閑。
薄伐玁狁，

全部佔據焦穫，
又侵犯鎬和方，
一直深入到涇水北方。
旗幟上畫著飛鷹，
白色鑲邊多麼鮮亮。
大型戰車十輛，
在前頭開道衝鋒。

戰車穩穩當當，
既像重車又像輕車一樣。
四匹公馬健壯，
健壯而且訓練有素。
討伐玁狁，

至于大原㉛。
文武吉甫㉜，
萬邦為憲㉝。
吉甫燕㉞喜，
既多受祉㉟。
來歸自鎬，
我行永久。
飲御㊱諸友，
炰㊲鱉膾㊳鯉。
侯㊴誰在矣？
張仲㊵孝友㊶。

一路驅逐到太原。
吉甫文武雙全，
萬國引為典範。
吉甫高興喜悅，
接受天子賞賜多多。
從鎬地回來，
我在路上走了很久。
給各位朋友進酒，
有清蒸甲魚和切片鯉魚。
誰在座中？
孝順友善的張仲朋友。

【注 釋】❶棲棲 通「栖栖」。忙碌不安貌。❷飭 整治。❸騤騤 馬強壯貌。參見〈小雅・采薇〉注。❹常服 指將士之制服，即皮弁衣，素裳白鞋。此借代服常服之人。❺熾 氣焰囂張。❻是用 因此。用，通「因」。❼王于出征 此與下章「王于出征」皆謂奉王命出征也。（從胡承珙《毛詩後箋》）❽比物 挑選馬匹，使毛色、馬力統一整齊。❾閑 訓練。❿則 法則。⓫服 指戎服，即上文之「常服」。⓬于往也。⓭三十里 古代行軍日三十里。⓮有顒 猶顒然，大貌。有，語助詞。⓯奏 進獻。⓰膚公 大功。公，通「功」。⓱有嚴有翼 猶嚴嚴翼翼，威嚴謹慎貌。有，語助詞。⓲共 古「供」字。供職也。⓳服職事也。⓴匪茹 不自度量。茹，度也。㉑居 指佔領。㉒焦穫 皆北方地名，未詳所在。一說：焦穫為澤名，陳奐《傳疏》以為在陝西涇陽西北。㉓侵鎬及方 鎬、方，皆北方地名。《正義》引王基說，以為此鎬與鎬京非一地。方，即〈出車〉「往城于方」之方。㉔涇陽 涇水北岸。㉕織文鳥章 言旗幟上繪有飛鳥圖案。織，通「幟」。一說：織文，徽號，大夫以上繪於旌旗，士卒則著於衣。㉖旆 古代旗幟邊緣所綴燕尾狀之布帛。㉗元戎 大型戰車，作戰時為前鋒開道。㉘啟行 開道。㉙如輊如軒 言車行調適也。輊，同「輖」。重車。軒，輕車。㉚佶 健壯貌。㉛大原 地名。在今甘肅平涼鎮原至寧夏固原一帶。㉜吉甫 即尹吉甫，周宣王之大臣，時為伐玁狁之大將。㉝憲 模範；榜樣。㉞燕 通「宴」。喜也。㉟祉福也。此指天子之賞賜。㊱御 進獻。㊲炰 蒸煮。㊳膾 細切生肉、生魚曰膾。㊴矦 語助詞，猶維也。㊵張仲 人名。吉甫之友，賢臣。㊶孝友 指張仲之品格：孝敬父母，友善兄弟。

【研 析】此讚尹吉甫之詩。成康既沒，周室寖衰，厲王暴虐，玁狁內侵，及宣王即位，命尹吉甫帥師討伐，有功而歸，詩人作歌敘之。《詩序》曰：「〈六月〉，宣王北伐也。」稍嫌簡略。

詩共六章。前三章述敵之氣焰囂張，我之備戰緊張有序。四、五兩章述敵入侵之深，吉甫帥師出擊，旗開得勝。末章述吉甫凱旋歸宴私第。

此雖征伐之詩，然詩中卻大寫軍容之整，將帥之能，車馬旂服之盛。至敘戰事，則僅「元戎十乘，以先啟行」，「薄伐玁狁，至于大原」數語而已，而敵我臨陣交戰，流血漂杵場面無一及焉。三百篇征伐詩作法大抵如此，或即以見天子之師，有征無戰也。

詩人善用襯托手法刻劃人物。詩中寫玁狁「孔熾」、「匪茹」，極言其氣焰囂張，正凸現出主帥尹吉甫大智大勇克敵制勝之非凡才幹。吳闓生《詩義會通》引舊評曰：「通篇俱摹寫文武二字，至末始行點出。吉甫燕喜以下，餘霞成綺，變卓犖為紆徐。末贊張仲，正為吉甫添豪。」

【韻讀】一章：棲、騤，脂部。飭、服、熾、國，職部；急，緝部。職緝合韻。二章：則、服，職部。成、征，耕部。里、子，之部。三章：顒、公，東部。翼、服、服、國，職部。四章：茹，魚部；穫，鐸部。魚鐸通韻。方、陽、章、央、行，陽部。五章：安、軒、閑、原、憲，元部。六章：喜、祉、久、友、鯉、矣、友，之部。

八　采芑

薄言采芑❶，　　快快採芑菜，
于彼新田❷，　　在那新田，
于此菑❸畝。　　在這菑田。

方叔❹涖❺止❻，
其車三千❼，
師干之試❽。
方叔率❾止，
乘其四騏❿，
四騏翼翼⓫。
路車⓬有奭⓭，
簟茀⓮魚服⓯，
鉤膺⓰鞗革⓱。
薄言采芑，
于彼新田，
于此中鄉⓲。

方叔來臨，
他的戰車有三千，
士兵勤操練。
方叔統率，
駕著四匹騏馬，
四匹騏馬矯健。
指揮車紅艷艷，
竹蓆車蔽，魚皮箭袋，
馬胸掛鉤膺，籠頭飾銅件。
快快採芑菜，
在那新田，
在這鄉中菑田。

方叔涖止，
其車三千，
旂旐央央⑲。
方叔率止，
約軧⑳錯衡㉑，
八鸞㉒瑲瑲㉓。
服其命服㉔，
朱芾㉕斯皇㉖，
有瑲㉗蔥珩㉘。

鴥㉙彼飛隼㉚，
其飛戾㉛天，
亦集爰㉜止。

方叔來臨，
他的戰車有三千，
交龍旗龜蛇旗鮮豔。
方叔統率，
紅革纏車轂，金玉鑲車衡，
八隻鑾鈴噹噹響。
穿著他的官服，
橘紅蔽膝多鮮亮，
蔥色玉佩鏘鏘。

那疾飛的鷂鷹，
一直飛到天邊，
然後下來聚集休息。

方叔涖止，
其車三千，
師干之試。
方叔率止，
鉦人伐鼓㉝，
陳師鞠旅㉞。
顯允㉟方叔，
伐鼓淵淵㊱，
振旅㊲闐闐㊳。

蠢㊴爾蠻荊㊵，
大邦㊶為讎㊷。
方叔元老㊸，

方叔來臨，
他的戰車有三千，
士兵勤操練。
方叔統率，
鉦人敲鉦，鼓人擊鼓，
陳列隊伍訓誡。
英明忠誠的方叔，
擊鼓進軍鼓聲洪亮，
隊伍休整鬧嚷嚷。

你這蠢蠢欲動的蠻荊，
竟敢和我大國為敵。
方叔是元老，

克壯㊹其猶㊺。
方叔率止，
執訊獲醜㊻，
戎車嘽嘽㊼，
嘽嘽焞焞㊽，
如霆㊾如雷。
顯允方叔，
征伐玁狁，
蠻荊來威㊿。

他能深謀遠慮。
方叔統率，
抓舌頭，俘眾敵。
戰車軘軘作響，
軘軘隆隆，
如霹靂，如雷霆。
英明忠誠的方叔，
討伐玁狁，
威服蠻荊。

【注釋】❶芑　野菜名。似苦菜，莖青白色，摘其莖葉，有白汁出，可生食，亦可蒸煮而食。❷新田　新墾二年之田。❸菑　新墾一年之田。❹方叔　周宣王之卿士，受命為討伐蠻荊之主帥。❺涖　臨也。俗作「蒞」。❻止　語助詞，下同（三章「亦集爰止」之「止」例外）。❼其車三千　按古兵法，兵車一乘有甲士三人，步卒七十二人，又有二十五人引輜重車在後，凡百人也。其車三千，則有三十萬眾，故《詩集傳》云：「此亦極其盛而言，未必實有此數也。」❽師干之試　試師干之倒文，言練習甲兵也。師，兵眾也。干，盾也。試，習也。之，代詞，複指「師干」。❾率 統率。❿騏 見〈秦風・小戎〉注。⓫翼翼 見〈采薇〉注。⓬路車 諸侯所乘之車，此蓋為將帥所乘之大型戰車。⓭有奭 猶奭然，赤貌。有，語助詞。⓮簟茀 竹蓆所製之車蔽。參見〈齊風・載驅〉注。⓯魚服 魚獸皮所製之箭袋。參見〈采薇〉注。⓰鉤膺 馬飾名。又名樊（繁）纓，綴在馬鞅下之索裙狀飾物，以皮革或犛牛尾製成。長沙西晉永寧二年墓出土之冠服俑馬胸前懸有此物。⓱鞗革 見〈蓼蕭〉注。⓲中鄉 即鄉中，與上文之「菑畝」互文，言於此鄉中之菑畝也。（從黃焯《毛詩鄭箋平議》）⓳旂旐央央 見〈出車〉注。⓴約軧 以革條纏束車轂，塗以紅漆，有加固及裝飾雙重作用。軧，車轂也。㉑錯衡 施重玉文彩於車衡。衡，車衡，車轅前端之橫木，軛縛其上。㉒鸞 鸞鈴，多為扁圓形，內置彈丸，鈴蓋有輻射狀鏤孔，裝於車衡或軛首上。天子諸侯之車有八鸞。㉓瑲瑲 鸞鈴聲。㉔命服 古代帝王按等級賜給公侯卿大夫之禮服。下文之「朱芾」、「蔥珩」即方叔之命服也。㉕朱芾 朱色蔽膝，色淺於天子紼朱，諸侯之服也。㉖斯皇 猶煌煌，鮮明貌。斯，語助詞，猶其也。㉗有瑲 猶瑲瑲，佩玉聲。有，語助詞。㉘蔥珩 蔥色之珩。珩，形似磬而小，為玉佩組件之一，在玉佩頂端。㉙鴥 疾飛貌。㉚隼 鴟鷹類猛禽，飛行疾速。㉛戾 至也。㉜爰 語助詞，猶而也。㉝鉦人伐鼓 言鉦人伐鉦，鼓人伐鼓。今「鉦人」下省「伐鉦」，「伐鼓」上省「鼓人」，互文也。鉦，樂器名，似鈴，有柄。伐，擊也。古代軍中擊鼓進兵，擊鉦止兵。㉞陳師鞠旅 言陳列軍隊而告誡之。師、旅，泛指軍隊。鞠，通「鞫」。告也。㉟顯允 見〈湛露〉注。㊱淵淵 擊鼓聲。㊲振旅 休整軍隊。㊳闐闐 喧鬧聲。㊴蠢 輕舉妄動貌。㊵蠻荊 對南方楚人之蔑稱。㊶大邦 大國，指周國。㊷讎 通「仇」。仇敵。㊸元老 位重而資深之老臣。㊹壯 大也。㊺猶 謀略。㊻執訊獲醜 見〈出車〉注。㊼嘽嘽 見〈四牡〉注。㊽焞焞 車行聲。〈王風・大車〉作「啍啍」。㊾霆 疾雷。㊿蠻荊來威 威蠻荊之倒文，威服蠻荊也。來，語助詞，猶複指提賓之「是」字。

【研析】此是讚方叔奉命南征蠻荊之詩。《詩序》曰：「〈采芑〉，宣王南征也。」大旨不誤。詩共四章。前三章形式複疊，皆述方叔出征時車馬、旂幟、佩服之盛及治軍之嚴；至末章方入征伐蠻荊正題，但也僅以車聲如雷渲染泰山壓卵之勢，至出戰之事亦略而不言。此與〈六月〉異曲而同工。論辭氣，本詩「全篇前路閒閒，後乃警策動人」（《詩經原始》），與〈六月〉先緊迫後舒緩截然相反。

【韻讀】一章：芑、畝、止、止、騏，之部。田、千，真部。試、翼、奭、服、革，職部。二章：田、千，真部。鄉、央、衡、瑲、皇、珩，陽部。三章：天、千，真部。止、止，之部；試，職部。之職通韻。鼓、旅，魚部。淵、闐，真部。四章：雝、猶、醜，幽部。焞，文部；雷、威，微部。文微通韻。

九 車攻

我車既攻❶，
我馬既同❷。
四牡龐龐❸，
駕言徂東❹。

我的獵車修得堅固，
我的馬兒整齊協同。
四匹公馬多麼強壯，
駕著牠們駛向東方。

田車❺既好，
四牡孔阜❻。
東有甫草❼，
駕言行狩。

之子❽于苗❾，
選徒❿囂囂⓫。
建旐⓬設旄⓭，
搏獸⓮于敖⓯。

駕彼四牡，
四牡奕奕⓰。
赤芾⓱金舄⓲，

獵車修得很好，
四匹公馬又大又高。
東方有廣闊的草地，
駕著牠們去打獵。

這個人去打獵，
清點士兵聲音喧鬧。
樹起旐旗，插上旄旗，
奔馳打獵在敖。

駕著那四匹公馬，
四匹公馬又高又大。
紅蔽膝，金鉤鞋，

會同⑲有繹⑳。
決㉑拾㉒既佽㉓，
弓矢既調㉔。
射夫㉕既同㉖，
助我舉柴㉗。
四黃既駕，
兩驂不猗㉘。
不失其馳㉙，
舍矢㉚如破㉛。
蕭蕭㉜馬鳴，

諸侯朝見絡繹不絕。
指套護袖已經備齊，
弓箭已經調適。
射手已經會集，
幫我把射死的獵物拾起。
四匹黃馬已經駕起，
兩匹驂馬不偏不倚。
嚴守駕馭的章法，
發箭如同用錐子破物。
馬兒蕭蕭嘶鳴，

悠悠㉝旆旌㉞。
徒御㉟不驚㊱？
大庖㊲不盈㊳？

之子于征㊴，
有聞無聲㊵。
允㊶矣君子，
展㊷也大成㊸！

旆旗緩緩飄揚。
士兵馭手難道不機警？
君王大廚難道不充盈？

這個人打獵遠行，
只有傳聞沒有鬧聲。
誠信呀君子，
事業一定大成！

【注釋】❶攻　堅固。❷同　此指馬力齊等。❸龐龐　壯實貌。❹東　指東都洛邑。❺田車　獵車。田，古「畋」字。❻阜　高大。❼甫草　大草地。❽之子　此指宣王。❾于苗　前往狩獵。苗，夏季狩獵也，此猶狩也，換字避複耳。❿選徒　清點卒徒。選，數也。⓫囂囂　人聲嘈雜貌。⓬旐　畫龜蛇的旗幟。⓭旄　竿首飾旄牛尾的旗幟。⓮搏獸　當作「薄狩」。薄，語助詞。說詳段玉裁《詩經小學》。⓯敖　山名。在今河南成皋西北。⓰奕奕　高大貌。⓱赤芾　紅色蔽膝，諸侯所服。⓲金舄　鞋頭有金飾之厚底鞋，即赤舄，亦諸侯所服。⑲會同　諸侯朝會天子。⑳有繹　猶繹然，絡繹不絕貌。㉑決　俗稱扳指，以象牙或獸骨為之，著右手大拇指，用於鉤弦開弓。㉒拾　護臂之袖套，皮製，著左臂。㉓佽　齊備。㉔調　調適。㉕射夫　射手。㉖同　會集。㉗柴　「㧘」的誤字。堆積的死禽獸。此指所獲之獵物。㉘猗　通「倚」。偏倚不正。㉙馳　指駕御之法。㉚舍矢　發箭。㉛如破　如錐之破物，言射藝之精。㉜蕭蕭　馬鳴聲。㉝悠悠　旗幟輕拂貌。㉞旆旌　旌旗。㉟徒御　指士卒與馭手。㊱不驚　言豈不警戒也。驚，當作「警」。㊲大庖　君王之廚。㊳不盈　言豈不豐盈也。㊴征　行也。㊵有聞無聲　但聞其事而不聞其聲，言其訓練有素、紀律嚴明也。㊶允　誠信。㊷展　確實。㊸大成　大成功。

【研　析】此是美宣王出獵之詩，《石鼓文》文辭與此詩及下篇〈吉日〉頗相似，可為佐證。《詩序》曰：「〈車攻〉，宣王復古也。宣王能內脩政事，外攘夷狄，復文武之竟土。脩車馬，備器械，復會諸侯於東都，因田獵而選車徒焉。」大致可信。

詩共八章。一、二兩章言備車馬，數徒御，東行狩獵。三章點明會獵之地。四章言諸侯會同有繹。五、六兩章皆言獵事，極力描寫裝備之精，射御之良，其所獲之豐自在言外。七、八兩章言獵畢而歸，軍容整肅。全詩以嘆美作結。

詩人極善敘事描摹，寫出王者出獵恢宏氣象，為班孟堅〈東都賦〉所師法。七章「蕭蕭馬鳴，悠悠旆旌」二句，採用側面反襯手法，描摹軍容之整肅，真神來之筆，王籍詩「蟬噪林愈靜，鳥鳴山更幽」，蓋脫胎於此。

【韻　讀】一章：攻、同、龐、東，東部。二章：好、阜、草、狩，幽部。三章：苗、囂、旄、敖，宵部。四章：奕、舄、繹，鐸部。五章：佽，脂部；柴，支部。脂支合韻。六章：駕、猗、馳、破，歌部。七章：鳴、旌、驚、盈，耕部。八章：征、聲、成，耕部。

一〇 吉日

吉日維戊❶，
既伯❷既禱。
田車既好，
四牡孔阜。
升彼大阜，
從❸其群醜❹。

吉日庚午❺，
既差❻我馬。
獸之所同❼，

吉祥日子是戊辰，
祭過馬祖，做過祈禱。
獵車已經整好，
四匹雄馬很大很高。
登上那個大山丘，
追逐那成群的野獸。

吉祥日子是庚午，
已經選好了我的馬。
野獸被驅趕聚攏，

麀❽鹿麌麌❾。
漆沮之從，
天子之所❿。

瞻彼中原⓫，
其祁⓬孔有⓭。
儦儦⓮俟俟⓯，
或群或友⓰。
悉率⓱左右⓲，
以燕⓳天子。

既張⓴我弓，
既挾㉑我矢。

雌鹿雄鹿多多。
驅趕野獸到漆沮二水旁，
那裡是天子狩獵的場所。

瞻望那原野之中，
多麼遼闊，野獸很多。
有的快跑，有的慢走，
三三兩兩結著伴兒。
把牠們統統趕到天子左右，
來供他射獵取樂。

我已經把弦安上了弓，
我已經挾起了我的箭。

發彼小豝，
殪此大兕㉒。
以御㉓賓客，
且以酌醴㉔。

一箭射中了那小母豬，
又射殺了這大犀牛。
把獵物進獻給賓客，
姑且用來下酒。

【注釋】❶戊　指戊辰日。古人以為剛日，宜於田獵。❷伯　馬祖；馬神。此作動詞，祭馬祖也。❸從　追逐。❹群醜　此指獸群。醜，眾也。❺庚午　亦剛日也。❻差　擇也。❼同　驅而聚集也。❽麀　母鹿。❾麌麌　眾多貌。❿漆沮之從二句　言驅獸於漆沮二水旁，乃天子狩獵之所也。漆、沮，在今陝西境內。⓫中原　原中之倒文。原，原野也。⓬祁　廣大。⓭孔有　甚多，此指獸多。⓮儦儦　疾行貌。⓯俟俟　行貌。⓰或群或友　群友，指野獸三兩成群。⓱率　驅趕。⓲左右　指天子兩側。⓳燕　通「宴」。樂也。⓴張　此指施弦於弓。㉑挾　挾持。㉒發彼小豝二句　言射殺小豝大兕也。此二句互文。發，發箭。豝，母豬。殪，殺死也。兕，犀牛，獨角，皮厚，可製甲。㉓御　進獻。㉔酌醴　飲酒。此指下酒菜肴。醴，甜酒也。

【研析】此亦讚美周宣王出獵之詩。《詩序》曰：「〈吉日〉，美宣王田也。能慎微、接下，無不自盡以奉其上焉。」可參。

詩共四章。一、二兩章述宣王擇吉日祭馬祖、出獵，及出獵前之充分準備。三、四兩章述左右助宣王出獵，並讚其射藝精湛。四章結尾以「以御賓客，且以酌醴」寫射後宴賓情景。

全詩結構嚴整，有條不紊。

此與上篇〈車攻〉雖皆為宣王田獵之詩，但旨趣、手法不盡相同。〈車攻〉寫宣王行狩東都，實為假狩獵之名而懾服列邦，故詩人大寫車服之盛、徒御之眾、軍紀之嚴，重在渲染聲勢。此寫宣王獵於西都，僅為畿內歲時舉行之典，故詩人詳寫狩獵過程之細節，其氣象自不及〈車攻〉宏大。

【韻讀】一章：戊、禱、好、阜、阜、醜，幽部。二章：午、馬、麌、所，魚部。同、從，東部。三章：有、俟、友、右、子，之部。四章：矢、兕、醴，脂部。

鴻鴈之什

一 鴻鴈

鴻鴈❶于飛，
肅肅❷其羽。
之子❸于征❹，
劬勞❺于野。
爰及矜人，
哀此鰥寡❻。

大雁飛翔，
搧動牠的翅膀沙沙響。
這個人要遠行，
勞苦奔波在野外。
同情窮苦的人們，
憐憫這些孤寡的人。

鴻鴈于飛，
集于中澤。
之子于垣❼，
百堵❽皆作❾。
雖則劬勞，
其究安宅❿。

鴻鴈于飛，
哀鳴嗷嗷⓫。
維此哲人⓬，
謂我劬勞；
維彼愚人，
謂我宣驕⓭。

大雁飛翔，
停歇在沼澤中央。
這個人去築牆，
建起了屋牆百丈。
雖然人很勞苦，
百姓終究有了安身的房屋。

大雁飛翔，
發出嗷嗷的哀鳴。
只有這些明白人，
說我太辛勞；
只有那些蠢人，
說我愛逞能。

【注 釋】❶鴻鴈　大雁。❷肅肅　振羽聲。參見〈唐風・鴇羽〉注。❸之子　這個人。此指使臣。❹征遠行。❺劬勞　勞苦。❻爰及矜人二句　上下句倒文，言憐憫鰥寡以及窮苦之人。爰，語助詞。及，至於。矜人，苦人。鰥寡，本指老而無妻之男及喪夫之女，此泛指孤獨傷殘之人。❼垣　牆也。此為動詞，築牆。❽堵　古代築牆單位，約長高各一丈。❾作　興建。❿其究安宅　言終能使百姓安居也。究，終也。⓫嗸嗸　鳥哀鳴聲。⓬哲人　明智達理之人。⓭宣驕　驕奢也。二字同義。

【研 析】此是使臣嘆奉命安置流民反遭非議之詩。《詩序》曰：「〈鴻鴈〉，美宣王也。萬民離散，不安其居，而能勞來、還定、安集之，至于矜寡，無不得其所焉。」除「美宣王」於詩中未見確據，餘尚與詩文相切。方玉潤曰：「大抵使臣承命安民，費盡辛苦，民不能知，頗有煩言，感而作此。」（《詩經原始》）最得詩人本旨。

詩共三章，形式複疊。一章述使臣承命遠行，賙濟孤寡。二章述不辭勞苦，興建房舍，安集流民。三章述遭人非議，流露委屈怨忿之情。各章皆以「鴻鴈于飛」興使臣劬勞，猶〈唐風・鴇羽〉以「肅肅鴇羽」興征夫勞瘁。三章二言「劬勞」，反復詠嘆，至為感人。詩人層層渲染鋪墊，故末章「維彼愚人，謂我宣驕」，讀來使人益覺心寒。

【韻 讀】一章：羽、野、寡，魚部。二章：澤、作、宅，鐸部。三章：嗸、勞、驕，宵部。

二 庭燎

夜如何其❶？
夜未央❷。
庭燎❸之光。
君子❹至止❺，
鸞❻聲將將❼。

夜如何其？
夜未艾❽。
庭燎晣晣❾。
君子至止，

夜色怎樣了？
夜色還沒褪盡。
庭中火炬照得通亮。
諸侯們來了，
傳來車鈴聲鏘鏘。

夜色怎樣了？
夜色還沒褪盡。
庭中火炬照得通亮。
諸侯們來了，

鸞聲噦噦❿。

傳來車鈴聲叮噹。

夜如何其？

夜色怎樣了？

夜鄉晨⓫。

夜已接近黎明。

庭燎有煇⓬。

庭中火炬照得通亮。

君子至止，

諸侯們來了，

言觀其旂⓭。

已可看清他們的旂旗飄揚。

【注釋】❶其　語助詞。❷央　盡也。❸庭燎　樹於庭中用以照明的火炬，以樵薪或麻稭為之，諸侯來朝時設之。❹君子　此指諸侯。❺止　語助詞。下同。❻鸞　車鈴。參見〈蓼蕭〉注。一說：旂上之鈴。❼將將　鸞鈴聲。❽艾　盡也。❾晣晣　明亮貌。❿噦噦　鸞鈴聲。⓫鄉晨　近曉。鄉，通「向」。⓬有煇　猶煇煇，明亮貌。有，語助詞。煇，同「輝」。⓭旂　此泛指旂旗。

【研析】此是天子等候諸侯早朝之詩。《詩序》曰：「〈庭燎〉，美宣王也，因以箴之。」然於詩中未見此意。

詩共三章，形式複疊，章旨相同，皆抒寫天子等候諸侯早朝之殷切心情。各章並以設問句「夜如何其」起首，突兀奇崛。首章「庭燎之光」與次章「庭燎晣晣」、末章「庭燎有煇」互文，言庭燎之光徹夜輝煌，烘托早朝特有之莊重肅穆氣氛。詩以「夜未央」、「夜未艾」、「夜鄉晨」寫夜色漸褪；又以「鸞聲將將」、「鸞聲噦噦」、「言觀其旂」，由但聞鸞聲至可辨旗影，描摹諸侯車駕在晨曦中由遠漸近。繪聲繪色，韻味獨特。

此與〈齊風·雞鳴〉皆為寫早朝之詩，但〈雞鳴〉為妻子催促丈夫早朝，辭氣活潑詼諧；此則寫天子勤政，辭氣雍容典雅。二詩風格迥異。

【韻讀】一章：央、光、將，陽部。二章：艾、晣、噦，月部。三章：晨、煇、旂，文部。

三 沔水

沔❶彼流水，
朝宗❷于海。
鴥❸彼飛隼，
載飛載止。
嗟我兄弟，

那洶湧的江河，
朝向大海奔騰。
那疾飛的鷂鷹，
時而飛翔，時而棲息。
唉！我的兄弟，

邦人❹諸友，
莫肯念亂。
誰無父母❺？

沔彼流水，
其流湯湯❻。
鴥彼飛隼，
載飛載揚❼。
念彼不蹟❽，
載起載行❾。
心之憂矣，
不可弭忘❿。

我的同胞和朋友們，
沒有一人肯顧念喪亂。
誰沒有父母？

那洶湧的江河，
它嘩嘩地流淌。
那疾飛的鷂鷹，
時而低飛，時而向上。
想起那些不走正道的人，
我時而起身，時而踱步。
心中憂愁呀，
不能讓我遺忘。

鴥彼飛隼，　那疾飛的鷂鷹，
率⓫彼中陵。　沿著那山陵飛行。
民之訛言⓬，　百姓謠言紛紛，
寧莫之懲⓭。　竟沒有人因此自警。
我友敬⓮矣，　我的朋友，要警惕呀，
讒言其⓯興。　讒言將會產生。

【注　釋】❶沔　水流盛滿貌。❷朝宗　諸侯朝見天子，此喻流水歸於大海。❸鴥　疾飛貌。參見〈采芑〉注。❹邦人　國人。❺莫肯念亂二句　言今無人肯念及喪亂之生，然誰無父母需贍養？❻湯湯　水流聲。參見〈衛風・氓〉注。❼揚　高飛。❽不蹟　不遁道而行。❾載起載行　言深憂而坐立不安。載，則也。❿弭忘　忘記。弭，忘也。⓫率　循也；沿也。⓬訛言　謠言。⓭寧莫之懲　寧莫懲之之倒文，言竟無人引起警惕。寧，竟也。懲，自警也。一說：制止也。⓮敬　通「警」。警惕。⓯其　將也。

【研　析】此詩《詩序》以為「規宣王」，《詩集傳》以為「憂亂之詩」，其餘各家，異說紛呈。其實本詩重心自在末章，結句「我友敬矣，讒言其興」已道明詩人作詩之旨，故此蓋為誡友並自警之作。

詩共三章，前二章每章八句，末章每章六句。《詩集傳》云：「疑當作三章，章八句。卒章脫前兩句耳。」故末章雖無「沔彼流水」二句，三章實亦複疊。一章述亂之將生而無人憂及。二章述己之心憂。三章述讒言將興，誠友並自警。

詩人善用鋪墊手法，首章云「莫肯念亂」，次章云「念彼不蹟」，末章云「民之訛言」，分明是當政無道、民怨沸騰、危機四伏的亂世景象，而「我友」仍麻木不仁，故末章結句「我友敬矣，讒言其興」，不啻醍醐灌頂，催人猛省。

本詩興辭頗難索解。飛隼之興，蓋以隼之飛行無定喻社會動盪，憂思不安。沔水朝海，其取義難明，不可強解。

【韻讀】一章：海、止、友、母，之部。二章：湯、揚、行、忘，陽部。三章：陵、懲、興，蒸部。

四　鶴鳴

鶴鳴于九皋❶，
聲聞于野。
魚潛在淵，
或在于渚。

白鶴在幽深的沼澤鳴叫，
聲音卻響徹田野。
魚兒潛伏在深淵，
有的在小洲邊徘徊。

樂彼之園，
爰有樹檀❷，
其下維蘀❸。
它山之石，
可以為錯❹。

鶴鳴于九皋，
聲聞于天。
魚在于渚，
或潛在淵。
樂彼之園，
爰有樹檀，
其下維穀❺。

我喜歡那個林園，
那裡栽有檀樹，
其次還有蘀樹。
別座山上的石頭，
可以用來做雕玉的刻刀。

白鶴在幽深的沼澤鳴叫，
聲音卻響徹天邊。
魚兒在小洲邊徘徊，
有的潛伏在深淵。
我喜歡那個林園，
那裡栽有檀樹。
其次還有穀樹。

它山之石，　　別座山上的石頭，
可以攻❻玉。　　可以用來刻玉。

【注釋】❶九皋　九曲之沼澤。九，虛數。九曲，言幽深也。❷檀　木名。參見〈魏風・伐檀〉注。❸蘀　木名。棗樹之一種。（從王引之《經義述聞》）❹錯　通「厝」。治玉之石，性堅硬。按，此章「它山之石」二句，與下章「它山之石」二句為互文，言它山之石可以為錯而攻玉也。❺穀　木名。材質較差，樹皮可造紙。❻攻　治也；雕琢也。

【研析】《詩序》曰：「〈鶴鳴〉，誨宣王也。」《鄭箋》申之曰：「教宣王求賢人之未仕者。」謂宣王，固於詩無證，但觀「它山之石，可以攻玉」之語，此為求賢之詩當無疑。

詩共二章，形式複疊，章旨相同。全詩採用比擬手法，三百篇中僅此與〈豳風・鴟鴞〉兩篇而已。詩以鶴、魚、樹、石比賢者。「鶴鳴」二句，言賢者雖蟄處僻野，但聲名遠播。「魚潛」二句，言賢者所在皆有。「樂彼」三句，言賢者雖有高下，然皆可用之材。「它山」二句，言他國賢士，亦可廣攬。

借助比擬，含蓄、形象地說理，是本篇主要藝術特色。故《朱子語類》曰：「〈鶴鳴〉，做得巧，含蓄意思全不發露。」吳闓生《詩義會通》引舊評曰：「理極平實，文極鮮妍。」

【韻讀】一章：野、渚，魚部。蘀、石、錯，鐸部。二章：天、淵，真部。園、檀，元部。穀、玉，屋部。

五 祈父

祈父❶！
予，王之爪牙❷。
胡轉❸予于恤❹？
靡所止居❺。

祈父！
予，王之爪士❻。
胡轉予于恤？
靡所厎止❼。

司馬！
我是大王的衛士。
為啥要調我上戰場？
使我沒有安居的地方。

司馬！
我是大王的衛士。
為啥要調我上戰場？
使我沒有安身的地方。

祈(ㄑㄧˊ)父(ㄈㄨˇ)！　　司馬！
亶(ㄉㄢˇ)❽不(ㄅㄨˋ)聰(ㄘㄨㄥ)❾。　　你真是兩耳不聞。
胡(ㄏㄨˊ)轉(ㄓㄨㄢˇ)予(ㄩˊ)于(ㄩˊ)恤(ㄒㄩˋ)？　　為啥要調我上戰場？
有(ㄧㄡˇ)母(ㄇㄨˇ)之(ㄓ)尸(ㄕ)饔(ㄩㄥ)❿。　　我還有老母要奉養。

【注釋】❶祈父　官名。即司馬，掌邊境保衛之事。祈，通「圻」。邊境也。❷爪牙　武士、衛士之代稱。❸轉　移也。❹恤　憂也。此指憂患之地，實即戰場。❺止居　居住。止，居也。❻爪士　爪牙之士。❼底止　猶止居。底，止也。❽亶　誠也。❾聰　聞也。參見〈王風・兔爰〉注。❿尸饔　陳設飯菜；奉養也。

【研析】此是王之衛士不滿調其征戍而責怨之詩。《詩序》曰：「〈祈父〉，刺宣王也。」於詩無證。

詩共三章，形式複疊。三章起首一呼「祈父」，詩人激憤之情躍於紙上。「予，王之爪牙（爪士）」、「胡轉予于恤」，申責之之由。末章「亶不聰」，言祈父不體下情，乃深責之辭，情節亦推至高潮。結句「有母之尸饔」，方露思母真情，讀來令人心酸。《詩集傳》曰：「責司馬者，不敢斥王也。」此乃修辭之委婉手法也。

【韻讀】一章：牙、居，魚部。二章：士、止，之部。三章：聰、饔，東部。

六　白駒

皎皎❶白駒，
食我場❷苗。
縶❸之維❹之，
以永❺今朝。
所謂伊人❻，
於焉❼逍遙❽。

皎皎白駒，
食我場藿❾。
縶之維之，

雪白的小馬駒，
來吃我菜園裡的秧苗。
套住馬腳，拴住韁繩，
讓牠從早到晚走不掉。
我所說的那個賢人，
在這兒自在逍遙。

雪白的小馬駒，
來吃我菜園裡的豆苗。
套住馬腳，拴住韁繩，

以永今夕。
所謂伊人，
於焉嘉客⑩。

皎皎白駒，
賁然⑪來思⑫。
爾公爾侯⑬，
逸豫⑭無期？
慎爾優游⑮，
勉⑯爾遁⑰思。

皎皎白駒，
在彼空谷⑱。

讓牠從早到晚走不掉。
我所說的那個賢人，
在這兒做嘉賓。

雪白的小馬駒，
朝這兒奔來喲。
您是做公侯的材質，
哪能只圖安逸，而沒有盡期？
您要慎重對待安逸，
請不要迴避逃匿。

雪白的小馬駒，
在那空曠的山谷。

生芻⑲一束，
其人如玉。
毋金玉爾音⑳，
而有遐心㉑。

那兒只有餵馬的青草一捆，
但那賢人像美玉一般純潔溫潤。
請不要惜墨如金，珍惜您的音信，
而有疏遠我的心。

【注　釋】❶皎皎　潔白貌。❷場　場院；打穀場。古代場、圃同地，春夏為圃，栽種蔬菜，秋冬夯實為場打穀。參見〈豳風・七月〉注。❸縶　以繩絆馬足也。動詞。❹維　以繩繫馬也。動詞。❺永　終也。❻伊人　那人。此指賢者。❼於焉　於此。❽逍遙　悠閑自得。❾藿　豆之嫩葉。❿嘉客　猶嘉賓也。此作動詞。⓫賁然　奔走貌。賁，通「奔」。⓬思　語助詞。下「勉爾遁思」之「思」同。⓭爾公爾侯　言您宜為公為侯也。(從胡承珙《後箋》)⓮逸豫　安逸。⓯優游　悠閑自得。⓰勉　通「免」。打消。⓱遁　隱遁。⓲空谷　大山谷。空，大也。⓳生芻　餵馬之青草。⓴金玉爾音　將您的音訊視作金玉。金玉，作動詞，珍惜之意。㉑遐心　疏遠之心。

【研　析】此是規勸賢者勿避世歸隱之詩。《詩序》以為刺宣王之詩，《詩集傳》謂留賢者而不可之作，皆不確。

詩共四章，形式複疊。一、二兩章以白駒來食我苗，興望賢者之來。「縶之維之」二句，寫殷勤留客，奇思妙想。三章勸賢者勿隱，「爾公爾侯」四句，乃全詩重心。詩人連用四「爾」字，推心置腹懇切之情寫得真切。末章「皎皎白駒」二句，興賢者歸隱山林。「生芻一束」二句，美賢者之清高。結句「毋金玉爾音，而有遐心」，抒寫不忍離別之情，纏綿悱惻。

【韻讀】一章：苗、朝、遙，宵部。二章：藿、夕、客，鐸部。三章：思、期、思，之部。四章：谷、束、玉，屋部。音、心，侵部。

七　黃鳥

黃鳥黃鳥❶，
無集于穀❷，
無啄我粟。
此邦之人，
不我肯穀❸。
言旋言歸❹，
復❺我邦族❻。

黃雀呀黃雀，
不要停在穀樹，
不要吃我的粟。
這個國家的人，
不肯善待我。
回去吧，回去吧！
回到我的祖國。

黃鳥黃鳥，
無集于桑，
無啄我粱❼。
此邦之人，
不可與明❽。
言旋言歸，
復我諸兄。

黃鳥黃鳥，
無集于栩❾，
無啄我黍。
此邦之人，
不可與處❿。

黃雀呀黃雀，
不要停在桑樹，
不要吃我的粱。
這個國家的人，
不可和他們結盟。
回去吧，回去吧，
回去見我的兄長們。

黃雀呀黃雀，
不要停在栩樹，
不要吃我的黍。
這個國家的人，
不可和他們相處。

言旋言歸，　回去吧，回去吧，
復我諸父。　回去見我的伯伯叔叔。

【注釋】❶黃鳥　黃雀也。參見〈周南・葛覃〉注。❷穀　木名。參見〈鶴鳴〉注。❸穀　善也。❹言旋言歸　返回；回歸。言，語助詞。旋，反也。❺復　返回。❻邦族　祖國、宗族。❼粱　粟之良者。參見〈唐風・鴇羽〉注。❽明　通「盟」。❾栩　木名。參見〈唐風・鴇羽〉注。❿處　相處。

【研析】《詩序》曰：「〈黃鳥〉，刺宣王也。」不知所據。《詩集傳》曰：「民適異國，不得其所，故作此詩。」甚得詩旨。

詩共三章，形式複疊，章旨則一。各章皆以疊呼黃鳥起句。黃鳥蓋比「此邦之人」，詩人以呼告黃鳥，禁其集樹食穀，表達對「此邦之人」之激憤。「此邦之人」二句，述其思歸之因，為詩之重心。章末「言旋言歸」二句，抒寫其回國歸家之迫切心情。本詩交替採用比擬、呼告、對比、複沓等手法，真切而形象地表達出強烈的憎愛之情。

【韻讀】一章：穀、粟、穀、族，屋部。二章：桑、粱、明、兄，陽部。三章：栩、黍、處、父，魚部。

八 我行其野

我行其野，
蔽芾❶其樗❷。
昏姻❸之故，
言❹就❺爾居。
爾不我畜❻，
復❼我邦家❽。

我行其野，
言采其蓫❾。
昏姻之故，

我在那郊野行走，
到處是茂盛的臭椿樹。
因為婚姻的緣故，
我去你那裡同住。
但你並不愛我，
我要返回我的故國。

我在那郊野行走，
採摘那羊蹄菜。
因為婚姻的緣故，

言就爾宿。　我去你那裡同居。
爾不我畜，　但你並不愛我，
言歸斯❿復。　我要返回故土。

我行其野，　我在那郊野行走，
言采其葍⓫。　採摘那葍菜。
不思舊姻⓬，　你不再想原配，
求爾新特⓭。　而去追求新歡。
成⓮不以富，　你確實不是為財富，
亦祇以異⓯。　只是因為喜新厭舊。

【注釋】❶蔽芾　茂盛貌。參見〈召南・甘棠〉注。❷樗　即臭椿樹，惡木也。參見〈豳風・七月〉注。❸昏姻　男女嫁娶之事。昏，古「婚」字。❹言　語助詞。❺就　往也。❻畜　古「慉」字。愛也。❼復　返回。❽邦家　國家。❾蓫　草名。即蓨，又名羊蹄，其根、莖、葉之浸出液，可防治紅蜘蛛等植物害蟲。

⑩斯　語助詞。⑪葍　草名。又名小旋花、面根藤兒，廣生田野，根莖可蒸食。⑫舊姻　指前妻，與下「新特」相對。⑬新特　指新婦。特，配偶。⑭成　古「誠」字。的確。⑮亦祇以異　言只因新舊相異之故也。亦，語助詞。祇，只也；僅也。

【研　析】此是女子遠嫁異國而被拋棄之怨詩。《詩集傳》曰：「民適異國，依其婚姻而不見收恤，故作此詩。」近之。《詩序》曰：「〈我行其野〉，刺宣王也。」離題過遠，置之可也。

詩共三章，形式複疊。一、二兩章述欲歸之由。末章責其夫喜新厭舊。各章皆以「我行其野」起興，所見之樗為惡木，所採之蓫、葍為惡菜，蓋喻詩人命途多舛，遇此惡夫。末章「言采其葍」四句，詩人以冷嘲熱諷語氣揭穿丈夫虛偽飾辭，一針見血，淋漓痛快。

【韻　讀】一章：樗、居、家，魚部。二章：蓫、宿、畜、復，覺部。三章：葍、特、富、異，職部。

九　斯　干

秩秩❶斯❷干❸，
幽幽❹南山❺。

清澈的澗水，
幽深的終南山。

如竹苞❻矣，
如松茂矣。
兄及弟矣，
式❼相好矣，
無相猶❽矣。
似續❾妣祖❿，
築室百堵⓫，
西南其戶⓬。
爰⓭居爰處，
爰笑爰語。
約之閣閣⓮，

周室像竹子一般根深，
像松柏一般葉茂。
兄弟之間呀，
相互友愛和睦，
不互相使計謀。
繼承先祖的功業，
築起宮牆百堵，
有西向也有南向門戶。
於是搬入居住，
於是到處歡聲笑語。
捆紮夾版響聲閣閣，

椓⑮之橐橐⑯。
風雨攸除，
鳥鼠攸去⑰，
君子攸芋⑱。

如跂斯翼⑲，
如矢斯棘⑳，
如鳥斯革㉑，
如翬斯飛㉒，
君子攸躋㉓。

殖殖㉔其庭，
有覺㉕其楹㉖，

夯土的聲音橐橐。
風雨侵襲於是免除，
鳥鼠之害於是消除，
君子於是有了好住處。

新宮挺拔，像人竦立，
四角像箭頭，稜角分明，
屋簷像鳥展開翅膀，
又像錦雞振翅欲飛，
君子於是登上殿堂。

新宮前庭平平正正，
它的柱子高大筆直。

噲噲㉗其正㉘，
噦噦㉙其冥㉚，
君子攸寧。

下莞㉛上簟㉜，
乃安斯寢。
乃寢乃興，
乃占我夢。
吉夢維何？
維熊維羆㉝，
維虺㉞維蛇。

大人㉟占之：

廳堂明亮寬暢，
內室幽暗深廣，
君子於是休息安寧。

下墊蒲席，上鋪竹席，
於是睡得安穩舒適。
於是熟睡，於是醒來起身，
於是占我的夢境。
好夢是什麼？
是夢見熊羆，
是夢見虺蛇。

太卜占夢道：

維熊維羆，
男子㊱之祥㊲；
維虺維蛇，
女子㊳之祥。

乃生男子，
載㊴寢之牀，
載衣之裳，
載弄㊵之璋㊶，
其泣喤喤㊷。
朱芾斯皇㊸，
室家君王㊹。

夢見熊羆，
是生男孩的徵兆；
夢見虺蛇，
是生女孩的徵兆。

於是生下男孩，
就讓他睡床，
就讓他穿衣裳，
就給他玩玉璋，
他的哭聲洪亮。
大紅蔽膝鮮艷，
成家立業做君王。

乃生女子，　於是生下女孩，
載寢之地，　就讓她睡地，
載衣之裼㊺，　就讓她裹小被，
載弄之瓦㊻。　就給她玩紡錘。
無非無儀㊼，　無不合乎禮儀，
唯酒食是議，　只有酒食是談論的話題，
無父母詒㊽罹㊾。　從不給父母增添憂慮。

【注釋】❶秩秩　清澈貌。一說：水流貌。❷斯　此也。下並同。❸干　通「澗」。山間之水。❹幽幽　深遠貌。❺南山　指終南山。在今陝西西安之南。❻苞　根也。按，「如竹苞矣」二句，蓋喻周室鞏固而繁盛也。❼式　語助詞。❽猶　通「猷」。謀；算計也。❾似續　繼續。似，通「嗣」。繼也。❿妣祖　先妣先祖。妣，女性祖先。⓫堵　築牆單位。參見〈鴻鴈〉注。⓬西南其戶　言西牆南牆皆開門戶。⓭爰　於是。⓮閣閣　東版之聲。⓯椓　擊；擣也。參見〈周南・兔罝〉注。⓰橐橐　於版中填土夯實之聲也。⓱風雨攸除二句　風雨鳥鼠之害於是皆可免除，言宮室之堅密也。攸，於是。⓲芋　通「宇」。庇覆；居住。⓳如跂斯翼　如人恭敬地竦立，言宮室體勢嚴正也。跂，踮起腳跟。斯，之也。翼，敬也。⓴如矢斯棘　如箭之稜，言宮室四隅稜角分明也。㉑如鳥斯革　如鳥之兩翼，言宮室飛簷之體也。革，古「翱」字，翅膀。㉒如翬斯飛　如野雞飛翔，言宮室飛簷之勢也。翬，五彩羽毛之野雞。㉓躋　登。㉔殖殖　平正貌。㉕有覺　猶覺然，高而直。㉖楹　柱。㉗噲噲　廣大明亮貌。㉘正　蓋指正室。㉙噦噦　深暗貌。㉚冥　蓋指內室。㉛莞　蒲席。㉜簟　竹席。參見〈齊風・載驅〉注。㉝羆　熊之一種，即馬熊，體大性猛。㉞虺　蛇之一種，即蝮蛇，有劇毒。㉟大人　占夢官之敬稱。㊱男子　男孩。㊲祥　吉凶之先兆。㊳女子　女孩。㊴載　則也。㊵弄　玩也。㊶璋　玉製禮器，貴族朝聘祭祀時用之。㊷喤喤　洪亮之哭聲。㊸朱芾斯皇　見〈采芑〉注。㊹室家君王　言有美滿家庭，且稱君稱王也。四字皆作動詞。㊺裼　包裹嬰兒之小被，即襁褓也。㊻瓦　指古代紡線所用之陶製紡錘。㊼無非無儀　言無不合乎禮儀也。下「無」字足句之用，無實義。㊽詒　同「貽」。給也。㊾罹　憂也。參見〈王風・兔爰〉注。

【研析】 此是祝頌新宮落成之詩。《詩序》曰：「〈斯干〉，宣王考室也。」所謂「考室」，即宮室落成也。《詩集傳》曰：「此築室既成，而燕飲以落之，因歌其事。」未繫於宣王時。

詩共九章，可分三層。首章為第一層，為頌詞。前四句以水、山、竹、松比王室昌盛鞏固，根深葉茂；後三句讚王室內部和睦團結。二至五章為第二層，皆述修築宮室事，是全篇主體。其中二、三章述始建與建成。四、五章狀新宮之壯美。六至九章為第三層，藉占夢，預祝新宮建成後子孫繁衍，王業後繼有人，與首章遙相呼應。全篇結構嚴整，層次井然，且有嶺斷雲連之妙。

本詩文辭宏麗，三章以動寫靜，用四個「如」字句形成博喻，寫出新宮矗立雄偉及高脊飛簷靈動氣象。吳闓生《詩義會通》引舊評曰：「『如跂』四句，古麗生動，孟堅〈兩都〉所祖。」文筆奇幻，是本詩又一藝術特色。六章以下，以夢境想像子孫之祥，堪稱奇筆。孫鑛云：「考室以男女為祝，固是情理。但從夢說來，直至如此細陳瑣列，在漢以後人，決無此調。」他同時對全詩也作出高度評價：「簡而濃，華而不騁，有境有態。讀此便覺〈靈光〉、〈景福〉俱贅。」（《批評詩經》）

【韻讀】一章：干、山，元部。苞、茂、好、猶，幽部。二章：祖、堵、戶、處、語，魚部。三章：閣、橐，鐸部。除、去、芋，魚部。四章：翼、棘、革，職部。飛，微部；躋，脂部。微脂合韻。五章：庭、楹、正、冥、寧，耕部。六章：簟、寢，侵部。興、夢，蒸部。何、羆、蛇，歌部。七章：羆、蛇，歌部。祥、祥，陽部。八章：牀、裳、璋、喤、皇、王，陽部。九章：地、瓦、儀、議、罹，歌部。

一〇 無羊

誰謂爾無羊？
三百❶維群。
誰謂爾無牛？
九十其犉❷。

誰說你沒有羊？
三百隻羊是一群。
誰說你沒有牛？
那肥牛就有九十頭。

爾羊來思❸，
其角濈濈❹。
爾牛來思，
其耳濕濕❺。

或降于阿❻，
或飲于池❼，
或寢或訛❽。
爾牧❾來思，
何❿蓑何笠⓫，
或負其餱⓬。
三十維物⓭，
爾牲則具⓮。

你的羊群回來囉，
牠們角和角緊緊靠攏。
你的牛群回來囉，
牠們嚼著草料耳朵搖動。

牠們有的從土山上下來，
有的在池塘邊喝水，
有的安睡，有的走動。
你的牧人回來囉，
披著蓑衣，戴著斗笠，
有的還背著乾糧袋。
各色牛兒每種有三十，
你的祭牲就已齊備。

爾牧來思，
以薪以蒸[15]，
以雌以雄。
爾羊來思，
矜矜兢兢[16]，
不騫[17]不崩[18]。
麾[19]之以肱[20]，
畢[21]來既升[22]。
牧人乃夢，
眾維魚矣，
旐維旟矣[23]。
大人[24]占之：

你的牧人回來囉，
打的牧草有粗有細，
養的牛羊有雌有雄。
你的羊群回來囉，
個個體格強健，
不消瘦，不生病。
牧人舉臂一揮，
牠們一齊聚集進了羊圈。
牧人於是做夢，
夢見許多魚兒喲，
夢見龜蛇旗和飛鷹旗喲。
太卜替他占夢：

眾維魚矣，　　夢見許多魚兒喲，
實㉕維豐年；　　這是豐年的徵兆；
旐維旟矣㉖，　　夢見龜蛇旗和飛鷹旗喲，
室家溱溱㉗。　　這是家庭興旺的徵兆。

【注釋】❶三百　言其多，非實數。下「九十其犉」之「九十」、「三十維物」之「三十」同。❷犉　指肥大之牛。《爾雅·釋畜》：「牛七尺為犉。」一說：黃牛黑唇曰犉。❸思　語助詞，無義。下同。❹濈濈　會聚貌。❺濕濕　牛耳扇動貌。❻阿　大土山。參見〈菁菁者莪〉注。❼池　池塘。❽訛　通「吪」。動也。❾牧　牧人。❿何　古「荷」字。擔；披戴也。⓫蓑笠　蓑衣、斗笠，皆為雨具；斗笠可兼遮陽。⓬餱　乾糧。參見〈伐木〉注。⓭物　雜色牛。⓮具　具備。古代祭祀須具備各色牲畜。⓯以薪以蒸　薪蒸，此蓋指牧草，粗者曰薪，細者曰蒸。⓰矜矜兢兢　強健貌。⓱騫　消瘦。⓲崩　指畜群染病。⓳麾　通「揮」。⓴肱　手臂。㉑畢　盡；全也。㉒升　登也。此指入羊圈。㉓眾維魚矣二句　即維眾魚矣，維旐旟矣之倒文，與〈斯干〉「維熊維羆」、「維虺維蛇」句法一例。維，語助詞，猶是。㉔大人　見〈斯干〉注。㉕實　通「寔」。此也。㉖旐維旟矣　旐旟，聚眾之旗，故為室家眾盛之兆。㉗溱溱　眾盛貌。參見〈周南·桃夭〉蓁蓁注。

【研析】此是美牧業興盛之詩。《集傳》云：「此詩言牧事有成，而牛羊眾多也。」是也。《詩序》云：「〈無羊〉，宣王考牧也。」所謂「考牧」即牧事有成，但指「宣王」於詩無證。

詩共四章。首章述牛羊成群。詩人連用兩組並列反詰句起首，突兀陡峭，先聲奪人。二章，描繪一幅生機盎然之放牧圖。詩人僅以「降」、「飲」、「寢」、「訛」四個動詞，就畫出牛羊三兩成群悠然神態；又以「何蓑何笠」二句，點染牧人形象。王士禎云：「字字寫生，恐史道碩、戴嵩畫手擅場，未能如此極妍盡態也。」（《漁陽詩話》）三章述牧人盡職，牛羊馴服。「麾之以肱」二句，描摹放牧姿態，尤為逼真。四章藉夢幻祝禱，幻情奇想，筆法與〈斯干〉相同。沈德潛《說詩晬語》曰：「〈斯干〉考室，〈無羊〉考牧，何等正大事，而忽然各幻出占夢，本支百世，人物富庶，俱於夢中得之，恍恍惚惚，怪怪奇奇，作詩要得此段虛景。」

【韻讀】一章：群、犉，文部。濈、濕，緝部。二章：阿、池、訛，歌部。餱、具，侯部。三章：蒸、雄、兢、崩、肱、升，蒸部。四章：魚、旟，魚部。年、溱，真部。

節南山之什

一 節南山

節❶彼南山❷，
維石巖巖❸。
赫赫❹師尹❺，
民具❻爾瞻❼。
憂心如惔❽，
不敢戲談。
國❾既卒斬❿，

那高峻的終南山，
岩石疊疊層層。
威勢顯赫的尹太師，
百姓都在瞻望著你。
大家憂心如焚，
不敢隨便嬉笑談論。
國家命運已經中斷，

何用⑪不監⑫？
節彼南山，
有實⑬其猗⑭。
赫赫師尹，
不平謂何？
天方薦⑮瘥⑯，
喪亂弘⑰多。
民言無嘉⑱，
憯莫懲嗟⑲！
尹氏大師，
維周之氐⑳。

你為什麼還不睜眼察看？
那高峻的終南山，
它的山窩平坦廣闊。
威勢顯赫的尹太師，
處事不公平還有什麼可說？
老天正一再降下災禍，
死喪禍亂多多。
百姓議論沒有好話，
唉！你竟然仍不警戒！
尹太師，
你是周王朝的根柢。

秉國之均㉑，
四方是維㉒，
天子是毗㉓，
俾㉔民不迷。
不弔㉕昊天㉖，
不宜空㉗我師㉘。

弗躬弗親㉙，
庶民㉚弗信。
弗問弗仕，
勿罔㉛君子。
式夷式已㉜，
無小人殆㉝。

你當掌好國家大權，
你當把四方諸侯維繫，
你當輔佐天子，
使百姓方向不迷。
老天太不善良，
不該讓我們大眾窮困。

你不親自處理朝政，
不能被百姓大眾取信。
對賢才不諮詢、不重用，
請不要再欺騙君子。
不合理的事必須消除停止，
不能讓小人危及國家命運。

瑣瑣㉞姻亞㉟，
則無膴仕㊱。
昊天不傭㊲，
降此鞠訩㊳。
昊天不惠㊴，
降此大戾㊵。
君子如届㊶，
俾民心闋㊷；
君子如夷㊸，
惡怒是違㊹。
不弔昊天，

那些卑微的姻親，
不能委以重任。
老天太不公平，
降下如此大災難。
老天太不慈愛，
降下如此大禍亂。
君子如能來親自理政，
可以使百姓心平氣和；
君子如能辦事公平，
百姓憎惡憤怒可以消除。
老天太不善良，

亂靡有定[45]，
式月斯生[46]，
俾民不寧。
憂心如酲[47]，
誰秉國成[48]？
不自為政，
卒[49]勞百姓。

駕彼四牡，
四牡項領[50]。
我瞻四方，
蹙蹙[51]靡所騁[52]。

禍亂沒有止日，
像新月一樣每月都會發生，
使百姓不得安寧。
心中憂悶，像得了酒病，
究竟誰在掌握國家權柄？
不親自執政，
始終勞苦人民百姓。

駕著那四匹大公馬，
四匹公馬脖頸肥大。
我向四邊瞻望，
天地局縮，沒有馳騁的地方。

方茂爾惡[53]，
相[54]爾矛矣；
既夷[55]既懌[56]，
如相醻[57]矣。

昊天不平，
我王不寧。
不懲[58]其心，
覆[59]怨其正[60]。

家父[61]作誦[62]，
以究[63]王訩[64]。
式訛[65]爾心，

當你惡行正兇的時候，
兩眼盯著你的長矛呀；
當你心平氣和、高興的時候，
又如同賓主勸酒互相酬勞呀。

老天太不公平，
讓我君王不得安寧。
你不自警戒，
反而怨恨糾正你的人。

家父我寫下這首詩，
用來追究禍害君王的人。
希望改變你的心，

以畜[66]萬邦。

來安撫萬國的人民。

【注釋】❶節 通「巀」。高峻貌。❷南山 指終南山。參見〈斯干〉注。❸巖巖 山石累積貌。❹赫赫 顯盛貌。❺師尹 尹姓太師。師，周代最高官職。❻具 古「俱」字。都也。❼爾瞻 瞻爾之倒文。瞻，望也。❽惔 通「炎」。焚燒也。❾國 指國運。❿卒斬 完全斷絕。卒，盡也。⓫何用 何以。用，通「以」。⓬監 視；察也。⓭有實 實然；廣大貌。有，語助詞。⓮猗 通「阿」。山隅也。⓯薦 重複；屢次。⓰瘥 病也；災也。⓱弘 大也。⓲嘉 善也。⓳憯莫懲嗟 嗟憯莫懲之倒文，言竟不警戒也。憯，竟也。嗟，嘆詞，為押韻，倒置句末。⓴氐 古「柢」字。根本。㉑均 製陶器之轉輪，喻國之重權。㉒四方是維 維四方之倒文。四方，天下。維，維繫也。是，代詞，複指提賓「四方」。㉓天子是毗 毗天子之倒文。毗，輔佐也。㉔俾 使也。㉕不弔 不淑；不善也。㉖昊天 上天。㉗空 窮困。㉘師 眾民。㉙弗躬弗親 躬親，親自。㉚庶民 眾民；百姓。㉛罔 欺也。㉜式夷式已 言消除、制止不合理之事也。式，語助詞。夷，平也。㉝殆 危也。㉞瑣瑣 卑微貌。㉟姻亞 即姻親。姻，女婿之父，俗稱親家。亞，兩婿相稱，俗稱連襟。㊱膴仕 做大官。㊲不傭 不公平。㊳鞫訩 極凶；大禍也。鞫，通「鞠」。極也。㊴惠 仁愛也。㊵大戾 猶鞫訩。戾，惡也。㊶屆 至也。㊷闋 平息也。㊸夷 平也。指公平。㊹惡怒是違 違惡怒之倒文。違，去除也。是，複指提賓「惡怒」。㊺定 止也。㊻式月斯生 言災亂如新月之生成，周而復始也，即上句「亂靡有定」之意。斯，猶之也。式，語助詞。㊼酲 酒病也。㊽國成 猶上文之國均。成，平也。㊾卒 始終也。㊿項領 馬頸肥大。言馬久未駕行也。項，大也。領，頸也。(51)蹙蹙 局縮不伸貌。(52)騁 奔馳。(53)方茂爾惡 爾惡方茂之倒文。茂，盛也。惡，惡行也。(54)相 視也。(55)夷平也，指心平氣和。(56)懌 喜悅。(57)醻 同「酬」。勸酒。(58)懲 警戒。(59)覆 反也。(60)正 糾正。此指糾正尹氏惡行者。61家父　周大夫名。食邑封於家，以邑為氏。62誦　此指詩。63究　追究。64王訩　此指尹氏。訩，通「凶」。惡人。65訛　化；改變也。66畜　養；安撫也。

【研　析】此是家父譴責太師尹氏之詩。《詩序》曰：「〈節南山〉，家父刺幽王也。」蓋詩中有「國既卒斬」句，故以為幽王時詩。《詩集傳》曰：「此詩家父所作，刺王用尹氏以致亂。」未明言幽王，較安。

詩共十章，前六章每章八句，後四章每章四句。一、二兩章言師尹為政不平而致天怒民怨，國運斬絕。此是全篇總提。三章言師尹其任之重。孫鑛《批評詩經》云：「刺其人，卻頌其職，蓋反意責之，用以起下章意。」四章言師尹任用小人，連引私黨，此實寫為政不平，與二章相呼應。五章言師尹如能親自理政，處事公平，則可消除民怨。此作一轉折，為下章伏筆。六章言尹氏不自為政，致禍亂迭起，民不聊生。方玉潤《詩經原始》云：「至此乃深惡而痛責之。」七章言己欲逃遁而無去所。八章言師尹反覆無常。九章言師尹拒諫。一〇章自言作詩之由。

本詩起興精切，呼告昊天，情感激烈。各章前後呼應，虛實相成，有起有伏，反復申說，淋漓酣暢。

【韻　讀】一章：巖、瞻、惔、談、斬、監，談部。二章：猗、何、瘥、多、嘉、嗟，歌部。三章：師、氏、毗、迷、師，脂部；維，微部。脂微合韻。四章：親、信，真部。仕、子、已、殆、仕，之部。五章：傭、訩，東部。惠、戾、屆、闋，質部。夷，脂部；違，微部。

脂微合韻。六章：定、生、寧、酲、成、政、姓，耕部。七章：領，真部；騁，耕部。真耕合韻。八章：惡、懌，鐸部。矛、醻，幽部。九章：平、寧、正，耕部。一〇章：誦、訩、邦，東部。

二 正月

正月❶繁霜，
我心憂傷。
民之訛言❷，
亦孔之將❸。
念我獨兮，
憂心京京❹。
哀我小心❺，
癙憂以痒❻。

四月裡就下了厚霜，
我心中十分憂傷。
百姓的謠言，
已經傳播得很廣。
想想我真是孤獨，
總讓我憂心忡忡。
可憐我太小心謹慎，
深深的憂慮害我大病一場。

父母生我，
胡俾我瘉❼？
不自我先，
不自我後❽。
好言自口，
莠言❾自口。
憂心愈愈❿，
是以有侮。

憂心惸惸⓫，
念我無祿⓬。
民之無辜，
并其臣僕⓭。

父母生下了我，
為什麼要讓我遭受痛苦？
災禍不發生在我生之前，
也不發生在我死之後。
好話出自別人口，
壞話也出自別人口。
我憂心難平，
因此受人欺凌。

憂愁煩悶內心孤獨，
想想我真是不幸。
百姓沒有罪過，
卻都要被俘做奴僕。

哀我人斯，
于何從祿⑭？
瞻烏⑮爰止，
于誰之屋？

瞻彼中林，
侯薪侯蒸⑯。
民今方殆⑰，
視天夢夢⑱。
既克有定⑲，
靡人弗勝。
有皇⑳上帝，
伊誰云憎㉑？

可憐我們這些人喲，
將到哪裡去領受這份俸祿？
看烏鴉棲息，
將落到誰家的房屋？

看那樹林中間，
只有或粗或細的柴木。
百姓如今正遭危難，
仰望上天，一片昏昏。
如果上天能夠定亂，
就無人不可戰勝。
光明偉大的上帝，
究竟應該把誰憎恨？

謂山蓋卑，
為岡為陵[22]？
民之訛言，
寧莫之懲[23]。
召彼故老[24]，
訊[25]之占夢[26]。
具[27]曰予聖[28]，
誰知烏之雌雄[29]！
謂天蓋高？
不敢不局[30]。
謂地蓋厚？
不敢不蹐[31]。

對山說你為何不能變低，
成為山崗成為丘陵？
百姓的謠言，
竟然沒有人對它警惕。
卻去召來元老，
還去詢問占夢人。
他們都說自己是聖人，
誰能把烏鴉的雌雄辨明？
對天說你為何不能增高？
現在人們不敢不彎腰。
對地說你為何不能加厚？
現在人們不敢不小步行走。

維號㉜斯言㉝，
有倫有脊㉞。
哀今之人，
胡為虺蜴㉟？

瞻彼阪田㊱，
有菀㊲其特㊳。
天之扤㊴我，
如不我克㊵。
彼求我則，
如不我得㊶；
執我仇仇，
亦不我力㊷。

人們喊出這些話，
確實很有道理。
可悲如今人們喲，
為什麼去做毒蛇蜥蜴？

看那山坡地上，
直立的禾苗生長繁茂。
老天摧殘我，
好像唯恐不能把我壓倒。
他求我的時候，
就像唯恐不能把我得到；
得我之後卻隨便一擱，
也不讓我出力效勞。

心之憂矣，
如或43結之。
今茲44之正45，
胡然厲46矣？
燎之方揚，
寧或滅之47。
赫赫48宗周49，
褒姒50烕51之。

終52其永懷53，
又窘陰雨54。
其車既載，
乃棄爾輔55。

心中憂愁呀，
像被什麼東西纏結。
如今的政治，
為什麼這樣暴虐？
正在燃燒的野火，
竟有人能把它撲滅。
顯赫輝煌的鎬京，
褒姒就能把它消滅。

我既懷著深深的憂慮，
又被陰雨困擾。
那大車裝上了貨物，
就把你的車板撤除。

載輸爾載[56]，
將[57]伯[58]助予。

無棄爾輔，
員[59]于爾輻，
屢顧爾僕[60]，
不輸爾載，
終踰絕險[61]，
曾是不意[62]。

魚在于沼，
亦匪克樂。
潛雖伏矣[63]，

等到貨物墮落，
又想請人來幫助。

不要撤除你的車板，
還應加固你的車輻，
經常注意你的車夫，
才不會落下你的貨物，
最終越過了艱難險阻，
可你當初竟對此滿不在乎。

魚兒在池塘裡游動，
也不能夠歡樂無憂。
即使深潛水中，

亦孔之炤[64]。
憂心慘慘[65]，
念國之為虐[66]。

彼有旨酒，
又有嘉肴。
洽比[67]其鄰[68]，
昏姻[69]孔云[70]。
念我獨兮，
憂我慇慇[71]。

佌佌[72]彼有屋，
蔌蔌[73]方[74]有穀。

也可以看得清清楚楚。
我心中憂慮不安，
想到國政這樣暴虐。

他有美酒，
又有好菜好肉。
結好他的親信同黨，
和親家打得火熱。
想想我真孤獨啊，
我心中多麼憂愁煩惱。

他有華麗的房屋，
還有多多的稻穀。

民今之無祿(75)，　　百姓如今不幸，
天夭(76)是椓(77)。　　天災還加害他們。
哿(78)矣富人，　　歡樂呀富人，
哀此惸獨(79)。　　可憐呀這些孤獨的窮人。

【注釋】❶正月　指夏曆四月。因此月為「正陽純乾之月」，故簡稱正月。（從陳奐《傳疏》）❷訛言　謠言也。❸將　大；盛也。❹京京　憂貌。❺小心　膽小謹慎。❻癙憂以痒　言心憂而致病也。癙，憂也。痒，病也。❼瘉　病也。❽不自我先二句　言禍亂之降，不先不後，偏為我所遇也。自，從也。❾莠言　惡言。❿愈愈　憂貌。⓫惸惸　憂貌。⓬無祿　猶言不幸。⓭民之無辜二句　言一旦亡國，我無罪之民，俱為人之奴隸也。辜，罪也。并，俱也。臣僕，奴隸也。⓮哀我人斯二句　言亡國後，我們將從何處受祿也。我人，我們這些人。斯，語助詞。從祿，得祿也。⓯烏　烏鴉。⓰侯薪侯蒸　侯，維也。語助詞。蒸，細柴。薪蒸，喻朝中小人。⓱殆　危也。⓲夢夢　昏暗不明貌。⓳定　指定亂。⓴有皇　猶皇皇，大也。有，語助詞。㉑伊誰云憎　伊憎誰之倒文。伊，猶維，語助詞。云，語助詞。㉒謂山蓋卑二句　謂山曰：汝何不降卑而為岡為陵乎？喻高位而無德者，何不降居卑位，或尚不大為害於民乎？蓋，通「盍」。何不。（從楊樹達〈詩謂山蓋卑解〉，載《積微居小學述林》卷六）㉓寧莫之懲　寧莫懲之之倒文。寧，竟也。懲，警惕也。㉔故老　老臣。㉕訊　詢問。㉖占夢　官名，掌占夢之職。㉗具　古「俱」字。㉘聖　聖人。㉙誰知烏之雌雄　言烏之雌雄難辨，喻故老、占夢之言亦真假莫辨也。㉚謂天蓋高二句　謂天曰：汝何不更高乎？而使我不敢不曲脊以行也。（從楊樹達說）局，曲身也。㉛謂地蓋厚二句　謂地曰：汝何不更厚乎？而使我不敢不累足以行。（從楊樹達說）蹐，小步走也。㉜號　呼號；叫喊也。㉝斯言　此言，即指上文四句話。㉞有倫有脊　有道理。倫，道也。脊，通「跡」。理也。㉟虺蜴　即毒蛇與蜥蜴，皆毒螫之蟲。㊱阪田　坡地。㊲有菀　猶菀然，茂盛貌。有，語助詞。㊳特　指特出之禾苗。㊴扤　撼動。㊵如不我克　如不克我之倒文，言如不制服我則不罷休也。克，勝也。㊶彼求我則二句　言彼求我時，則唯恐不得我。則，連詞。㊷執我仇仇二句　言既得我，又不肯重用我。執，持也；得也。仇仇，通「扤扤」。緩持貌。力，重用也。㊸或　有物也。㊹今茲　今日。㊺正　古「政」字。㊻厲　暴虐。㊼燎之方揚二句　言野火正盛，竟有能滅之者。燎，野火。揚，盛也。㊽赫赫　顯赫貌。㊾宗周　指鎬京。周為天下所宗，故稱其王都曰宗周。㊿褒姒　周幽王之寵妃，褒國之女，姓姒。為使其發笑，幽王竟點烽火誆戲諸侯。後犬戎入侵，再舉火而諸侯不至，鎬京淪陷，幽王被殺，褒姒被俘。(51)威　滅也。(52)終　猶既也。(53)永懷　長憂。(54)窘陰雨　為陰雨所困，喻遭多難也。窘，困也。(55)輔　車箱之欄板。(56)載輸爾載　則使你所載之物墮落矣。上「載」，則也；下「載」，所載之物也。輸，墮也。(57)將　請也。(58)伯　男子之敬稱，猶今語老哥。(59)員　增大；加固也。(60)僕　駕車者。(61)絕險　極險之處。(62)曾是不意　曾不意是之倒文，言竟不以此為意也。曾，竟也。是，此，指前五句。(63)潛雖伏矣　雖潛伏矣之倒文。潛，深藏水下。(64)炤　明也。(65)慘慘　當作「懆懆」。憂愁不安貌。(66)為虐　被施行暴虐。(67)洽比　親和。洽，融洽。比，親近。(68)鄰　此指親附者。(69)昏姻　親戚。(70)云　友也。一說：周旋也。(71)慇慇　憂貌。(72)佌佌　通「玼玼」。鮮盛貌。(73)蔌蔌　通「數數」。多也。(74)方　通「並」。(75)無祿　猶言不幸。(76)天夭　天災。(77)椓　害也。(78)哿　歡樂。（從王引之《經義述聞》）(79)惸獨　孤獨無依者也。

【研　析】此是憂西周將亡之詩。《詩序》曰：「〈正月〉，大夫刺幽王也。」得之。

詩共十三章，前八章每章八句，後五章每章六句，全篇九十四句。首章寫天時不正，謠言四起，亂徵已著，詩人獨憂，為全詩總提。二章嘆己生不逢時，遭此厄運。三章寫大勢已去，前途堪憂。四章問天唯誰是憎。五章寫在位者閉目塞聽，一意孤行。六章寫天地逼仄，無處容身。七章寫在位者用賢不專，己無能為力。八章預言宗周將滅，褒姒實乃禍源，詩至此始揭出主題。九、一〇兩章以輔車相依，喻君王須賢臣輔佐，方可逾越艱險，惜在位者不明是理。一一章傷己無處避禍，為國政暴虐而深憂。一二章斥在位者結黨營私，禍國殃民，己倍感孤獨。末章寫貧富對立尖銳，揭示當時嚴重的社會矛盾。章末以「哀」、「獨」結尾，與首章「憂」、「獨」遙相呼應。

本詩采用賦、比、興交替手法，以「憂」字為一篇之骨，貫穿始終，抒發了國難臨頭時詩人之憂傷、沉痛、悲憤、孤獨與無奈。由於詩人將個人命運與人民、國家之命運緊緊聯繫在一起，所以他所表達的已不僅是個人之不幸，同時也是人民及國家之不幸，從而使詩歌之思想內涵獲得昇華。吳闓生《詩義會通》引舊評曰：「纏綿繚亮，觸緒感傷。正喻錯雜，已開《離騷》門徑。」

【韻讀】一章：霜、傷、將、京、痒，陽部。二章：瘉、後、口、口、愈、侮，侯部。三章：祿、僕、祿、屋，屋部。四章：蒸、夢、勝、憎，蒸部。五章：陵、懲、夢、雄，蒸部。六章：局，屋部；蹐、脊、蜴，錫部。屋錫合韻。七章：特、克、則、得、力，職部。八章：結，質部；厲、滅、威，月部。質月合韻。九章：雨、輔、予，魚部。一〇章：輻、意，職部；載，之部。職之通韻。一一章：沼、炤，宵部；樂、虐，藥部。宵藥通韻。一二章：酒，幽部；肴，宵部。幽宵合韻。鄰，真部；云、慇，文部。真文合韻。一三章：屋、穀、祿、椓、獨，屋部。

三 十月之交

十月❶之交❷，
朔月❸辛卯，
日有❹食之，
亦孔之醜❺。
彼月而微，
此日而微❻，
今此下民❼，
亦孔之哀。

十月開頭日月相交，
初一那天是辛卯，
日食又發生了，
實在很醜惡。
那月亮剛虧，
這太陽又損，
如今這些百姓們，
實在很可憐喲。

日月告凶❽，
不用其行❾。
四國無政❿，
不用其良。
彼月而微，
則維⓫其常⓬；
此日而微，
于何⓭不臧⓮。

爗爗⓯震電，
不寧不令⓰。
百川沸騰⓱，
山冢⓲崒⓳崩，

日月顯示凶兆，
它們不循正常軌道。
四方諸侯無善政，
他們不用忠良。
那月亮虧損，
倒還算是正常；
這太陽虧損，
多麼不吉祥。

電光閃閃，雷聲震天響，
不安寧，不吉祥。
江河泛濫，
山頂崩塌，

高岸為谷，
深谷為陵。
哀今之人，
胡憯⑳莫懲㉑？

皇父㉒卿士㉓，
番㉔維司徒㉕，
家伯維宰㉖，
仲允膳夫㉗，
聚子內史㉘，
蹶為趣馬㉙，
楀維師氏㉚，
豔妻㉛煽㉜方處㉝。

高岸下陷變深谷，
深谷隆起成山陵。
可悲如今的人們，
為什麼沒人接受教訓？

皇父是卿士，
番氏是司徒，
家伯是宰夫，
仲允是膳夫，
聚子是內史，
蹶氏是趣馬，
楀氏是師氏，
美妻盛氣淩人正得勢。

抑㉞此皇父，
豈曰不時㉟？
胡為我作㊱，
不即我謀？
徹㊲我牆屋，
田卒㊳汙萊㊴。
曰「予不戕，
禮則然矣㊵。」

皇父孔聖㊶，
作都于向㊷。
擇三有事㊸，
亶侯多藏㊹。

嗨！你這皇父，
難道可以違背農時？
為什麼派我做勞役，
不來和我先商量？
你拆毀了我的屋牆，
窪地盡淹，高地全荒。
你竟說：「並非我害你們，
禮法規定就是這樣。」

皇父很聰明，
在向地建了大城市。
他挑選的三卿，
的確個個都有錢。

不憖(45)遺一老，
俾守我王。
擇有車馬，
以居徂向(46)。
黽勉(47)從事，
不敢告勞。
無罪無辜，
讒口囂囂(48)。
下民之孽(49)，
匪降自天。
噂沓(50)背憎(51)，
職(52)競(53)由人。

不肯留下一個長老，
讓他守護我們君王。
他又挑選了有車馬的大戶，
遷往向邑定居。
我努力做好工作，
卻不敢訴說勞苦。
我沒有任何罪過，
仍然讒言紛紛。
百姓的災難，
並非從天上落下。
當面和好，背後憎惡，
主要由於這些人的爭逐。

悠悠我里，54
亦孔之痗55。
四方有羨56，
我獨居憂57。
民莫不逸，
我獨不敢休。
天命不徹58，
我不敢傚59我友自逸。

我深深地憂慮，
心中很是痛苦。
四方雖有餘財，
我願懷著憂愁獨自居住。
人們無不圖安逸，
只有我不敢休息。
天命無常，
我不敢仿效我的朋友圖安逸。

【注釋】❶十月　周曆十月，即夏曆八月。❷交　指日月交會。古人以為每月初一，即日月交會之時。❸朔月　即月朔之倒文，每月初一。❹有　通「又」。❺醜　醜惡。古人以為日食是君臣失道之象，故曰醜。❻彼月而微二句　言日月迭食也。微，不明也。❼下民　在下之民，即人民、百姓。❽告凶　告天下以凶亡之徵也。❾行　道路；軌道。❿無政　指無善政。⓫維　語助詞，猶為也。⓬常　常事。⓭于何　猶如何，多麼。⓮不臧　不善。古人以日月象徵君臣，故視日食之凶尤大。⓯爗爗　閃電貌。⓰不令　不祥之徵。令，善也。⓱沸騰　謂波濤洶湧。⓲冢　山頂。⓳崒　通「碎」。崩壞。⓴憯　竟也。參見〈節南山〉注。㉑懲　警戒也。參見〈節南山〉注。㉒皇父　卿士之字。下家伯、仲允亦為字。㉓卿士　周代總管王朝政事之大臣，為百官之長，相當於後世之宰相。㉔番　司徒之姓氏。下聚、蹶、楀亦為姓氏。㉕司徒　官名，掌土地、人口之職。㉖宰　官名，即宰夫，輔佐最高長官管理朝政。㉗膳夫　官名，掌王飲食之職。㉘內史　官名，掌人事、司法之職。㉙趣馬　官名，掌王馬匹之職。㉚師氏　官名，掌王及貴族子弟教育之職。一說：掌監察朝政得失。㉛豔妻　指褒姒。豔，同「艷」。美色也。㉜煽　熾盛。㉝方處　言褒姒正得寵於王。處，居也。一說：即並處，言褒姒與以上七寵臣朋黨為奸也。㉞抑　通「噫」。嘆詞。㉟不時　不按季節（即違背農時）役使百姓。㊱我作　作我之倒文。作，役使也。㊲徹　拆毀。㊳卒　盡也。㊴汙萊　低處積水，高處荒蕪長草。㊵曰予不戕二句　為皇父之辯辭。戕，害也。禮，禮制也。㊶孔聖　很聰明。此用反語諷刺。㊷向　地名，在今河南尉氏。㊸三有事　指國之三卿。有事，即有司，官吏。㊹亶侯多藏　言三有事實為富有之人。亶，信；確實。侯，維也。藏，蓄積也。㊺憖　願；肯也。㊻以居徂向　徂向以居之倒文。「向」與「藏」、「王」為韻。徂，往也。㊼黽勉　努力。參見〈邶風・谷風〉注。㊽囂囂　讒言眾盛貌。㊾孽　災害。㊿噂沓　猶噂噂沓沓，言當面則談晤也。(51)背憎　言背後則憎恨也。(52)職　主也。(53)競　相爭逐。(54)里　通「悝」。憂也。(55)痗　痛苦。參見〈衛風・伯兮〉注。(56)羨　盈餘。(57)居憂　憂居之倒文。一說：猶云處於憂患。(58)不徹　不循軌道而行。徹，道也。(59)傚　同「效」。效法。

【研　析】此是周大夫刺幽王寵艷妻、用小人，致天災人禍之詩。《詩序》曰：「〈十月之交〉，大夫刺幽王也。」稍嫌簡略，然大旨不誤。今人古天文學家陳遵媯撰〈從十二月十四日日環食談起〉一文，證實周幽王六年十月辛卯朔（即西元前七七六年九月六日）曾發生日食，故此詩作於幽王時當無可疑。

詩共八章。首章述日食天變，乃君上之醜，下民之哀。二章述天變之因，實由「四國無政，不用其良」；雖指四國，實責幽王。三章述大地震可怖景象，嘆人不知自警。此為首章之延伸。四章述豔妻煽寵，小人得勢，而皇父為禍首。此亦述天變之因，唯二章虛寫，此章實寫。五、六兩章承四章而來，矛頭直指皇父，責其棄國家百姓利益而不顧，毀屋廢田，營建私邑。七章述己勤於王事，無辜被讒，並明言災非自天，實由人也。八章述己獨憂獨勞，以安命盡職作結。

此詩通篇鋪寫，詩人筆法老到。描摹災異，僅用「百川沸騰，山冢崒崩，高岸為谷，深谷為陵」四句，將大地震山崩地裂景象「寫得直是怕人」（姚際恆語）。刻劃人物，先點出皇父為群奸之魁，然後鋪陳其都向一事，勾出一副結黨營私、貪婪奸詐嘴臉。全詩以《春秋》筆法開局，以安命盡職作結，末章以人我相較，突顯詩人憂國憂民之心，且「說得頓挫有逸態。」（孫鑛《批評詩經》）

【韻讀】一章：卯、醜，幽部。微、微、哀，微部。二章：行、良、常、臧，陽部。三章：電、令，真部。騰、崩、陵、懲，蒸部。四章：士、宰、史，之部。徒、夫、馬、處，魚部。五章：時、謀、萊、矣，之部。六章：向、藏、王、向，陽部。七章：勞、囂，宵部。天、人，真部。八章：里、痗，之部。憂、休，幽部。徹，月部；逸，質部。月質合韻。

四 雨無正

浩浩❶昊天，
不駿❷其德。
降喪饑饉❸，
斬伐❹四國。
旻天❺疾威❻，
弗慮弗圖。
舍彼有罪，
既伏❼其辜；
若❽此無罪，
淪胥❾以鋪❿。

廣闊高遠的上天，
不能經常施予恩德。
降下死喪饑荒，
絕滅四方之國。
老天暴虐施威，
天子您卻還不思考對策。
您放走那些有罪的人，
還隱瞞他們的罪孽；
至於這些無罪的人，
卻一個個遭受磨難。

周宗⑪既滅，
靡所止戾⑫。
正大夫⑬離居⑭，
莫知我勩⑮。
三事大夫⑯，
莫肯夙夜⑰；
邦君⑱諸侯，
莫肯朝夕⑲。
庶曰式臧，
覆出為惡⑳。
如何㉑昊天？
辟言㉒不信。

西周鎬京已經滅亡，
沒有地方可以棲宿。
正大夫逃亡避亂，
沒有人知道我有多苦。
現在天子的三公，
不肯早晚盡忠；
四方各路諸侯，
不肯早晚朝貢。
希望您因此改惡從善，
卻反而出來作惡逞兇。
該怎麼辦呢？上天！
合乎法度的話都不相信。

如彼行邁㉓，
則靡所臻㉔。
凡百君子㉕，
各敬㉖爾身。
胡不相畏？
不畏于天？
戎成㉗不退，
饑成不遂㉘。
曾㉙我暬御㉚，
憯憯㉛日瘁。
凡百君子，
莫肯用訊㉜。

好比那走遠路，
不知道該走到哪裡停住。
所有在位的官員呀，
請你們各自謹慎小心。
為什麼你們毫不畏懼？
難道老天也不畏敬？
戰事已經形成，不見消退，
饑荒已經發生，不見終止。
竟讓我這個近侍之官，
憂心忡忡，一天天憔悴。
所有在位的官員們，
都不肯把實情報告。

聽言[33]則答，
譖言[34]則退。
哀哉不能言，
匪舌是出[35]，
維躬是瘁[36]。
哿[37]矣能言，
巧言如流，
俾躬處休。
維[38]曰于[39]仕，
孔棘[40]且殆[41]。
云不可使[42]，

因為順耳的話就被進用，
諫諍的話就遭斥退。
可憐呀，不會說話的人！
口舌不能表白，
只能自己憔悴。
快樂呀，能說會道的人！
動聽的話像流水一樣，
可使自己過得安閑。
至於說到做官，
也很困難危險。
說不可聽從，

得罪于天子;
亦㊸云可使,
怨及朋友。
謂爾㊹遷于王都㊺,
曰:「予未有室家㊻。」
鼠㊼思㊽泣血㊾,
無言不疾㊿。
昔爾出居,
誰從(51)作爾室?

要把天子得罪;
說可以聽從,
會遭朋友責怨。
叫你遷往王城,
你說:「我還沒有房住。」
我愁得哭出了血,
沒有一句話不招來嫉妒。
從前你外出流亡,
有誰跟著你去蓋房?

【注釋】❶浩浩　廣大貌。❷駿　長;常也。❸饑饉　饑荒。穀不熟曰饑,蔬不熟曰饉。❹斬伐　絕滅。❺旻天　當作「昊天」。(從《孔疏》)❻疾威　暴虐。❼伏　隱匿。❽若　至於。❾淪胥　相率也。❿鋪　通「痡」。病也。⓫周宗　當為「宗周」之誤倒。《左傳・昭公十六年》引《詩》作「宗周既滅」可證。宗周，鎬京也。⑫戾　定也。⑬正大夫　正卿。正，長官。⑭離居　散居。⑮勩　勞也。⑯三事大夫　指天子之三公，即太師、太傅、太保。⑰夙夜　猶朝夕。下省「省王」。⑱邦君　即諸侯。⑲朝夕　下亦省「省王」。⑳庶曰式臧二句　言希望王改而為善，未料反而怙惡不悛。庶，幸也；希也。式，效法也。臧，善也。覆，反也。㉑如何　奈何。㉒辟言　合乎法度之言。辟，法也。㉓行邁　遠行。參見〈王風・黍離〉注。㉔臻　至也。㉕凡百君子　指眾在位之官，如正大夫、三事大夫、邦君諸侯之流。㉖敬　戒慎。㉗戎成　兵災已形成。㉘遂　終止。㉙曾　竟然。㉚暬御　近侍之臣。暬，同「褻」。近也。㉛憯憯　憂傷貌。㉜訊　當作「誶」。誶，告也。（從戴震《毛鄭詩考正》）㉝聽言　順耳之言。㉞譖言　諫諍之言。（從馬瑞辰《通釋》）㉟出　說出；表達也。㊱瘁　病也。㊲哿　樂也。參見〈正月〉注。㊳維　語助詞。㊴于　往也。㊵棘　通「亟」。急；難也。㊶殆　危也。㊷使　聽從。㊸亦　語助詞。㊹爾　指離居者。㊺王都　蓋指東周之王城洛邑。㊻室家　指房屋。㊼鼠　通「癙」。憂也。㊽思　語助詞。㊾泣血　淚盡而血出，言極度悲傷也。㊿疾　古「嫉」字。嫉恨。(51)從　跟從。

【研　析】《詩序》曰：「〈雨無正〉，大夫刺幽王也。雨，自上下者也。眾多如雨，而非所以為政也。」除為首「大夫刺幽王」一語外，餘不足取。觀之詩文，此當幽王近侍刺幽王昏暴失政，並刺諸大臣只圖避亂全身、不顧國家大局之詩。《詩集傳》疑此為東遷後詩，今觀詩中有「謂爾遷于王都」句，故其說可從。

詩共七章。首章言天命無常，今降災滅國，而天子仍刑罰不平，一意孤行。孫鑛《批評詩經》曰：「起得甚闊壯。不駿其德，語甚陗。」二章言國難當頭，正大夫等大臣皆避亂逃亡；雖眾叛親離，天子猶不思悔改。三章斥群臣不信法度之言，恣意妄為，無所警懼。四章言內憂外患，唯己獨憂成疾，而群臣皆明哲保身，不肯進言。五章緊承四章。「哀哉不能言」三句，承「譖言則退」；「哿矣能言」三句，承「聽言則答」。皆言天子昏庸也。六章嘆亂世為官之艱難。「不可使」、「可使」，與上章「不能言」、「能言」亦成相應之勢。七章責眾大臣不肯遷居王都，不顧國家大局。此章為全詩重心。收語陡峭，特有機鋒。

【韻讀】一章：德、國，職部。圖、辜、鋪，魚部。二章：滅、勩，月部；戾，質部。月質合韻。夜、夕、惡，鐸部。三章：天、信、臻、身、天，真部。四章：退、遂、瘁、訊（即誶）、退，物部；答，緝部。物緝合韻。五章：出、瘁，物部。流、休，幽部。六章：仕、殆、使、子、使、友，之部。七章：都、家，魚部。血、疾、室，質部。

五 小旻

旻天❶疾威❷，
敷❸于下土❹。
謀猶❺回遹❻，
何日斯沮❼？

上天暴虐施威，
災禍普降大地。
計謀邪門歪道，
哪天才可終了？

謀臧❽不從，
不臧覆❾用。
我視謀猶，
亦孔之邛❿。
潝潝⓫訿訿⓬，
亦孔之哀。
謀之其臧，
則具⓭是違⓮；
謀之不臧，
則具是依。
我視謀猶，
伊⓯于胡厎⓰？

好計謀不聽從，
壞計謀反而採用。
我看現在的計謀，
弊病很是嚴重。
當面附和，背後詆毀，
這種現狀很可悲哀。
計謀那麼好，
卻都不予理睬；
計謀不好，
卻都照著它辦。
我看現在的計謀，
到底有什麼結果？

我龜⑰既厭，
不我告猶。
謀夫⑱孔多，
是用⑲不集⑳。
發言盈庭，
誰敢執其咎㉑？
如匪行邁謀，
是用不得于道㉒。

哀哉為猶，
匪先民是程㉓，
匪大猶㉔是經㉕，
維邇言㉖是聽，

我的靈龜已經厭倦，
它不再告訴我吉凶。
謀士過多，
因此事情不能成功。
發表意見的人充滿朝廷，
但誰敢負起責任？
好比出遠門向路人詢問，
因此不會得到正確的路程。

可悲呀，出謀劃策，
不去效法古人，
不遵循治國的大政方針，
只聽信膚淺的言論，

維邇言是爭。
如彼築室于道謀，
是用不潰于成㉗。

國雖靡止㉘，
或聖㉙或否；
民雖靡膴㉚，
或哲㉛或謀㉜，
或肅㉝或艾㉞。
如彼泉流，
無淪胥以敗㉟。

不敢暴㊱虎，

只圍繞膚淺言論爭論。
好比蓋房子請教路人，
因此不能把房子建成。

國家雖然不大，
但也有人通達，有人不明事理；
人民雖然不多，
但也有人聰明，有人有智謀，
有人恭敬嚴肅，有人善於治理。
好像泉水匯流，
不能巨細不分相率敗亡。

不敢空手打虎，

不敢馮㊲河，
人知其一㊳，
莫知其他㊴。
戰戰兢兢㊵，
如臨深淵，
如履㊶薄冰。

不敢蹚水過河，
人們只知道這一類危險，
卻不知道還有別的危險。
要萬分惶恐謹慎，
像站在深淵的邊緣，
像腳踩薄薄的冰層。

【注釋】❶旻天　秋天，亦泛指上天。❷疾威　見〈雨無正〉注。❸敷　佈；施也。❹下土　大地；人間也。參見〈邶風・日月〉注。❺謀猶　謀略；計策也。猶，謀也。❻回遹　邪僻。❼沮　停止。❽臧　善也。❾覆　反也。❿邛　病也。⓫潝潝　附和貌。⓬訿訿　相詆毀貌。⓭具　古「俱」字。⓮是違　違是之倒文。違，違背。是，此也，指臧謀。⓯伊　維也。語助詞。⓰厎　至；止也。⓱龜　龜甲，用於占卜。⓲謀夫　謀士。⓳是用　因此。⓴集　成就也。㉑執其咎　猶云負其責。㉒如匪行邁謀二句　言如彼向路人討教遠行之路線者，終因眾說紛紜而無所適從。此喻「謀夫孔多」之弊。匪，通「彼」。行邁，遠行也。㉓先民是程　程先民之倒文。先民，古人。是，指示代詞，複指提賓「先民」。程，效法。下三句句式基本相同。㉔大猶　大道；指治國之禮法。㉕經　遵循。㉖邇言　膚淺之言論，與「大猶」相對。㉗如彼築室于道謀二句　言如彼建房而向路人討教者，終因意見分歧而不得其成。此喻意與上「如匪行邁謀」

相似。潰，達到。㉘靡止　即〈祈父〉「靡所止居」之意，言國土迫小也。止，居也。（從黃焯《毛詩鄭箋平議》）㉙聖　通達明理。㉚膴　大；多也。㉛哲　聰明。㉜謀　有智謀。㉝肅　恭敬嚴肅。㉞艾　通「乂」。治理也。按：聖、哲、謀、肅、艾，即《書・洪範》所謂「五事之德」。㉟如彼泉流二句　言用人聽謀無如彼泉水匯流，不分巨細，相率以亡，而必須明辨良莠善惡也。淪胥，見〈雨無正〉注。㊱暴　通「搏」。徒手搏鬥。㊲馮　徒步涉水。㊳一　一種；一類。指暴虎、馮河之類險事。㊴其他　別種危險之事，指謀猶回遹之害。㊵戰戰兢兢　戒懼貌。㊶履　踩踏。

【研　析】《詩序》曰：「〈小旻〉，大夫刺幽王也。」《詩集傳》曰：「大夫以王惑於邪謀，不能斷以從善，而作此詩。」皆合詩意，故從之。

詩共六章。一、二兩章開門見山，一針見血指出當前國策邪僻不正，而幽王聽信讒言，善惡不辨，國運堪憂。此為全詩總提。三、四兩章剖析國策邪僻之成因及其危害。五章設言雖國小民寡，人材猶有智愚善惡之分，故宜慎加擇用。六章言為謀、省察必須高度謹慎警惕。孫鑛《批評詩經》云：「以上通論謀，皆是實說。唯此章寓言微婉，蓋歎息省戒，以申其惓惓未盡之意。」

本篇題旨鮮明，中心突出。詩中言「謀」、言「猶」、言「謀猶」竟有十二處之多，全詩圍繞此中心層層展開，剖析「謀猶回遹」之產生及危害，提出防範之對策，皆鞭辟入裡。

善用比喻，是本詩主要藝術特色。除為首二章以外，其餘四章皆用比喻說理，生動而形象，極富文學性。尤其是末章全用比喻，且不明言正意，意味深長，頗耐玩索。

【韻　讀】一章：土、沮，魚部。從、用、邛，東部。二章：哀、違、依，微部；底，脂部。

微脂合韻。三章：猶、咎、道，幽部。四章：程、經、聽、爭、成，耕部。五章：止、否、謀，之部；膴，魚部。之魚合韻。艾、敗，月部。六章：河、他，歌部。兢、冰，蒸部。

六 小宛

宛❶彼鳴鳩❷，
翰❸飛戾❹天。
我心憂傷，
念昔先人❺。
明發❻不寐，
有懷二人❼。
人之齊聖❽，
飲酒溫克❾。

那小小的斑鳩，
高飛直衝天邊。
我內心多麼憂傷，
追念已故的祖先。
直到天亮還沒入睡，
心中藏著對父母的懷念。
理智聰明的人，
飲酒溫和有節制。

彼昏不知⑩，
壹⑪醉日富⑫。
各敬⑬爾儀⑭，
天命不又⑮。

中原⑯有菽⑰，
庶民采之。
螟蛉⑱有子，
蜾蠃⑲負之。
教誨爾子，
式穀似之⑳。

題㉑彼脊令㉒，

那些愚昧無知的人，
一味沉醉，一天比一天厲害。
請各自謹慎你們的威儀，
天命不會再次到來。

原野中有大豆，
百姓誰都可以採摘。
螟蛾的幼蟲，
蜾蠃背去養育。
教導你的孩子，
像牠們一樣向善。

瞧那脊令鳥，

載飛載鳴。
我日斯邁，
而月斯征㉓。
夙興夜寐，
毋忝㉔爾所生㉕。

交交㉖桑扈㉗，
率場㉘啄粟。
哀我填寡㉙，
宜岸宜獄㉚？
握粟㉛出卜，
自何能穀㉜？

邊飛邊鳴叫。
我天天遠走，
並且月月遠行。
要早起晚睡，
不能玷辱生養你的父母親。

桑扈鳥叫聲唧唧，
沿著場圃啄食粟粒。
可憐我又病又沒錢，
難道還應被人起訴？
握一把粟米去占卜，
從哪兒能讓我吉利？

溫溫恭人㉝，
如集于木㉞。
惴惴小心㉟，
如臨于谷。
戰戰兢兢，
如履薄冰㊲。

要做溫和恭謹的人，
如同鳥在樹上棲息。
小心翼翼，
好像站在深谷的邊緣。
萬分惶恐謹慎，
好像腳踩薄薄的冰層。

【注釋】❶宛　小貌。❷鳴鳩　鳥名。即斑鳩、布穀鳥，此鳥善鳴。❸翰　高飛。❹戾　至也。❺先人　祖先。❻明發　天亮。❼二人　蓋指父母。（從《詩集傳》）❽齊聖　敏捷聰明。❾溫克　溫和而有節制。❿不知　愚昧無知。⓫壹　專一。⓬富　猶甚也。⓭敬　謹慎。參見〈雨無正〉注。⓮儀　威儀。⓯又　復；再也。⓰中原　原中之倒文。⓱菽　豆。參見〈豳風・七月〉注。⓲螟蛉　螟蛾之子。蜾蠃常負以喂其子，古人誤以為蜾蠃代螟蛾育子，因稱養子為「螟蛉」或「螟蛉子」。⓳蜾蠃　細腰土蜂，銜泥於屋牆或樹枝作巢。⓴式穀似之　言似原菽、蜾蠃之向善也。式，效法。穀，善也。㉑題　通「睇」。視也。㉒脊令　鳥名。參見〈常棣〉注。㉓我日斯邁二句　我日日月月遠行，言己之勤苦也。上下二句互文。斯，語助詞。邁、征，皆遠行也。㉔忝　辱也。㉕爾所生　所生爾之倒文，即父母。㉖交交　鳥鳴聲。㉗桑扈　鳥名。亦名竊脂、青雀，採桑時節常見，喜食粟。㉘率場　循場圃也。㉙填寡　貧病。填，通「瘨」。病也。寡，貧也。一說：孤獨也。㉚宜岸宜獄　言該有獄訟之事乎？宜，應該。岸、獄，訴訟也。岸，通「犴」。㉛粟　穀物，此為酬卜之資。㉜穀　善；吉也。㉝溫溫　和柔貌。㉞恭人　恭謹之人。㉟如集于木　言如鳥棲於樹，唯恐墜落也。㊱惴惴　恐懼貌。參見〈秦風．黃鳥〉注。㊲戰戰兢兢二句　見〈小旻〉注。

【研　析】此詩詩旨頗難索解。《詩序》曰：「〈小宛〉，大夫刺幽王也。」《詩集傳》曰：「此大夫遭時之亂，而兄弟相戒以免禍之詩。」姚際恆《詩經通論》曰：「此為同姓兄弟刺王之詩。」方玉潤《詩經原始》曰：「〈小宛〉，賢者自箴也。」眾說紛紜，各執一詞。今觀詩中有「念昔先人」、「有懷二人」、「毋忝爾所生」諸語，且全詩情意極為懇至，似以《詩集傳》之說近之。

詩共六章。首章以鳴鳩戾天起興，詩人觸景生情，引起對已故先人、雙親之緬懷。二章兄弟相戒：勿縱酒敗德，天命不再，不可不自儆也。孫鑛《批評詩經》曰：「富字深酷，又字新陗，皆蔥蒨有色。此便是後來響字之祖。」三章以原菽養人、蜾蠃代育起興，以戒不唯獨善其身，又當教子向善也。姚際恆《詩經通論》評曰：「此雙興法，亦奇。」四章言當各自勤勉，無辱父母也。五章蓋述民生之多艱。孫鑛曰：「細看來，此章正是詩骨。蓋感無辜之被繫，乃作此詩耳。不然，則此章語與上稍覺不合。」六章以集木、臨谷、履冰為比，戒當恭謹從事，小心翼翼，方可免禍。

【韻　讀】一章：天、人、人，真部。二章：克、富，職部；又，之部。職之通韻。三章：采、負、似，之部。四章：令，真部；鳴、征、生，耕部。真耕合韻。五章：扈、寡，魚部。粟、獄、卜、穀，屋部。六章：木、谷，屋部。兢、冰，蒸部。

七 小弁

弁❶彼鸒❷斯❸，
歸飛提提❹。
民莫不穀❺，
我獨于罹❻。
何辜❼于天？
我罪伊❽何？
心之憂矣，
云❾如之何？
踧踧❿周道⓫，

那快樂的寒鴉，
一群群飛回家。
人們無不快活，
我卻獨自憂傷。
我哪裡得罪了上天？
我的罪過是哪樁？
心中憂傷呀，
不知該怎麼把它淡忘？
平坦的周國國道，

鞫⑫為茂草。
我心憂傷，
惄⑬焉如擣⑭。
假寐⑮永嘆，
維憂用⑯老。
心之憂矣，
疢⑰如疾首。
維桑與梓⑱，
必恭敬止⑲。
靡瞻匪父，
靡依匪母。
不屬于毛，

盡是茂盛的野草。
我心中憂傷，
煩悶得像有棍棒在心頭亂搗。
和衣而睡長嘆息，
因為憂傷而變得衰老。
心中憂傷呀，
煩躁得像頭痛一樣難熬。
見到祖先栽下的桑樹梓樹，
一定會恭恭敬敬。
人們無不仰仗父親，
人們無不依戀母親。
既不和衣服表面相連，

不罹于裏⑳。
天之生我？
我辰㉑安在？

菀㉒彼柳斯，
鳴蜩嘒嘒㉓。
有漼㉔者淵，
萑㉕葦淠淠㉖。
譬彼舟流㉗，
不知所屆㉘。
心之憂矣，
不遑假寐。

又不和衣服襯裡附貼。
難道是上天生下了我？
我出生的時辰在幾點？

那茂盛的柳樹，
蟬兒鳴聲唧唧。
在深深的水潭邊，
蘆葦叢生茂密。
好比那順流而下的小船，
不知要停在哪裡。
心中憂傷呀，
沒有閑心打瞌睡。

鹿斯之奔，
維足伎伎㉙。
雉之朝雊㉚，
尚㉛求其雌。
譬彼壞木㉜，
疾用㉝無枝。
心之憂矣，
寧㉞莫之知。
相㉟彼投兔㊱，
尚或先之㊲。
行㊳有死人，
尚或墐㊴之。

鹿兒奔跑，
四腳舒展跳躍。
野雞早上鳴叫，
尚且把伴侶尋找。
好比那棵病樹，
因為傷病而沒有枝條。
心中憂傷呀，
竟沒有人知道。
看那闖進羅網的野兔，
尚且有人先把牠釋放。
路上有死人，
尚且有人把他埋葬。

君子㊵秉心，
維其忍㊶之。
心之憂矣，
涕㊷既隕之。

君子信讒，
如或醻㊸之。
君子不惠㊹，
不舒究㊺之。
伐木掎㊻矣，
析薪扡㊼矣。
舍彼有罪，
予之佗㊽矣。

君子的居心，
是那樣殘忍。
心中憂傷呀，
眼淚簌簌流淌。

君子輕信讒言，
像有人敬酒統統喝光。
君子不仁愛，
對讒言不細察追問。
伐木要向一邊牽引，
劈柴要順著木紋。
你放走那些有罪的人，
卻把罪名加在我身。

莫高匪山，
莫浚㊾匪泉。
君子無易由言㊿，
耳屬51于垣。
無逝我梁，
無發我笱。
我躬不閱，
遑恤我後52？

沒有什麼比山還高，
沒有什麼比泉水還深。
君子不要輕易發言，
因為有耳朵貼在牆邊。
不要去我的魚梁，
不要打開我的魚簍。
我自己還無處藏身，
哪有閑心顧到我的身後？

【注釋】❶弁　通「昪」。喜樂也。❷鷽　鳥名。即寒鴉，烏鴉之一種，又名鵯鶋，體小，腹下白。❸斯　語助詞。❹提提　群飛貌。提，通「𦐊」。❺穀　善也。❻罹　憂也。❼辜　罪也。❽伊　語助詞，猶維。❾云　語助詞。❿踧踧　平坦貌。⓫周道　周之國道。參見〈周南・卷耳〉周行注。⓬鞫　窮；盡也。⓭惄　憂思也。參見〈周南・汝墳〉注。⓮擣　舂搗。⓯假寐　不脫衣冠而睡，即打瞌睡。⓰用　以；而也。⓱疢　熱病，引申為煩惱。⓲維桑與梓　桑梓，皆木名。桑給蠶食，乃養生之用；梓為棺木，乃送死之具。父祖所樹，子孫見之，則追念而加敬。桑梓必在里居，後遂稱桑梓為故里耳。⓳止　語助詞。⓴不屬于毛二句此以衣服為比，言我不得依附於父母也。屬，連也。毛，衣之表也，此指父親。罹，附也。裏，衣之內也，此指母親。㉑辰　時辰。㉒菀　茂盛貌。參見〈正月〉注。㉓嘒嘒　蟬鳴聲。㉔有漼　猶漼漼，深貌。有，語助詞。㉕萑　蘆葦之一種。參見〈豳風・七月〉注。㉖淠淠　眾多貌。㉗舟流　舟順流而下也。㉘屆　至也。㉙伎伎　大跨步飛奔之貌。此言鹿音從群，見前有同類則奔而趨之，與下雉求其雌取興正同。㉚雊　雉鳴。㉛尚　猶；尚且。㉜壞木　病樹。壞，通「瘣」。傷病也。㉝用　以；而也。㉞寧　乃；竟也。㉟相　看也。㊱投兔　投網之兔。古以網捕兔，參見〈周南・兔罝〉。㊲先之　言在獵人到來之前將兔釋放。㊳行　道路。㊴墐　埋葬。㊵君子　蓋指周幽王。下同。㊶忍　殘忍。㊷涕　淚也。㊸醻　同「酬」。敬酒也。酬酒則飲，喻有讒則信也。㊹惠　仁愛。㊺舒究　細察。㊻掎　向一邊牽引。㊼扡　順木之紋理劈開。㊽佗　加也。㊾浚　深也。㊿無易由言　勿輕易出言也。由，於也。(51)屬　附也。(52)無逝我梁四句　見〈邶風・谷風〉注。

【研　析】《詩序》曰：「〈小弁〉，刺幽王也。太子之傅作焉。」史載周幽王寵褒姒，立褒姒之子伯服而逐太子宜臼，舊說本篇即寫宜臼被廢逐事。姚際恆《詩經通論》曰：「然謂其傅作，有可疑。詩可代作；哀怨出于中情，豈可代乎？況此詩哀怨痛切之甚，異於他詩也。」其說可從。

詩共八章。首章問天我有何辜而被逐，為全詩總起。首二句以飛鷽樂歸反興，喻己流離失所之苦。二章三言其「憂」，反復抒發憂傷之情。鍾惺《評點詩經》云：「古今說憂，盡此數語，非身歷不知，只『維憂用老』一句，何等深沉！」首二句以周道草茂，象徵國之將亡。三章以布之不連屬於衣之表裡為比，喻己遭父母之棄而孤獨無依。鬱勃頓挫，語至沉痛。四、五兩章以舟流無至、病樹無枝，喻己無所歸依。章旨與三章相類，而章法迥異。兩章皆用雙反興：蜩鳴彼柳、萑生淵畔，喻己不為父母所容。鹿趨群，雉求牝，喻己離群孤寂之苦。六章以投兔、路尸尚有人憫，反襯君子之心殘忍不仁。七章斥君子信讒而加罪於己。詩以伐木、析薪猶循法理，反襯君子昏庸失察。八章以山高泉深為興，胡承珙《毛詩後箋》曰：「詩言無高而非山，無浚而非泉，山高泉深莫能窮測也，以喻人心之險猶山川。」「君子無易由言」二句，戒王慎言，勿為奸佞利用。詩以「無逝我梁」四句為結，抒發被逐之怨。方玉潤《詩經原始》曰：「至其布局精巧，整中有散，正中寓奇，如握奇率；然離奇變幻，令人莫測。讀者熟思而細玩之，當自有得，勿煩多贅。」

【韻讀】一章：斯、提，支部。罷、何、何，歌部。二章：道、草、擣、老、首，幽部。三章：梓、止、母、裏、在，之部。四章：嘒、淠、屆，質部；寐，物部。質物合韻。五章：伎、雌、枝、知，支部。六章：先、墐、忍、隕，文部。七章：醻、究，幽部。掎、扡、佗，歌部。八章：山、泉、言、垣，元部。笱、後，侯部。

八 巧言

悠悠❶昊天，　　高遠的上天，
曰父母且❷！　　是百姓的父母喲！

無罪無辜，
亂如此幠❸。
昊天已威❹，
予慎❺無罪。
昊天大❻幠，
予慎無辜。

亂之初生，
僭始既涵❼。
亂之又生，
君子❽信讒。
君子如怒，
亂庶❾遄沮❿；

人們沒有罪沒有過，
禍亂卻如此深重。
上天太威怒，
我們的確沒有罪過。
上天太暴虐，
我們的確沒有罪孽。

禍亂發生當初，
讒言已經開始被容納。
禍亂一再發生，
讒言已被君子聽信。
君子如能怒斥讒人，
禍亂或可迅速消停；

君子如祉，
亂庶遄已⓫。

君子屢盟⓬，
亂是用長⓭。
君子信盜⓮，
亂是用暴⓯。
盜言孔甘，
亂是用餤⓰。
匪其止共⓱，
維王之邛⓲。
奕奕⓳寢廟⓴，

君子如能善待賢人，
禍亂或可迅速止停。

君子屢屢立盟誓，
禍亂因此滋生。
君子輕信盜賊一般的小人，
禍亂因此更猛。
小人讒言非常甜蜜，
禍亂因此加劇。
並非他們表現得恭敬，
而是使大王困病。
巍峨雄偉的宗廟，

君子作之。
秩秩㉑大猷㉒，
聖人莫㉓之。
他人㉔有心，
予忖度㉕之。
躍躍毚兔㉖，
遇犬獲之。

荏染㉗柔木㉘，
君子樹之。
往來行言㉙，
心焉㉚數㉛之。
蛇蛇㉜碩言，

君子能把它建造。
明智的國策，
聖人能把它謀劃。
別人有什麼壞心思，
我能把它猜到。
好比跳躍的狡兔，
遇到獵犬就能把牠抓獲。

柔弱的小樹，
是君了把它栽培。
傳來傳去的流言，
心裡要把它辨別。
誇誇其談的大話，

出自口矣。
巧言如簧[33]，
顏之厚矣！

彼何人斯[34]，
居河之麋[35]？
無拳[36]無勇，
職[37]為亂階。
既微[38]且尰[39]，
爾勇伊[40]何？
為猶[41]將[42]多，
爾居[43]徒[44]幾何？

都出自那張大口。
動聽的話兒像是用簧片奏出，
臉皮不知有多厚！

那是什麼人喲，
住在黃河水邊？
沒有什麼勇力，
卻專做禍亂的階梯。
又是小腿生瘡，又是腳上浮腫，
你的勇力在哪裡？
出的壞主意太多，
你在位的日子只剩下幾天？

【注　釋】❶悠悠　高遠貌。❷曰父母且　曰、且，皆語助詞。❸憮　大也。❹已威　甚威怒也。已，甚也。❺慎　誠然；確實。❻大　同「太」。甚也。❼僭始既涵　言讒言始入而全為王所接受。僭，通「譖」。讒言也。涵，容納也。❽君子　此處指王。下同。❾庶　庶幾；或可。❿沮　止也。⓫君子如祉二句　言君子如能賜福於賢人，則亂亦或可速止也。祉，福也；喜也。已，止也。⓬屢盟　屢次訂立盟約。暗示不守信義。⓭是用　因此。下同。⓮盜　指進讒言之小人。⓯暴　猛烈。⓰餤　進食。引申為增進、加劇也。⓱止共　容止恭敬。共，通「恭」。⓲邛　病也。參見〈小旻〉注。⓳奕奕　高大貌。⓴寢廟　宗廟。古代宗廟分前後兩部分：祭祀之處稱廟，在前；置靈位及藏先人遺物之處稱寢，在後。㉑秩秩　明智貌。㉒大猷　大謀，此指國策。參見〈小旻〉注。㉓莫　通「謨」。謀也。㉔他人　別人。此指小人。㉕忖度　測度。㉖毚兔　狡兔。㉗荏染　柔貌。㉘柔木　柔弱之木。此喻小人，小人善柔。㉙行言　猶流言。㉚焉　語助詞，無義。㉛數　審辨也。㉜蛇蛇　大言欺世貌。蛇，通「訑」。㉝如簧　喻其悅耳動聽。簧，樂器中之簧片。參見〈王風·君子陽陽〉注。㉞斯　語助詞。㉟麋　通「湄」。水邊。㊱拳　勇力。㊲職　主；專也。㊳微　古「癓」字。小腿瘡疾。㊴尰　腳腫。㊵伊　猶維。語助詞。㊶猶　謀也。此指小人之謀詐。㊷將　甚也。㊸居　居官。㊹徒　只也。

【研　析】此是刺周王信讒致亂之詩。《詩序》曰：「〈巧言〉，刺幽王也。大夫傷於讒，故作是詩也。」大致可信。

詩共六章。首章呼告上天，民無罪辜，何以降此大亂？二章緊承上章，追尋亂之所由，乃君子信讒。此為全詩提綱。三章承二章展開，言亂之由小至大乃因君子信讒由淺及深之故。「長」、「暴」、「餤」三字，層層遞進，寫出亂之滋長蔓延、愈演愈烈。四章言讒人可識。「他人有心，予忖度之」，乃本章之旨。其前「奕奕寢廟」四句為興，其後「躍躍毚兔」二句為比。

五章以「行言」、「碩言」、「巧言」揭露讒言特徵，故知辨之不難。六章直斥讒人無勇而為亂階。《詩集傳》曰：「此必有所指矣，賤而惡之，故為不知其姓名，而曰何人也。」全詩以「爾居徒幾何」為結，詛咒讒人為官之日無多，如聞切齒之聲。總覽全詩，前三章刺君子信讒，後三章刺讒人。

全詩「亂」字九見，「君子」七見，詩人指向明確。章法嚴整，詩人用剝筍之法層層剖析讒言之害、讒言特徵及讒人醜態，文理清晰。揭露讒人醜惡嘴臉入木三分，淋漓痛快！

【韻讀】一章：且、辜、憮，魚部。威、罪，微部。憮、辜，魚部。二章：涵、讒，談部。怒、沮，魚部。祉、已，之部。三章：盟、長，陽部。盜，宵部；暴，藥部。宵藥通韻。甘、餤，談部。共、邛，東部。四章：作、莫、度、獲，鐸部。五章：樹、數、口、厚，侯部。六章：麋、階，脂部。何、多、何，歌部。

九 何人斯

彼何人斯❶？　　那是個什麼人？
其心孔艱❷。　　他的城府很深。
胡逝我梁❸，　　為什麼去我的魚梁，

不入我門？
伊誰云從❶？
維暴❺之云❻。

二人❼從行❽，
誰為此禍？
胡逝我梁，
不入唁❾我？
始者❿不如今，
云不我可⓫。

彼何人斯？
胡逝我陳⓬？

卻不進我的家門？
他只跟從誰？
他只跟從暴公。

二人相隨而行，
是誰釀造了這場災禍？
為什麼去我的魚梁，
卻不進來慰問我？
從前可不像如今，
如今你已對我不贊成。

那是個什麼人？
為什麼去我堂前的路徑？

我聞其聲，
不見其身⑬。
不愧于人？
不畏于天？

彼何人斯？
其為飄風⑭。
胡不自北？
胡不自南？
胡逝我梁，
祇⑮攪我心？

爾之安行⑯，

我只聽見他的聲音，
卻不見他的人。
難道他對人不慚愧？
難道他對天不敬畏？

那是個什麼人？
他像暴風一陣。
為什麼不從北方來？
為什麼不從南方來？
為什麼去我的魚梁，
正攪亂我的心神？

你緩行的時候，

亦不遑[17]舍[18];
爾之亟[19]行,
遑脂[20]爾車?
壹者之來[21],
云何其盱[22]!

爾還而入,
我心易[23]也;
還而不入,
否難知也[24]。
壹者之來,
俾我祇[25]也。

沒有閑暇停車整休;
你疾馳的時候,
哪有閑暇給你車上油?
上次你的到來,
我是多麼憂愁!

你上朝回來進我家門,
我的心情就平靜;
你上朝回來不進我家門,
是好是壞難知情。
上次你的到來,
使我愁得生病。

伯氏㉖吹壎㉗，
仲氏㉘吹篪㉙。
及㉚爾如貫㉛，
諒㉜不我知？
出此三物㉝，
以詛爾斯㉞。

為鬼為蜮，
則不可得㉟。
有靦㊱面目，
視人㊲罔極㊳。
作此好歌㊴，
以極㊵反側㊶。

哥哥吹壎，
弟弟就吹篪響應。
我和你親密得像一條繩串起，
你難道真不了解我的心？
擺出這三樣祭品，
來賭咒這樁事情。

是鬼是妖怪，
卻不能讓人看清。
你有面目可見，
給人看到的是邪惡不正。
我寫下這首善意的詩歌，
來糾正你的反覆無常。

【注　釋】❶斯　語助詞。❷艱　言難知也。❸梁　魚梁。參見〈邶風・谷風〉注。❹伊誰云從　伊從誰之倒文。伊，猶維，語助詞。云，語助詞，無實義。從，跟從。❺暴　周之諸侯國名，在今河南原武。此指其國君暴公。❻云　即上句之「云從」，因與上文「艱」、「門」為韻，故省「從」字。❼二人　指「何人」與暴公。❽從行　相隨而行。❾唁　慰問。❿始者　昔者；起初。⓫云不我可　即不可我之倒文。云，語助詞。可，認可；贊成。⓬陳　堂下至院門之通道。⓭我聞其聲二句　言其行蹤詭秘也。⓮飄風　暴風。⓯祇　適；恰好。⓰安行　慢行。⓱遑　閑暇。⓲舍　止息。⓳亟　急；疾也。⓴脂　油膏也。此作動詞，塗脂於軸，使潤滑也。㉑壹者之來　蓋指逝梁、逝陳事。壹者，猶昔者，從前也。㉒云何其盱　言使我多麼憂愁。云，語助詞。盱，通「忬」。憂也。參見〈周南・卷耳〉注。㉓易　平和；喜悅。㉔否難知也　言善惡難知也。否，惡也，此當省一「臧」字。㉕祇　通「疧」。病也。㉖伯氏　兄長。㉗壎　古樂器名。陶製，大者如鵝卵，小者如雞卵，平底，銳上，形似秤錘，有六孔，可吹奏。㉘仲氏　兄弟或姊妹排行第二者，俗稱老二。此與「伯氏」相對，猶云弟也。㉙篪　古管樂器名。竹製，似後世之笛，有七孔或八孔，橫吹。㉚及　與也。㉛如貫　言如繩之貫物，相連屬也。此喻關係親密無間。㉜諒　誠；真也。㉝三物　指豬、犬、雞，賭咒時用。㉞以詛爾斯　言為此而賭咒也。詛，賭咒也。爾，此也。斯，語助詞。㉟為鬼為蜮二句　言鬼蜮無形可辨，與下人有面目可識。蜮，古代傳說中一種以氣射殺人之妖物，似鱉而三足。㊱有靦　猶靦然，面目可見貌。有，語助詞。㊲視人　示於人。視，通「示」。㊳罔極　不正。參見〈衛風・氓〉注。㊴好歌　善意之詩。㊵極　糾正。㊶反側　反覆無常。

【研　析】《詩序》謂此為周之諸侯蘇公刺暴公之詩。暴公為卿士，而譖蘇公，蘇公作是詩絕之。詩中唯「維暴之云」一語可直接證明暴公，且全詩指向在「何人」，而非暴公，故疑《序》者謂其說不足信。竊以為二章「二人從行」顯承首章「伊誰云從」二句，故為禍之二人，當指「何人」與暴公也。故《序》說大致可信，詩人不直斥暴公而藉「何人」刺之者，乃委婉曲達也，亦見其忠厚之意矣。

詩共八章。首章開門見山，斥「何人」居心叵測，並點出其為暴公心腹。「其心孔艱」一語為全詩提綱。二章斥「何人」與暴公狼狽為姦，譖害詩人。三、四兩章摹寫「何人」行蹤詭秘、陰險無恥之狀。五、六兩章斥「何人」來者不善，使我心憂。五章「爾之安行」四句，言「何人」固無暇而來，知其「壹者之來」必別有用心也。六章重心在「還而不入」二句，「否難知也」亦首章「其心孔艱」之意。七章憶詩人與「何人」往昔深厚情誼，語氣頓緩，文勢至此一曲，然又折射出「何人」背信棄義之形，真妙筆也！八章點明作詩之由。「反側」二字與首章「孔艱」首尾呼應，一氣相承。

詩人極善摹寫人物。鍾惺《評點詩經》云：「模寫暴公百千閃爍，著骨著髓，只是一箇內慚耳。微詞緩調，無可藏身，真甚于豺虎有北之投矣。」其說如以「何人」換「暴公」二字，則更貼切。

【韻　讀】一章：艱、門、云，文部。二章：禍、我、可，歌部。三章：陳、身、天，真部。四章：風、南、心，侵部。五章：舍、車、盱，魚部。六章：易，錫部；知、祇，支部。錫支通韻。七章：篪、斯，支部。八章：蜮、得、極、側，職部。

一〇 巷伯

萋兮斐❶兮，
成是貝錦❷。
彼譖人❸者，
亦已大甚❹！

哆兮侈兮❺，
成是南箕❻。
彼譖人者，
誰適❼與謀？

花紋交錯縱橫呀，
織成了這貝錦。
那個造謠誹謗的人，
實在太過份！

嘴巴張得大大呀，
像這南方的箕星。
那個造謠誹謗的壞東西，
誰在替他出主意？

緝緝[8]翩翩[9]，
謀欲譖人[10]。
慎爾言也，
謂爾不信[11]。

捷捷[12]幡幡[13]，
謀欲譖言[14]。
豈不爾受？
既其女遷[15]。

驕人[16]好好，
勞人[17]草草[18]。
蒼天蒼天，

附在耳邊竊竊私語，
心裡捉摸著中傷別人。
勸你說話要謹慎，
人們說你話不真。

竊竊私語，喋喋不休，
心裡捉摸著編造讒言。
你的讒言怎會不接受？
識破之後要把你拋棄。

驕傲的人得意洋洋，
憂愁的人困苦煩悶。
老天呀，老天呀，

視彼驕人，
矜此勞人。

彼譖人者，
誰適與謀？
取彼譖人，
投畀⑲豺虎；
豺虎不食，
投畀有北⑳；
有北不受，
投畀有昊㉑。

楊園㉒之道，

請你察看那驕傲的人，
憐憫這憂愁的人。

那個造謠誹謗的壞東西，
誰在替他出主意？
抓起那造謠誹謗的人，
把他扔給虎狼吃；
如果虎狼不肯吃，
扔到北極凍死他；
如果北極不接受，
扔給上天去懲罰。

楊園的道路，

猗㉓于畝丘㉔。
寺人㉕孟子㉖，
作為此詩。
凡百㉗君子，
敬㉘而聽之。

緊挨著畝丘。
我是寺人叫孟子，
寫下了這首詩。
請所有的君子們，
認真地聽一聽。

【注釋】❶萋兮斐兮　萋斐，花紋錯雜貌。萋，通「緀」。❷貝錦　貝紋之錦。錦，有彩色花紋之絲織品。❸譖人　即讒人，誹謗者。❹已大甚　三字同義，厲害、過份也。大，古「太」字。❺哆兮侈兮　哆侈，張大之貌。二字同義。❻南箕　南方之箕星。箕，星宿名，有四星，形似簸箕，底狹口廣，此象讒人之口也。❼適　主也。參見〈衛風・伯兮〉注。❽緝緝　耳語貌。緝，通「咠」。❾翩翩　巧言貌。翩，通「諞」。一說：往來貌。❿譖人　讒害他人。⓫信　真實。⓬捷捷　猶緝緝。捷，通「唼」。多言貌。⓭幡幡　猶翩翩。⓮譖言　讒言；誹謗之言。⓯豈不爾受二句　言王始則或聽信你之讒言，既而察知讒言不實，則將拋棄你。此為誡譖人之言。其，語助詞。遷，捨棄也。⓰驕人　驕傲得志之人，此指譖人。⓱勞人　憂苦之人，此指被譖之人。⓲草草　憂貌。草，通「慅」。⓳畀　給予。⓴有北　北方。有，語助詞。㉑有昊　上天。有，語助詞。㉒楊園　園名。㉓猗　通「倚」。依也。按：此二句興義不明，存疑。㉔畝丘　丘名。㉕寺人　宮廷中供使喚之小臣，類後世之宦官。㉖孟子　寺人之字。㉗凡百　猶所有也，總括之辭。㉘敬　慎也。

【研　析】此寺人孟子責譖人之詩。《詩序》曰：「〈巷伯〉，刺幽王也。寺人傷于讒，故作是詩也。」除首句「刺幽王也」於詩無證外，與詩義切合。詩以巷伯名篇，巷伯即寺人也。

詩共七章，前四章每章四句，後三章句數參差不等。一、二兩章形式複疊，責譖人善編巧言，善織罪名，善簸是非。貝錦、南箕之喻妙絕！三、四兩章形式複疊，以勸誡口吻指出讒言終將識破。五章呼蒼天察讒憫憂，「總上起下，為一篇樞紐。」（方玉潤）六章抒發對譖人深惡痛絕之激憤。姚際恆曰：「刺讒諸詩，無如此之快利，暢所欲言。」（《詩經通論》）末章言作詩之由，並亮明作者身份。

全詩感情激烈，設喻精妙，想像奇特，筆法夭矯多變。

【韻　讀】一章：錦、甚，侵部。二章：箕、謀，之部。三章：翩、人、信，真部。四章：幡、言、遷，元部。五章：好、草，幽部。天、人、人，真部。六章：者、虎，魚部；謀，之部。魚之合韻。食、北，職部。受、昊，幽部。七章：丘、詩、之，之部。

谷風之什

一 谷風

習習谷風❶，
維風及雨。
將❷恐將懼，
維予與女；
將安將樂，
女轉❸棄予。

和順的東風吹拂，
只有風和雨在一起。
正當恐懼的時候，
只有我和你相依；
正當安樂的時候，
你反而把我拋棄。

習習谷風，
維風及頹❹。
將恐將懼，
寘❺予于懷；
將安將樂，
棄予如遺❻。

習習谷風，
維山崔嵬❼。
無草不死，
無木不萎。
忘我大德，
思我小怨。

和順的東風吹拂，
只有風和暴風在一起。
正當恐懼的時候，
你把我摟在懷裡；
正當安樂的時候，
你拋棄我像丟棄垃圾。

和順的東風吹拂，
只有山和山頂在一起。
沒有什麼草不死滅，
沒有什麼樹不枯萎。
你忘記了我的大恩情，
卻記住了我的小怒怨。

【注釋】❶習習谷風　和順之東風。參見〈邶風・谷風〉注。❷將　當也。❸轉　反而。❹頹　自上而下之暴風，即龍捲風。❺寘　同「置」。放也。❻遺　去棄。❼崔嵬　山頂。

【研析】《詩序》曰：「〈谷風〉，刺幽王也。天下俗薄，朋友道絕焉。」謂朋友道絕相棄之詩則可，然繫之幽王殊為無理。方玉潤《詩經原始》曰：「夫天下俗薄，朋友道衰，以此刺王，何事不可以刺王？」一語破的。今觀詩中有「寘予于懷」句，情意纏綿，疑是男女之詞，故以為棄婦之詩，或更切近詩人本旨。

詩共三章。一、二兩章形式複疊，章旨亦同，皆責夫可與共患難，不可與同安樂也。唯二章寫親疏皆較首章進一層。末章陳遺棄之由，「忘我大德」二句正是詩骨。本詩大旨與〈邶風・谷風〉相類，三章亦皆以「習習谷風」起興，然其取義重心則在次句，即以風及雨、風及頹、山及崔嵬喻夫妻朝夕相伴也。《毛傳》所謂「風雨相感，朋友相須」，其揭示興義大致不誤。後世新義疊出，揣測紛紛，皆不如《毛傳》深得詩旨也。至三章「無草不死，無木不萎」二句，亦頗費解。愚意此或喻萬物皆有盡時，夫妻緣份亦然，乃詩人傷感絕望情緒之自然流露。

本篇採用層遞、比興、對比等手法，道情事真切感人，可與〈邶風・谷風〉對讀。

【韻讀】一章：雨、女、予，魚部。二章：頹、懷、遺，微部。三章：嵬、萎，微部；怨，元部。微元合韻。

二 蓼莪

蓼蓼❶者莪❷？
匪莪伊蒿❸。
哀哀❹父母，
生我劬勞❺！

蓼蓼者莪？
匪莪伊蔚❻。
哀哀父母，
生我勞瘁❼！

長得又高又大的是莪蒿？
不是莪蒿，而是老蒿。
可憐我的父母，
生養我多麼辛勞！

長得又高又大的是莪蒿？
不是莪蒿，而是牡蒿。
可憐我的父母，
生養我多麼勞苦！

缾⑧之罄⑨矣，
維罍⑩之恥。
鮮民⑪之生，
不如死之久矣。
無父何怙⑫？
無母何恃？
出則銜恤⑬，
入則靡至⑭。

父兮生我，
母兮鞠⑮我。
拊⑯我畜⑰我，
長我育我，

酒瓶空了，
是酒罈的恥辱。
孤兒活著，
不如早早死去為好。
沒有父親，依靠哪個？
沒有母親，依賴哪個？
出門懷著憂愁，
進門不知往哪走。

父親呀生我，
母親呀養我。
撫愛我，愛護我，
扶養我，養育我，

顧我復⑱我，
出入腹⑲我。
欲報之德，
昊天罔極⑳。

南山烈烈㉑，
飄風㉒發發㉓。
民莫不穀㉔，
我獨何害㉕？

南山律律㉖，
飄風弗弗㉗。
民莫不穀，

照顧我，來來回回為了我，
出出進進抱著我。
我想報答父母的恩情，
上天不公心太狠。

南山多麼寒冷，
狂風吹得啪啪作響。
人們無不善養父母，
為什麼只有我遭遇勞苦？

南山多麼寒冷，
狂風吹得啪啪作響。
人們無不善養父母，

我獨不卒㉘？

為什麼只有我不能？

【注釋】❶蓼蓼　長大貌。❷莪　莪蒿。參見〈菁菁者莪〉注。❸蒿　莪之老者。莪、蒿本一物，嫩曰莪，老曰蒿，莪可食，蒿則不可。❹哀哀　哀傷之甚。❺劬勞　辛勤勞苦。參見〈邶風・凱風〉注。❻蔚　蒿之一種，又名牡蒿，七月開花如胡麻，然不結子實。❼勞瘁　辛勞憔悴。❽缾　同「瓶」。汲水或盛酒之器皿。❾罄　盡；空也。❿罍　酒罇。參見〈周南・卷耳〉注。罍大而缾小。⓫鮮民　猶孤子，指失去父母之人。⓬怙　依靠。下句「恃」字義同。⓭銜恤　懷憂。銜，含也。⓮靡至　無所歸止，言恍惚不安也。⓯鞠　養育。⓰拊　同「撫」。愛撫也。⓱畜　養也。一說：通「慉」。愛也。⓲復　反復。⓳腹　懷抱。⓴罔極　不正。言上天降凶，使我父母亡故也。㉑烈烈　猶凜冽，寒貌。㉒飄風　暴風。參見〈何人斯〉注。㉓發發　大風觸物之聲。㉔穀　善也。此指生活美好。㉕我獨何害　此句與下章「我獨不卒」句意互足，言我何為獨遭此勞苦之害，而不得終父母之養乎？（從黃焯《毛詩鄭箋平議》）㉖律律　猶烈烈。㉗弗弗　猶發發。㉘卒　終也。

【研析】此行役之人哀不能終養父母之詩。《詩序》曰：「〈蓼莪〉，刺幽王也。民人勞苦，孝子不得終養爾。」除「刺幽王」於詩無證，餘當可從。

詩共六章。一、二兩章形式複疊，章旨相同，皆嘆父母生己之辛勞，此為全篇總提。兩章之首，皆以蓼莪起興，蓋以非我而為蒿蔚，喻己非美材而不能終養父母。三章嘆失父母之痛，悽愴哀絕。章首以瓶罄罍恥為興，喻父母不得終養乃己之辱，想像奇特。四章感念父母養育之恩，今不得報，歸咎於天。一章中連用九「我」字，感人至深。姚際恆評曰：「實言所以『劬勞』、『勞瘁』，勾人淚眼，全在此無數『我』字。」（《詩經通論》）五、六兩章形式複疊，皆以眾襯己，抒己獨不能終養之遺恨。章首南山之興，喻己心緒悲涼淒苦。

詩之布局，整飭工巧。方玉潤《詩經原始》曰：「詩首尾各二章，前用比，後用興；前說父母劬勞，後說人子不幸，遙遙相對。中間二章，一寫無親之苦，一寫育子之艱，備極沉痛，幾於一字一淚，可抵一部《孝經》讀。固不必問其所作何人，所處何世，人人心中皆有此一段至性至情文字在，特其人以妙筆出之，斯成為一代至文耳！」

【韻讀】一章：蒿、勞，宵部。二章：蔚、瘁，物部。三章：恥、久、恃，之部。恤、至，質部。四章：鞠、畜、育、復、腹，覺部。德、極，職部。五章：烈、發、害，月部。六章：律、弗、卒，物部。

三　大東

有饛❶簋❷飧❸，　　盤中米飯堆得滿，
有捄❹棘匕❺。　　棗木勺兒長又彎。
周道❻如砥❼，　　周國的大道有如磨刀石一般平坦，
其直如矢。　　筆直筆直像支箭桿。

君子所履，
小人❽所視。
睠言❾顧之，
潸焉❿出涕。

小東大東⓫，
杼柚⓬其空。
糾糾葛屨⓭，
可以履霜？
佻佻⓮公子⓯，
行彼周行⓰。
既往既來，
使我心疚⓱。

上等人走在大道上，
下等人把它瞻望。
回過頭去望著它，
淚水簌簌地流淌。

東方的小國和大國，
織布機上空空蕩蕩。
葛皮編結的草鞋，
怎麼可以踩霜？
奔忙的貴族子弟，
走在那大道上。
他們來來往往，
使我心裡憂傷。

有洌[18]氿泉[19]，
無浸穫薪[20]。
契契[21]寤嘆，
哀我憚人[22]。
薪[23]是穫薪，
尚可載也；
哀我憚人，
亦可息也。

東人[24]之子，
職[25]勞不來[26]；
西人[27]之子，
粲粲[28]衣服。

從旁流出的泉水寒涼，
不要浸濕砍來的乾柴。
醒來憂苦長嘆，
可憐我們這些勞苦的人。
劈開這些砍來的乾柴，
尚且可以用車裝載；
可憐我們這些勞苦的人，
也該可以歇一歇。

東方人的子弟，
一向勞苦卻得不到安撫；
西方人的子弟，
穿著鮮艷漂亮的衣服。

舟人㉙之子，
熊羆是裘㉚；
私人㉛之子，
百僚是試㉜。

或以其酒，
不以其漿㉝。
鞙鞙㉞佩璲㉟，
不以其長。
維天有漢㊱，
監亦有光㊲。
跂㊳彼織女㊴，
終日七襄㊵。

周人的子弟，
捕獵熊羆取樂；
私家奴僕的子弟，
給百官當奴僕。

有人喝酒喝得爛醉，
有人連水漿也沾不上邊。
佩掛的美玉長長一串，
有人還嫌不長不氣派。
天上有條天河，
雖然有光但不能照人。
那連成三角形的織女星，
一天要移動七個時辰。

雖則七襄，
不成報章[41]。
睆[42]彼牽牛[43]，
不以服箱[44]。
東有啟明[45]，
西有長庚。
有捄天畢[46]，
載施之行[47]？
維南有箕[48]，
不可以簸揚[49]；
維北有斗[50]，
不可以挹[51]酒漿。

雖然一天移動七個時辰，
不能來回穿梭把花布織成。
那閃閃發亮的牽牛星，
不能拉動大車的車箱。
東方有星叫啟明，
西方有星叫長庚。
長柄彎曲的天網星，
難道也可以把它張在路上？
南方有箕星，
不能拿來簸米糠；
北方有斗星，
不能拿來舀酒漿。

維南有箕，　南方有箕星，
載翕其舌52；　縮起舌頭大口張；
維北有斗，　北方有斗星，
西柄之揭53。　斗柄高翹向西方。

【注釋】❶有饛　猶饛然，盛器滿貌。有，語助詞。❷簋　食器名。參見〈秦風・權輿〉注。❸飧　熟食，此指黍稷之食。❹有捄　猶捄然，曲而長貌。捄，通「觓」。有，語助詞。❺棘匕　酸棗木所製之勺。❻周道　此蓋雙關語，兼有周之國道及西周為政之道二義。❼砥　磨刀石。❽小人　與「君子」相對，即平民。❾睠言　猶睠然，回顧貌。言，語助詞。❿潸焉　猶潸然，淚下貌。⓫小東大東　指東方大小諸侯國。⓬杼柚　代指織布機。杼，織機之梭，纏緯線之用。柚，織機之筘，經線定位之用。⓭糾糾葛屨　葛皮纏織之草鞋，夏季所穿。參見〈魏風・葛屨〉注。⓮佻佻　往來貌。⓯公子　指西周之貴族子弟。⓰周行　即周道。⓱疚　病也。參見〈采薇〉注。⓲有冽　猶冽然，寒涼貌。有，語助詞。⓳氿泉　側旁流出之泉水。⓴穫薪　已採伐之薪柴。㉑契契　憂苦貌。㉒憚人　勞苦之人。憚，通「癉」。㉓薪　此作動詞，劈柴。㉔東人　東方諸侯國之人。㉕職　專主。㉖來　通「勑」。慰勞。㉗西人　西方之人，即周人。㉘粲粲　美盛貌。㉙舟人　即周人。舟，通「周」。㉚熊羆是裘　裘熊羆之倒文，言捕獵熊羆也。裘，通「求」。㉛私人　私家奴僕。㉜百僚是試　即試百僚之倒文，言用於百官也。試，用也。㉝或以其酒二句　言有人醉於酒，有人不得漿。或，有人。下句省「或」字。以，用也。漿，一種微酸之飲料。㉞鞙鞙　佩玉之貌。㉟璲　瑞玉。㊱漢　天河；銀河。㊲監亦有光　言天河雖有光可以為鏡，然不可照人也。文有省略。監，

「鑑」之古字，鏡也，上古以水為鏡。亦，語助詞。㊳跂　通「歧」。分歧。㊴織女　星宿名，共有三星，成三角之狀。㊵七襄　七次移位，即自卯至酉，歷七時辰也。襄，駕也，引申為移動。㊶不成報章　言反復編織，亦不成布帛也。報，反復也。章，布帛之花紋，此借以代布帛。㊷睆　明亮貌。㊸牽牛　星名。㊹服箱　駕車。服，負也；駕也。箱，車箱也。㊺啟明　與下句之「長庚」皆指金星。其晨出東方，稱啟明；暮見西方，稱長庚。㊻天畢　星宿名。共八星，其狀如畢。畢，古代田獵之網，網小而柄長。㊼載施之行　言豈能設之於路？載，則也。㊽箕　星宿名。參見〈巷伯〉注。㊾簸揚　以簸箕揚米去糠。㊿斗　星宿名。共六星，其狀如古代盛酒之長柄羹斗。(51)挹　以勺舀酒。(52)載翕其舌　收縮其舌。箕有四星，上廣下狹，如簸箕之狀，又如張口縮舌之狀。翕，收縮也。(53)揭　高舉。

【研　析】此是西周晚期東方諸侯國不堪周室盤剝欺壓之詩。《詩序》曰：「〈大東〉，刺亂也。東國困於役而傷於財，譚大夫作是詩以告病焉。」「譚大夫」云云不知何據，餘則甚切詩旨。

詩共七章。首章言撫今思昔，回想西周盛世景況，不禁潸然淚下。章首以「有饛簋飧」起興，象徵盛世之時生活富庶安定。「周道如砥」四句，明言周之國道既平且直，君子履行之，小人瞻視之；暗指周室為政之道平正，君子遵行之，小人仰望之。一語雙關，耐人尋味。二章言東國傷於財。「小東大東，杼柚其空」二句，揭示詩之正旨。三章言東國困於役。章首以「有冽氿泉，無浸穫薪」起興，實則呼籲周室勿再役苦東國之民。末「哀我憚人，亦可息也」二句，乃重心之所在。四章對比東人之子與西人之子，揭示兩者勞逸苦樂之巨大反差，寫出對周室為政不平之憤慨。五、六、七三章借責天而怨周道衰微，諸臣曠職，徒有虛名，點出周室亂政之因。五章首二句「或以其酒，不以其漿」，緊承上章，繼東、西之子對照之餘緒。

「鞙鞙佩璲，不以其長」，責西周諸臣徒美其佩而無其德，為承上啟下之句。鍾惺《評點詩經》云：「以下歷數織女、牽牛、啟明、長庚、天畢、南箕、北斗。想頭甚奇，出語似謔，顛倒淋漓，變幻鼓舞，只是窮極呼天常態，生出許多波瀾耳。」全詩以「維南有箕，載翕其舌；維北有斗，西柄之揭」四句結尾，喻周室諸臣不唯徒具虛名，其巧取豪奪、貪婪成性，實為窮困東國之禍根，與二章「杼柚其空」遙相呼應，立意又進一層。

本篇堪稱《詩》中奇葩，其藝術特色可用一個「奇」字概括，即「文情俶詭奇幻，不可方物，在〈風〉、〈雅〉中為別調。」（吳闓生語）方玉潤《詩經原始》曰：「詩本咏政賦繁重，人民勞苦。入後忽歷數天星，豪縱無羈，幾不可解。不知此正詩人之情，所謂『光燄萬丈長』也。試思此詩若無後半文字，則東國困敝，縱極寫得十分沉痛，亦不過平常歌咏而已，安能如許驚心動魄文字？所以詩貴有聲有色，尤貴有興有致，此興會之極為欻舉者也。」「後世李白歌行、杜甫長篇，悉脫胎於此，均足以卓立千古。《三百》所以為詩家鼻祖也。」

【韻讀】一章：匕、砥、矢、履、視、涕，脂部。二章：東、空，東部。霜、行，陽部。來、疚，之部。三章：泉、嘆，元部。薪、人、薪、人，真部。載，之部；息，職部。之職通韻。四章：來、裘，之部。服、試，職部。五章：漿、長、光、襄，陽部。六章：襄、章、箱、明、庚、行，陽部。七章：揚、漿，陽部。舌、揭，月部。

四四 四月

四月維夏，
六月徂❶暑。
先祖匪人❷，
胡寧忍予❸？

秋日淒淒❹，
百卉❺具腓❻。
亂離瘼❼矣，
爰❽其適❾歸？

四月就是夏天，
六月將是盛暑。
先祖不仁慈，
為什麼竟忍心讓我受苦？

秋天多寒涼，
百草都枯萎。
喪亂離散痛苦呀，
我將何處往歸？

冬日烈烈，
飄風發發。
民莫不穀，
我獨何害⑩？

山有嘉卉⑪，
侯⑫栗侯梅。
廢⑬為殘賊⑭，
莫知其尤⑮？

相⑯彼泉水，
載⑰清載濁。
我日構禍⑱，

冬天多麼寒冷，
暴風啪啪作響。
別人無不幸福，
為什麼偏讓我遭禍？

山上有美好的草木，
它們是栗，它們是梅。
慣於做殘害人的事，
難道沒有人知道他的罪？

看那泉水，
有時清澈，有時混濁。
我卻天天遭禍，

曷云能穀[19]？
滔滔[20]江漢，
南國之紀[21]。
盡瘁[22]以仕[23]，
寧莫我有[24]。

匪[25]鶉[26]匪鳶[27]，
翰[28]飛戾[29]天。
匪鱣匪鮪[30]，
潛逃于淵。
山有蕨薇[31]，

什麼時候才能有福？
滔滔長江漢水，
統管南方江河。
盡心竭力做事，
竟沒有人親信我。

那山雕，那老鷹，
高高飛向藍天。
那鯉魚，那鮪魚，
下潛到深淵。
山上野菜有蕨有薇，

隰有杞桋32。　窪地樹木有杞有桋。

君子33作歌，　我寫這首詩歌，

維以告哀。　借以訴說心中的悲哀。

【注釋】❶徂　通「且」。將也。❷匪人　不仁。人，通「仁」。❸胡寧忍予　言為何竟忍心讓我受行役之苦。寧，竟也。❹淒淒　寒涼貌。參見〈鄭風・風雨〉注。❺卉　草也。❻腓　通「痱」。病也，此指枯萎。❼瘼　病也。❽爰　何處。❾適　往也。❿冬日烈烈四句　見〈蓼莪〉注。⓫卉　此泛指草木。⓬侯　猶維也。語助詞。⓭廢　習慣。⓮殘賊　指害人之事。二字同義。⓯尤　罪過。⓰相　看。⓱載　猶則也。語助詞。⓲構禍　猶云遇禍。⓳曷云能穀　言何時能得善也。曷，何時。云，語助詞。穀，善也。⓴滔滔　大水貌。㉑南國之紀　南方河流之綱紀，言皆受江、漢制約也。㉒盡瘁　盡其心力，不辭勞苦。㉓仕　從事。㉔有　通「友」。親善。㉕匪　通「彼」。㉖鶉　通「鷻」。猛禽名，即雕。㉗鳶　即老鷹。㉘翰　高也。㉙戾　至也。㉚匪鱣匪鮪　鱣鮪，皆大魚名。參見〈衛風・碩人〉注。㉛蕨薇　皆野菜名。參見〈召南・草蟲〉注。㉜桋　木名。又名亦楝，材質堅韌，古代用以製車轂。㉝君子　詩人自稱。

【研析】此是周大夫遭禍被逐之詩。詩中「亂離瘼矣，爰其適歸」、「我日構禍，曷云能穀」、「盡瘁以仕，寧莫我有」諸句皆其證。《詩序》云：「〈四月〉，大夫刺幽王也。在位貪殘，下國構禍，怨亂並興焉。」「刺幽王」，不見於詩，餘義亦不甚確切。

詩共八章。首章借責先祖，言己遭禍之深，此為全篇總起。二章述己無所往歸之苦。三章以眾襯己，言己遭禍獨深。四章述殘賊者橫行而無人察知，怨王之昏憒。以上四章各章首二句分別點明夏秋冬春四季，層層遞進，以見被逐之日久。五章以泉水猶時清時濁反興，言己日日遭禍而無有已時。六章言己盡忠而被棄。「江漢」之興，或即詩人放逐南國即景而生情，怨周王之失政。七章以鶉鳶戾天、鱣鮪潛淵為比，傷己無可逃遁，鳥魚之不如也。八章始點明作詩之由。「維以告哀」四字痛極。章首「蕨薇」「杞桋」之興，蓋以草木猶各得其所，而哀己流離失所、無所歸依，草木之不如也。

【韻讀】一章：夏、暑、予，魚部。二章：淒，脂部；腓、歸，微部。脂微合韻。三章：烈、發、害，月部。四章：梅、尤，之部。五章：濁、穀，屋部。六章：紀、仕、有，之部。七章：天、淵，真部。八章：薇、哀，微部；桋，脂部。微脂合韻。

五 北山

陟彼北山，
言采其杞。
偕偕❶士子❷，
朝夕從事。

登上那座北山，
採摘那山上的枸杞。
身健體壯的小官吏，
從早到晚忙公事。

王事靡盬❸，
憂我父母。
溥❹天之下，
莫非王土；
率土之濱❺，
莫非王臣。
大夫不均，
我從事獨賢❻。
四牡彭彭❼，
王事傍傍❽。
嘉❾我未老，

官差沒完沒了，
真為我的父母憂慮。
普天之下，
哪兒不是大王的土地；
四海之內，
哪個不是大王的臣民。
執政的大夫不公平，
只有我做事最艱辛。
四匹公馬奔走忙，
官差一樁接一樁。
他們稱讚我還沒老，

鮮❿我方將⓫，
旅力⓬方剛，
經營⓭四方。

或燕燕⓮居息，
或盡瘁⓯事國。
或息偃⓰在牀，
或不已⓱于行。

或不知叫號⓲，
或慘慘⓳劬勞。
或棲遲⓴偃仰㉑，
或王事鞅掌㉒。

誇我身體正健壯，
說我體力正強盛，
可以治理四方。

有人安安逸逸在家休息，
有人為國效勞盡心竭力。
有人休息仰躺在床上，
有人不停奔走在路上。

有人不知官府有徵召，
有人憂愁不安辛勤操勞。
有人游手好閒仰天睡大覺，
有人官差繁多如牛毛。

或湛樂㉓飲酒，　有人喝酒盡情享樂，

或慘慘畏咎㉔。　有人提心弔膽怕惹禍。

或出入風議㉕，　有人進出宮門高談闊論，

或靡事不為。　有人沒有哪件事不要做。

【注　釋】❶偕偕　強壯貌。❷士子　指在職之官吏。士，通「事」。從事。此詩人自稱也。❸靡盬　無休止。參見〈唐風・鴇羽〉注。❹溥　通「普」。普遍。❺率土之濱　猶言四海之內。率，循也；沿也。濱，水邊也。❻賢　勞苦。❼彭彭　奔走不息貌。❽傍傍　不止貌。❾嘉　嘉許；稱讚。❿鮮　讚美。⓫將　強壯。⓬旅力　體力。旅，「膂」之古字，脊骨也。⓭經營　規劃治理。⓮燕燕　安閒貌。⓯盡瘁　見〈四月〉注。⓰偃　仰臥。⓱已　止息。⓲不知叫號　不知有徵發呼召，言生活安逸也。⓳慘慘　當作「懆懆」。憂愁不安貌。⓴棲遲　游息。參見〈陳風・衡門〉注。㉑偃仰　仰臥休息。㉒鞅掌　繁重貌。㉓湛樂　過度享樂。湛，通「耽」。㉔咎　罪過。㉕風議　放任議論。風，通「放」。

【研　析】此是小官吏責怨勞逸不均之詩。《詩序》曰：「〈北山〉，大夫刺幽王也。役使不均，己勞于從事，而不得養其父母焉。」除「大夫刺幽王」於詩無證，餘皆可從。

詩共六章，前三章每章六句，後三章每章四句，前後兩部分劃然分明。前三章述王事頻繁，而己任事獨勞。其中首章述憂父母之不得贍養。二章述雖同處王之土，同為王之臣，己之獨勞，實因大夫之不均也。「大夫不均，我從事獨賢」為一篇之綱。三章「嘉我未老」三句，轉述大夫之言，為「獨賢」二字下一注腳，實為大夫為掩飾「不均」所作開脫之辭。後三章歷數不均之狀，句法奇特。三章以十二個「或」字句一貫到底，勢如破竹。其中每兩句作一對，六組對比，兩兩相形，盡顯勞逸、苦樂不均之狀，一吐胸中塊壘，淋漓酣暢之至。篇末更無收結，於高潮處戛然而止，似有言而不盡之意，亦可見本篇局陳之奇。

【韻讀】一章：杞、子、事、母，之部。二章：下、土，魚部。濱、臣、均、賢，真部。三章：彭、傍、將、剛、方，陽部。四章：息、國，職部。牀、行，陽部。五章：號、勞，宵部。仰、掌，陽部。六章：酒、咎，幽部。儀、為，歌部。

六　無將大車

無將❶大車❷，
祇❸自塵❹兮。
無思百憂，
祇自疷❺兮。

別去推牛車，
只會使自己沾染一身塵土。
別去想百樣煩惱，
只會給自己帶來痛苦。

無將大車，　別去推牛車，
維塵冥冥❻。　只會揚起灰濛濛的塵土。
無思百憂，　別去想百樣煩惱，
不出于熲❼。　只會使自己越想越糊塗。

無將大車，　別去推牛車，
維塵雝❽兮。　只會使塵土遮天蔽日。
無思百憂，　別去想百樣煩惱，
祇自重❾兮。　只會讓自己活得太累。

【注釋】❶將　扶車推進。❷大車　指牛車，其車箱較大，主要用於載物。❸祇　適；恰好。❹塵　塵土。此作動詞，為塵土所污。❺疷　痛苦。❻冥冥　昏暗不明貌，此指塵土蔽日。❼不出于熲　不得出於光明之道，猶云暗昧也。熲，同「炯」。光明也。❽雝　古「壅」字。遮蔽。❾重　猶累也。

【研析】此是傷時感傷自我排遣之詩。《詩序》曰「大夫悔將小人」，《詩集傳》謂「此亦行役勞苦而憂思之作」，皆不切詩義。

詩共三章，形式複疊，章旨則同。每章前二句皆以無將大車為比，後二句則點明喻意。詩以「大車」喻「百憂」，言思百憂猶如將大車，不唯徒勞無益，適將自病也。

本詩比喻貼切形象，辭簡而意深。三章三嘆「無思百憂」，實為詩人以無思寫思，益見其憂之深，此亦聲東擊西之術也。

【韻讀】一章：塵，真部；疧，支部。真支合韻。二章：冥、熲，耕部。三章：雝、重，東部。

七 小明

明明上天，
照臨❶下土。
我征❷徂西，
至于艽野❸。
二月❹初吉❺，

光明的上天，
俯照著大地。
我出差遠行去西方，
來到這荒無人煙的地方。
二月頭上離家門，

載離[6]寒暑。
心之憂矣，
其毒大苦[7]。
念彼共人[8]，
涕零如雨。
豈不懷歸？
畏此罪罟[9]。

昔我往矣，
日月方除[10]。
曷云[11]其還？
歲聿云[12]莫[13]。
念我獨兮，

經歷了寒冬和酷暑。
心中憂愁呀，
滋味像毒藥一樣太苦。
想念那溫柔忠誠的人，
眼淚灑落像下雨一樣。
難道不想回家？
就怕觸犯這法網。

從前我離家出發呀，
舊歲剛剛度過。
什麼時候將可回去？
時間又到了歲末。
想想我真孤獨呀，

我事孔庶⑭。
心之憂矣，
憚⑮我不暇。
念彼共人，
睠睠⑯懷顧。
豈不懷歸？
畏此譴怒⑰。

昔我往矣，
日月方奧⑱。
曷云其還？
政事愈蹙⑲。
歲聿云莫，

我的差事實在很多。
心中憂愁呀，
累得我沒有一點閑工夫。
想念那溫柔忠誠的人，
我深深留戀，思念回顧。
難道不想回家？
就怕遭受這責怒。

從前我離家出發呀，
天氣剛剛轉暖。
什麼時候將可回去？
公事越發緊急。
時間又到了歲末，

采蕭[20]穫菽[21]。
心之憂矣，
自詒伊戚[22]。
念彼共人，
興[23]言[24]出宿。
豈不懷歸？
畏此反覆[25]。

嗟爾君子[26]，
無恆[27]安處。
靖[28]共[29]爾位，
正直是與[30]。
神之聽之[31]，

割了艾蒿又收豆。
心中憂愁呀，
是自己留下這愁苦。
想念那溫柔忠誠的人，
我就起床到外邊消磨一夜了。
難道不想回家？
就怕這反反覆覆。

唉！你們這些官兒們，
不要經常安逸地住在家裡。
專心一意供奉你的職位，
親近這正直的道理。
神靈聽到了這些，

式穀以女㉜。　就會降福給你。
嗟爾君子，　唉！你們這些官兒們，
無恆安息。　不要經常安閑地休息。
靖共爾位，　專心一意供奉你的職位，
好㉝是正直。　愛好這正直的道理。
神之聽之，　神靈聽到了這些，
介㉞爾景福㉟。　就會賜大福給你。

【注釋】❶臨　向下察看。❷征　遠行。❸艽野　遠荒之地。❹二月　此為周曆二月，即夏曆十二月。❺初吉　每月初一至初七、八日。（從王國維《觀堂集林‧生霸死霸考》）一說：指每月上旬。❻離　遭；經歷也。❼其毒大苦　言心中如有毒藥甚苦也。大，古「太」字。❽共人　溫恭之人，蓋行役者謂其妻也。（從屈萬里《詩經詮釋》）一說：恭謹之人，指行役者之僚友。共，通「恭」。❾罪罟　羅網。此喻法網。罪、罟同義並列。❿日月方除　除，猶去也。參見〈唐風‧蟋蟀〉注。詩人二月初吉出征，時舊歲方去，故曰「日月方除」。⓫云　語助詞。⓬聿云　皆語助詞。⓭莫　古「暮」字。⓮庶　多也。⓯憚　通「癉」。

勞苦也。⑯睠睠　反顧依戀貌。⑰譴怒　責怒也。⑱奧　古「燠」字。暖也。⑲蹙　急促；緊急。⑳蕭艾　蒿。參見〈王風・采葛〉注。㉑菽　豆也。㉒自詒伊戚　言自己留下此憂傷也。戚，憂也。參見〈邶風・雄雉〉自詒伊阻注。㉓興　起身。㉔言　語助詞。㉕反覆　言反覆無常，動輒降罪也。㉖君子　此泛指百官。㉗恆　常；久也。㉘靖　安靜；專一也。㉙共　古「供」字。供奉也。（從朱駿聲《說文通訓定聲》）㉚與　親近。㉛神之聽之　即神聽之。上「之」字，結構助詞。下「之」字，指示代詞，指代以上四句話。㉜式穀以女　言賜福祿與你也。式，用。穀，善，指福祿。以，與也。㉝好　愛好。㉞介　賜予。㉟景福　大福。景，大也。

【研　析】此是行役者自述怨苦之詩，大旨與〈北山〉略同。《詩序》曰：「〈小明〉，大夫悔仕于亂世也。」於詩義不甚切合。

詩共五章。前三章形式複疊，述行役之久，憂思之深，畏罪之懼。各章之末，三複「豈不懷歸」，顯為詩之重心所在。舊說皆以為「共人」即下「靖共爾位」之人，乃詩人之僚友。今觀「念彼共人」之下為「涕零如雨」、「睠睠懷顧」、「興言出宿」諸語，情意繾綣纏綿，宜為男女相思之辭，故「共人」指行役者之妻當無可疑。各章詩意相似而句法多變，陳奐《傳疏》曰：「三章上六句皆錯綜以變其體，其實一線穿成。」是也。後二章形式複疊，解者多以為詩人勉同僚之辭。今綜觀全詩，前三章詩人牢騷滿腹，大嘆苦經，至此卻一反常態，竟正襟危坐，勸勉同僚「靖共爾位」，豈非虛偽而滑稽可笑？吳闓生《詩義會通》曰：「末章所謂『無恆安處』，亦自慰勉之詞，而反若泛戒凡百君子者，此所謂『深隱』，所謂『微至』，正古人之高文也。解者多誤會。」此撥亂反正之論也！

【韻讀】一章：土、野、暑、苦、雨、罟，魚部。二章：除、暇、顧、怒，魚部；莫、庶，鐸部。魚鐸通韻。三章：奧、蹙、菽、戚、宿、覆，覺部。四章：處、與、女，魚部。五章：息、直、福，職部。

八 鼓鐘

鼓❶鐘將將❷，
淮水❸湯湯❹。
憂心且傷。
淑人君子❺，
懷允❻不忘。

鼓鐘喈喈，
淮水湝湝。

敲起鐘兒鏘鏘響，
淮河流水浩浩蕩蕩。
我心裡憂愁又悲傷。
好人呀，君子呀，
確實讓人懷念不忘。

敲起鐘兒噹噹響，
淮河流水嘩嘩地淌。

憂心且悲。
淑人君子，
其德不回❼。

我心裡憂愁又傷悲。
好人呀，君子呀，
他們的德行正直不邪。

鼓鐘伐鼛❽，
淮有三洲❾。
憂心且妯❿。
淑人君子，
其德不猶⓫。

敲起鐘兒擂起大鼓，
淮河中間有小洲三個。
我心裡憂愁又悲哀。
好人呀，君子呀，
他們的德行完美無缺。

鼓鐘欽欽，
鼓瑟鼓琴。
笙磬⓬同音⓭。

敲起鐘兒叮叮響，
又彈瑟，又撥琴。
竹笙石磬相和應。

以⑭雅⑮以南⑯，　　拍起雅，搖起南，
以籥⑰不僭⑱。　　吹起籥，各種樂器齊鳴。

【注　釋】❶鼓　敲擊。❷將將　鐘聲。下「喈喈」、「欽欽」同。❸淮水　即淮河。源出河南桐柏山，經安徽、江蘇入海。❹湯湯　流水洶湧貌。下「湝湝」同。❺淑人君子　指所懷念之人。淑，善也。❻允的確。一說：語助詞，無義。❼回　邪也。❽鼛　大鼓。❾三洲　三個水中小洲，其地不可確考。❿妯通「怞」。悲傷。⓫猶　通「瘉」。病也。⓬磬　片石所製之打擊樂器，曲尺狀，懸於架上演奏。⓭同音言諧和也。⓮以　為；奏也。⓯雅　古樂器名，形如漆筒，蒙以羊皮。一說：古樂名，為王者之正樂。⓰南古樂器名，形似鈴。一說：古樂名，為四夷之南樂。⓱籥　古樂器名，似排簫。參見〈邶風・簡兮〉注。⓲僭　亂也。

【研　析】此蓋淮上聞樂而追慕西周盛世之詩。本篇詩意隱微，頗難索解。《詩序》曰：「〈鼓鐘〉，刺幽王。」含混而無據。方玉潤《詩經原始》曰：「玩其詞意，極為歎美周樂之盛，不禁有懷在昔。淑人君子，德不可忘，而至於憂心且傷也。此非淮、徐詩人重觀周樂，以誌欣慕之作而誰作哉？」此說最為允當，今多從之。

詩共四章。前三章形式複疊，章旨相同，述於淮上聞樂觸發對古賢美德之追慕，並傷古風。不再各章之末「淑人君子」二句互文，言淑人君子其德正直完美，使我懷念不忘也。末章以極力摹寫周樂之盛作收。此蓋詩人想像之辭，未必實景。

本篇末章最為可觀，孫鑛贊曰：「寫奏樂絕妙，直畫出音來。」（《批評詩經》）詩人筆法精妙，以少總多，僅點出鐘、瑟、琴、笙、磬、雅、南、籥等八種樂器，便抒寫出規模宏大、和諧有序之周樂盛況。其中「笙磬同音」一句，詩人以笙代表堂上之樂，以磬代表堂下之樂，渲染堂上堂下眾樂齊聲共鳴，使人如臨其境，如聞其聲，最堪玩味。

【韻讀】一章：將、湯、傷、忘，陽部。二章：喈、湝，脂部。悲、回，微部。三章：鼛、洲、妯、猶，幽部。四章：欽、琴、音、南、僭，侵部。

九 楚茨

楚楚❶者茨❷，　　叢生茂密的是蒺藜，
言抽❸其棘❹。　　要除盡那些荊棘。
自昔何為？　　從古以來為啥這樣做？
我蓺❺黍稷。　　我要栽種黍和稷。
我黍與與❻，　　我種的黍子茂密，
我稷翼翼❼。　　我種的稷子整齊。

我倉既盈，
我庾❽維億❾。
以為酒食，
以享❿以祀，
以妥⓫以侑⓬，
以介景福⓭。

濟濟⓮蹌蹌⓯，
絜⓰爾牛羊，
以往烝嘗⓱。
或剝或亨⓲，
或肆⓳或將⓴，
祝㉑祭于祊㉒，

我的糧倉已經堆滿，
我的糧囤成億。
用來釀酒做飯，
用來祭祀祖先，
用來迎尸安坐，用來向他勸酒，
用來祈求大福氣。

穿戴整齊，從容有節，
把你的牛羊洗淨，
帶去舉行祭祀典禮。
有的宰割，有的烹飪，
有的陳列，有的端送，
司儀在廟門內祭奠，

祀事孔明㉓。
先祖是皇㉔，
神保㉕是饗㉖：
「孝孫有慶，
報以介福，
萬壽無疆㉗！」

執爨㉘踖踖㉙，
為俎㉚孔碩，
或燔㉛或炙㉜。
君婦㉝莫莫㉞，
為豆㉟孔庶，
為賓為客㊱。

祭祀事事條理分明。
祖宗前往這裡享用，
神巫品嘗了這些祭品：
「孝孫有好運，
報答你大福氣，
賜你萬壽無疆！」

操持廚事敏捷恭敬，
放在盤裏的牛羊肥大，
有的燒，有的烤。
主婦恭敬細心，
裝在碗裡的食物豐盛，
為了招待助祭的來賓。

獻醻㊲交錯，
禮儀卒度㊳，
笑語卒獲㊴，
神保是格㊵：
「報以介福，
萬壽攸㊶酢㊷！」

我孔熯㊸矣，
式㊹禮莫愆㊺。
工祝㊻致告㊼：
「徂賚㊽孝孫，
苾芬㊾孝祀㊿，
神嗜飲食，

互相敬酒，交錯碰杯，
禮儀全都合法度，
談笑全都得體，
神巫來到這裡：
「報答你大福氣，
報答你長壽無期！」

我祭祀很恭敬呀，
依照禮規不敢失誤。
司儀傳達神的志意：
「去賞賜孝孫，
他的祭品芬芳，
神靈愛喝愛吃，

卜[51]爾百福。
如幾[52]如式，
既齊既稷[53]，
既匡[54]既敕[55]。
永錫[56]爾極[57]，
時[58]萬時億！」

禮儀既備，
鐘鼓既戒[59]。
孝孫徂位[60]，
工祝致告：
「神具醉止[61]。」
皇尸[62]載起，

賜你百種福祿。
祭祀按時舉行依照法式，
既肅敬，又敏捷，
既端正，又謹慎。
把最大最多的福祿賜給你，
於是得萬，於是得億！」

祭祀禮儀已經齊備，
鐘鼓奏響，宣告祭祀完畢。
孝孫退回原位，
司儀傳達神意：
「神靈都已喝醉。」
神巫站了起來，

鼓鐘送尸，
神保聿(63)歸。
諸宰(64)君婦，
廢徹(65)不遲。
諸父兄弟(66)，
備言燕私(67)。
樂具入奏(68)，
以綏(69)後祿(70)。
爾殽(71)既將(72)，
莫怨具慶。
既醉既飽，
小大稽首(73)：

鐘聲敲響為他送行，
神巫於是回去。
眾多家臣和主婦，
撤下祭品動作很快。
同姓的父老兄弟們，
歡聚在一起設家宴。
樂隊都進入寢廟演奏，
大家安然享用祭祀後的酒食。
你的酒菜已經全都端上，
沒有人埋怨，都同聲慶祝。
大家都已喝醉吃飽，
老老少少都來叩頭致謝：

「神嗜飲食，
使君壽考(74)。
孔惠孔時(75)，
維其盡之(76)。
子子孫孫，
勿替(77)引(78)之。」

「神靈愛吃您的酒食，
將會使您長壽。
很順利，很美好，
只有您才能樣樣辦到。
但願子子孫孫，
不要荒廢，繼承永保！」

【注釋】❶楚楚　草木繁盛茂密貌。❷茨　蒺藜。參見〈鄘風・牆有茨〉注。❸抽　除去。❹棘　草木之刺，此指茨也。❺蓺　古「藝」字。種植也。參見〈齊風・南山〉注。❻與與　茂盛貌。❼翼翼　猶與與。❽庾　露天糧囤。❾億　數詞，萬萬曰億。此言穀物之多，非實數。❿享　奉獻祭品；祭祀。⓫妥　安坐。⓬侑　勸進酒食。古代祭祀以尸代神，主人迎尸，使安坐神位，並勸以酒食。⓭介景福　祈求大福。參見〈小明〉注。⓮濟濟　儀容美盛貌。⓯蹌蹌　步履從容有節貌。⓰絜　古「潔」字。清潔也。此作動詞。⓱烝嘗　皆祭祀之名。冬祭曰烝，秋祭曰嘗，此泛指祭祀。⓲亨　古「烹」字，煮熟。⓳肆　陳列。⓴將　捧持而進。參見〈小雅・鹿鳴〉注。(21)祝　祭祀時向神禱告之司儀。(22)祊　宗廟門內祭神處。(23)明　分明。(24)皇　通「徨」。前往。(25)神保　祭祀時代替鬼神受祭之活人，即尸也。(26)饗　食之。(27)孝孫有慶三句　此是祝為尸致福於祭主之辭。孝孫，指祭主。慶，福也。介，大也。(28)執爨　主持廚事。爨，竈也。

㉙踖踖　恭敬敏捷貌。㉚俎　祭祀時盛牲體之禮器，木製，形似几。㉛燔　燒肉。㉜炙　烤肉。㉝君婦　主婦。㉞莫莫　恭敬謹慎貌。㉟豆　食器名。參見〈豳風．伐柯〉籩豆注。㊱為賓為客　賓客，指助祭者。㊲獻醻　敬酒。參見〈節南山〉注。㊳卒度　盡合法度。㊴卒獲　皆得體也。獲，得也。㊵格　通「佫」。來到。㊶攸　乃也。㊷酢　報答。㊸熯　通「戁」。恭敬。㊹式　效法。㊺愆　過失。㊻工祝　祝官，即上文「祝祭于祊」之祝。㊼致告　致神之意以告主人。㊽賚　賜予。㊾苾芬　芳香。㊿孝祀　享祀；祭祀。51卜　賜予。52幾　通「期」。日期。53稷　通「畟」。敏捷。54匡　端正。55勑　戒慎。56錫　賜予。57極　至；善也。58時　通「是」。於是。59戒　告也。言奏鐘鼓以告禮成。60徂位　回到原位，即在堂下朝西站立。61止　語助詞。62皇尸　尸之尊稱。皇，大也。63聿　語助詞。64宰　此指家臣。65廢徹　撤去祭品。二字同義。66諸父兄弟　指同姓長輩及同輩。67備言燕私　言聚集而私宴也。備，俱也；齊也。68入奏　言樂隊從廟入寢演奏。寢是私宴之所。69綏　安享。70後祿　後福。此指祭祀所餘之酒肉。71殽　通「肴」。肉食。72將　大；美也。一說：進也。73稽首　叩頭。74壽考　長壽。75時　通「是」。善也。76之　指上句之「惠」、「時」。77替　廢也。78引　延續。

【研　析】此是周王祭祖之詩，詩義自明。《詩序》曰：「〈楚茨〉，刺幽王也。政煩賦重，田萊多荒，饑饉降喪，民卒流亡，祭祀不饗，故君子思古焉。」純為臆說，不可信從。

詩共六章。首章為全詩總起，言欲獲降福，須享祀豐潔，故從墾闢稼穡寫起，此推本之法也。二、三兩章述初祭情景，備言祭品之豐潔，從祀者之恭敬。四、五兩章述正祭情景，借工祝之口，讚祭品馨香，祭典肅敬，神靈滿意。六章述祭後情景，借族人之口讚祭祀美盛。

本詩結撰獨具匠心，寓變於整，重心突出，故雖煌煌大篇，備極典制，然層次井然，不板不亂，風格典雅莊重。孫鑛《批評詩經》曰：「氣格閎麗，結構嚴密。寫祀事如儀注，莊敬誠孝之意儼然。有境有態，而精語險句，更層見錯出，極情文條理之妙。」

【韻讀】一章：棘、稷、翼、億、食、福，職部。祀、侑，之部。二章：蹌、羊、嘗、亨、將、祊、明、皇、饗、慶、疆，陽部。三章：踖、碩、炙、莫、庶、客、錯、度、獲、格、酢，鐸部。四章：熯、愆，元部；孫，文部。元文合韻。食、福、式、稷、勑、極、億，職部。五章：備、戒，職部；告，覺部。職覺合韻。止、起，之部。尸、遲、弟、私，脂部；歸，微部。脂微合韻。六章：奏、祿，屋部。將、慶，陽部。飽、首、考，幽部。盡、引，真部。

一〇　信南山

信❶彼南山❷，
維禹甸❸之。
畇畇❹原隰，
曾孫❺田❻之。

那綿延的終南山，
是夏禹把它開墾。
那平整的高地低田，
是曾孫把它耕作。

我疆❼我理❽，
南東❾其畝❿。
上天⓫同雲⓬，
雨⓭雪雰雰⓮。
益⓯之以霢霂⓰，
既優⓱既渥⓲。
既霑⓳既足⓴，
生我百穀。
疆場㉑翼翼㉒，
黍稷彧彧㉓。
曾孫之穡㉔，

我劃定田界，我治理田地，
壟溝向南向東縱橫交錯。
天空陰雲密佈，
雪下得揚揚紛紛。
加上綿綿小雨，
雨水十分充沛。
土地十分濕潤，
我的莊稼生長茂盛。
田界多麼整齊，
黍稷多麼壯盛。
曾孫收穫它們，

以為酒食。
畀㉕我尸㉖賓，
壽考萬年。

中田有廬㉗，
疆場有瓜。
是剝㉘是菹㉙，
獻之皇祖㉚。
曾孫壽考，
受天之祜㉛。

祭以清酒㉜，
從以騂㉝牡，

釀成酒，做成飯。
獻給我的神巫和賓客，
祈求長壽萬年。

大田裡有茅舍，
田界邊有瓜果。
剖開它，醃製它，
把它敬獻給先祖。
曾孫長壽，
是領受了上天的恩福。

供上清澄的美酒，
再獻上一頭紅毛公牛，

享于祖考。
執其鸞刀㉞，
以啟㉟其毛，
取其血膋㊱。

是烝㊲是享，
苾苾芬芬㊳。
祀事孔明，
先祖是皇。
報以介福，
萬壽無疆㊴！

祭祀我的先祖。
手握那帶鑾鈴的鸞刀，
來割開牛的皮毛，
取出牲的鮮血和脂膏。

進獻這些供品，
氣味濃郁芳香。
祭祀事事條理分明，
先祖前往這裡安享。
賜給我大福氣，
賜給我萬壽無疆！

【注釋】❶信　通「伸」。綿延也。❷南山　指終南山。❸甸　治理。❹畇畇　平坦貌。❺曾孫　即重孫，凡孫之子以下皆可稱曾孫。此指主祭者。❻田　耕治。與上文「甸」同義，變文避複。❼疆　劃定田畝之大界。❽理　治理；耕種。❾南東　或南向或東向，猶云縱橫也。❿畝　田壟。⓫上天　天空。⓬同雲　陰雲密佈，將雪之象也。⓭雨　落下。⓮雰雰　猶紛紛。雪花飄落貌。⓯益　增；加也。⓰霢霂　小雨。聯綿詞。⓱優　通「瀀」。雨水充沛也。⓲渥　潤澤。⓳霑　濕潤。⓴足　通「浞」。濕潤也。㉑埸　田之小界。㉒翼翼　整齊。㉓彧彧　茂盛貌。㉔之穡　穡之之倒文。穡，收穫。㉕畀　給予。㉖尸　神巫。參見〈楚茨〉注。㉗廬　田中茅舍，農忙時農夫臨時居住之所。㉘剝　削；剖也。㉙菹　腌漬。㉚皇祖　先祖。皇，美也。㉛祜　福也。㉜清酒　指祭祀所用之清澄之酒。㉝騂　赤色。周代尚赤。㉞鸞刀　柄上有鈴之刀，切割時鈴響有節奏，祭祀所用。㉟啟　割開。㊱膋　腸間脂肪，泛指脂肪。按周代祭禮，取獻牲之血與脂，與黍稷拌和，置於香蒿上燔燒，使香氣上升。㊲烝　進獻。㊳苾苾芬芬　即「苾芬」之疊音。參見〈楚茨〉注。㊴祀事孔明四句　見〈楚茨〉注。

【研　析】此亦周王祭祖之詩，大旨與〈楚茨〉略同。《詩序》曰：「〈信南山〉，刺幽王也。不能修成王之業，疆理天下，以奉禹功，故君子思古焉。」自亦無據而不可信從。

詩共六章。首章言曾孫效禹力耕。二章言風調雨順，百穀茂盛。三、四、五、六四章述豐收祭祖，以求福壽。

本詩雖記祀事，但前二章遠從田事說來，突出曾孫功德。《尚書・周書》曰：「黍稷非馨，明德惟馨。」（《左傳・僖公五年》引）神之所依，唯明德而已。故看似閑筆，實與主旨一脈相貫。詩人寫冬雪春雨、寫祭事皆細緻入微，形象生動，一變祭祀詩沉悶單調格調。本詩大旨雖與〈楚茨〉略同，但結構、筆法各有特色。姚際恆《詩經通論》曰：「上篇鋪敘閎整，敘事詳密；此篇則稍略而加以跌蕩，多閑情別致，格調又自不同。」

【韻讀】一章：甸、田，真部。理、畝，之部。二章：雲、雰，文部。霡、渥、足、穀，屋部。三章：翼、彧、穡、食，職部。賓、年，真部。四章：廬、瓜、菹、祖、祜，魚部。五章：酒、牡、考，幽部。刀、毛、膋，宵部。六章：享、明、皇、疆，陽部。

甫田之什

一 甫田

倬❶彼甫田❷，
歲取十千❸。
我取其陳❹，
食我農人。
自古有年❺。
今適南畝❻，
或耘或耔❼，

那廣闊的大田，
每年收穫萬千。
我拿出隔年的陳糧，
給我的農人吃飽。
自古以來豐年都是這樣。
今年我去田頭視察，
看到有人在除草，有人在培土，

黍稷薿薿❽。
攸介❾攸止，
烝❿我髦士⓫。
以我齊明⓬，
與我犧羊⓭，
以社⓮以方⓯。
我田既臧，
農夫之慶⓰。
琴瑟擊鼓，
以御⓱田祖⓲，
以祈甘雨，
以介⓳我稷黍，

黍稷長勢興旺。
於是停步，於是休息，
召見我的田官把他誇獎。
用我潔淨的黍稷，
和我純色的羊，
來祭土地神，來祭四方神。
我的田地種得好，
要把農夫獎賞。
彈起琴瑟敲起鼓，
來迎接農神，
來祈求好雨降臨，
來保佑我黍稷豐收，

以穀[20]我士女[21]。
曾孫[22]來止[23]。
以[24]其婦子，
饁[25]彼南畝。
田畯[26]至喜，
攘[27]其左右，
嘗其旨[28]否。
禾易[29]長畝[30]，
終[31]善且有[32]。
曾孫不怒，
農夫克[33]敏。

來養活我的人民。
曾孫來到田頭。
農夫帶著老婆孩子，
他們送飯到田間，
田官來到很喜歡。
叫左右隨從讓開，
親自嘗嘗是否可口。
滿地的莊稼管理得法，
長勢既旺，收穫又多。
曾孫見了很滿意，
農夫手腳夠勤快。

曾孫之稼，
如茨㉞如梁㉟；
曾孫之庾㊱，
如坻㊲如京㊳。
乃求千斯㊴倉，
乃求萬斯箱㊵。
黍稷稻粱，
農夫之慶。
報以介福，
萬壽無疆。

曾孫收穫的莊稼，
堆得像屋頂，像屋梁；
曾孫的露天糧囤，
高得像山坡，像高丘。
於是尋求成千座糧倉，
於是尋求上萬個車箱。
有黍有稷，又有稻粱，
這是給予農夫的獎賞。
願神賜以大福，
保佑萬壽無疆。

【注釋】❶倬　廣大。❷甫田　大田。此指公田。❸十千　言多也。❹陳　指陳舊之糧。❺自古有年　言自古以來豐年之法如此也。有年，豐年也。❻南畝　南北向之田壟，泛指農田。❼耔　培土。❽薿薿　茂盛貌。❾介　止息。❿烝　進；召見也。⓫髦士　傑出者。此指田畯。⓬齊明　明齊之倒文，即潔淨之粢。齊，通「粢」。穀物之總稱，此指黍稷。⑬犧羊　作祭品之純色羊。⑭社　土神。此作動詞。⑮方　四方之神。此作動詞。⑯慶　賞賜。⑰御　迎也。⑱田祖　農神，即神農。傳說神農始教民造田稼穡。⑲介　助也。⑳穀　養也。㉑士女　猶云男女，此泛指人民。㉒曾孫　指主祭者。參見〈信南山〉注。㉓止　語助詞。㉔以　帶領。按，此句主語當為農大。㉕饁　送飯。㉖田畯　周代農官，掌監督農事。參見〈豳風・七月〉注。㉗攘　除卻。（從胡承珙《後箋》）一說：通「讓」。謙讓也。㉘旨　味美。㉙易　整治，如除草培土之類。㉚長畝　全部田畝。㉛終　既也。㉜有　多也。㉝克　能也。㉞茨　茅屋之屋頂。㉟梁　屋梁。㊱庾　露天糧囤。參見〈楚茨〉注。㊲坻　山坡。㊳京　高丘。㊴斯　語助詞，無義。㊵箱　車箱。

【研　析】此是周王祭神祈年之詩。《詩序》曰：「〈甫田〉，刺幽王也。君子傷今而思古焉。」全然不顧詩義，穿鑿之至。

詩共四章。首章以豐收不忘養農督耕之農政大要領起全篇。二章述祭祀社、方、田祖諸神，以求五穀豐登。言祭社祭方，則「齊明」、「犧羊」；言祭「田祖」，則「琴瑟擊鼓」，有互文見義之妙。三章述周王省耕。「攘其左右，嘗其旨否」，寫周王愛民重農之意真率質樸。末章以終穫豐收作結。「如茨如梁」、「如坻如京」，比喻形象貼切；「乃求千斯倉」，「乃求萬斯箱」，筆法誇張。本篇雖為祭祀之詩，然寫祭事僅次章一章，前後皆寫省耕求穫，似乎偏離主題，然誠如方玉潤所言：「稼穡之盛由於農夫克敏，農夫之敏由于君上愛農以事神，全篇章法一線，妥貼周密，神不外散。」（《詩經原始》）

【韻　讀】一章：田、千、陳、人、年，真部。畝、耔、薿、止、士，之部。二章：明、羊、方、臧、慶，陽部。鼓、祖、雨、女，魚部。三章：止、子、畝、喜、右、否、畝、有、敏，之部。四章：梁、京、倉、箱、粱、慶、疆，陽部。

二 大田

大田❶多稼❷，
既種❸既戒❹，
既備乃❺事，
以我覃❻耜❼，
俶❽載❾南畝。
播厥❿百穀，
既庭⓫且碩，
曾孫是若⓬。
既方⓭既皁⓮，

大田莊稼種得多，
選好種籽，修好農具，
完成了這些備耕工作，
帶著我鋒利的鏵犁，
開始下地幹活。
播種那百種穀物，
苗兒挺直粗壯，
曾孫對此順心滿足。
莊稼已經抽穗，已經灌漿，

既堅既好，
不稂⑮不莠⑯。
去其螟螣⑰，
及其蟊賊⑱，
無害我田穉⑲。
田祖有神，
秉畀⑳炎火。

有渰㉑萋萋㉒，
興雲祁祁㉓，
雨我公田㉔，
遂及我私㉕。
彼有不穫穉㉖，

已經堅硬，已經成熟，
沒有白穗，沒有狗尾草。
把螟蟲、螣蟲捉掉，
連同那些蟊蟲和賊蟲，
不讓牠們危害我田裡的幼苗。
田祖有神靈，
抓起牠們投進烈火焚燒。

灰濛濛的一片，
天空升起了厚厚的雨雲，
雨兒落在我們的公田，
還落在我們的私田。
那兒有還沒有收割的嫩穀，

此有不斂穧㉗；
彼有遺秉㉘，
此有滯穗：
伊㉙寡婦之利。

曾孫來止，
以其婦子，
饁彼南畝，
田畯至喜㉚。
來方禋祀㉛，
以其騂㉜黑㉝，
與其黍稷，
以享以祀，

這裡有還沒有捆紮的散禾；
那兒有丟棄的禾把，
這裡有殘留的穀穗：
那是留給寡婦的一點好處。

曾孫來視察，
農夫帶領老婆孩子，
他們送飯到田間，
田官來到很歡喜。
曾孫來到將祭祀，
用那紅毛的牛黑毛的豬，
和那黍和稷，
來獻神，來祭祀，

以介景福。

來祈求大福氣。

【注　釋】❶大田　猶上篇之「甫田」，指面積廣大之公田。❷稼　穀物。❸種　選種。❹戒　準備。此指準備農具等事。❺乃　此也。❻覃　通「剡」。銳利。❼耜　農具。參見〈豳風・七月〉注。❽俶　始也。❾載　始也。俶、載同義連用。❿厥　其也。⓫庭　直也。⓬是若　若是之倒文，言為此而順心也。若，順也。⓭方　通「房」。指穀粒之外皮，今云稃皮也。此作動詞。⓮皁　指尚未堅實之穀粒。此作動詞。⓯稂　只長穗而不結實之野禾，又稱童粱。⓰莠　田間雜草，俗稱狗尾草。⓱螟螣　害蟲名。食心曰螟，食葉曰螣。⓲蟊賊　害蟲名。食根曰蟊，食節曰賊。⓳穉　幼禾。⓴秉畀　持而投之。畀，付與。㉑有渰　猶渰渰，雨雲興起貌。有，語助詞。㉒萋萋　雲盛貌。萋，通「淒」。㉓祁祁　眾盛貌。㉔公田　公家之田，即上文之「大田」。古代井田制，田似「井」字分九區，中央為公田，其餘八區為私田。㉕私　指私田。㉖不穫穉　指未收割之幼禾。㉗穧　已割之禾。㉘秉　指禾把。㉙伊　猶維也。語助詞。㉚曾孫來止四句　見〈甫田〉注。㉛來方禋祀　言曾孫來至而將祭祀也。禋，升煙而祭天也，引申為祭祀。㉜騂　指紅毛之牛。參見〈信南山〉注。㉝黑　指黑毛之牲，如豬、羊等。

【研　析】此是周王祭田祖以祈年之詩，與上篇〈甫田〉為姊妹篇。〈甫田〉重在祈年省耕，故從王者一面極力摹寫祀事巡典，而略於耕作；本篇重在播種收成，故從農人一面極力摹寫春耕秋斂，而略於省察。《詩序》曰：「〈大田〉，刺幽王也。言矜寡不能自存焉。」乃曲解「伊寡婦之利」一語為說，其謬甚顯，不足為訓。

詩共四章。首章述春耕春播。二章述夏季耘草除蟲。三章述風調雨順，秋季豐收。四章以曾孫省察祭祀作結。全篇以春、夏、秋三季農事為經，結構井然有序。

善於渲染烘托是本詩最大藝術特色。第三章無非描摹收穫之多，然而「彼有不穫稺」四句卻「盡情曲繪，刻摹無遺，娓娓不倦」，此正方玉潤《詩經原始》所謂「凡文正面難於著筆，須從旁渲染，或閒處襯托」也。此種渲染烘托手法，「愈閒愈妙，愈淡愈奇」，可以收到正面描寫所不能達到的藝術效果。

【韻讀】一章：戒，職部；事、耜、畝，之部。職之通韻。碩、若，鐸部。二章：皁、好、莠，幽部。螣、賊，職部。稺，脂部；火，微部。脂微合韻。三章：萋、祁、私、稺、穧，脂部。穗、利，質部。四章：止、子、畝、喜，之部。黑、稷、福，職部。

三　瞻彼洛矣

瞻彼洛❶矣，　瞧那洛河喲，
維水泱泱❷。　河水又廣又深。
君子❸至止，　君子來到這裡，
福祿如茨❹。　福祿多得像高高的屋頂。

韎韐❺有奭❻，
以作❼六師❽。

瞻彼洛矣，
維水泱泱。
君子至止，
鞞❾琫❿有珌⓫。
君子萬年，
保其家室。

瞻彼洛矣，
維水泱泱。
君子至止，

皮做的護膝紅彤彤，
他來指揮六軍。

瞧那洛河喲，
河水又廣又深。
君子來到這裡，
刀鞘上的珠玉光彩奪目。
祝君子萬歲，
永保他的家族興旺和睦。

瞧那洛河喲，
河水又廣又深。
君子來到這裡，

福祿既同⑫。
君子萬年，
保其家邦。

各種福祿都匯聚在一起。
祝君子萬歲，
永保他的國家發達興盛。

【注釋】❶洛　水名。又名北洛河，發源於陝西定邊，東南流至大荔三河口入渭水。❷泱泱　水深廣貌。❸君子　指周王。❹茨　屋頂。參見〈小雅・甫田〉注。❺靺韐　赤黃色皮製蔽膝。靺，茜草所染之赤黃色。韐，熟皮所製蔽膝。❻有奭　猶奭然，赤貌。有，語助詞。❼作　興起；指揮。❽六師　六軍。周制，天子六軍。一萬二千五百人為軍。❾鞞　刀鞘。❿琫　刀鞘口部之玉飾。⓫有珌　猶珌然，文彩貌。有，語助詞。⓬同　聚集。

【研　析】此是讚美周王會諸侯於洛上，檢閱六軍之詩。《詩序》曰：「〈瞻彼洛矣〉，刺幽王也。思古明王能爵命諸侯，賞善罰惡矣。」觀之詩辭，通篇頌揚文字，何刺之有？

詩共三章，形式複疊。首章言周王興六師。二、三兩章言興師目的在於保家衛國。「以作六師」乃全詩重心。各章之首皆以泱泱洛水起興，既喻周王之德如洛水之深廣，又點出檢閱六師之地，可謂一箭雙雕。詩人借服飾刻劃人物，僅以「靺韐」、「鞞琫」二物，便寫出周王威武之態，筆法簡練。孫鑛曰：「姿態乃在靺韐、琫珌兩語上。」（《批評詩經》）可謂一語中的。方玉潤曰：「此詩與〈秦風・終南〉相似。然彼自咏諸侯，此則天子事也。」（《詩經原始》）

【韻　讀】一章：矣、止，之部。泱，陽部。與二三章遙韻。茨、師，脂部。二章：矣、止，之部。珌、室，質部。三章：矣、止，之部。同、邦，東部。

四　裳裳者華

裳裳❶者華❷，
其葉湑❸兮。
我覯❹之子❺，
我心寫❻兮。
我心寫兮，
是以有譽處❼兮。
裳裳者華，
芸其❽黃矣。
我覯之子，

色彩鮮艷的是花朵，
它的葉兒茂盛呀。
我見到了這個人，
我的心情舒暢喲。
我的心情舒暢喲，
所以很高興喲。
色彩鮮艷的是花朵，
花兒朵朵一片金黃喲。
我見到了這個人，

維其有章❾矣。
維其有章矣，
是以有慶❿矣。

裳裳者華，
或黃或白。
我覯之子，
乘其四駱⓫。
乘其四駱，
六轡沃若⓬。

左⓭之左之，
君子⓮宜之；

他很有禮節風度喲。
他很有禮節風度喲，
所以有大福喲。

色彩鮮艷的是花朵，
有的金黃，有的雪白。
我見到這個人，
駕著四匹黑鬃白馬。
駕著四匹黑鬃白馬，
六根韁繩柔美有光。

向左向左，
君子駕車很得法；

右⑮之右之，　　向右向右，
君子有之。　　君子駕車有本事。
維其有之，　　因為他有本事，
是以似⑯之。　　所以他可以繼承世祿。

【注釋】❶裳裳　猶堂堂，鮮明貌。❷華　古「花」字。❸湑　茂盛貌。❹覯　見也。❺之子　此人，此指賢者。❻寫　猶瀉。去憂愁；舒心。❼譽處　安樂。參見〈蓼蕭〉注。❽芸其　猶芸芸、芸然，眾盛貌。❾章　文彩；儀容也。❿慶　福也。⓫駱　黑鬃白馬。參見〈四牡〉注。⓬六轡沃若　見〈皇皇者華〉注。⓭左　此作動詞，向左。⓮君子　即上文「之人」，亦指賢者。⓯右　此作動詞，向右。⓰似　通「嗣」。繼承。

【研析】此是美賢者德才兼備，能世保其祿之詩。詩中之「我」蓋為周王。《詩序》曰：「〈裳裳者華〉，刺幽王也。古之仕者世祿。小人在位，則讒諂並進，棄賢者之類，絕功臣之世焉。」顯為以美為刺之曲說，置之可也。

詩共四章，前三章形式複疊。首章言見賢者而心悅。二章借寫賢者有文彩而讚其有德。三、四兩章借寫賢者善御而讚其有才。全詩結構嚴整。末章結句「維其有之，是以似之」是全詩重心所在，亦為解讀本詩之關鍵也。

詩人善用象徵手法。詩之前三章皆以「裳裳者華」起興，象徵賢者德才兼備，美盛似花也。下分寫德才兩面，亦用象徵手法，婉曲而有情致。前三章，章章有疊句，末章則連用疊詞，音節優美，琅琅上口，「似歌非歌，似謠非謠」（方玉潤《詩經原始》語），妙不可言。

【韻　讀】一章：湑、寫、寫、處，魚部。二章：黃、章、章、慶，陽部。三章：白、駱、駱、若，鐸部。四章：左、宜，歌部。右、有、有、似，之部。

五　桑扈

交交桑扈❶，　嘰嘰喳喳的桑扈鳥，
有鶯❷其羽。　牠的羽毛有美麗的花紋。
君子❸樂胥❹，　君子快樂呀，
受天之祜❺。　他領受了上天賜予的福恩。
交交桑扈，　嘰嘰喳喳的桑扈鳥，
有鶯其領❻。　牠的頸毛有美麗的花紋。

君子樂胥，
萬邦之屏⑦。
之屏之翰⑧，
百辟⑨為憲⑩。
不戢⑪不難⑫？
受福不那⑬？
兕觥⑭其觩⑮，
旨酒思⑯柔。
彼交匪敖⑰，
萬福來求⑱。

君子快樂呀，
他是天下萬國的屏障。
他是萬國的屏障和支柱，
諸侯以他為楷模。
怎會不和睦？怎會沒節度？
受福怎能不多？
犀角酒杯兩頭翹，
美酒多麼柔和。
不侮慢，不驕傲，
才能求得萬福。

【注　釋】❶桑扈　鳥名。參見〈小宛〉注。❷有鶯　猶鶯然，文彩貌。❸君子　此指周王。❹胥　語助詞。❺祜　福也。❻領　頸。❼屏　屏障。❽翰　通「幹」。牆柱。樹牆之兩側，用以擋土。引申為骨幹。❾百辟　指諸侯。辟，君也。❿憲　法也。⓫戢　和睦。⓬難　通「儺」。有節度也。⓭那　多也。⓮兕觥　酒器名。參見〈周南·卷耳〉注。⓯觩　獸角彎曲貌。⓰思　語助詞。⓱彼交匪敖　言不侮慢、不驕傲也。彼，通「非」。交，通「姣」。敖，古「傲」字。⓲萬福來求　求萬福之倒文。來，猶是，語助詞。

【研　析】此是周王宴諸侯，諸侯頌周王之詩。《詩序》曰：「〈桑扈〉，刺幽王也。君臣上下，動無禮文焉。」猶癡人說夢，不知所云。

詩共四章，前二章形式複疊。首章言周王受天福。二章言周王為萬國之屏。三章言周王為諸侯楷模。末章言周王不侮慢，不驕傲。全詩結構整齊有序。末章結句「萬福來求」與首章末句「受天之祜」遙相呼應。始於福，終於福，祝福之主旨鮮明突出。

【韻　讀】一章：扈、羽、胥、祜，魚部。二章：扈、胥，魚部。領，真部；屏，耕部。真耕合韻。三章：翰、憲、難，元部；那，歌部。元歌通韻。四章：觩、柔、求，幽部；敖，宵部。幽宵合韻。

六　鴛　鴦

鴛鴦❶于飛，

鴛鴦飛起來，

畢❷之羅❸之。
君子❹萬年，
福祿宜❺之。

鴛鴦在梁❻，
戢❼其左翼。
君子萬年，
宜其遐福❽。

乘馬❾在廄❿，
摧⓫之秣⓬之。
君子萬年，
福祿艾⓭之。

就用網子把牠扣住。
君子萬歲，
他應當享受福祿。

鴛鴦在魚梁上，
頭插在左翅裏休息。
君子萬歲，
他應當永遠享受大福。

四匹馬兒在馬棚，
鍘草餵牠，用穀物餵牠。
君子萬歲，
用福祿養護他。

乘馬在廄，
秣之摧之。
君子萬年，
福祿綏⑭之。

四匹馬兒在馬棚，
用穀物餵牠，鍘草餵牠。
君子萬歲，
用福祿安養他。

【注釋】❶鴛鴦　鳥名。雌雄偶居，古稱匹鳥。❷畢　捕獵鳥獸之長柄小網。參見〈大東〉注。此作動詞。❸羅　捕鳥網。參見〈王風·兔爰〉注。此作動詞。❹君子　指周王。❺宜　應當。❻梁　魚梁。❼戢　通「捷」。插也。❽遐福　長久之福；大福。❾乘馬　四匹馬。❿廄　馬棚。⓫摧　通「莝」。鍘草餵馬。⓬秣　餵養馬匹之穀物。參見〈周南·漢廣〉注。此作動詞。⓭艾　護養；保養。⓮綏　安也。

【研析】此是祝頌周王之詩。《詩序》曰：「〈鴛鴦〉，刺幽王也。思古明王交於萬物有道，自奉養有節矣。」「交於萬物有道」，謂順其性取之以時，不暴天也。此蓋誤解首章「鴛鴦于飛，畢之羅之」所致，實則此為興辭而非賦辭，故《序》說不可信從。

詩共四章，前兩章形式複疊，後兩章形式複疊。首章以網羅鴛鴦起興，喻君子宜享福祿。二章以鴛鴦休息起興，喻君子宜享久福。三、四兩章皆以秣馬起興，喻君之宜以福祿養之。萬年、福祿各章皆有，反復詠唱，當為全詩重心所在。二章「鴛鴦在梁，戢其左翼」描摹鴛鴦休憩之態「細膩如畫」（方玉潤語），極為逼真。此詩興辭說解紛歧。或視鴛鴦、秣馬為婚姻之象徵，故以此為婚姻之詩。殊不知興辭往往只取其一點而不及其餘。一章「鴛鴦于飛，畢之羅之」取義於得；二章「鴛鴦在梁，戢其左翼」取義於安；三、四兩章秣馬取義於養。唯有如此，方可上下聯貫，得其本旨，故不可不辨。

【韻讀】一章：羅、宜，歌部。二章：翼、福，職部。三章：秣、艾，月部。四章：摧、綏，微部。

七 頍弁

有頍❶者弁❷，
實維伊何❸？
爾❹酒既旨，
爾殽既嘉。
豈伊異人❺？
兄弟匪他。
蔦❻與女蘿❼，

那高聳的是皮帽，
它戴在哪兒喲？
您的酒很美，
您的菜很好。
難道請的是外人？
是親兄弟，不是別人。
像蔦草和女蘿，

施❽于松柏。
未見君子❾，
憂心奕奕❿；
既見君子，
庶幾⓫悅懌。

有頍者弁，
實維何期⓬？
爾酒既旨，
爾殽既時⓭。
豈伊異人？
兄弟俱來。
蔦與女蘿，

在松柏上纏繞。
沒有看見君子，
我憂心忡忡；
見到了君子，
也許會高興。

那高聳的是皮帽，
它戴在哪兒喲？
您的酒很美，
您的菜時鮮。
難道來客是別人？
兄弟們一起都來到。
像蔦草和女蘿，

施于松上。
未見君子，
憂心怲怲⑭；
既見君子，
庶幾有臧⑮。

有頍者弁，
實維在首。
爾酒既旨，
爾殽既阜⑯。
豈伊異人？
兄弟甥舅⑰。
如彼雨雪，

在松樹上纏繞。
沒有看見君子，
我憂心如焚；
見到了君子，
心情也許變好。

那高聳的是皮帽，
它戴在頭上喲。
您的酒很美，
您的菜很多。
難道請的是外人？
是兄弟和親戚。
好比那下大雪，

先集維霰⑱。
死喪無日，
無幾⑲相見。
樂酒今夕，
君子維宴⑳。

先是雪珠紛紛落下。
到死已經沒有幾天，
沒有多少機會再見面。
歡樂痛飲趁今夜，
這是君子的家宴。

【注釋】❶有頍　戴帽高聳貌。❷弁　指皮弁，即皮革製成之帽子，古代貴族男子穿禮服時所戴。❸實維伊何　言此弁戴在何處。實，通「寔」。此也。維、伊，語助詞，猶是也。❹爾　指周王。❺異人　外人。❻蔦　草名。寄生，能攀援纏繞。❼女蘿　亦寄生之草，又名菟絲子，多附生於松樹樹皮上。❽施　蔓延。❾君子　指周王。❿奕奕　憂愁貌。⓫庶幾　也許。⓬期　語助詞。⓭時　應時；時新也。⓮怲怲　深憂貌。⓯臧　善也。⓰阜　多也。⓱甥舅　此泛指異姓親戚。⓲霰　雪珠，為將雪之兆。⓳無幾　猶無多也。⓴宴　宴飲，此指家宴。

【研　析】此是寫周王宴請兄弟親戚之詩。詩中發出社稷將亡、及時行樂之哀嘆。《詩序》曰：「〈頍弁〉，諸公刺幽王也。暴戾無親，不能宴樂同姓，親睦九族，孤危將亡，故作是詩也。」詩中明言宴樂兄弟親戚，故《序》說之謬不攻自破，除「孤危將亡」一語外，其餘皆不足取。

詩共三章，形式複疊。一、二兩章讚酒肴之美盛，且以蔦草女蘿之附松柏，喻兄弟與周王情誼之親密。末章以未雪先霰，喻國之敗徵已露，章末「死喪無日」四句，抒發及時行樂情緒。此詩情詞悽動，憂危之旨溢於言表。各章皆以「有頍者弁」二句起興，首章「實維伊何」、次章「實維何期」、末章「實維在首」互文，言弁戴何處？弁戴於首。王者之在上位，猶皮弁之在人首，故以為喻。孫鑛《批評詩經》曰：「轉折鋪張多，意態自濃。蔦蘿二句是俊語，得此乃更有奇色。」

【韻讀】一章：何、嘉、他，歌部。柏、奕、懌，鐸部。二章：期、時、來，之部。上、怲、臧，陽部。三章：首、阜、舅，幽部。霰、見、宴，元部。

八　車舝

間關❶車之舝❷兮，
思❸孌❹季女❺逝兮。
匪飢匪渴，
德音❻來括❼。
雖無好友❽，

車輪轉動車轄發出嘎吱的聲音，
想念美麗的少女我去迎親。
不是因為想得如飢似渴，
是盼望有好名聲的人來相會。
雖然沒有優秀的品德和你相配，

式燕⑨且喜。

依⑩彼平林⑪，
有集維鷮⑫。
辰⑬彼碩女⑭，
令德⑮來教。

式燕且譽⑯，
好爾無射⑰。

雖無旨酒，
式飲庶幾⑱。
雖無嘉殽，
式食庶幾。

但願你能高興開懷。

那平原上的茂密樹林，
有長尾野雞飛來棲息。
那美麗高眺的姑娘，
盼你有美德來指教。

但願你高興快樂，
我愛你不會厭倦。

雖然沒有美酒，
但願你能喝幾杯。
雖然沒有好菜，
但願你能嚐幾口。

雖無德與女，
式歌且舞。

陟彼高岡，
析⑲其柞⑳薪。
析其柞薪，
其葉湑㉑兮。
鮮㉒我覯爾，
我心寫兮。

高山仰止㉓，
景行㉔行止。

雖然沒有美德和你相配，
但願你能唱起歌跳起舞。

登上那高高的山崗，
砍伐那柞樹當柴燒。
砍伐那柞樹當柴燒，
它的葉兒多茂盛。
幸運喲，我遇見了你，
我的心情就歡暢。

高山我仰望，
大路我嚮往。

四牡騑騑㉕，
六轡如琴㉖。
覯爾新昏㉗，
以慰我心。

四匹公馬奔走不停，
六根轡繩調和像彈琴。
見到你新娘，
可以安慰我的心。

【注　釋】❶間關　車輪轉動時車轂與車轄摩擦之響聲。❷舝　同「轄」。貫穿軸端之金屬鍵，用以防止輪轂外脫。❸思　念也。❹孌　美貌。❺季女　少女。參見〈召南・采蘋〉注。❻德音　好聲譽。❼括　通「佸」。會合；結合也。一說：約束也。❽雖無好友　言雖無好德以與汝為友，與三章「雖無德與女」文義一例，此為謙辭也，文有省略。(從黃焯《毛詩鄭箋平議》)❾燕　通「宴」。樂也。❿依　猶依依，樹木茂盛貌。⓫平林　平地之樹林。⓬鷮　長尾野雞。⓭辰　美善。⓮碩女　身材高大之女子，即上文之季女，古代女子亦以高大為美。⓯令德　美德。⓰譽　通「豫」。樂也。參見〈蓼蕭〉注。⓱射　通「斁」。厭倦也。⓲式飲庶幾　即庶幾式飲之倒文。式，語助詞。庶幾，但願。⓳析　劈開。⓴柞　木名。亦名橡、櫟，葉可飼蠶。㉑湑　枝葉茂盛貌。參見〈唐風・杕杜〉注。㉒鮮　善也。㉓止　通「之」。代詞。㉔景行　大路。景，大也。㉕騑騑　馬行不止之貌。參見〈四牡〉注。㉖六轡如琴　言御六轡調和如操琴瑟也。㉗新昏　指季女。昏，「婚」之古字。

【研　析】此是思得賢女為妻之詩。吳闓生《詩義會通》曰：「詩明言為新昏作，其詞和雅，無嗟怨之意，而《序》以為刺幽王褒姒，其失與前諸篇同……通篇以德為主，乃作者微指所寄。故末章申之曰：高山仰止，景行行止，謂相與優遊於至德之鄉，以黽勉而企及之也。」其說甚允。

詩共五章。首章言思娶季女，非為飢渴，乃慕其有德也，此是全篇總提。章首描摹車轄之聲，象徵其備車迎娶。二章以鷮集平林起興，喻望賢女有美德來教。三章言己雖無賢德相配，仍望賢女不嫌棄。四章寫幸會賢女之欣喜。章首「陟彼高岡」三句，以析薪興娶妻，以「葉湑」喻賢女之美盛。末章讚賢女之德如高山景行，仰慕之情溢於言表。詩以「覯爾新昏，以慰我心」作結，再申得賢女之喜。中間「四牡騑騑」二句，與首章間關車舝遙相呼應。

本篇反復讚嘆賢女之美德，情辭懇切，重心突出。詩之謀篇布局亦獨具匠心。方玉潤曰：「前後兩章實賦，一往迎，一歸來。二、四兩章皆寫思慕之懷，卻用興體。中間忽易流利之筆，三層反跌作勢，全詩章法皆靈。」（《詩經原始》）

【韻讀】一章：舝、逝、渴、括，月部。友、喜，之部。二章：鷮、教，宵部。譽，魚部；射，鐸部。魚鐸通韻。三章：幾、幾，微部。女、舞，魚部。四章：岡，陽部；薪，真部。陽真合韻。湑、寫，魚部。五章：仰、行，陽部。琴、心，侵部。

九　青蠅

營營❶青蠅❷，

蒼蠅嗡嗡亂飛，

止于樊[3]。
豈弟[4]君子，
無信讒言。

營營青蠅，
止于棘[5]。
讒人罔極[6]，
交亂[7]四國。

營營青蠅，
止于榛[8]。
讒人罔極，
構[9]我二人[10]。

落在籬笆上面。
溫和平易的君子，
不要聽信讒言。

蒼蠅嗡嗡亂飛，
落在酸棗樹上面。
讒人心術不正，
把四方諸侯國攪得大亂。

蒼蠅嗡嗡亂飛，
落在榛樹上面。
讒人心術不正，
挑撥你我二人。

【注釋】❶營營　蒼蠅飛舞之聲。❷青蠅　即蒼蠅。❸樊　籬笆。❹豈弟　溫和平易。參見〈齊風・載驅〉注。❺棘　木名，即酸棗樹也。❻罔極　不正。罔，無也。❼交亂　擾亂。交，交錯。❽榛　木名。其實如栗而小，可食。❾構　猶離間也。❿二人　指君子與詩人自我。

【研析】此是斥責讒人、並規勸周王勿信讒言之詩。次章云「讒人罔極，交亂四國」，則此讒人為周之重臣可知，詩中「君子」為周王亦當無疑；至於是否確指幽王，詩中未見明證，故《詩序》云「刺幽王」聊備一說而已。

詩共三章，形式複疊。首章規勸周王勿信讒言。次章斥讒人亂國。末章斥讒人亂君。三章皆以「營營青蠅」起興，詩人以穢濁之青蠅比卑劣之讒人，極為生動貼切。「止于樊」、「止于棘」、「止于榛」，既喻讒人無孔不入，又有由近及遠、層層遞進之意。

【韻讀】一章：樊、言，元部。二章：棘、極、國，職部。三章：榛、人，真部。

一〇　賓之初筵

賓之初筵❶，　　賓客開始入席，
左右秩秩❷。　　分坐左右井井有序。
籩豆❸有楚❹，　　竹籩木豆排列整齊，

殽核❺維旅❻。
酒既和旨，
飲酒孔偕❼。
鐘鼓既設，
舉醻❽逸逸❾。
大侯❿既抗⓫，
弓矢斯張⓬。
射夫⓭既同⓮，
獻⓯爾發功⓰。
發彼有的⓱，
以祈爾爵⓲。
籥舞⓳笙鼓，

肉菜果品堆滿食具。
酒性柔和甜美，
飲酒氣氛很和諧。
鐘和鼓已經架設，
舉杯敬酒往來有禮。
大幅箭靶已經豎起，
弦已經繃上了弓。
射手們已經聚攏，
拿出你射箭的功夫。
射中那中間的靶心，
以求敬你一杯酒。
抱著籥，合著笙鼓的節拍跳舞，

樂既和奏。
烝衎烈祖⑳，
以洽㉑百禮。
百禮既至㉒，
有壬有林㉓。
錫爾純嘏㉔，
子孫其湛㉕。
其湛曰樂，
各奏㉖爾能。
賓載㉗手仇㉘，
室人㉙入又㉚。
酌彼康爵㉛，
以奏爾時㉜。

演奏音樂悅耳諧和。
獻給建功立業的先祖娛樂，
和眾多的禮儀融合。
種種禮儀都已齊備，
既盛大又繁多。
神將賜你大福，
子孫都將喜悅。
都將喜悅快樂，
各自亮出自己的射術。
賓客選好對手，
主人進來敬酒。
把那大酒杯斟滿，
來敬給你們得勝的好手。

賓之初筵，
溫溫其恭。
其未醉止，
威儀反反㉝。
曰既醉止，
威儀幡幡㉞。
舍其坐遷㉟，
屢舞僊僊㊱。
其未醉止，
威儀抑抑㊲。
曰既醉止，
威儀怭怭㊳。
是曰既醉，

賓客開始入席，
大家恭敬溫和。
沒有喝醉的時候，
表情舉止端莊。
喝醉以後，
表情舉止輕狂。
離開坐席到處竄，
屢屢輕盈起舞。
沒有喝醉的時候，
表情動作很有節制。
喝醉以後，
表情動作輕侮放肆。
這就叫喝醉，

不知其秩㊴。
賓既醉止，
載號㊵載呶㊶。
亂我籩豆，
屢舞僛僛㊷。
是曰既醉，
不知其郵㊸。
側弁之俄㊹，
屢舞傞傞㊺。
既醉而出，
並受其㊻福。
醉而不出，

不懂得飲酒的常規。
賓客已經喝醉，
又是喊叫，又是胡鬧。
弄亂了我的籩豆，
屢屢起舞，東歪西倒。
這就叫喝醉，
不知道自己的過失。
歪戴皮帽搖搖晃晃，
屢屢起舞盤旋不止。
喝醉了就走開，
大家都託他的福。
喝醉了不走，

是謂伐德[47]。
飲酒孔嘉，
維其令儀[48]。

凡此飲酒，
或醉或否。
既立之監[49]，
或佐之史[50]。
彼醉不臧[51]，
不醉反恥。
式勿從謂[52]，
無俾大怠[53]。
匪言勿言，

這就叫缺德。
飲酒本是很好的事，
只是要有好的舉止。

凡是這飲酒，
總會有人醉，有人不醉。
設立酒監監督，
又請酒史輔助。
那些醉漢仍不改好，
認為不醉反而恥辱。
請不要跟著別人胡說，
別使自己太輕慢無禮。
不該說的話就別說，

匪由(54)勿語。
由(55)醉之言，
俾出童羖(56)。
三爵(57)不識(58)，
矧(59)敢多又(60)？

不該附和的就別附和。
醉漢口裏說出的話，
竟要使公羊不長角。
喝三杯的禮節都不懂，
怎敢勸他多喝酒？

【注釋】❶初筵　筵席之始，猶云入席。筵，竹席，此作動詞。古代設筵於地，人坐筵上。❷秩秩　有序貌。❸籩豆　皆古食器名。參見〈小雅・常棣〉注。❹有楚　猶楚楚，排列整齊貌。有，語助詞。❺核　指桃梅等有核果品。置於籩內。❻旅　陳列。❼偕　通「諧」。和諧。❽醻　同「酬」。敬酒。參見〈節南山〉注。❾逸逸　往來有序貌。❿侯　箭靶。古代箭靶以獸皮或布製成，用時張開。天子、諸侯所用之侯大，稱大侯。⓫抗　舉；豎起。⓬弓矢斯張　張弓矢之倒文，即張弦於弓也。矢因弓連類而及，此不為義。斯，猶是。⓭射夫　射者。夫，古代男子總稱。⓮同　會聚。⓯獻　奏；表現也。⓰發功　射箭之本領。發，射也。⓱有的　靶心。有，語助詞。⓲以祈爾爵　言祈求射中而得敬酒也。古代取勝者飲酒，故下文又云「酌彼康爵，以奏爾時」也。爵，酒杯，此代酒。⓳籥舞　執籥而舞。籥，古管樂器名。⓴烝衎烈祖　言向先祖進獻音樂也。烝，指進樂。衎，娛樂也。烈，功業也。㉑洽　配合。㉒至　完備。㉓有壬有林　猶壬壬林林，言禮儀盛大繁多也。壬，大也。林，多也。有，語助詞。㉔純嘏　大福。㉕湛　喜悅。㉖奏　獻也。㉗載　則也。㉘手仇　言自擇對手。手，選擇也。仇，匹偶、伴侶也。㉙室人　指主人。㉚又　通

「侑」。勸酒。㉛康爵　大酒杯。康，大也。爵，酒杯名。㉜時　善也，指善射者。㉝反反　謹慎貌。㉞幡幡　輕率不莊重貌。㉟遷　移位。㊱僊僊　舞姿輕盈貌。㊲抑抑　慎密美好貌。㊳怭怭　侮慢不恭貌。㊴秩　常禮；常規。㊵號　喊叫。㊶呶　喧嘩；吵鬧。㊷傲傲　身體傾側貌。㊸郵　通「尤」。過失。㊹俄　歪斜貌。㊺傞傞　盤旋不止貌。㊻其　指醉出之賓客。㊼伐德　敗德。㊽令儀　好儀態。㊾監　指酒監，即宴會上糾察禮儀之官。㊿史　指酒史，即宴會上負責記錄言行之官。51臧　善也。52式勿從謂　言勿從人言說也。式，語助詞。53怠　怠慢；失禮。54由　遵循；附和。55由　從；出自。56童羖　無角之公羊，喻荒誕之言。57三爵　古代臣侍君宴，以飲三爵（杯）為度。58識　知也。59矧　況且；何況。60又　通「侑」。勸酒。

【研　析】此是刺縱酒失度之詩。《詩序》曰：「〈賓之初筵〉，衛武公刺時也。幽王荒廢，媟近小人，飲酒無度，天下化之。君臣上下，沉湎淫液。武公既入，而作是詩也。」謂衛武公刺幽王，未見於詩，不知何據。

詩共五章。一、二兩章述宴會之始，賓客入席，飲射有儀。三、四兩章述賓客縱酒無度，醉後失態。末章述醉者竟以不醉為恥，章末為誡勸之言。

本詩全篇採用對比手法。一、二兩章備述宴會之始飲射之禮濃古典則，為三、四兩章寫酒後失禮作鋪墊。前後兩相對照，曲繪無遺，縱酒之害觸目驚心。末章總前作收，點出全詩正旨，章法極為嚴整。詩人描摹醉態細微活脫，窮形極相。尤其是通過三寫「屢舞」，由淺入深、栩栩如生地畫出由微醉至爛醉之態，妙不可言。姚際恆嘆曰：「昔人謂唐人詩中有畫，豈知亦原本于《三百篇》乎！《三百篇》中有畫處甚多，此醉客圖也。」（《詩經通論》）

【韻讀】一章：楚、旅，魚部。旨、偕，脂部。設，月部；逸，質部。月質合韻。抗、張，陽部。同、功，東部。的、爵，藥部。二章：鼓、祖，魚部。禮，脂部；至，質部。脂質通韻。林、湛，侵部。能、又、時，之部。三章：筵、反、幡、遷、僊，元部。抑、怭、秩，質部。四章：僛、郵，之部。俄、傞，歌部。福、德，職部。嘉、儀，歌部。五章：否、史、恥、怠，之部。語、羖，魚部。識，職部；又，之部。職之通韻。

魚藻之什

一 魚藻

魚在在❶藻，
有頒❷其首。
王在在鎬❸，
豈❹樂飲酒。

魚在在藻，
有莘❺其尾。

魚在水藻中游，
頭兒肥大喲。
大王在鎬京，
安樂飲酒喲。

魚在水藻中游，
尾巴長長喲。

王在在鎬，
飲酒樂豈❻。
魚在在藻，
依于其蒲❼。
王在在鎬，
有那❽其居。

大王在鎬京，
飲酒安樂喲。
魚在水藻中游，
傍著蒲草喲。
大王在鎬京，
宮室高大喲。

【注釋】❶在在　在也。下「在」字重出足句。下「王在在鎬」句同。❷有頒　猶頒然，大頭貌。頒，通「墳」。大也。有，語助詞。❸鎬　鎬京，西周都城，在今陝西西安西。❹豈　樂也。❺有莘　猶莘然，長貌。有，語助詞。❻樂豈　豈樂之倒文。❼蒲　即蒲草，水生植物。❽有那　猶那然，盛大貌。一說：安閑也。

【研析】此美周王安居鎬京之詩。《詩序》曰：「〈魚藻〉，刺幽王也。言萬物失其性，王居鎬京，將不能以自樂，故君子思古之武王焉。」魚之在藻，正得其所在，何以見「萬物失其性」？其說之鑿，不值一駁。

詩共三章，形式複疊。一、二兩章皆詠王在鎬京安樂。末章詠鎬京宮室高大。全詩各章皆用比興。魚之在藻，喻王之在鎬。頒首莘尾，喻王心廣體胖也。「依于其蒲」，喻王所居美盛也。詩疊用兩「在」字，頓使內容單調之詩產生靈動之感，頗似民歌風格，故姚際恆曰：「二『在』字見姿。」

【韻讀】一章：藻、鎬，宵部。首、酒，幽部。二章：藻、鎬，宵部。尾、豈，微部。三章：藻、鎬，宵部。蒲、居，魚部。

二 采菽

采菽❶采菽，
筐之筥之❷。
君子❸來朝，
何錫予之？
雖無予之，
路車❹乘馬❺。

採豆呀，採豆呀，
方筐盛它，圓筐盛它。
諸侯來朝見，
拿什麼賜給他？
雖然沒有什麼送他，
路車一輛，四匹大馬。

又何予之？
玄衮❻及黼❼。
觱沸❽檻泉❾，
言采其芹❿。
君子來朝，
言觀⓫其旂⓬。
其旂淠淠⓭，
鸞⓮聲嘒嘒⓯。
載驂⓰載駟⓱，
君子所屆⓲。
赤芾⓳在股⓴，

還有什麼送給他？
繡龍禮服，繡斧大褂。
向上湧出的泉水翻騰不停，
我採那裏的水芹。
諸侯來朝見，
我望見了他們的交龍旗。
那交龍旗迎風飄揚，
車上的鈴兒叮叮噹噹。
有的駕三馬，有的駕四馬，
諸侯都來到啦。
紅護膝掛在大腿前，

邪幅㉑在下。
彼交匪紓㉒，
天子所予。
樂只君子㉓，
天子命之。
樂只君子，
福祿申㉔之。

維柞之枝，
其葉蓬蓬㉕。
樂只君子，
殿㉖天子之邦。
樂只君子，

綁腿布裹在大腿下面。
不驕傲，不怠慢，
這是天子送的禮。
快樂呀，諸侯，
天子有新的任命。
快樂呀，諸侯，
福祿將加給你們。

柞樹的枝條，
它的葉子多麼繁茂。
快樂呀，諸侯，
鎮守天子的國家。
快樂呀，諸侯，

萬福攸㉗同。
平平㉘左右㉙，
亦是率從㉚。

汎汎㉛楊舟，
紼纚㉜維之。
樂只君子，
天子葵㉝之。
樂只君子，
福祿膍㉞之。
優哉游哉㉟，
亦是戾㊱矣。

萬福都會聚於他。
嚴明管理臣下，
臣下也都服從他。

漂浮的楊木船，
用麻繩竹繩拴住它。
快樂呀，諸侯，
天子要考量他。
快樂呀，諸侯，
要用福祿重賞他。
悠閑呀，自得呀，
大家來到這兒啦。

【注　釋】❶菽　豆也。❷筐之筥之　筐筥，皆竹編容器，筐方而筥圓。此皆作動詞。參見〈召南・采蘋〉注。❸君子　此指諸侯。下同。❹路車　諸侯之車。參見〈王風・大車〉注。❺乘馬　四匹馬。❻玄袞　繪有卷龍之黑色禮服。❼黼　繪有斧形、黑白相間之禮服。❽觱沸　泉湧貌。聯綿詞。❾檻泉　向上湧出之泉水。檻，通「濫」。❿芹　菜名，即水芹。⓫觀　看；望也。⓬旂　繪有交龍之旗幟。參見〈庭燎〉注。⓭淠淠　飄動貌。⓮鸞　車鈴。參見〈秦風・駟驖〉注。⓯嘒嘒　鈴聲。⓰驂　指一車駕三馬。⓱駟　一車駕四馬。❿屆　至也。⓳赤芾　赤色蔽膝，諸侯所服。⓴股　大腿。㉑邪幅　即綁腿，以布帶斜纏小腿，自腳以上至膝。㉒彼交匪紓　言不驕傲，不怠慢也。彼，通「匪」。不也。交，通「絞」。急也；傲也。紓，緩也；怠慢也。㉓樂只君子　見〈周南・樛木〉注。㉔申　重複。㉕蓬蓬　盛貌。㉖殿　鎮守。㉗攸　所也。㉘平平　辨別治理。㉙左右　指諸侯之臣屬。㉚率從　順從；服從。㉛汎汎　漂流貌。㉜紼纚　皆繩索也。紼為麻製，纚為竹製。㉝葵　通「揆」。測度；估量也。㉞膍　厚也。㉟優哉游哉　即優游，閑適自得之貌。㉚是戾　戾是之倒文。止於此也。

【研　析】此是美諸侯來朝，天子厚賜之詩，時當西周盛世。《詩序》曰：「〈采菽〉，刺幽王也。侮慢諸侯。諸侯來朝，不能錫命以禮，數徵會之，而無信義，君子見危而思古焉。」誠如《孔疏》所言：「《序》皆反經為義」，「於經無所當。」

詩共五章。首章述諸侯來朝，天子欲厚禮賞賜。二章述諸侯來至。三章述天子賞賜諸侯。四章言諸侯助天子之功。五章述天子挽留諸侯。

此詩除第三章外，其餘四章皆用興。首、次二章各以採菽、採芹起興，以喻天子廣攬賢臣。四章以蓬蓬柞葉，興諸侯強盛，足為王國藩籬。末章以紼纚維繫汎舟與天子深情留客。

因其興辭有濃重田野氣息，以致方玉潤疑其「非出自朝廷製作，乃草野歌咏其事而已。」《詩經原始》然觀全詩氣象愷樂雍容，且玄袞及黼、赤芾邪幅亦不應民歌所有，故方氏之說未必允當。

本詩雖為朝廷頌歌，但語言活潑，風格清麗。尤其是首章寫天子厚賜，詩人採用讓步句式以退為進，先抑後揚，曲折有致地烘托出天子深情厚意及愉悅心情，別有一番情趣。

【韻讀】一章：筥、予、予、馬、予、黼，魚部。二章：芹、旂，文部。淠、駟、屆，質部。三章：股、下、紓、予，魚部。命、申，真部。四章：蓬、邦、同、從，東部。五章：維，微部；葵、膍，脂部；戾，質部。微脂質合韻。

三 角弓

騂騂(ㄒㄧㄥ ㄒㄧㄥ)❶角(ㄐㄩㄝˊ)弓(ㄍㄨㄥ)❷，
翩(ㄆㄧㄢ)其(ㄑㄧˊ)❸反(ㄈㄢˇ)矣。
兄(ㄒㄩㄥ)弟(ㄉㄧˋ)❹昏(ㄏㄨㄣ)姻(ㄧㄣ)❺，
無(ㄨˊ)胥(ㄒㄩ)❻遠(ㄩㄢˇ)矣。

鬆緊適度的角弓，
一旦鬆弛就會翻轉。
兄弟呀，親戚呀，
不要互相疏遠呀。

爾之遠矣，
民胥❼然矣。
爾之教矣，
民胥傚❽矣。

此令❾兄弟，
綽綽❿有裕。
不令兄弟，
交相為瘉⓫。

民之無良，
相怨一方，
受爵不讓⓬；

你們疏遠了，
人們也都這樣做。
你們教人好樣子，
人們也都來仿效。

這些友善的兄弟，
相處寬厚謙讓。
不友善的兄弟，
互相指責中傷。

人們不善良，
總是怨恨對方，
責怪別人受爵祿不肯相讓，

至于己斯亡⑬。
老馬反為駒⑭，
不顧其後。
如食宜饇⑮，
如酌孔取⑯。
毋教猱⑰升木，
如塗⑱塗附。
君子有徽猷⑲，
小人與屬⑳。
雨雪瀌瀌㉑，

輪到自己就一切全忘。
老馬想返老還童變幼馬，
不顧及它的後果。
好比吃飯吃得太飽，
好比斟酒要得太多。
猴子不教也會爬上樹，
就好比泥巴往泥巴上塗。
君子只要有好品德，
小人就會跟你做。
下雪紛紛揚揚，

見晛㉒曰消。　一見太陽就消融。
莫肯下遺㉓，　不肯把架子放下，
式居婁驕㉔。　卻屢屢表現驕橫。
雨雪浮浮㉕，　下雪紛紛揚揚，
見晛曰流㉖。　一見太陽就如水流。
如蠻如髦㉗，　像南蠻西夷一樣無禮，
我是用憂㉘。　我因此而深憂。

【注釋】❶騂騂　弓之張弛調和適度貌。❷角弓　兩端飾牛角之弓。❸翩其　猶偏然，弓反曲貌。弓弛則反向彎曲。翩，通「偏」。其，語助詞。❹兄弟　指同姓親屬。❺昏姻　指異姓親戚。❻胥　相也。❼胥　皆也。❽傚　仿效。❾令　善也。❿綽綽　寬裕貌。⓫瘉　詬病；嫉恨也。⓬民之無良三句　此承上章「不令兄弟，交相為瘉」二句，句意相似。「相怨一方」猶「交相為瘉」也。「受爵不讓」，中相怨之由。⓭亡　通「忘」。⓮駒　小馬。⓯宜饇　猶云過飽。宜，多也。⓰孔　多也。⓱猱　猿猴。⓲塗　泥土。⓳徽猷　善道。⓴與屬　隨從。㉑瀌瀌　雪盛貌。㉒晛　日光。㉓下遺　謙下。遺，猶墮也。㉔式居婁驕　言屢屢倨傲也。式，語助詞。居，古「倨」字。婁，古「屢」字。㉕浮浮 猶瀌瀌也。㉖流 猶消也。㉗如蠻如髦 蠻髦，南蠻、西夷，此喻無禮義者。㉘是用 因此。

【研析】此是規勸周王勿疏遠兄弟親戚之詩。《詩序》曰：「〈角弓〉，父兄刺幽王也。不親九族而好讒佞，骨肉相怨，故作是詩也。」除「刺幽王」於詩無證，餘皆與詩義大體吻合。

詩共八章。首章以角弓弛則易翻起興，誡周王不可疏遠兄弟親戚，此為全篇總提。二章言王之親疏必為民所仿效，陳其利害之大。三章言兄弟友善與否表現迥異。此章為下二章張本。四章緊承三章，「民之無良，相怨一方」云云，實為上章「不令兄弟，交相為瘉」下一註腳。五章以老馬等作比，喻不善之人貪婪成性，不計後果。此實承上章「受爵不讓，至于己斯亡」而申言之。六章言猱升木、塗塗附皆不教而行之事，詩以此作比，喻君子若有美德善道，則民之感化易如反掌。七、八兩章形式複疊，皆承六章而言。「雨雪」之興，以雪見日則消，喻小人遇善政而化。「莫肯下遺」、「如蠻如髦」，言周王驕橫，致兄弟如蠻夷無禮而自相殘害。全篇以「我是用憂」句作結，沉痛之情溢於言表。

此詩環環相扣，又似斷似續。譽之者曰：「前後雖若分說而蟬聯不斷，章法之妙，無以踰此。」（方玉潤《詩經原始》）貶之者則曰：「光怪陸離，眩人心目。」（吳闓生《詩義會通》引舊評）

【韻讀】一章：反、遠，元部。二章：遠、然，元部。三章：教、傚，宵部。三章：裕，屋部；瘉，侯部。屋侯通韻。四章：良、方、讓、亡，陽部。五章：駒、後、饇、取，侯部。六章：木、屬，屋部；附，侯部。屋侯通韻。七章：瀌、消、驕，宵部。八章：浮、流、憂，幽部。

四 菀柳

有菀❶者柳，
不尚❷息焉？
上帝❸甚蹈❹，
無自暱❺焉。
俾予靖❻之，
後予極❼焉。

有菀者柳，
不尚愒❽焉？
上帝甚蹈，

枝葉茂盛的是柳樹，
誰不想在它下面休息？
上帝太反覆無常，
不要自己去親近他。
他讓我治理國家，
以後又把我流放。

枝葉茂盛的是柳樹，
誰不想在它下面歇腳？
上帝太反覆無常，

無自瘵❾焉。
俾予靖之，
後予邁❿焉。

有鳥高飛，
亦傅⓫于天。
彼人之心，
于何其臻⓬？
曷⓭予靖之，
居⓮以凶矜⓯？

不要自己去惹禍。
他讓我治理國家，
以後又把我放逐。

鳥兒高高飛翔，
一直飛到天邊。
那個人的心呀，
究竟要滑向哪裏？
為什麼讓我治理國家，
又待我以兇險？

【注釋】❶有菀 猶菀然，茂盛貌。❷尚 庶幾也。❸上帝 此指周王。❹蹈 動也；此謂喜怒無常。❺暱 親近。❻靖 安定。❼予極 極予之倒文，言誅放我也。極，通「殛」。❽愒 休息。❾瘵 病；禍也。❿邁 行。此指放逐。⓫傅 至；近也。⓬臻 至也。⓭曷 為何。⓮居 處；待也。⓯凶矜 兇暴危險。

【研析】周王暴虐無道，臣下有功而反獲罪，故作此詩以怨之。《詩序》曰：「〈菀柳〉，刺幽王也。暴虐無親，而刑罰不中，諸侯皆不欲朝，言王者之不可朝事也。」唯「暴虐無親，而刑罰不中」二語可觀，餘皆與詩文不切。

詩共三章。前二章形式複疊，章旨則一，皆借上天斥周王反覆無常。詩以菀柳可息，反興周王之不可親。「俾予靖之」二語，申言上文「上帝甚蹈」，點明周王不可親近之由。末章以鳥飛至天而有極，反興周王為惡之心無止境。全篇以「曷予靖之，居以凶矜」結尾，強烈抒發詩人委屈憤懣之情。詩人善用反興，全詩深婉哀切。

【韻讀】一章：柳、蹈，幽部。息、暱、極，職部。二章：柳、蹈，幽部。愒、瘵、邁，月部。三章：天、臻、矜，真部。

五 都人士

彼都❶人士，　　那京都的男士，
狐裘❷黃黃。　　狐皮裘衣黃又黃。
其容不改，　　他的儀容不改常態，

出言有章❸。
行❹歸于周❺，
萬民所望。

彼都人士，
臺笠❻緇撮❼。
彼君子❽女，
綢直❾如髮。
我不見兮，
我心不說❿。

彼都人士，
充耳⓫琇實⓬。

說出話來有文采。
他將要回到周京，
這是萬人的期盼。

那京都的男士，
莎草笠子，黑布小帽。
那貴族家的女子，
細密正直像頭髮一般。
我見不到他們了呀，
我心裏不愉快。

那京都的男士，
美玉充耳把耳朵塞。

彼君子女，
謂之尹吉⓭。
我不見兮，
我心苑結⓮。

彼都人士，
垂帶而厲⓯。
彼君子女，
卷髮如蠆⓰。
我不見兮，
言從之邁⓱。

匪伊⓲垂之，

那貴族家的女子，
稱她為尹姞。
我見不到他們了呀，
我心裏憂悶纏結。

那京都的男士，
腰帶下垂有長結。
那貴族家的女子，
捲起的頭髮像蠍尾。
我見不到他們了呀，
我願跟隨他們一起去。

並不只是垂下來，

帶則有餘。
匪伊卷之，
髮則有旟⑲。
我不見兮，
云何盱⑳矣！

腰帶還有餘下的長結。
並不只是捲起來，
頭髮還向上揚起。
我見不到他們了呀，
心裏多麼憂慮！

【注釋】❶都 王都，此指鎬京。❷狐裘 狐皮所製之裘衣，為諸侯之禮服。❸章 文采。❹行 將也。❺周 指周京，即鎬京。❻臺笠 莎草所編之草帽。臺，莎草。參見〈南山有臺〉注。❼緇撮 束髮之黑布小帽。❽君子 此指都人。❾綢直 情性細密，操行正直。綢，通「稠」。密也。❿說 同「悅」。⓫充耳 垂於耳旁之飾物。參見〈齊風・著〉注。⓬琇實 以美石塞耳。⓭尹吉 即「彼君子女」之姓氏。尹，尹氏，蓋其父之氏。吉，姞氏，蓋其母之姓。吉，通「姞」。⓮苑結 鬱結；憂悶纏結。⓯厲 通「裂」。指腰帶之結餘下垂部分，因裂帛而成，故稱。⓰蠆 蝎子。蝎尾上曲如鉤，此形容捲髮上揚之狀。⓱言從之邁 猶言與子同歸。言，語助詞。邁，行也。⓲伊 猶維，語助詞。⑲旟 揚起。⑳盱 通「忬」。憂也。

【研 析】此詩詩旨頗見紛歧。《詩序》曰：「周人刺衣服無常也。」《詩集傳》曰：「亂離之後，人不復見昔日都邑之盛，人物儀容之美，而作此詩嘆息之。」甚至有作「憶念意中人」解者。然揆之詩文，皆似是而非。余培林先生謂：此詩關鍵在「行歸于周」一語，故此為都人士將歸，其友人詠而送之之詩（《詩經正詁》）。其說甚允，今從之。

詩共五章，前四章形式複疊，末章變調。首章言都人士裘衣、儀容、言談之美，將歸於周而為萬民所望。二章言都人士笠、帽之美，君子之女品性之善。三章言都人士充耳之美、君子之女門第之貴。四章言都人士腰帶之美、君子之女髮式之盛。末章承四章「重加摹寫一層，真有形容不盡之意。」（姚際恆）二至五章皆以「我不見兮」二語結句，「我心不說」、「我心苑結」、「言從之邁」、「云何盱矣」層層遞進，抒發出詩人惜別之深情。

詩人善於著眼儀容服飾描摹人物。方玉潤曰：「詩全篇只咏服飾之美，而其人之風度端凝、儀容秀美自見；即其人之品望優隆與世族之華貴，亦因之而見。」（《詩經原始》）

【韻讀】一章：黃、章、望，陽部。二章：撮、髮、說，月部。三章：實、吉、結，質部。四章：厲、蠆、邁，月部。五章：餘、旟、盱，魚部。

六 采綠

終朝❶采綠❷，　　整個早上採菉草，
不盈一匊❸。　　可是還不滿一捧。
予髮曲局❹，　　我的頭髮亂蓬蓬，

薄言歸沐❺。
終朝采藍❻，
不盈一襜❼。
五日為期，
六日不詹❽。
之子于狩，
言韔❾其弓。
之子于釣，
言綸❿之繩⓫。
其釣維何？

快快回家去洗頭。
整個早上採藍草，
可是還不滿一圍兜。
約好五天就見面，
已經六天還沒到。
這個人去打獵，
我就替他收弓。
這個人去釣魚，
我就替他搓釣繩。
他釣到了什麼？

維魴及鱮⑫。　是鯿魚和鰱魚。
維魴及鱮，　是鯿魚和鰱魚，
薄言觀⑬者！　快快去看喲！

【注釋】❶終朝　整個早上。❷綠　通「菉」。草名，又名王芻、藎草，其汁可染綠色。❸匊　雙手合捧。❹曲局　彎曲；蓬亂也。❺沐　洗髮。❻藍　草名，其汁可染藍色。❼襜　圍裙也，繫於衣前。❽詹　至也。❾韔　弓袋。此作動詞，藏於弓袋也。❿綸　糾合繩索。⓫繩　指釣繩。⓬維魴及鱮　魴鱮，鯿魚、鰱魚。參見〈齊風・敝笱〉注。⓭觀　看也。一說：多也。

【研析】此是丈夫至期未歸，妻子思之之詩。《詩序》曰：「〈采綠〉，刺怨曠也。幽王之時多怨曠者。」謂之怨曠，恐言過其實。

詩共四章。一、二兩章形式複疊，言丈夫至期未歸，己則無心勞作洗沐。其意境與〈周南・卷耳〉、〈衛風・伯兮〉頗相似，刻劃思婦情思生動細膩。「五日為期」二句，極言思夫心切。孫鑛《批評詩經》云：「《鄭箋》謂是五月之日，六月之日，近有理。若止爭一日，何便如此極思？」此非以文害辭、以辭害志乎？三、四兩章皆想像丈夫歸來、願隨之狩漁之辭。詩人以樂境寫別離之苦，尤可感人。第三章「之子于狩，言韔其弓」二句，狩釣並舉，下即獨承釣言，而狩獵自可想見，用筆簡練，章法又為之一變，頗堪玩味。

【韻讀】一章：綠、局、沐，屋部；匊，覺部。屋覺合韻。二章：藍、襜、詹，談部。三章：

弓、繩，蒸部。四章：鱮、鱮、者，魚部。

七 黍苗

芃芃❶黍苗，
陰雨膏❷之。
悠悠❸南行，
召伯❹勞❺之。

我任❻我輦❼，
我車❽我牛。
我行既集❾，
蓋❿云歸哉？

蓬蓬勃勃的黍苗，
綿綿陰雨把它滋潤。
路途遙遠向南行軍，
召伯勞苦辛勤。

我們肩上扛，我們拉著車，
我們駕大車，我們趕著牛。
我們的任務已經完成，
為什麼還不回去？

我徒⑪我御⑫，
我師我旅⑬。
我行既集，
蓋云歸處⑭？

肅肅⑮謝⑯功，
召伯營之。
烈烈⑰征⑱師，
召伯成⑲之。

原隰既平，
泉流既清。
召伯有成，

我們徒步走，我們駕著車，
我們的隊伍成百上千。
我們的任務已經完成，
為什麼還不回家休息？

謝邑的工程多麼嚴整，
是召伯替它經營。
威武的遠行軍隊，
是召伯把它組成。

高原低田都已平整，
山泉河流都已變清。
召伯完成了任務，

王心則寧。　　大王的心才得安寧。

【注釋】❶芃芃　茂盛貌。參見〈鄘風・載馳〉注。❷膏　滋潤。參見〈曹風・下泉〉注。❸悠悠　遙遠貌。❹召伯　指召穆公。姓姬名虎，召公奭之後，為厲王、宣王、幽王三朝重臣，盡瘁事國。❺勞　勞苦。❻任　背負肩扛。❼輦　人力推輓之車。❽車　指牛車。❾集　完成。❿蓋　通「盍」。何不。⓫徒　徒步者，此指步兵。⓬御　駕車者。⓭我師我旅　師旅，軍隊五百人為旅，五旅為師。⓮處　居也。⓯肅肅　嚴整貌。⓰謝　邑名。申伯所封之國，故城在今河南唐河南。一說：在今河南信陽。⓱烈烈　威武貌。⓲征　遠行。⓳成　組成。

【研析】周宣王封母舅申伯於申，命召穆公往營謝邑，此詩敘其事且美其功。《詩序》曰：「〈黍苗〉，刺幽王也。不能膏潤天下，卿士不能行召伯之職焉。」以為陳古而刺今，不足取也。

詩共五章。首章以黍苗唯陰雨潤澤之，興南行營謝之功唯召伯能勞之。此為全篇總提。二、三兩章形式複疊，述赴謝之師人眾力齊，功成欲歸。四、五章述召公整治水土，王心得寧。

本詩雖旨在寫召伯營謝之功，然其筆墨卻側重抒寫召伯率師南行，至營謝本事，幾未著筆。詩人以「我任我輦，我車我牛」，「我徒我御，我師我旅」四句渲染南行聲勢，則營謝之規模氣氛自可想見，此正見其剪裁之精妙也。

【韻讀】一章：苗、膏、勞，宵部。二章：牛、哉，之部。三章：御、旅、處，魚部。四章：營、成，耕部。五章：平、清、成、寧，耕部。

八 隰桑

隰桑有阿，
其葉有難❶。
既見君子❷，
其樂如何？

隰桑有阿❸，
其葉有沃。
既見君子，
云❹何不樂？

低田裏的桑樹，
它的葉子多麼柔美。
見到了心上人，
那個快樂怎麼說得出來？

低田裏的桑樹，
它的葉子多麼肥沃。
見到了心上人，
叫我怎麼不快樂？

隰桑有阿，
其葉有幽❺。
既見君子，
德音孔膠❻。

心乎愛矣，
遐不❼謂❽矣？
中心藏之，
何日忘之！

低田裏的桑樹，
它的葉子多麼黝黑。
見到了心上人，
他的品德十分專一。

心裏愛他呀，
為什麼不向他表白？
把愛意深藏心中，
哪有一天把他忘懷！

【注　釋】❶隰桑有阿二句　言低田之桑，其枝葉柔美也。上下二句互文，上句之「阿」與下句之「難」當連讀。「阿難」，猶婀娜，柔美也，聯綿詞。❷君子　指女子之情人。❸有阿　此及下章首句「有阿」皆承襲首章「有阿」而來，無非足句而已，猶〈衛風．木瓜〉「木李」、「木桃」之例。❹云　語助詞。❺幽　青黑色。❻膠　堅固。❼遐不　何不。遐，通「何」。❽謂　告也。

【研析】此是女子喜見情人之詩。《詩序》曰：「〈隰桑〉，刺幽王也。小人在位，君子在野，思見君子盡心以事之也。」與詩文不切，傅會之跡明矣。

詩共四章。前三章形式複疊。一、二兩章皆抒寫見情人之喜。三章言情人品德（實指感情）專一，點出愛之之由。末章變調，抒寫愛之深切。前三章皆以隰桑之葉起興，首章言婀娜，次章言沃盛，三章言黝黑；二章雖各言一端，意實互足，總以桑葉之盛象徵君子之美也。末章「心乎愛矣，遐不謂矣」二句，摹寫初戀女子欲吐衷情卻羞於啟齒情態，最為真切。全篇以「中心藏之，何日忘之」結尾，情意纏綿深切。《詩集傳》曰：「《楚辭》所謂『思公子兮未敢言』，意蓋如此。愛之根於中者深，故發之遲而存之久也。」

【韻讀】一章：阿、難、何，歌部。二章：沃、樂，藥部。三章：幽、膠，幽部。四章：愛、謂，物部。藏、忘，陽部。

九　白華

白(ㄅㄛˊ)華(ㄏㄨㄚˊ)❶菅(ㄐㄧㄢ)兮(ㄒㄧ)，
白(ㄅㄛˊ)茅(ㄇㄠˊ)❷束(ㄕㄨˋ)兮(ㄒㄧ)。
之(ㄓ)子(ㄗˇ)❸之(ㄓ)❹遠(ㄩㄢˇ)，

白華漚成菅草呀，
白茅把它捆束呀。
這人去了遠方，

俾我獨兮。
英英❺白雲，
露❻彼菅茅。
天步❼艱難，
之子不猶❽。
滮池❾北流，
浸彼稻田。
嘯❿歌傷懷，
念彼碩人⓫。
樵⓬彼桑薪，

使我很孤獨呀。
潔白的白雲，
凝為露水滋潤那菅和茅。
我的時運太壞，
這人不認為我好。
滮池的水向北流，
灌溉那些稻田。
我傷心而長嘯悲歌，
把那高大的人想念。
砍下那桑枝當柴火，

卬⑬烘于煁⑭。
維彼碩人，
實勞⑮我心。

鼓鐘于宮，
聲聞於外。
念子懆懆⑯，
視我邁邁⑰。

有鶖⑱在梁，
有鶴在林。
維彼碩人，
實勞我心。

我把它扔進行竈裏燒。
是那高大的人，
實在讓我憂苦煩惱。

在屋裏敲鐘，
外面就能聽到它的聲音。
我想你想得心裏焦躁，
你看我時神情卻那麼兇狠。

禿鶖在魚梁，
白鶴卻在樹林。
是那高大的人，
實在讓我憂愁煩心。

鴛鴦⑲在梁，
戢⑳其左翼。
之子無良，
二三其德㉑。

有扁㉒斯石㉓，
履之卑兮㉔。
之子之遠，
俾我疧㉕兮。

鴛鴦在魚梁，
把嘴插進左邊翅膀。
這人品德不好，
三心兩意，反覆無常。

這塊墊腳石扁又扁，
雖然低下呀，但要踩著它。
這人去了遠方，
使我大病一場。

【注釋】❶白華 草名。茅屬，因開白花，故名；漚之即為菅。❷白茅 見〈召南・野有死麕〉注。❸之子 此指大夫。❹之 往也。❺英英 白雲貌。❻露 潤澤。此作動詞。❼天步 猶云時運也。❽猶 認可；贊成。❾滮池 水名。一作滮沱，又名冰池、聖水池，在今陝西西安西北。❿嘯 猶今吹口哨。參見〈召南・江有汜〉注。⓫碩人 高大之人，此亦指丈夫。⓬樵 砍柴也。⓭卬 我。⓮煁 可移動之竈，即後世之行竈。⓯勞 憂也。⓰懆懆 憂愁不安貌。⓱邁邁 不悅；恨怒也。⓲鶖 水鳥名。又名禿鶖。

頭頂無毛，性兇猛貪惡，以魚、蛇、鳥雛等為食。⑲鴛鴦　水鳥名。參見〈鴛鴦〉注。⑳戢　插也。參見〈鴛鴦〉注。㉑二三其德　見〈衛風・氓〉。㉒有扁　猶扁扁。有，語助詞。㉓斯石　此石，即乘車墊腳之乘石。㉔履之卑兮　卑兮履之之倒文，言雖卑下，尚蒙踐踩。㉕疷　病也。參見〈無將大車〉注。

【研析】《詩序》曰：「〈白華〉，周人刺幽后也。幽王娶申女以為后，又得褒姒而黜申后。故下國化之，以妾為妻，以孽代宗，而王弗能治，周人為之作是詩也。」後人多從其說，然觀詩文，終未得刺幽之證，而為棄婦之詩則明矣。

詩共八章，每章四句，每章前二句皆為興，後二句則反復申說遭棄之怨苦。首章以菅草尚有白茅捆束，反興己之孤獨無依。二章以菅茅尚有雲露滋潤，反興己之時運不濟而失寵愛。三章以滮池之水澤彼稻田，反興己之不得寵愛，徒增傷悲。四章以桑薪雖善而燒於行竈，用非其所，喻己雖善而遭遺棄。五章以鼓鐘於內而聲聞於外，反興己之衷情不為人所知。六章以禿鶖貪狠而在梁猶有魚食，白鶴溫良反在樹林不得食魚，喻己一片忠情卻反被遺棄。七章以鴛鴦相親相愛，反興丈夫不專其情而失夫婦之和。八章以乘石雖卑，尚為人所踩用，反興己之處境，乘石之不如。本詩多用反興，章法奇特，情詞淒惋，託恨幽深，「至今讀之，猶令人悲咽不能自已。」（方玉潤）

【韻讀】一章：菅、遠，元部。束、獨，屋部。二章：茅、猶，幽部。三章：田、人，真部。四章：煁、心，侵部。五章：外、邁，月部。六章：林、心，侵部。七章：梁、良，陽部。翼、德，職部。八章：卑、疷，支部。

一〇 緜蠻

緜蠻❶黃鳥❷，
止于丘阿❸。
道之云❹遠，
我勞如何？
飲之❺食之，
教之誨之。
命彼後車❻，
謂❼之載之。
緜蠻黃鳥，

小小的黃雀，
落在山丘拐角。
路途長又遠，
知道我有多麼疲勞？
給他喝，給他吃，
教導他，指點他。
命令那後隨的副車，
告訴車伕載上他。
小小的黃雀，

止于丘隅❽。
豈敢憚行？
畏不能趨❾。
飲之食之，
教之誨之。
命彼後車，
謂之載之。

緜蠻黃鳥，
止于丘側。
豈敢憚行？
畏不能極❿。
飲之食之，

落在山丘一角。
我怎敢怕走路？
只怕不能快跑。
給他喝，給他吃，
教導他，指點他。
命令那後隨的副車，
告訴車伕載上他。

小小的黃雀，
落在山丘一旁。
我怎敢怕走路？
只怕不能到達那地方。
給他喝，給他吃，

教之誨之。
命彼後車，
謂之載之。

教導他，指點他。
命令那後隨的副車，
告訴車伕載上他。

【注釋】❶緜蠻 小鳥貌。一說：文彩貌。聯綿詞。❷黃鳥 黃雀。參見〈周南・葛覃〉注。❸丘阿 山坡彎曲處。參見〈衛風・考槃〉考槃在阿注。❹云 語助詞。❺之 指行役者。❻後車 副車，出行時隨行於後備用。❼謂 告也。❽隅 角也。❾趨 疾行。❿極 至也。

【研析】此是行役者不堪勞苦、企盼援助之詩。《詩序》曰：「〈緜蠻〉，微臣刺亂也。大臣不用仁心，遺忘微賤，不肯飲食、教、載之，故作是詩也。」姚際恆《詩經通論》曰：「此疑王命大夫求賢，大夫為咏此詩。」方玉潤《詩經原始》曰：「〈緜蠻〉，王者加惠遠方人士也。」皆與詩文不合，唯朱熹《詩集傳》「此微賤勞苦，而思有所託者」最為近之，今姑從之。

詩共三章，形式複疊。三章一意，反復詠嘆。各章前四句為一層：首二句以黃鳥有止，反興行役無止。三、四兩句抒寫行役路途遙遠，勞頓困苦。後四句又為一層：想像路過仁者，飲而食之、教而誨之、載而送之。

本詩構思巧妙。詩人借行役者用望梅止渴之法，幻想得仁者之助以自慰，曲筆道出其內心之淒苦無奈。意境婉曲深致，樂中見哀。

【韻讀】一章：阿、何，歌部。食，職部；誨、載，之部。職之通韻。二章：隅、趨，侯部。食，職部；誨、載，之部。職之通韻。三章：側、極、食，職部；誨、載，之部。職之通韻。

一一　瓠葉

幡幡❶瓠葉，
采之亨❷之。
君子有酒，
酌言❸嘗之。

有兔斯❹首，
炮❺之燔❻之。
君子有酒，
酌言獻❼之。

隨風掀動的瓠瓜葉，
採摘它，烹煮它。
君子有好酒，
斟一杯來嘗一口。

有野兔的頭，
裹泥燒，用火烤。
君子有好酒，
斟一杯來獻賓客。

有兔斯首，燔之炙❽之。
君子有酒，酌言酢❾之。

有野兔的頭，用火烤，火上薰。
君子有好酒，斟一杯來回敬主人。

有兔斯首，燔之炮之。
君子有酒，酌言醻❿之。

有野兔的頭，用火烤，裹泥燒。
君子有好酒，斟一杯來勸賓客。

【注釋】❶幡幡 猶翩翩，翻動貌。❷亨 古「烹」字。❸言 猶而也。語助詞。❹斯 猶之也。語助詞。❺炮 連毛裹泥煨之。❻燔 肉置火上燒烤。❼獻 指主人酌酒敬賓。❽炙 遠火而薰烤。❾酢 賓客既飲主人獻酒，又酌而回敬主人。❿醻 同「酬」。勸酒。

【研析】此詩美君子宴飲不以物薄廢禮。《詩序》曰：「〈瓠葉〉，大夫刺幽王也。上棄禮而不能行，雖有牲牢饔餼不肯用也。故思古之人不以微薄廢禮也。」詩中毫無刺意，《序》說唯「不以微薄廢禮」六字可取，餘皆傅會之辭。

詩共四章，每章四句，形式複疊。首章以採烹瓠葉起興，其餘三章皆以燔炮兔首起興，總取物薄之意也。各章後二句皆寫飲酒之禮：首章言「嘗」，二章言「獻」，三章言「酢」，四章言「醻」，寫出主賓往來醻酢次序井然且溫馨和諧氛圍。四章四詠「君子有酒」，主人殷勤好客，情意深濃盡含其中。主題鮮明，風格淡雅，詞意蘊藉，是本詩主要特色。

【韻讀】一章：亨、嘗，陽部。二章：首、酒。幽部。燔、獻，元部。三章：首、酒，幽部。炙、酢，鐸部。四章：首、炮、酒、醻，幽部。

一二 漸漸之石

漸漸❶之石，　高峻的山石，
維其高矣。　是那樣的高呀。
山川悠遠，　山高水深路途遙遠，
維其勞矣。　是那樣勞苦呀。

武人❷東征，
不皇朝矣❸。
漸漸之石，
維其卒❹矣。
山川悠遠，
曷❺其沒❻矣？
武人東征，
不皇出矣❼。
有豕白蹢❽，
烝❾涉波❿矣。
月離⓫于畢⓬，

將士東征，
早晚沒有閑工夫呀。
高峻的山石，
是那樣的險呀。
山高水深路途遙遠，
什麼時候走完呀？
將士東征，
沒有工夫去想呀。
有白蹄的豬，
紛紛蹚水呀。
月亮貼近畢星，

俾滂沱⑬矣。　使得大雨嘩嘩下呀。
武人東征，　將士東征，
不皇他⑭矣。　顧不上其他呀。

【注釋】❶漸漸　山石高峻貌。漸，通「嶄」。❷武人　軍人。❸不皇朝矣　言朝夕無閑暇也。皇，古「遑」字，閑暇也。朝，早上，此泛指早晚。❹卒　古「崒」字，高峻也。❺曷　何時。❻沒　盡頭。❼不皇出矣　此與首章「不皇朝」、末章「不皇他」文意互足，言遠征之事勞苦之極，朝夕無暇出於其他，意謂無心治他事也。（從黃焯《毛詩鄭箋平議》）❽蹢　獸蹄。❾烝　眾也。❿波　水波。⓫離　通「麗」。附著也。⓬畢　星名。參見〈大東〉注。按，古人以月離畢為大雨之徵候。⓭滂沱　大雨貌。⓮他　他事也。

【研析】此是周之將士怨嘆東征危苦之詩。《詩序》曰：「〈漸漸之石〉，下國刺幽王也。戎狄叛之，荊舒不至，乃命將率東征，役久病於外，故作是詩也。」唯「乃命將率東征」云云尚切詩旨，餘皆於詩無證。

詩共三章。一、二兩章形式複疊，述山高路遠，征途勞苦。「山川悠遠，維其勞矣」二句，乃全篇之重心。三章述征途之艱險。大雨滂沱，群豬涉水逃亡，蓋記當時實情。方玉潤曰：「雖負塗曳泥之豕，亦眾然涉波而逝，則人民之被水災而幾為魚鼈者可知。」又曰：「四句只須倒說，則文理自順，情景亦真。」（《詩經原始》）本詩互文、倒文並用，造語奇特。末章描摹災異，形象逼真，驚心動魄。

【韻讀】一章：高、勞、朝，宵部。二章：卒、沒、出，物部。三章：波、沱、他，歌部。

一三　苕之華

苕❶之華，
芸其❷黃矣。
心之憂矣，
維其傷矣。

苕之華，
其葉青青。
知我如此，
不如無生。

凌霄開花，
蠟蠟黃喲。
心裏憂愁呀，
是那麼悲傷呀。

凌霄開花，
它的葉子青又青。
早知活得像這樣，
不如不要出生。

牂羊❸墳首❹，　母羊長個大腦袋，
三星❺在罶❻。　三星空把魚簍照。
人可以食，　人們雖然可以吃，
鮮❼可以飽。　很少可以吃得飽。

【注釋】❶苕　木名。藤本蔓生，初夏開花，盛黃色，俗稱凌霄花。❷芸其　猶芸芸，黃盛貌。其，語助詞。❸牂羊　母羊。❹墳首　大頭。羊瘦則顯頭大也。❺三星　即參星。參見〈唐風・綢繆〉注。❻罶　捕魚之簍。罶空無魚而水靜，唯見三星之影。❼鮮　少也。

【研析】此是為饑饉所困者之悲歌。《詩序》曰：「〈苕之華〉，大夫閔時也。幽王之時，西戎、東夷交侵中國，師旅並起，因之以饑饉。君子閔周室之將亡，傷己逢之，故作是詩也。」除「幽王之時」未見於詩，其餘與詩文大致吻合。

詩共三章。一、二兩章形式複疊。首章以苕花盛黃，反興己之憂傷。二章以苕葉青青，反興己之不幸。末章描摹荒年蕭索景象。

詩人筆法簡練精妙。二章「知我如此，不如無生」二句，語極沉痛，不忍卒讀。末章「牂羊墳首，三星在罶」二句造語奇特，「舉一羊而陸物之蕭索可知，舉一魚而水物之凋耗可想。」（王照圓《詩說》）

【韻讀】一章：黃、傷，陽部。二章：青、生，耕部。三章：首、罶、飽，幽部。

一四　何草不黃

何草不黃？
何日不行？
何人不將❶，
經營❷四方？
何草不玄❸？
何人不矜❹？
哀❺我征夫❻，
獨為匪民❼。

哪一種草不枯黃？
哪一天不奔忙？
哪一個人不出差，
去治理四方？
哪一種草不枯黑？
哪一個人不令人憐憫？
可憐呀，我們這些征夫，
偏偏成為那種人。

匪❽兕匪虎，　那犀牛，那老虎，
率❾彼曠野。　在那曠野滿地走。
哀我征夫，　可憐呀，我們這些征夫，
朝夕不暇。　早晚都沒有閑功夫。

有芃❿者狐，　毛茸茸的是狐狸，
率彼幽⓫草。　踩著那滿地深草。
有棧之車⓬，　那簡陋的役車，
行彼周道⓭。　奔馳在那周國國道。

【注釋】❶將　行也。此指服勞役。❷經營　治理。參見〈北山〉注。❸玄　赤黑色。❹矜　憐憫。❺哀　可憐。❻征夫　指從役者。❼匪民　那種人，即行役不息、勞苦不堪之人。匪，通「彼」。❽匪　通「彼」。下同。❾率　循；沿也。❿有芃　猶芃芃，獸毛蓬茸貌。⓫幽　深也。⓬棧之車　即棧車，車箱簡陋，供役使之用，亦稱役車。之，語助詞。⓭周道　周之國道。

【研　析】此是征夫怨忿之詩。《詩集傳》曰：「周室將亡，征役不息，行者苦之，故作是詩也。」甚切詩旨。至《詩序》謂「下國刺幽王」云云，亦於詩未見確證，然可聊備一說。

詩共四章。一、二兩章為一層，兩章形式複疊，皆以草之枯萎興征夫之勞苦。三、四兩章為一層，詩以兕虎芃狐尚得遊於曠野幽草，反興征夫疲於奔命，而無朝夕之暇，禽獸之不如。

本篇四章皆用興，無論正興反興皆聯想自然，貼切形象。詩之構篇亦頗奇特，首章以三「何」字句，對周王不恤民憂、頻繁征役連續責問，起勢突兀，力比千鈞。余培林先生曰：「每章末句為章旨，串聯此末句，則詩義自出，不勞外求也。」（《詩經正詁》）頗得本詩理趣。

【韻　讀】一章：黃、行、將、方，陽部。二章：玄、矜、民，真部。三章：虎、野、夫、暇，魚部。四章：狐、車，魚部。草、道，幽部。

大雅

〈大雅〉三十一篇，多為周族史詩及述王室公卿大夫之詩。大、小〈雅〉之主要區別蓋在此。參見〈小雅〉簡介。

文王之什

一 文王

文王❶在上，
於❷昭❸于天。
周雖舊邦❹，

文王高高在上，
啊！他的神靈在天上顯明。
周家雖然是古國，

其命❺維新。
有周❻不顯❼？
帝命不時❽？
文王陟降❾，
在帝左右。

亹亹❿文王，
令聞⓫不已。
陳錫⓬哉⓭周，
侯⓮文王孫子⓯。
文王孫子，
本支⓰百世。
凡周之士，

新近才獲得天命。
周家威名難道不顯赫？
上帝授命難道不及時？
文王的神靈上升，
陪伴在上帝身旁。

勤勤懇懇的文王，
他的美名遠揚。
上帝一再恩賜周家，
就是文王的子孫。
文王的子孫，
嫡系旁支百代相傳。
凡是周家的百官，

不顯⑰亦世⑱。
世之不顯，
厥猶⑲翼翼⑳。
思㉑皇㉒多士，
生此王國㉓。
王國克㉔生，
維周之楨㉕。
濟濟㉖多士，
文王以寧。
穆穆㉗文王，
於㉘緝熙㉙敬止。

也都世代顯赫。
世世代代顯赫，
他們的謀略恭敬謹慎。
眾多優秀的人材，
在周王國中產生。
王國能使人材產生，
他們是周家的支撐。
擁有眾多美好的人材，
文王就得以安寧。
美好的文王，
啊！光明又恭敬。

假㉚哉天命！
有商孫子。
商之孫子，
其麗㉛不億㉜。
上帝既命，
侯㉝于周服㉞。

侯服于周，
天命靡常㉟。
殷士膚㊱敏，
祼將㊲于京。
厥作㊳祼將，
常服㊴黼冔㊵。

偉大呀，天命！
讓我們佔有了殷商的子孫。
殷商的子孫，
他們人數不止一億。
上帝已經指令，
讓他們服從周國稱臣。

讓他們服從周國稱臣，
天命不會永久不變。
殷商遺民漂亮敏捷，
他們將在京都舉行祼禮。
他們將舉行祼禮，
禮服是殷冠和黼衣。

王之藎臣[41]，
無念爾祖。
無念爾祖，
聿[42]脩厥德。
永言[43]配命，
自求多福。
殷之未喪師[44]，
克配上帝。
宜鑒[45]于殷，
駿[46]命不易。
命之不易，

周王進用的臣子，
不要懷念你們的祖先。
不要懷念你們的祖先，
要修養自己的品德。
永久符合天意，
自我要求便能得到很多福祿。
殷商沒有喪失民眾的時候，
能夠符合上帝的旨意。
應當借鑒殷商，
大命得來實不容易。
大命得來實不容易，

無遏(47)爾躬。
宣昭(48)義問(49)，
有(50)虞(51)殷自天。
上天之載(52)，
無聲無臭(53)。
儀刑(54)文王，
萬邦作(55)孚(56)。

不要在你們身上中斷。
發揚光大美好的聲譽，
又要思考殷商興亡都由天命決定。
上天的事情，
既沒有聲音，也沒有氣味。
效法文王，
天下萬國就會信服你。

【注釋】❶文王　周文王。姓姬名昌，殷紂時居岐山之下，為西方諸侯之長，稱西伯，並遷都於豐。其子武王滅殷後被追尊為文王。❷於　嘆詞。❸昭　顯現。❹舊邦　歷史悠久之國家。周自后稷始封，太王時遷於岐下，有國既久，故稱舊邦。❺命　天命。此作動詞，得天命也。建周之王業始於文王，故曰其命維新。❻有周　即周。有，語助詞。❼不顯　豈不顯赫，意即顯赫也。(從《鄭箋》)❽不時　豈不及時，意即及時也。❾陟降　猶言上升也。此「降」字因「陟」字連類而及，無實義。參見王國維〈與友人論詩書成語書〉。❿亹亹　勤勉。⓫令聞　美譽。⓬陳錫　一再賜予。陳，通「申」。重複也。⓭哉　通「在」。⓮侯　猶維，語助詞。⓯孫子　子孫之倒文。下同。⓰本支　本宗與支系。⓱不顯　大顯。此處之「不」通「丕」，大也。⓲亦世　猶云世代。亦，語助詞。⓳猶　謀略。⓴翼翼　忠敬貌。㉑思　語助詞，無義。

㉒皇　美好。㉓王國　指周國。㉔克　能也。㉕楨　古代築土牆時夾板兩端所立之木柱，引申為支柱、主幹。㉖濟濟　美盛貌。㉗穆穆　美好貌。㉘於　嘆詞。㉙緝熙　光明貌。㉚假　大也。㉛麗　數目。㉜不億　不止億也。㉝侯　乃也。㉞于周服　服于周之倒文。服，臣服也。㉟靡常　無常。㊱膚　美也。㊲祼將　將祼之倒文，將舉行灌祭也。祼，灌祭，即以鬯酒獻尸，尸受酒而澆灌於地之祭祀儀式。㊳作　舉行。㊴常服　指祭祀所穿之禮服。㊵黼冔　繡有黑白相間圖案之禮服及殷商之禮帽。黼，參見〈采菽〉注。㊶藎臣　進用之臣，此指殷士。藎，通「進」。㊷聿　語助詞。㊸言　語助詞。㊹師　民眾。㊺鑒　借鑒。㊻駿　大也。㊼遏　中斷。㊽宣昭　昌明；發揚。㊾義問　猶令聞，美譽也。義，善也。㊿有　通「又」。(51)虞　思慮。(52)載　事也。(53)臭　氣味。(54)儀刑　效法。(55)作　猶則也。(56)孚　信服。

【研　析】此詩追述文王之德，並告誡後人當以殷商為鑒、免蹈覆轍。《詩序》曰：「〈文王〉，文王受命作周也。」雖不為誤，但稍嫌籠統。《詩集傳》謂周公所作，以戒成王，然詩中未見明證，聊備一說而已。

詩共七章。首章言文王之靈昭明於天，上帝授命以周代商。此為全篇總提。二章言文王修德而得天之佑，澤及子孫。三章言文王重視人才培養，此乃立國之本。四章言文王光明恭敬，故上帝命商臣服於周。「緝熙敬止」為詩之重心。五章言商之臣服於周，以見天命無常。六章言應以殷商為鑒，知天命來之不易。七章再言以殷為鑒，章末「儀刑文王，萬邦作孚」二句言當效法文王，點出全篇之旨。《詩集傳》曰：「其於天人之際、興亡之理，丁寧反覆，至深切矣。」

吳闓生《詩義會通》引舊評曰：「通篇大旨以儀刑文王為主，卻借天與殷伴說，遂增無限色澤，無限精神。」孫鑛《批評詩經》曰：「全只述事談理，更不用景物點注，絕去風雲月露之態。然詞旨高妙，機軸渾化，中間轉折變換，略無痕跡，讀之覺神采飛動，骨勁色蒼，真是無上神品。」「機軸渾化」，即謂其整篇構思嚴密也。至「中間轉折變換，略無痕跡」，則得益於詩人善用蟬聯之修辭格，下章之首皆承上章之尾，以致上下連貫、一氣呵成。曹植〈贈白馬王彪〉詩、顏延之〈秋胡行〉等亦用此法。

【韻讀】一章：天、新，真部。時、右，之部。二章：已、子、子、士，之部。世、世，月部。三章：翼、國，職部。生、楨、寧，耕部。四章：止、子、子，之部。億、服，職部。五章：常、京，陽部。冔、祖，魚部。六章：德、福，職部。帝、易，錫部。七章：躬、天，真部。臭、孚，幽部。

二　大明

明明在下，
赫赫❶在上。
天難忱❷斯❸，
不易❹維王。

有光明的德行在人間，
就有榮耀顯現在上天。
天命難以信賴呀，
維持王業不容易。

天位❺殷適❻，
使不挾❼四方。
摯❽仲氏任，
自彼殷商，
來嫁于周，
曰嬪❾于京。
乃及❿王季⓫，
維德之行⓬。
大任⓭有身⓮，
生此文王。
維此文王，

上帝樹立了殷商的仇敵，
使它不再有控制四方的權力。
摯國任家二姑娘，
從那殷商之地，
嫁來我們周國，
在京城做新婦。
於是跟隨王季，
只做有德的事情。
任氏有了身孕，
生下這文王。
這位文王，

小心翼翼。
昭⑮事上帝，
聿⑯懷⑰多福。
厥德不回⑱，
以受方國⑲。
天監⑳在下，
有命既集㉑。
文王初載㉒，
天作之合㉓。
在洽㉔之陽㉕，
在渭㉖之涘㉗。
文王嘉止㉘，

事事小心謹慎。
他用光明的德行事奉上帝，
於是招來許多福氣。
他的品德正直不邪，
因此受到四方諸侯的愛戴。
老天監視下方，
天命已經歸附文王。
文王即位初年，
老天就替他配親。
在洽水的北岸，
在渭河的水旁。
文王讚美她，

大邦㉙有子㉚。

大邦有子，
俔㉛天之妹㉜。
文㉝定厥祥，
親迎于渭。
造舟為梁㉞，
不顯其光。

有命自天，
命此文王，
于周于京㉟。
纘㊱女維莘㊲，

大國有那麼好的姑娘。

大國有那麼好的姑娘，
像是天上下凡的仙女。
卜辭定下了那樁吉祥婚事，
文王親自迎接在渭河旁。
打造船隻做浮橋，
大大顯揚他的榮光。

大命從天上降下，
授命這文王，
在這周國的京城。
美麗的姑娘是莘國人，

長子㊳維行㊴。
篤㊵生武王，
保右㊶命爾，
燮㊷伐大商。

殷商之旅㊸，
其會㊹如林。
矢㊺于牧㊻野：
「維予侯㊼興，
上帝臨㊽女，
無貳㊾爾心！」
牧野洋洋㊿，

這位長女只做有德的事情。
隆重地誕生了武王，
上帝保佑你命令你，
去討伐殷商。

殷商的軍隊，
他們的戰旗密得像森林。
武王在牧的郊野誓師：
「我現在動員起兵，
上帝在察看著你們，
你們不要動搖變心！」
牧的郊野多麼寬廣，

檀車煌煌(51)(52)，　檀木兵車多麼鮮亮，

駟騵(53)(54)彭彭(55)。　四匹白肚大紅馬多麼強壯。

維師(56)尚父(57)，　太師呂尚，

時(58)維鷹揚。　這人勇猛像老鷹飛揚。

涼(59)彼武王，　輔助那武王，

肆(60)伐大商，　迅猛攻打殷商，

會朝(61)清明(62)。　一個早上，天下大亮。

【注釋】❶赫赫　顯盛貌。參見〈節南山〉注。❷忱　信賴。❸斯　語助詞。❹易　容易。❺位　通「立」。（從于省吾《詩經新證》）❻適　通「敵」。（同上）❼挾　控有；控制也。❽摯　殷商之諸侯國名，任姓。其地在今河南汝南東南。因其為殷商之屬國，故下文云「自彼殷商，來嫁于周」。❾嬪　媳婦。此作動詞。❿及　隨；嫁與也。⓫王季　太王之子，文王之父。⓬維德之行　維行德之倒文。言實行仁義之德也。之，指示代詞，複指提賓「德」字。⓭大任　即摯仲氏任。大，古「太」字。⓮身　懷孕。⓯昭　明也。⓰聿　語助詞。⓱懷　招來。⓲不回　不邪僻，即中正也。⓳方國　指四方殷商之諸侯國。⓴監　監視。㉑集　附著；歸向。㉒初載　初年。㉓天作之合　天作合之之倒文。言上天使之配合也。作，做也。合，配合也。㉔洽　古水名。源出陝西合陽西北，東南流入黃河。㉕陽　水之北。㉖渭　水名。㉗涘　水邊。㉘嘉止

讚美。止，語助詞。㉙大邦　大國，此指莘國，莘為小國而言大邦者，敬之也。㉚子　指女兒。按，「文王嘉止，大邦有子」二句倒置。㉛俔　好比。㉜妹　少女。㉝文　指卜辭。㉞梁　橋梁，此指浮橋。㉟于周于京　即于周京。下「于」字足句之用，無實義。㊱纘　通「𡣪」。美也。㊲莘　古國名。姒姓，在今陝西渭南。㊳長子　長女。㊴維行　維德之行之省文。參見⑫。㊵篤　厚；重也。㊶右　古「佑」字。㊷燮通「襲」。襲擊。㊸旅　軍隊。㊹會　通「旝」。旌旗。㊺矢　通「誓」。㊻牧　古地名。在今河南新鄉之郊。㊼侯　猶乃也，語助詞。㊽臨　監視。㊾貳　不專一；有二心。㊿洋洋　廣大貌。51檀車　指檀木所造之兵車。參見〈杕杜〉注。52煌煌　鮮明貌。53駟　當作「四」。54騵　赤身白腹之馬。55彭彭　壯盛貌。56師　太師。57尚父　人名。即呂尚，姓姜，俗稱姜太公。父，古代男子之美稱。58時　通「是」。此也。59涼　輔助。60肆　迅猛。一說：縱兵。61會朝　一早。62清明　指政治清正光明。一說：天氣晴朗。

【研　析】此詩述周武王受天命克商，並推本其父母文王太姒、祖父母王季太任皆有聖德，故受天之佑並非偶然。《詩序》曰：「〈大明〉，文王有明德，故天復命武王也。」與詩文大致相合。

全詩共八章，皆一章六句一章八句交叉組成，別具一格。首章言天人感應，唯明德可保天命，殷商失德而失天命。此為全篇之綱領。二章述王季、太任維德是行，故有文王。三至五章述文王修養德行，故天作之合，迎娶太姒並受方國。六至八章述文王受天命而生武王，武王受天命而興師伐商。全篇以「肆伐大商，會朝清明」作結，與首章前後呼應。

詩人謀篇善作鋪墊。本詩以寫武王克商為主，卻鋪敘閑文推本及祖，以明淵源有自，即所謂「明明在下，赫赫在上」也。詩之首尾最為精妙，吳闓生《詩義會通》曰：「首章先憑虛慨嘆，神理至為妙遠。天位二句，借殷車作指點，以喝起下文，而恰與後半收束處密合無間，古今之至文也。」末二章抒寫牧野之戰，寥寥數筆，戰場之廣，殷旅之眾，周師之勇，取勝之速，皆繪聲繪色一展眼前，非大手筆不能臻此。

【韻讀】一章：上、王、方，陽部。二章：商、京、行、王，陽部。三章：翼、福、國，職部。四章：集、合，緝部。涘、止、子，之部。五章：妹、渭，物部。梁、光，陽部。六章：天、莘，真部。王、京、行、王、商，陽部。七章：旅、野、女，魚部。林、心，侵部；興，蒸部。侵蒸合韻。八章：洋、煌、彭、揚、王、商、明，陽部。

三　緜

緜緜❶瓜瓞❷，	大瓜小瓜綿延不絕，
民❸之初生，	周民創業當初，
自土❹沮❺漆❻。	從杜水遷到漆水。
古公亶父❼，	古公亶父，
陶❽復❾陶穴❿，	掏窯挖洞，

未有家室⑪。
古公亶父，
來朝⑫走馬⑬，
率⑭西水滸⑮，
至于岐下⑯。
爰及姜女⑰，
聿⑱來胥⑲宇⑳。

周原㉑膴膴㉒，
堇荼㉓如飴㉔。
爰始爰謀，
爰契㉕我龜。

還沒有房屋居住。
古公亶父，
一早趕馬，
沿著漆水西岸，
來到岐山腳下。
於是和妃子太姜，
來把住地勘察。

岐周原野多麼肥沃，
苦菜堇荼像飴糖一樣甜美。
於是開始謀劃，
於是鑽刻我的龜版。

曰止㉖曰時㉗，
築室于茲。

迺㉘慰迺止㉙，
迺左迺右，
迺疆㉚迺理㉛，
迺宣㉜迺畝㉝，
自西徂東，
周㉞爰㉟執事。

乃召司空㊱，
乃召司徒㊲，

卜辭說可以居住，挺合適，
可在這裏修築宮室。

於是就安心居住，
於是左邊右邊都住滿，
於是劃定田界治理田地，
於是疏通溝渠整治田壟，
從西到東，
人人都在從事勞動。

於是召來掌管建築的司空，
於是召來掌管勞力的司徒，

俾立室家。
其繩則直，
縮版[38]以載[39]，
作廟翼翼[40]。
捄[41]之陾陾[42]，
度[43]之薨薨[44]，
築[45]之登登[46]，
削屢[47]馮馮[48]。
百堵[49]皆興，
鼛鼓[50]弗勝[51]。
迺立皋門[52]，

讓他們修造宮室。
那測量用的繩子拉得筆直，
紮緊築板樹立起來，
建起祖廟方正嚴實。
鏟土裝籠的聲音楞楞，
填土的聲音轟轟，
夯土的聲音登登，
削平鼓包的聲音呼呼。
百堵土牆都樹起，
大鼓擂個不停。
於是建起外城門，

皋門有伉[53]；
迺立應門[54]，
應門將將[55]；
迺立冢土[56]，
戎醜[57]攸行。

肆[58]不殄[59]厥[60]慍，
亦不隕[61]厥問[62]。
柞棫[63]拔矣，
行道兌[64]矣，
混夷[65]駾[66]矣，
維其喙[67]矣。

外城門雄偉高大；
於是建起宮殿正門，
宮殿正門挺拔高聳；
於是建起供祭祀的大社，
大眾於是可以發動。

於是既不消除對混夷的仇恨，
也不廢止對鄰國的聘問。
柞樹棫樹拔除乾淨，
道路暢通無阻，
混夷驚駭奔逃，
是那樣疲憊困頓。

虞芮[68]質厥成[69]，
文王蹶[70]厥生[71]。
予[72]曰有疏附[73]，
予曰有先後[74]，
予曰有奔奏[75]，
予曰有禦侮[76]。

虞芮二國請求評判紛爭，
文王感動了他們的天性。
我有血親親疏的大臣，
我有前後輔佐的大臣，
我有奔走宣傳的大臣，
我有抵禦外敵的大臣。

【注釋】❶緜緜　綿延不絕貌。❷瓞　小瓜。❸民　指周民。❹土　通「杜」。水名，在陝西杜陽南。❺沮　通「徂」。往；到也。❻漆　水名，在陝西省漆縣西。❼古公亶父　周文王之祖父，初居豳，因不堪戎狄侵擾，率部族遷至岐山下，定國號曰周，後周人追尊為太王。❽陶　通「掏」。❾復　古「𥨫」字。從旁開挖之窯洞。❿穴　指窯洞。⓫家室　指房屋宮室。下同。⓬來朝　猶云一早。⓭走馬　驅馬。⓮率　循；沿也。⓯水滸　指漆水岸邊。⓰岐下　岐山之下。岐山，在今陝西省岐山縣。⓱姜女　指古公亶父之妃，姓姜，亦稱太姜。⓲聿　語助詞。⓳胥　察看。⓴宇　居住之地。㉑周原　周地之原野。㉒膴膴　肥沃貌。㉓堇荼　皆苦菜名。㉔飴　飴糖；麥芽糖。㉕契　刻也。㉖止　居住。㉗時　善；宜也。㉘迺　同「乃」。下同。㉙迺慰迺止　慰止，皆為安居之義。㉚疆　劃定田界。㉛理　整治田地。㉜宣　疏通溝渠。㉝畝　田畝。此作動詞，整治田壟。㉞周　普遍。㉟爰　語助詞。㊱司空　掌營造之官。㊲司徒　掌土地戶口及力役之官。(38)縮版　纏束築板。(39)載　通「栽」。樹立。(40)翼翼　嚴正貌。(41)捄　盛土之籠。此作動詞，盛土入籠也。(42)陾陾　盛土聲。(43)度　投；填也。(44)薨薨　投土聲。(45)築　擣土使堅，今謂夯也。(46)登登　擣土聲。(47)屢　通「塿」。指土牆隆起處。(48)馮馮　削土聲。(49)堵　古代築牆單位。參見〈小雅·鴻鴈〉注。(50)鼛鼓　大鼓。參見〈鼓鍾〉注。(51)弗勝　猶言不止。(52)皋門　古代王都之外城門。(53)有伉　猶伉然，高大貌。(54)應門　王宮之正門。(55)將將　亦高大貌。(56)冢土　即大社，祭祀土神處。(57)戎醜　大眾。(58)肆　故；遂也。(59)殄　杜絕。(60)厥　其也，此指混夷。下句「厥」字指鄰國。(61)隕　廢棄；喪失也。(62)問　聘問。(63)棫　木名。又名白桵，叢生，有刺。(64)兌　暢通。(65)混夷　亦作昆夷。即西戎、鬼方，古代西部少數民族名。(66)駾　驚駭奔突。(67)喙　通「瘃」。疲困也。(68)虞芮　皆古國名。虞在今山西平陸東北。芮在今山西芮城西。(69)質厥成　言請求公斷二國之爭端。質，評斷。成，平也，指爭端之平息。虞、芮二君爭田，久而不平，乃往求文王評斷。入周之境，見耕者讓畔，行者讓路，仕者讓位，於是慚而自息其爭。(70)蹶　感動。(71)生　古「性」字。本性。(72)予　文王自稱。(73)疏附　指親疏之臣。(74)先後　指左右之臣。(75)奔奏　指奔走宣揚之臣。(76)禦侮　指抵禦外侮之臣。

【研　析】此詩追述太王古公亶父始遷岐周、以開王業之功。《詩序》曰：「〈緜〉，文王之興，本由大王也。」甚是。

詩共九章。首章述周民創業維艱，至亶父尚穴居無屋。起句「緜緜瓜瓞」，興王業綿延不絕，已盡一篇之意。二章述古公亶父率部族遷徙岐下。三至七章述岐周富饒，亶父規劃田地，大興土木，周民安居樂業。八章述文王繼亶父之業，國力強盛，混夷逃竄。九章述文王德高望重，外有鄰國歸附、內有良臣輔弼。

本詩章法奇巧多變，開闔自如。前七章皆述太王遷岐事，「歷歷詳備，舒徐有度」，至第八章「則如駿馬下阪，將近數百年事數語收盡，筆力絕雄勁、絕有態，顧盼快意」（孫鑛《批評詩經》）。八章起首之「肆」字，為全詩轉換，然上下銜接了無痕跡。末章以四「予曰」句排比收結，氣勢不凡。方玉潤曰：「收筆奇肆，亦饒姿態。」（《詩經原始》）

【韻讀】 一章：瓞、漆、穴、室，質部。二章：父、馬、滸、下、女、宇，魚部。三章：膴，魚部；飴、謀、龜、時、茲，之部。魚之合韻。四章：止、右、理、畝、事，之部。五章：徒、家，魚部。直、翼，職部；載，之部。職之通韻。六章：陾、薨、登、馮、興、勝，蒸部。七章：伉、將、行，陽部。八章：慍、問，文部。拔、兌、駾、喙，月部。九章：成、生，耕部。附、後、侮，侯部；奏，屋部。侯屋通韻。

四　棫樸

芃芃❶棫樸❷，　棫樹樸樹多麼茂盛，
薪之槱❸之。　砍下來堆起它燃燒祭神。
濟濟❹辟王❺，　周王的儀容多麼端莊，
左右趣❻之。　左右大臣都來投奔。

濟濟辟王，
左右奉⑦璋⑧。
奉璋峨峨⑨，
髦士⑩攸宜。

淠⑪彼涇⑫舟，
烝⑬徒楫⑭之。
周王于邁⑮，
六師⑯及⑰之。

倬⑱彼雲漢⑲，
為章⑳于天。
周王壽考㉑，

周王的儀容多麼端莊，
左右大臣都來捧璋。
捧璋的禮儀盛大莊嚴，
俊秀的人士行禮得當。

那船兒在涇水中行駛，
大家一起把槳划。
周王出兵去征伐，
六軍一起跟隨他。

那銀河多麼明亮，
在天幕上畫了一道文彩。
周王長壽，

遐㉒不作㉓人？　哪能不培養人才？
追琢㉔其章㉕，　他們的儀容像經過雕琢一樣華美，
金玉其相㉖。　他們的內質像金玉一樣精粹。
勉勉㉗我王，　勤勤懇懇我們的周王，
綱紀㉘四方。　他治理著四方。

【注釋】❶芃芃　茂盛貌。❷棫樸　皆木名，叢生。棫，參見〈緜〉注。❸槱　積木焚之以祭神也。❹濟濟　儀容美盛貌。❺辟王　指周文王。辟，君也。❻趣　趨赴；奔向也。❼奉　古「捧」字。❽璋　一種用作符信之貴重玉器，形似玉圭之半。參見〈小雅・斯干〉。❾峨峨　盛大莊嚴貌。❿髦士　俊秀之士，此指助祭之諸侯、卿士。⓫淠　船行貌。⓬涇　水名。見〈邶風・谷風〉注。⓭烝　眾也。⓮楫　槳也。此作動詞，划船也。⓯邁　行也，此指征伐。⓰六師　六軍也。周制，天子六軍，諸侯大國三軍。一萬二千五百人為軍。⓱及　隨從。⓲倬　光明貌。⓳雲漢　銀河。⓴章　文彩。㉑壽考　長壽。㉒遐　通「胡」。何也。㉓作　培養。㉔追琢　雕琢。追，通「雕」。㉕章　指外表、氣度。㉖相　本質。㉗勉勉　勤勉貌。㉘綱紀　治理。

【研析】此詠周王育才得人之詩。《詩序》曰：「〈棫樸〉，文王能官人也。」大體不誤，然

繫之文王，詩無明據，又不可遽加否定，姑存以待證。

詩共五章。首章總言周王德盛則人心歸附。芃芃棫樸則薪之焚之，興濟濟周王則左右趣之。二章言周王有俊士助祭。三章言周王有武士助戰。淠舟眾人楫之，興周王六軍隨之。四章言周王培育人才。「遐不作人」乃全詩重心。雲漢為章於天，興周王樹人於朝。六章言人才文質俱備，乃周王綱紀四方之本。

本詩前三章先言周王得人，後二章始言周王樹人，此乃倒敘之法也。吳闓生《詩義會通》引舊評曰：「倬彼四句，高華。追琢四句，典麗。」

【韻讀】一章：樸，幽部；趣，侯部。幽侯合韻。二章：王、璋，陽部。峨、宜，歌部。三章：楫、及，緝部。四章：天、人，真部。五章：章、相、王、方，陽部。

五 旱麓

瞻彼旱❶麓❷，
榛楛❸濟濟❹。
豈弟❺君子❻，
干❼祿豈弟。

瞧那旱山的腳下，
榛樹楛樹許許多多。
和樂平易的君子，
求得福祿多麼快樂。

瑟❽彼玉瓚❾，
黃流❿在中。
豈弟君子，
福祿攸⓫降。

鳶⓬飛戾⓭天，
魚躍于淵。
豈弟君子，
遐不作人⓮？

清酒既載⓯，
騂牡⓰既備。
以享⓱以祀，

潔淨光亮的玉勺，
裏面盛著黃澄澄的香酒。
和樂平易的君子，
福祿降臨給他。

鷂鷹飛到天邊，
魚兒跳躍在深水。
和樂平易的君子，
哪能不培育人才？

清酒已經擺設，
祭祀用的紅毛牛已經備好。
用來祭祀，用來獻神，

以介景福⑱。 用來求得大福。

瑟彼柞棫⑳， 那柞樹棫樹多麼潔淨，

民所燎㉑矣。 百姓燃燒它祭神。

豈弟君子， 和樂平易的君子，

神所勞㉒矣。 神靈會來保佑。

莫莫㉓葛藟㉔， 茂密繁盛的葛藤，

施于條枚。 在樹枝上蔓延。

豈弟君子， 和樂平易的君子，

求福不回㉕。 求福的道路不邪。

【注釋】❶旱 山名。在今陝西南鄭西南。❷麓 山腳。❸楛 木名。叢生，似荊，色赤。❹濟濟 眾多貌。❺豈弟 和樂平易。❻君子 此指周王。❼干 求也。❽瑟 潔淨鮮明貌。❾玉瓚 古代祭祀舀酒澆地之器，玉柄銅勺。❿黃流　即秬鬯。用黑黍合香草所釀之酒，芳香濃郁，多供祭祀之用。⓫攸　乃也。語助詞。⓬鳶　鴟鷹。參見〈小雅·四月〉注。⓭戾　至也。⓮遐不作人　見〈棫樸〉注。⓯載　陳設。⓰騂牡　赤毛公牛。參見〈信南山〉注。⓱享　祭祀。⓲介　求也。⓳景福　大福。⓴柞棫　皆木名。參見〈緜〉注。㉑燎　指焚柴祭天。㉒勞　猶保佑也。㉓莫莫　茂盛貌。參見〈周南·樛木〉注。㉔葛藟　葛藤。參見〈周南·樛木〉注。㉕回　邪僻。

【研　析】此詩詠周王祭神求福。《詩序》曰：「〈旱麓〉，受祖也。周之先祖，世修后稷、公劉之業。大王、王季申以百福干祿焉。」謂「受祖」，大致不誤，然繫之太王、王季亦於詩無據。

詩共六章。首章以旱麓榛楛之眾，興君子求福之多，為全詩總提。二章以玉瓚黃流讚君子祭祀之虔誠。三章讚君子重視培育人才。「鳶飛戾天，魚躍于淵」，蓋象徵天地萬物皆得其性也。四章以清酒騂牡讚君子祭祀之潔盛。五章以燎柴祭神讚君子祭祀之隆盛。六章以葛藟蔓延茂盛，喻王業興盛不衰。全詩以「豈弟君子，求福不回」作結，讚君子求福有道，此為全詩主旨所在。

【韻　讀】一章：濟、弟，脂部。二章：中、降，冬部。三章：天、淵、人，真部。四章：載、祀，之部；備、福，職部。之職通韻。五章：燎、勞，宵部。六章：藟、枚、回，微部。

六 思齊

思齊❶大任❷，
文王之母。
思媚❸周姜❹，
京室❺之婦。
大姒❻嗣❼徽音❽，
則百斯男❾。
惠❿于宗公⓫，
神⓬罔時⓭怨，
神罔時恫⓮。

端莊誠敬的太任，
她是文王的母親。
德行美好的周姜，
她是王室的媳婦。
太姒繼承她們好聲譽，
於是兒孫滿堂。
文王順從先祖，
先祖的神靈沒有怨恨，
先祖的神靈沒有悲傷。

刑⑮于寡妻⑯，
至于兄弟，
以御⑰于家邦。

雝雝⑱在宮，
肅肅⑲在廟。
不顯亦臨，
無射亦保⑳。

肆㉑戎疾㉒不殄㉓？
烈假㉔不瑕㉕？
不聞亦式㉖，
不諫亦入㉗。

他在妻子面前作出榜樣，
並且影響到兄弟，
也用這種方法治理國家。

他在宮殿裏和諧快樂，
他在祖廟裏肅穆莊嚴。
他用光明的德行感化人們，
他安撫百姓從不厭倦。

所以大疫哪能不絕？
大災哪能不滅？
他不用推薦就採用賢才，
他不用勸諫就採納好意見。

肆成人有德，
小子㉘有造㉙。
古之人㉚無斁㉛，
譽髦㉜斯士。

所以成人都有道德，
少年兒童都有作為。
已故的文王永不滿足，
這些人都是有好聲譽的英才。

【注釋】❶思齊　莊敬；誠敬也。思，語助詞，下同。齊，通「齋」。❷大任　見〈大明〉注。❸思媚　美好。❹周姜　即太姜，古公亶父之妃，王季之母。❺京室　王室。❻大姒　即太姒，文王之妃。❼嗣　繼承。❽徽音　美譽。❾百斯男　言生男之多也。斯，猶其也。❿惠　順從。⓫宗公　宗廟先公，即祖宗。⓬神　指先祖之神靈。⓭罔時　猶無所。（從馬瑞辰《通釋》）⓮恫　悲痛。⓯刑　古「型」字，法也。此作動詞，示範也。⓰寡妻　正妻。⓱御　治理。⓲雝雝　和悅貌。⓳肅肅　肅敬貌。⓴不顯亦臨二句　言文王以光明德行示人，保民而無倦。不顯，豈不顯明也。參見〈文王〉注。射，通「斁」。厭倦。亦，語助詞。㉑肆　故也。㉒戎疾　大疫。㉓殄　絕也。參見〈緜〉注。㉔烈假　大病。烈，通「癘」。假，通「瘕」。㉕瑕　止也。㉖式　用；採用。㉗入　採納。㉘小子　指少年兒童。㉙造　成就；作為。㉚古之人　指文王。㉛斁　厭；滿足。㉜譽髦　有美譽而英俊。

【研析】此是讚頌文王美德之詩。《詩序》曰：「〈思齊〉，文王所以聖也。」甚得詩旨。《詩集傳》曰：「此亦歌文王之德，而推本言之。」尤為明晰。

詩共五章。首章言「周室三母」之德，而重在文王之母太任，以見文王聖德有自。二、三兩章言文王事神虔敬，治人有則。四、五兩章言文王修養德行之效：災疫消弭，人才輩出，政通人和。

本詩結構嚴整，詩人從淵源、事神、治人、選賢、納言、育才諸端抒寫文王美德，故雖篇幅不長，但文王形象具體而生動。姚際恆曰：「皆選言而出，精工練淨。」（《詩經通論》）

【韻讀】一章：母、婦，之部。音、男，侵部。二章：公、恫、邦，東部。妻、弟，脂部。三章：宮、臨，侵部。廟，宵部；保，幽部。宵幽合韻。四章：式，職部；入，緝部。職緝合韻。五章：造，幽部；士，之部。幽之合韻。

七 皇矣

皇❶矣上帝，　　光明正大呀，上帝，
臨❷下有赫❸。　　俯視人間目光明亮。
監觀四方，　　祂觀察四方，
求❹民之莫❺。　　以求百姓生活安定。
維此二國❻，　　只是這夏商二國，

其政不獲⑦。
維彼四國⑧，
爰究⑨爰度⑩。
上帝耆⑪之，
憎其式廓⑫；
乃眷⑬西顧，
此⑭維與宅⑮。

作⑯之屏⑰之，
其菑⑱其翳⑲；
脩之平⑳之，
其灌㉑其栵㉒；
啟之辟之，

它們的國政不得人心。
那四方的諸侯國，
上帝於是考慮，於是審度。
上帝厭惡殷商，
憎恨它惡政擴大；
於是回頭注意西方的岐周，
只有這裏可以住下。

砍伐它，除去它，
那些直立或倒地的枯樹；
修剪它，整治它，
那些灌木，那些栵樹；
開墾它，鏟除它，

其檉㉓其椐㉔；
攘之剔㉕之，
其檿㉖其柘㉗。
帝遷㉘明德，
串夷載路㉙。
天立厥配㉚，
受命既固。

帝省㉛其山㉜，
柞棫㉝斯拔，
松柏斯兌㉞。
帝作邦作對㉟，
自大伯㊱王季㊲。

那些檉柳，那些椐樹；
除掉它，剔去它，
那些山梨樹，那些黃梨樹。
上帝把心移向有光明德行的人，
混夷就敗走。
上天扶立那配天命的君王，
他接受天命國家鞏固。

上帝視察那座岐山，
柞樹棫樹已經拔除，
松樹柏樹已經長得筆直。
上帝建立周國又立配天的君王，
自從太伯、王季開始。

維此王季，
因㊳心則友㊴。
則友其兄，
則篤㊵其慶㊶。
載㊷錫㊸之光，
受祿無喪㊹，
奄有㊺四方。

維此王季，
帝度其心。
貊㊻其德音，
其德克明。
克明克類㊼，

這位王季，
依著本心就能友愛。
就能友愛他的兄長，
就能增多周家的福祿。
上帝就賜予榮光，
接受福祿不喪失，
他能統治四方。

這位王季，
上帝忖度他的心。
默認他的美名，
他的美德能夠是非分明。
能夠是非分明，能夠分辨善惡，

克長克君。
王此大邦[48]，
克順克比[49]。
比于文王，
其德靡悔。
既受帝祉[50]，
施[51]于孫子[52]。

帝謂文王：
「無然畔援[53]，
無然歆羨[54]，
誕[55]先登于岸[56]。」
密[57]人不恭，

能夠作為師長，能夠作為君王。
統治這個大國，
能使人民順從親附。
親附於文王，
他的德行沒有遺恨。
他接受上帝賜福，
傳給他的子子孫孫。

上帝對文王說：
「不要這樣專橫，
不要這樣貪婪，
要先登上那高岸。」
密國人不恭順，

敢距大邦，
侵阮徂共[58]。
王赫[59]斯[60]怒，
爰整其旅[61]，
以按[62]徂旅[63]，
以篤于周祜[64]，
以對[65]于天下。

依其在京，
侵自阮疆[66]。
陟我高岡，
「無矢[67]我陵[68]，
我陵我阿[69]；

敢於和我們大國對抗，
侵犯阮國，又去侵犯共國。
文王勃然大怒，
於是整頓軍隊，
來阻止侵犯莒國的敵軍，
來增加周家的福祿，
來天下揚名。

鎬京發兵聲勢浩大，
自從密人侵犯阮國。
登上我的高崗，
「不要在我的丘陵陳兵，
我的丘陵，我的大山；

無飲我泉，
我泉我池！」
度(70)其鮮(71)原，
居岐之陽，
在渭之將(72)。
萬邦之方(73)，
下民之王。

帝謂文王：
「予懷(74)明德，
不大(75)聲(76)以色(77)，
不長(78)夏(79)以革(80)。
不識(81)不知(82)，

不要喝我的泉水，
我的泉水，我的池水！」
測量那小山和平原，
定居在岐山的南方，
在渭河河旁。
周國是萬國的榜樣，
周王是百姓的君王。

上帝對文王說：
「我心向德行光明的人，
他不重視言語和容貌，
他不崇尚侈大和急速。
他不表現識見，不作聰明，

順帝之則。」
帝謂文王：
「詢爾仇方(83)，
同爾兄弟，
以爾鉤援(84)，
與爾臨(85)衝(86)，
以伐崇(87)墉(88)。」
臨衝閑閑(89)，
崇墉言言(90)。
執訊(91)連連(92)，
攸馘(93)安安(94)。
是(95)類(96)是禡(97)，

一切順從上帝的準則。」
上帝對文王說：
「和你的友邦商量，
聯合你的兄弟，
用你的雲梯，
和你的臨車、衝車，
來攻打崇國的城牆。」
臨車、衝車強盛，
崇國城牆高大。
捉拿活俘接連不斷，
割下敵屍左耳從容不迫。
於是祭天，於是祭神，

是致(98)是附(99)，
四方以無侮。
臨衝茀茀(100)，
崇墉仡仡(101)。
是伐是肆(102)，
是絕是忽(103)，
四方以無拂(104)。

於是招致他們，於是安撫他們，
四方不敢來欺侮。
臨車、衝車強盛，
崇國城牆高大。
於是攻擊它，於是突擊它，
於是消滅它，於是滅絕它，
四方不敢有違抗。

【注釋】❶皇　光明；偉大。❷臨　俯視。❸有赫　猶赫赫也，明察貌。❹求　尋求；關注。❺莫　古「寞」字。靜；安定也。❻二國　指夏、商。❼不獲　不得人心。❽四國　指四方諸侯之國。❾究　探求。❿度　審度。⓫者　憎惡。⓬式廓　擴大。式，語助詞。⓭眷　回頭看。⓮此　指岐周。⓯宅　居住。⓰作　通「柞」。砍除。⓱屏　除去。⓲菑　直立之枯樹。⓳翳　倒地之枯樹。⓴平　整治。㉑灌　灌木。㉒栵　木名。即栭櫟，樹矮小，子如細栗。㉓檉　木名。又名河柳，生於河旁，莖赤色。㉔椐　木名。又名靈壽木，樹節腫大，可作馬鞭、手杖。㉕剔　除去。㉖檿　木名。又名山桑，可做弓幹。㉗柘　木名。又名黃桑，葉可餵蠶。㉘遷　轉移。㉙串夷載路　言混夷敗走也。串夷，同「混夷」。古代西部少數民族。載，則也。路，失敗也。㉚配　指與天配德之人，即君王。㉛省　視察。㉜山　指岐山。㉝柞棫　皆木名。參見〈緜〉注。(34)兌　直立。(35)對　猶配，指配天之君王。(36)大伯　即太伯，古公亶父之長子。(37)王季　即季歷，古公亶父之少子，周文王之父。(38)因　依也。(39)友　友愛。(40)篤　多也。(41)慶　福也。(42)載　則也。(43)錫　賜也。(44)喪　喪失。(45)奄有　全部擁有。(46)貊　通「貘」。靜；默認也。(47)類　善也。(48)大邦　指周國。(49)比　親附。(50)祉　福也。(51)施　延及。(52)孫子　子孫之倒文。(53)畔援　猶跋扈，強橫也。(54)歆羨　貪求。(55)誕　語助詞。(56)岸　高岸。(57)密　古國名。亦稱密須，在今甘肅靈臺西。(58)阮共　皆周之屬國，並在今甘肅涇川。(59)赫　盛怒貌。(60)斯　猶其也。語助詞。(61)旅　軍隊。(62)按　阻止；遏制也。(63)旅　通「莒」。古國名，在今甘肅靈臺。密人實侵阮、共、莒三國，因行文不便，上文僅出阮、共二國，於此始見莒（旅）國。(64)祜　福也。(65)對　遂；安定也。(66)依其在京二句　言自密人侵阮，文王即於周京興兵，其勢強盛。二句倒文。依其，強盛貌。依，通「殷」。其，猶「然」。(67)矢　陳兵。(68)陵　土山。(69)阿　大土山。(70)度　度量。(71)鮮　通「巘」。與大山不相連續之小山。(72)將　通「牆」。引申為旁側。(73)方　法則；榜樣也。(74)懷　眷念；歸向也。(75)大　重視。(76)聲　聲音；言語。(77)色　指容貌。(78)長　崇尚。(79)夏　大也。(80)革　通「急」。急速也。(81)識　識見。(82)知　古「智」字。(83)仇方　友邦。仇，匹；伴侶也。(84)鉤援　鉤梯；雲梯也。古代攻城工具，梯端有鉤，可援引而上。(85)臨　臨車。蓋似後世之樓車，可居高臨下，攻陷敵城。(86)衝　衝車。可衝擊城牆，使其潰破。(87)崇　古國名。在今陝西西安灃河沿岸。(88)墉　城牆。(89)閑閑　強盛貌。(90)言言　高大貌。(91)訊　俘虜。參見〈小雅・出車〉注。(92)連連　連續不斷，言其多也。(93)馘　敵屍之左耳，割以計功。此作動詞。(94)安安　從容貌。(95)是　於是。(96)類　古「禷」字。出師時祭祀天神。(97)禡　行軍所止之處祭祀天神。(98)致　招致。(99)附　安撫。(100)茀茀　強盛貌。(101)仡仡　高大貌。仡，通「圪」。(102)肆　突擊；襲擊。(103)是絕是忽　絕忽，皆消滅之意。(104)拂　違命。

【研　析】《詩序》曰：「〈皇矣〉，美周也。天監代殷莫若周，周世世修德莫若文王。」《詩集傳》曰：「此詩敘大王、大伯、王季之德，以及文王伐密、伐崇之事。」二說皆是，唯《詩序》偏重文王而已，可互相參補。

詩共八章。首章言上帝棄夏商而顧周家。此為全篇總提。二章敘太王遷岐闢土立國之艱辛；上帝以為其德光明，能配天命。三章敘王季紹繼太王之業，友愛兄長，故能受福上帝，統治四方。四章緊承三章，言王季能明辨是非善惡，能勝任師長、君王，末乃遞及文王。五章敘文王出兵救助阮、共、莒三國，名揚天下。六章敘文王驅敵，定居岐山之南、渭水之濱，為萬國之榜樣。七章敘文王奉上帝之命討伐崇國。八章敘文王滅崇，天下大服。

孫鑛《批評詩經》曰：「長篇繁敘，規模閎闊，筆力甚馳騁縱放；然卻有精語為之骨，有濃語為之色，可謂兼終始條理。此便是後世歌行所祖。以二體論之，此尤近行。」頗能概括本篇藝術特色。

【韻　讀】一章：赫、莫、獲、度、廓、宅，鐸部。二章：屏、平，耕部。翳，質部；栵，月部。質月合韻。辟、剔，錫部。椐、固，魚部；柘、路，鐸部。魚鐸通韻。三章：拔、兌，月部。對，物部；季，質部。物質合韻。兄、慶、光、喪、方，陽部。四章：心、音，侵部。類，物部；比，脂部。物脂合韻。悔、祉、子，之部。五章：援、羨、岸，元部。恭、邦、共，東部。怒、旅、旅、祜、下，魚部。六章：京、疆、岡，陽部。阿、池，歌部。陽、將、方、王，陽部。七章：德、色、革、則，職部。王、方、兄，陽部。衝、墉，東部。八章：閑、言、連、安，元部。附、侮，侯部。茀、仡、忽、拂，物部；肆，質部。物質合韻。

八 靈臺

經始❶靈臺❷，
經之營❸之。
庶民攻❹之，
不日❺成之。
經始勿亟❻，
庶民子來❼。
王在靈囿❽，
麀❾鹿攸❿伏。
麀鹿濯濯⓫，

開始建造靈臺，
測量它，規劃它。
百姓都來建造它，
不多幾天建成啦。
開始測量不著急，
百姓像兒子一樣來幫忙。
文王在園林遊賞，
母鹿公鹿在地上臥躺。
鹿兒個個膘肥有光，

白鳥翯翯⑫。
王在靈沼⑬，
於⑭牣⑮魚躍。
虡⑯業⑰維樅⑱，
賁鼓⑲維鏞⑳。
於論㉑鼓鐘，
於樂辟廱㉒。
於論鼓鐘，
於樂辟廱。
鼉鼓㉓逢逢㉔，
矇瞍㉕奏公㉖。

白鳥的羽毛潔白閃亮。
文王在池塘邊遊賞，
啊！魚兒跳躍滿塘。
鐘架有立柱橫板，板上刻有崇牙，
架起大鼓，懸著大鐘。
啊！多有次序，鼓和鐘，
啊！多麼歡樂，在學宮。
啊！多有次序，鼓和鐘，
啊！多麼歡樂，在學宮。
鼉皮鼓鼓聲咚咚，
盲樂師奏樂慶賀成功。

【注　釋】❶經始　始經之倒文。經，度量規劃也。❷靈臺　相傳周文王所築之觀景臺，亦用於觀測天象。故址在今陝西西安秦社鎮。❸營　規劃。❹攻　建造。❺不日　不多日。❻亟　急也。❼子來　言以子事父之心而來。子，名詞作狀語，表示對人之態度。❽囿　古代帝王畜養禽獸之園林。❾麀　母鹿。❿攸　語助詞。⓫濯濯　肥而有光澤貌。⓬翯翯　潔白貌。⓭沼　池塘。⓮於　嘆詞。下同。⓯牣　滿也。⓰虡　懸掛鐘磬立架兩側之柱。⓱業　置鐘磬立架橫木之鋸齒狀大板，作裝飾之用。⓲樅　指業上所刻之鋸齒，亦稱崇牙。⓳賁鼓　大鼓。⓴鏞　大鐘。㉑論　通「倫」。有條理；有順序也。㉒辟廱　周代為貴族子弟所設之大學。校址呈圓形，四周環水如璧。辟，古「璧」字。㉓鼉鼓　以鼉（即揚子鱷）皮所蒙之鼓。㉔逢逢　鼓聲。㉕矇瞍　皆盲人之稱。古代樂官由盲人擔任，故「矇瞍」又為樂官之代稱。㉖奏公　為成功而奏樂。

【研　析】此詩述文王建造靈臺，並讚頌其德澤人民，恩及禽獸。《詩序》曰：「〈靈臺〉，民始附也。文王受命，民樂其有靈德，以及鳥獸昆蟲焉。」大旨不誤。

詩共四章。首章言文王建造靈臺，民情踴躍。二章言文王遊於苑囿，禽獸各適其性。三、四兩章言文王於學宮設樂慶功。

本詩重在讚頌文王美德，然詩中無一「德」字，全用事實從側面抒寫，具體而形象。詩人善於摹寫物情，細緻入微。孫鑛《批評詩經》曰：「鹿善驚，今乃伏；魚沉水，今乃躍；總是形容其自得，不畏人之意。」

【韻　讀】一章：營、成，耕部。亟，職部；來，之部。職之通韻。二章：囿、伏，職部。濯、翯、躍，藥部。三章：樅、鏞、鐘、廱，東部。四章：鐘、廱、逢、公，東部。

九 下武

下武❶維周，
世有哲❷王。
三后❸在天，
王❹配于京。

王配于京，
世德❺作求。
永言配命，
成❻王之孚❼。

繼承先祖事業只有周家，
世世代代有明智的國君。
三位君王的神靈在天上，
武王配合天命在鎬京。

武王配合天命在鎬京，
他追求先祖的德行。
他永遠能配合天命，
成就君王的威信。

成王之孚，
下土之式⑧。
永言孝思，
孝思維則。

媚⑨茲⑩一人⑪，
應⑫侯⑬順德。
永言孝思，
昭哉嗣服⑭。

昭茲⑮來許⑯，
繩⑰其祖武。
於⑱萬斯⑲年，

成就君王的威信，
他是在下百姓的榜樣。
他永遠孝順思念先生，
孝順思念先王是他的準則。

人們愛戴這武王，
他用美好的德行回應。
永遠孝順思念先王，
光明磊落呀，繼承先王事業的人。

光明磊落呀，後來的繼承人，
繼承先祖的足跡。
啊，千年萬年，

受天之祜⑳。　　子孫後代享受天賜的禍祿。

受天之祜，　　子孫後代享受天賜的福祿，

四方來賀。　　四面八方都來祝賀。

於萬斯年，　　啊，千年萬年，

不遐㉑有佐？　　怎會沒人輔佐？

【注　釋】❶下武　言後人繼承先祖也。武，足跡也，引申為繼承。❷哲　明智。❸三后　指太王、王季、文王。后，王也。❹王　此指武王。❺世德　累世所積之德，即先祖之德也。❻成　成就。❼孚　信譽；威信。❽式　法式；榜樣。❾媚　愛也。❿茲　此也。⓫一人　天子，此指武王。⓬應　回應；回報。⓭侯　語助詞。⓮嗣服　繼承先祖之事業。服，事也。⓯茲　通「哉」。⓰來許　猶言來者，此指武王。許，通「御」。進也。（從胡承珙《後箋》）⓱繩　繼承。⓲於　嘆詞。⓳斯　語助詞。⑳祜　福也。㉑不遐　猶云何不。遐，通「胡」。何也。

【研　析】此詩頌武王上能繼先祖之德，配合天命；下能恩澤子孫，傳世萬年。《詩序》曰：「〈下武〉，繼文也。武王有聖德，復受天命，能昭先人之功焉。」大體可信。

詩共六章。首章言武王在周京能配合天命。首二句「下武維周，世有哲王」為全詩總提。

二章言武王能效法先祖，樹立威信。三章緊承上章，言武王以孝順思念先祖為準則。四章言武王受民愛戴，以德相報。五章言武王能繼承祖業，世代受福。六章言四方來賀，世代得助。

詩人圍繞武王繼德配天反復詠頌，詩中多用蟬聯格，章間首尾相連，語氣條暢通貫。三四兩章各以第三句「永言孝思」相蟬聯；四章末句「昭哉嗣服」與五章首句「昭茲來許」實變文而同義，此皆蟬聯之變格也。

【韻讀】一章：王、京，陽部。二章：求、孚，幽部。三章：式、則，職部。四章：德、服，職部。五章：許、武、祜，魚部。六章：賀、佐，歌部。

一〇　文王有聲

文王有聲❶，
遹❷駿❸有聲。
遹求厥❹寧，
遹觀厥❺成，
文王烝❻哉！

文王有美好的名聲，
真大呀，他有好名聲。
他尋求百姓生活安寧，
他盼望事業獲得成功。
文王真是個好國君呀！

文王受命，
有此武功。
既伐于⑦崇⑧，
作邑于豐⑨。
文王烝哉！

築城⑩伊⑪淢⑫，
作豐伊匹⑬。
匪棘⑭其欲，
遹追來孝⑮。
王后⑯烝哉！

王公⑰伊濯⑱，

文王接受了天命，
才有這樣的戰功。
既討伐了邘國和崇國，
又在豐建造了都城。
文王真是個好國君呀！

築城牆，挖城河，
建造豐城真相稱。
不是急於滿足自己的慾望，
是為了追思祖先表達孝心。
文王真是個好國君呀！

文王功業那樣顯著，

維豐之垣[19]。
四方攸同[20]，
王后維翰[21]。
王后烝哉！
豐水[22]東注，
維禹之績[23]。
四方攸同，
皇王[24]維辟[25]。
皇王烝哉！
鎬京[26]辟廱[27]，
自西自東，

像是豐城高高的城牆。
四面八方都來歸向，
文王是天下的支柱。
文王真是個好國君呀！
豐水向東流入黃河，
這是大禹的功勞。
四面八方都來歸向，
偉大的武王是天下的榜樣。
偉大的武王真是好國君呀！
武王遷都鎬京，設立學堂，
從西方到東方，

自南自北，
無思㉘不服。
皇王烝哉！

考卜維王㉙，
宅㉚是鎬京。
維龜正㉛之，
武王成之。
武王烝哉！

豐水有芑㉜，
武王豈不仕㉝？
詒厥孫謀，

從南方到北方，
沒有誰不歸服。
偉大的武王真是個好國君呀！

武王占卜問卦，
決定定居在這鎬京。
神龜作指示，
武王來完成。
武王真是個好國君呀！

豐水有水芹，
武王難道沒有事情？
他留給子孫謀略，

以燕翼子㉞。
武王烝哉！

來保護輔助他們。
武王真是個好國君呀！

【注　釋】❶聲　聲譽；名聲。❷遹　語助詞，無義。❸駿　大也。❹厥　猶其也，此指代人民。❺厥　此指代王業。❻烝　美也。❼于　古「邘」字。諸侯國名，在今河南沁陽邘臺鎮。一說：介詞。❽崇　諸侯國名，參見〈皇矣〉注。❾豐　古「酆」字。地名，在今陝西西安豐水西。❿城　城牆。⓫伊　為也。⓬淢　護城河。⓭匹　相配。⓮棘　通「急」。⓯來孝　對祖先之孝思。來，往也。（從王引之《經義述聞》）一說：語助詞。⓰王后　君王，此指文王。后，國君也。⓱公　通「功」。⓲濯　美大；顯著。⓳垣　牆也。此指城牆。⓴同　同心往歸。㉑翰　通「幹」。立柱也。參見〈小雅・桑扈〉注。㉒豐水　水名，源出陝西咸陽南之秦嶺，流經酆、鎬之間，東北流入渭河，又合而注入黃河。㉓績　功績。㉔皇王　指武王。皇，大也。㉕辟　法則。㉖鎬京　西周王都，周武王所建，在今陝西長安斗門鎮。㉗辟廱　見〈靈臺〉注。㉘思　語助詞。㉙考卜維王　維王考卜之倒文。謂武王問之於龜卜也。考，問也。㉚宅　定居。㉛正　指示；決定。㉜芑　菜名，即水芹。㉝仕　通「事」。㉞詒厥孫謀二句　謂武王留給子孫謀略，以輔翼之也。二句互文。詒，遺也。燕，安也。

【研　析】此詩美文王伐崇都豐、武王滅紂都鎬之功。《詩序》曰：「〈文王有聲〉，繼伐也。武王能廣文王之聲，卒其伐功也。」大旨不誤。

詩共八章。首章言文王有美譽。開門見山，點明題旨。二章言文王受天命而伐邘、崇，營建豐邑。三章言文王建豐邑乃孝思先祖之舉。四章言文王功業顯著，為天下支柱。五章言武王繼文王之功，四方歸附。「豐水東注」，蓋興武王遷鎬。六章言武王遷鎬，建辟廱，天下大服。七章倒敘武王卜居鎬京。八章言武王深謀遠慮，為輔翼子孫而遺留謀略。

本篇前四章敘文王之功，後四章敘武王之功，文武對舉，脈絡分明。詩中文法多變，方玉潤《詩經原始》曰：「八句煞腳中，前兩章言『文王』，後兩章言『武王』；中間四章，二言『王后』，二言『皇王』，則又變矣。不獨此也。言文王者，偏曰『伐崇』、『武功』，言武王者，偏曰『鎬京辟廱』，武中寓文，文中有武。不獨兩聖兼資之妙，抑亦文章幻化之奇，則更變中之變矣。」八章皆以讚語「烝哉」結尾，頌揚之聲不絕於耳。

【韻 讀】一章：聲、聲、寧、成，耕部。哉，之部。與以下各章遙韻。二章：功、豐，東部。三章：淢、匹，質部。欲、孝，幽部。四章：垣、翰，元部。五章：績、辟，錫部。六章：廱、東，東部。北、服，職部。七章：王、京，陽部。正、成，耕部。八章：芑、仕、謀、子，之部。

生民之什

一 生民

厥初❶生民❷，
時❸維姜嫄❹。
生民如何？
克禋克祀❺，
以弗❻無子。
履帝武❼敏❽歆❾，
攸❿介⓫攸止。

當初誕生周人，
就是這位姜嫄。
她怎樣誕生周人？
她能燒柴祭神，
用來消除不孕。
她踩著上帝腳印有了感應，
於是獨居，於是休息，

載震[12]載夙[13]，
載生載育。
時維后稷[14]。

誕[15]彌[16]厥月，
先生[17]如[18]達[19]。
不坼不副[20]，
無菑[21]無害。
以赫[22]厥靈，
上帝不寧？
不康禋祀[23]？
居然[24]生子。

她懷了孕，就生活肅敬，
她生下了孩子，
這就是后稷。

她懷孕足月，
頭胎生得很順利。
產門不傷裂，
沒有任何災難。
上帝顯示那靈異，
他怎會不讓人安寧？
姜嫄祭祀怎會不隆盛？
因此她平安生下了兒子。

誕寘㉕之隘巷，
牛羊腓㉖字㉗之。
誕寘之平林㉘，
會㉙伐平林。
誕寘之寒冰，
鳥覆翼之。
鳥乃去矣，
后稷呱㉚矣。
實覃㉛實訏㉜，
厥聲載㉝路。
誕實匍匐㉞，
克岐克嶷㉟，

她把后稷拋棄在小巷，
牛羊來庇護，給他餵奶。
她把后稷拋棄在平原的樹林裏，
正巧碰上砍伐樹林。
她把后稷拋棄在寒冷的冰層上，
鳥兒就用翅膀來遮護。
鳥兒才飛去，
后稷就哇哇地啼哭。
啼哭的聲音很長很大，
那聲音響徹道路。
后稷開始爬行，
他能自己站立，

以就口食。
蓺㊱之荏菽㊲，
荏菽旆旆㊳。
禾役㊴穟穟㊵，
麻麥幪幪㊶，
瓜瓞㊷唪唪㊸。
誕后稷之穡㊹，
有相㊺之道。
茀㊻厥豐草，
種之黃㊼茂。
實方㊽實苞㊾，
實種㊿實褎(51)。

去找東西來吃。
他種下大豆，
大豆生長茂盛。
禾穗沉甸甸，
麻麥長勢旺，
瓜果結得多。
后稷種植五穀，
他有助長的訣竅。
拔除那茂密的野草，
栽種的莊稼金黃繁茂。
穀粒開始長殼、打苞，
種籽發芽，禾苗漸漸長高。

實發實秀52，
實堅53實好，
實穎54實栗55。
即56有邰57家室。

誕降嘉種，
維秬58維秠59，
維穈60維芑61。
恆62之秬秠，
是穫是畝63。
恆之穈芑，
是任64是負。
以歸肇65祀。

禾苗拔節，開始揚花，
灌漿飽滿，穀粒美好，
禾穗累累下垂。
他到邰邑建家立業。

上帝賜給后稷良種，
是黑黍，是高產的黑黍，
是紅苗黍，是白苗黍。
他遍地種上優良的黑黍，
於是收穫，於是堆積田頭。
他遍地種上紅苗黍白苗黍，
於是肩挑，於是背走。
他回家開始準備祭祀。

誕我祀如何？
或舂[66]或揄[67]，
或簸或蹂[68]。
釋[69]之叟叟[70]，
烝[71]之浮浮[72]。
載謀載惟[73]，
取蕭[74]祭脂[75]，
取羝[76]以軷[77]。
載燔[78]載烈[79]，
以興嗣歲[80]。
卬[81]盛于豆[82]，
于豆于登[83]。

我該怎樣祭祀？
有的擣米，有的舀出，
有的簸糠，有的揉搓。
淘米的聲音叟叟，
蒸米的熱氣騰騰。
於是商量思考，
拿來香蒿和牛羊脂膏，
捉來公羊祭祀路神。
把肉放在火上熏烤，
以求來年興旺豐收。
我把祭品盛木豆，
盛木豆，盛瓦登。

其香始升，上帝居歆84。
胡85臭86亶87時？后稷肇祀。
庶88無罪悔，以迄于今。

祭品的香氣開始上升，上帝安然享用。
為什麼氣味這樣芳香？是后稷開始了祭祀。
但願子孫沒有罪過沒有後悔，平平安安直到今天。

【注釋】❶厥初　其始；當初。❷民　指周人。❸時　通「是」。此也。❹姜嫄　傳說為有邰氏之女，高辛氏之妃，后稷之母。嫄，亦作原，取本原之義。今人以為，其或為原始時代母系社會某氏族之女酋長也。❺克禋克祀　禋祀，祭祀。禋，焚柴升煙以祭天，亦泛指祭祀。❻弗　通「祓」。以祭祀除災。❼武　足跡。❽敏　通「拇」。指大腳趾。❾歆　有感而心動。❿攸　乃；於是。⓫介　猶云別居。⓬震　通「娠」。懷孕。⓭夙　通「肅」。肅敬；嚴肅。⓮后稷　周族始祖，姓姬，名棄。傳說曾任堯舜之農官。⓯誕　語助詞。⓰彌　滿也。⓱先生　首生；頭胎。⓲如　通「而」。⓳達　順利。⓴不坼不副　坼副，皆指產門破裂。㉑菑　同「災」。㉒赫　顯示。㉓不康禋祀　禋祀不康之倒文，言祭祀豈不豐盛乎。康，大也；豐也。㉔居然　安然。㉕寘　同「置」。棄置。㉖腓　庇護。㉗字　餵乳。㉘平林　平原之樹林。㉙會　恰逢。㉚呱　嬰兒啼哭聲。㉛覃　長也。㉜訏　大也。㉝載　滿也。㉞匍匐　爬行。聯綿詞。㉟克岐克嶷岐嶷，站起。一說：懂事。㊱蓺　古「藝」字。種植。㊲荏菽　大豆。㊳旆旆　盛長貌。㊴役　通「穎」。禾穗。㊵穟穟　禾穗下垂貌。㊶幪幪　茂盛貌。㊷瓞　小瓜。參見〈緜〉注。㊸唪唪　茂盛貌，此形容果實盛多也。唪，通「菶」。㊹穡　指種植五穀。㊺相　助長。㊻茀　拔除。㊼黃　指穀物色澤金黃。㊽方　通「房」。指穀物長殼甲。㊾苞　指禾苗含苞。㊿種　指種籽發芽。51褎　禾苗漸長貌。52秀　開始結穗。53堅　指穀粒灌漿飽滿。54穎　指禾穗下垂貌。55栗　猶栗栗，成熟貌。56即　往也。57邰　古國名，在今陝西武功西南，相傳后稷封於此。58秬　黑黍。59秠　良種黍，一殼含二米。60穈　亦良種黍，初生時莖葉赤色。61芑　亦良種黍，初生時莖葉微白。62恆　通「亘」。遍也。63畝　田畝，此作動詞，堆積於田畝。64任　肩挑。65肇　始也。66舂　擣米。67揄　從臼中舀出擣成之米。68蹂　通「揉」。揉搓米粒。69釋　淘米。70叟叟　淘米聲。71烝　古「蒸」字。72浮浮　蒸汽上升貌。73惟　思慮。74蕭　香蒿；艾草。75祭脂　用於祭祀之牛羊脂膏。76羝　公羊。77軷　祭祀路神。78燔　燒烤肉食。79烈　串肉架於火上烤炙。80嗣歲　來年。81卬　我也。82豆　古食器名，多為木製。參見〈豳風·伐柯〉籩豆注。83登　亦古食器名，其形制與豆相似，唯多以瓦製。84居歆　安享。歆，鬼神享受祭品之香氣也。85胡　何也。86臭　香氣。87亶　誠也。88庶　幸；或可也。

【研　析】此是敘周之始祖后稷事跡之詩。《詩序》曰：「〈生民〉，尊祖也。后稷生于姜嫄，文武之功起于后稷，故推以配天焉。」與詩文尚切合。

詩共八章。一、二兩章述后稷誕生之靈異。三章言上帝顯靈，姜嫄平安生子。四章言后稷自幼聰穎，有擅長農藝之天才。五章承四章，述后稷有功於農業，遂受封於邰邑。六章述上帝賜良種，后稷穫豐收而創立祀典。七章述后稷祭祀虔誠，以求來年豐收。八章緊承七章，述上帝享受祭祀，保佑后稷子孫平安。

本詩通篇層次井然，奇致疊出。孫鑛《批評詩經》曰：「次第鋪敘，不惟記其事，兼貌其狀，描摹入纖，絕有境有態。」

【韻讀】一章：民，真部；嫄，元部。真元合韻。祀、子、敏、止，之部。夙、育，覺部；稷，職部。覺職合韻。二章：月、達、害，月部。靈、寧，耕部。祀、子，之部。三章：字，之部；翼，職部。之職通韻。林、林，侵部；冰，蒸部。侵蒸合韻。去、呱、訏，魚部；路，鐸部。魚鐸通韻。四章：匐、嶷、食，職部。旆，月部；穟，物部。月物合韻。幪、唪，東部。五章：道、草、茂、苞、褎、秀、好，幽部。栗、室，質部。六章：秠、芑、秠、畝、芑、負、祀，之部。七章：揄，侯部；蹂、叟、浮，幽部。侯幽合韻。惟，微部；脂，脂部。微脂合韻。軷、烈、歲，月部。八章：登、升，蒸部；歆、今，侵部。蒸侵合韻。時、祀、悔，之部。

二 行葦

敦❶彼行葦，　　路邊蘆葦一叢叢，
牛羊勿踐履。　　牛羊啊，不要踩踏它。
方❷苞❸方體，　　它正破土含苞在長莖，

維葉泥泥[4]。
戚戚[5]兄弟，
莫遠具[6]爾[7]。
或肆[8]之筵，
或授之几[9]。
肆筵設席[10]，
授几有緝御[11]。
或獻或酢[12]，
洗爵[13]奠[14]斝[15]。
醓醢[16]以薦，

葉子柔嫩光滑。
兄弟之間多麼親密，
不疏遠，都很親近。
有的在鋪席，
有的端上案几。
著地鋪竹席，上面加草席，
端上案几動作麻利。
有的敬酒，有的回敬，
洗杯斟酒放在案几。
獻上有汁的肉醬，

或燔⑰或炙⑱。
嘉殽脾⑲臄⑳，
或歌或咢㉑。

敦弓㉒既堅，
四鍭㉓既鈞㉔。
舍矢既均㉕，
序賓以賢㉖。

敦弓既句㉗，
既挾四鍭。
四鍭如樹，
序賓以不侮㉘。

有人燒烤，有人熏烤。
美味有牛肚牛舌頭，
有人唱歌，有人把鼓敲。

畫弓多麼強勁，
四支箭多麼勻稱。
放箭支支射中，
優勝者請為上賓。

畫弓已經拉滿，
四支箭已經夾住。
四箭中靶像是用手栽種，
謙恭有禮的請為上座。

曾孫㉙維主，
酒醴維醹㉚。
酌以大斗㉛，
以祈黃耇㉜。
黃耇台背㉝，
以引㉞以翼㉟。
壽考維祺㊱，
以介㊲景福㊳。

孝孫是東道主，
米酒很醇厚。
用大勺舀酒，
來祈求長壽。
長壽老人，
攙扶他們，給他們引路。
長壽就是吉祥，
為他們祈求大福。

【注釋】❶敦　叢生貌。❷方　正當；正在。❸苞　指蘆葦初生時之苞。❹泥泥　柔嫩潤澤貌。泥，通「苨」。❺戚戚　親密貌。❻具　古「俱」字。皆也。❼爾　古「邇」字。近也。❽肆　陳設。❾几　長條形矮腳木桌，老者可依靠休息。❿設席　指在筵席上複加一席，即重席也，古代以示尊重。⓫緝御　敏捷貌。一說：指更替之侍者。⓬或獻或酢　獻酢，主人敬酒、客人回敬。參見〈小雅・瓠葉〉注。⓭爵　古代青銅酒器名，有流、柱、鋬，三足，狀如雀。⓮奠　置放。⓯斝　亦青銅酒器名，形制似爵，唯圓口而無注。此斝實即上文之爵，變文協韻避複耳。⑯醓醢　有汁之肉醬。醢，肉醬。醓，醢之汁。⑰燔　燒烤肉食。⑱炙　熏烤肉食。⑲脾　通「膍」。牛胃，俗稱牛百葉。⑳臄　牛舌。㉑咢　擊鼓而不歌。㉒敦弓　有畫飾之弓。敦，通「彫」。畫也。㉓鍭　一種有金屬箭頭之箭。㉔鈞　通「均」。均衡。㉕均　皆也，指皆射中。㉖賢　賢才，此指優勝者。㉗句　通「彀」。張滿弓弩。㉘不侮　不怠慢。此指對待射不中者之態度。㉙曾孫　指孝孫，主祭者也。㉚醹　醇厚。㉛斗　取酒之勺，長柄。㉜黃耇　老者，此指長壽。㉝台背　通「鮐背」。亦指長壽之老者。老人背有鮐文，故稱。㉞引　引導。㉟翼　扶持。㊱祺　吉祥。㊲介　求也。㊳景福　大福。

【研　析】此是周代貴族宴飲兄弟族親之詩。《詩序》曰：「〈行葦〉，忠厚也。周家忠厚，仁及草木，故能內睦九族，外尊事黃耇，養老乞言，以成其福祿焉。」唯「能內睦九族」二語尚可取，餘多傅會之辭。

詩共八章。首章以呼牛羊勿踐行葦起興，蓋以行葦喻兄弟族親之情義，故須格外珍惜。二章述設宴之始，重心在「戚戚兄弟」一句。三、四兩章述宴席豐盛，獻酢有序。五、六兩章言射禮程序，重心則在抒寫射德。七、八兩章述敬老愛老，為老者祝福。

本詩首章以比興開篇，為〈大雅〉所罕見。「四鍭如樹」描摹四箭貫靶，極為形象，堪稱妙筆。全詩洋溢濃濃親情。

【韻　讀】一、二章：葦，微部；履、體、泥、弟、爾、几，脂部。微脂合韻。三、四章：席、御、酢、炙、臄、咢，鐸部；斝，魚部。鐸魚通韻。五、六章：堅、鈞、均、賢，真部。句、鍭、樹、侮，侯部。七、八章：主、醹、斗、耇，侯部。背、翼、福，職部。

三 既醉

既醉以酒，
既飽以德❶。
君子❷萬年，
介爾景福❸。
既醉以酒，
爾殽既將❹。
君子萬年，
介爾昭明❺。

您用美酒讓我們喝醉，
您用恩惠讓我們飽享。
祝您長壽萬年，
祈求賜您大福。
您用美酒讓我們喝醉，
您的菜肴已經捧上。
祝您長壽萬年，
祈求您前途光明。

昭明有融❻，
高朗❼令終❽，
令終有俶❾。
公尸❿嘉告⓫。
其告維何？
籩豆⓬靜⓭嘉，
朋友⓮攸攝⓯，
攝以威儀⓰。
威儀孔時⓱，
君子有孝子。
孝子不匱⓲，

前途光明，燦爛輝煌，
光明的開端就有美好的結果，
美好的結果就有良好的開端。
先祖的代言人有美好祝願。
他祝願什麼？
盛在竹籩木豆裏的祭品美好，
朋友們都來幫助祭祀，
幫助祭祀按照祭祀禮儀。
祭祀禮儀很得體，
您有孝子繼承。
孝子不會窮盡，

永錫⑲爾類⑳。
其類維何？
室家之壼㉑。
君子萬年，
永錫祚胤㉒。
其胤維何？
天被㉓爾祿。
君子萬年，
景命㉔有僕㉕。
其僕維何？

上帝永遠賜您好福氣。
那是什麼好福氣？
王室將昌盛興旺。
祝您長壽萬年，
永遠賜您子孫福祿。
您的子孫將怎樣？
上帝要加給你們福祿。
祝您長壽萬年，
天命在您身上依附。
天命怎麼依附？

釐㉖爾女士㉗。　　它要賜給您的兒女。
釐爾女士，　　它要賜給您的兒女，
從以孫子㉘。　　以及您的子孫。

【注釋】❶德　恩情；恩惠。❷君子　蓋指周王。❸介爾景福　見〈行葦〉注。❹將　捧而進獻。❺昭明　光明。❻有融　猶融融，光明貌。有，語助詞。❼高朗　猶昭明，極光明也。朗，明也。❽令終　善終；好結果。❾俶　始也。❿公尸　裝扮先祖而受祭者。公，先祖也。⓫嘉告　善言，即所謂嘏辭。以下各章皆巫祝代尸所致之嘏辭。⓬籩豆　皆食器名。參見〈豳風・伐柯〉注。⓭靜　通「靖」。善；美也。⓮朋友　指助祭者。⓯攝　輔佐。此指助祭。⓰威儀　指祭祀之禮節。⓱孔時　甚善。⓲匱　竭盡。⓳錫　賜也。⓴類　善也。㉑壼　宮殿之巷道，引中為廣大，此作動詞。㉒祚胤　胤祚之倒文，子孫之福也。胤，指子孫。㉓被　覆；加也。㉔景命　大命；天命。㉕僕　附著。㉖釐　賜予。㉗女士　士女之倒文，猶言男女。㉘孫子　子孫之倒文。

【研　析】此是周王祭畢宴飲群臣，群臣借公尸嘏辭祝頌周王之詩。《詩序》曰：「〈既醉〉，太平也。醉酒飽德，人有士君子之行焉。」泛混而不切詩文。

詩共八章，一、二兩章形式複疊，讚周王酒美恩厚，祝周王長壽大福。「既飽以德」，造語警策。三章讚周王善始善終，末句以「公尸嘉告」承上啟下。以下五章借公尸嘏辭祝頌周王：四章讚祭品佳美，祭祀有儀。五章讚周王孝子不絕。六章讚天賜王室昌盛。七、八兩章言天賜大命於周王子孫。

通篇祝頌，不忘一個「德」字。各章首尾多為蟬聯，結構緊密，文氣條暢。其後四章之蟬聯又變為問答形式，使文意層層遞進，語言搖曳多姿。

【韻讀】一章：德、福，職部。二章：將、明，陽部。三章：融、終，冬部。俶、告，覺部。四章：何、嘉、儀，歌部。五章：時、子，之部。匱、類，物部。六章：壼、胤，文部；年，真部。文真合韻。七章：祿、僕，屋部。八章：士、士、子，之部。

四　鳧　鷖

鳧鷖❶在涇❷，
公尸❸來燕❹來寧。
爾❺酒既清，
爾殽既馨。
公尸燕飲，
福祿來成。

鷗鳥在直直的河上飛翔，
公尸來赴宴安享。
您的酒清洌，
您的菜噴香。
公尸赴宴飲酒，
福祿就能成就。

鳧鷖在沙，
公尸來燕來宜❻。
爾酒既多，
爾殽既嘉。
公尸燕飲，
福祿來為❼。

鳧鷖在渚❽，
公尸來燕來處❾。
爾酒既湑❿，
爾殽伊脯⓫。
公尸燕飲，
福祿來下⓬。

鷗鳥在沙灘上飛翔，
公尸來赴宴安享。
您的酒很多，
您的菜味美。
公尸赴宴飲酒，
福祿就能成全。

鷗鳥在小洲飛翔，
公尸來赴宴安享。
您的酒已經濾清，
您的菜是那肉脯。
公尸赴宴飲酒，
福祿就能降臨。

鳧鷖在潨⑬，
公尸來燕來宗⑭。
既燕于宗⑮，
福祿攸降。
公尸燕飲，
福祿來崇⑯。

鳧鷖在亹⑰，
公尸來止熏熏⑱。
旨酒欣欣⑲，
燔炙⑳芬芬。
公尸燕飲，
無有後艱。

鷗鳥在水鄉河網飛翔，
公尸來到宗廟赴宴。
來到宗廟赴宴，
福祿就會從天降。
公尸赴宴飲酒，
福祿於是堆積像山頭。

鷗鳥在峽口飛翔，
公尸到來興致勃勃。
美酒飄香，
烤肉芬芳。
公尸赴宴飲酒，
今後沒有災殃。

【注　釋】❶鳧鷖　水鳥名。即鷗，又名水鴞，白羽長翼，居於湖海。鳧，野鴨也，此為類名，鷖屬鳧類，故「鳧鷖」即鷖，非言鳧、鷖二鳥也。❷涇　直流之水也。❸公尸　見〈既醉〉注。❹燕　通「宴」。赴宴也。❺爾　指主人。❻宜　安；安享。❼為　猶助也，此為成全之意。❽渚　水中小洲。❾處　安也。❿湑　濾清。參見〈小雅・伐木〉注。⓫脯　乾肉。⓬下　降臨。⓭潀　水流交匯之處。⓮宗　宗廟。一說：尊奉也。⓯宗　宗廟。⓰崇　積聚之多。⓱亹　兩山對峙，中間通水之處，因如門戶，故稱。⓲熏熏　酒香貌。熏，古「薰」字。按，俞樾《群經平議》疑此「熏熏」與下句「欣欣」當互易，是也。⓳欣欣　喜悅貌。⓴燔炙　見〈行葦〉注。

【研　析】此是周王正祭次日宴飲公尸之詩。《詩序》曰：「〈鳧鷖〉，守成也。太平之君子能持盈守成，神祇祖考安樂之也。」頗與詩文不切，置之可也。

詩共五章，形式複疊。五章一意，皆述周王迎公尸於宗廟宴飲，酒香肴嘉，以求福祿來降，無後災之憂。各章首二句皆以鳧鷖起興，蓋喻公尸之來。「在涇」、「在沙」、「在渚」、「在潀」、「在亹」，無非換字協韻，別無深意可見。本篇與上篇〈行葦〉為姊妹篇，全詩反復詠唱，情意懇切。

【韻　讀】一章：涇、寧、清、馨、成，耕部。二章：沙、宜、多、嘉、為，歌部。三章：渚、處、湑、脯、下，魚部。四章：潀、宗、宗、降、崇，冬部。五章：亹、熏、欣、芬、艱，文部。

五 假樂

假❶樂君子❷！
顯顯令德❸。
宜民宜人❹，
受祿于天。
保右命之，
自天申之❺。
干祿百福❻，
子孫千億。
穆穆皇皇❼，

美好呀，快樂呀，天子！
您的美德那麼顯明。
您善於領導人民，
從上天領受福祿。
上天保佑您，把天命授給您，
並且一再降福給您。
祈求福祿成百上千，
子孫成千上萬。
您恭敬光明，

宜君宜王。
不愆⑧不忘，
率由⑨舊章。

威儀抑抑⑩，
德音秩秩⑪。
無怨無惡，
率由群匹⑫。
受福無疆，
四方之綱⑬。

之⑭綱之紀，
燕⑮及朋友⑯。

適宜稱王稱君。
您沒有過失，也不遺忘，
一切遵循先王的典章。

您儀表風度端莊優美，
您的美譽多麼清明。
您不抱個人私怨，
一切遵從群臣的意見。
您領受的福祿沒有止境，
您是四方的法度。

這個法度，
可以使大臣平安。

百辟⑰卿士⑱，　　諸侯卿士，
媚⑲于天子。　　愛戴天子。
不解⑳于位，　　他們不荒廢自己的職位，
民之攸塈㉑。　　百姓於是能夠安息。

【注釋】❶假　通「嘉」。美也。❷君子　此指周王。❸令德　美德。❹宜民宜人　宜，適宜。民人，即人民。此作動詞，管理人民也。❺保右命之二句　言天一再保佑、授命於周王也。上下二句互文。申，重複也。❻干祿百福　祈求百祿，祈求百福也。干，求也。於祿言干，於福言百，互文也。（從陳奐《傳疏》）❼穆穆皇皇　恭敬、光明貌。❽愆　過失。❾率由　遵循；遵守。❿抑抑　慎密；美好貌。參見〈小雅・賓之初筵〉注。⓫秩秩　清明貌。一說：有序貌。參見〈秦風・小戎〉注。⓬群匹　此指群臣。匹，類也；眾也。⓭綱　總領；法度。⓮之　是；此也。⓯燕　通「安」。⓰朋友　此指群臣。⓱百辟　眾諸侯。辟，君也。⓲卿士　周王朝主管王政之大臣，猶後世之宰相。⓳媚　愛戴。⓴解　古「懈」字。懈怠；懶惰。㉑塈　休息。

【研　析】此是群臣讚美天子之詩。《詩序》曰：「〈假樂〉，嘉成王也。」謂嘉美成王，於詩無據，然大旨不誤，其讚美天子，應無可疑。

詩共四章。首章讚天子美德顯明，受命於天。此為全詩總提。二章讚天子遵循先王舊典。三章讚天子遵從大臣。四章讚天子安撫群臣，群臣則皆能盡職。方玉潤《詩經原始》曰：「此等詩無非奉上美詞，若無『不解于位』，則近諛矣。」可謂一針見血。

【韻讀】一章：子，之部；德，職部。之職通韻。人、天、命、申，真部。二章：福、億，職部。皇、王、忘、章，陽部。三章：抑、秩、匹，質部。疆、綱，陽部。四章：紀、友、士、子，之部。位、塈，物部。

六 公劉

篤❶公劉❷！
匪居匪康❸。
迺❹埸迺疆❺，
迺積❻迺倉。
迺裹餱糧❼，
于橐❽于囊❾。
思輯❿用⓫光，

忠厚呀，公劉！
他不貪圖安逸。
於是規劃田界，
於是積聚糧食。
於是裝灌乾糧，
在那大大小小的糧袋。
他想團結人民，把國威發揚，

弓矢⑫斯張⑬，
干戈戚揚⑭，
爰⑮方啟行⑯。

篤公劉！
于⑰胥⑱斯原，
既庶既繁⑲，
既順⑳迺宣㉑，
而無永歎。
陟㉒則在巘㉓，
復㉔降在原。
何以舟㉕之？
維玉及瑤㉖，

弓弦已經綳上，
舉起了盾戈和戚揚，
於是開始出發。

忠厚呀，公劉！
他去視察這塊原野，
那裏居民已經很多，
他們已經安心，到處已經住滿，
而聽不到有人長嘆。
公劉就一會兒登上小山，
一會兒又下到平原。
他用什麼圍在腰間？
是美玉和佩瑤，

鞞琫㉗容刀㉘。
篤公劉！
逝㉙彼百泉，
瞻彼溥㉚原；
迺陟南岡，
乃覯㉛于京㉜。
京師㉝之野，
于時㉞處處㉟，
于時廬旅㊱，
于時言言，
于時語語。

還有鞘上鑲有寶石的佩刀。
忠厚呀，公劉！
他去勘察有很多泉水的地方，
去察看那廣闊的原野；
於是登上南面的山崗，
就發現了京這個地方。
京邑的原野，
於是有人定居，
於是有人寄住，
於是到處有歡聲，
於是到處有笑語。

篤公劉！
于京斯依㊲。
蹌蹌濟濟㊳，
俾㊴筵俾几，
既登乃依。
乃造㊵其曹㊶，
執豕于牢㊷。
酌之用匏㊸，
食之飲之，
君之宗之。
篤公劉！
既溥既長，

忠厚呀，公劉！
他依傍京邑建造宮室。
大臣們從容端莊，彬彬有禮，
公劉叫人鋪上竹席，端上案几，
大臣們登上竹席，靠著案几。
於是到那豬槽，
從豬圈裏捉來肥豬。
舀酒用的是葫蘆瓢。
公劉請大臣吃飯飲酒，
大臣們擁戴公劉為國君為宗主。
忠厚呀，公劉！
開墾的土地又廣又長，

既景[44]迺岡，
相其陰陽[45]，
觀其流泉。
其軍三單[46]，
度[47]其隰[48]原，
徹田[49]為糧。
度其夕陽[50]，
豳居允[51]荒[52]。

篤公劉！
于豳斯館[53]。
涉渭為亂[54]，
取厲[55]取鍛[56]。

他於是又測量日影，又登上山崗，
考察那山北山南，
觀察那泉水的流向。
他的軍隊分三撥輪換，
測量那窪田和平原，
開荒墾田種穀產糧。
他又把山的西面測量，
豳人居住的土地確實寬廣。

忠厚呀，公劉！
他在豳地修造房屋。
他橫渡渭河，
採來磨刀石，採來粗石砧。

止(57)基(58)迺理，
爰眾爰有(59)。
夾其皇澗(60)，
遡(61)其過澗(62)。
止旅(63)乃密，
芮(64)鞫(65)之即(66)。

有了宅基地就開始治理，
於是人多，於是富有。
人們夾著那皇澗住滿，
又面向那過澗住下。
居民既多，住得又密，
於是遷往河流內外兩面。

【注釋】❶篤　忠厚。❷公劉　人名，周族之祖先。據《史記・周本紀》，其為后稷四世孫，為避亂，曾率周部族由邰遷豳。❸匪居匪康　即匪康居之倒文，言不願過安逸之生活也。匪，通「非」。下「匪」字為襯字。康，安也。❹迺　同「乃」。❺迺場迺疆　場疆，皆田界也。此作動詞，言規劃田界也。參見〈小雅・信南山〉注。❻積　指露天積糧處。❼餱糧　乾糧。❽橐　小口袋。一說：無底之口袋，兩頭可紮緊。❾囊　大口袋。一說：有底之口袋。❿輯　團結和睦。⓫用　以；而也。⓬弓矢　此指弓，矢因弓連類而及之。⓭張　弓上弦也。⓮干戈戚揚　皆古代兵器名。干，盾也。戈，橫刃長柄。戚，斧狀兵器，較小。揚，即鉞，較戚為大。此並為動詞。⓯爰　於是。⓰啟行　出發。行，路也。⓱于　語助詞。⓲胥　通「相」。視察也。⓳既庶既繁　庶繁，人眾也。⓴順　安心；安居。㉑宣　遍也。㉒陟　登上。㉓巘　與大山不相連續之小山。㉔復　又也。㉕舟　通「周」。圍繞也。㉖瑤　美玉。參見〈衛風・木瓜〉注。

㉗鞞琫　皆刀鞘上之玉飾，在下者曰鞞，在上者曰琫。鞞，通「琕」、「琿」。一說：鞞為刀鞘，琫為玉飾。㉘容刀　即佩刀，無利刃，僅以為容飾。㉙逝　往也。㉚溥　大也。㉛覯　見也。㉜京　豳地名。㉝京師　猶云京邑，即上句之「京」。㉞于時　於是。時，通「是」。㉟處處　居住。㊱廬旅　農忙時在田野廬舍中寄居。旅，通「廬」。㊲于京斯依　依于斯京之倒文。依，依傍也。㊳蹌蹌濟濟　舉止從容有禮貌。㊴俾　使也。㊵造　往也。㊶曹　古「槽」字，豬之食槽，此指豬圈，因與下句「牢」字同義而避複。一說：指豬群。㊷牢　指豬圈。㊸匏　葫蘆。此指剖葫蘆而成之瓢。㊹景　古「影」字，此作動詞，測日影以定方向也。㊺陰陽　山之北曰陰，山之南曰陽。㊻三單　三分其軍，其一作守備，其二事農耕，輪流更換。單，古「禪」字。替代也。㊼度　測量。㊽隰　低地。㊾徹田　治田；墾田。㊿夕陽　指山之西。(51)允　的確；確實。(52)荒　大也。(53)于豳斯館　館于斯豳之倒文。館，指房舍，此作動詞。(54)亂　橫渡。(55)厲　古「礪」字，磨刀石。(56)鍛　錘煉金屬所用之石砧。(57)止　猶既也。下「止旅乃密」之「止」同。(58)基　宅基，此作動詞。(59)有　富有。(60)皇澗　豳地澗名。(61)遡　面向。(62)過澗　亦豳地澗名。(63)旅　眾也。(64)芮　通「汭」。河流內凹處。(65)鞫　河流外凸處。(66)即　靠近；前往。

【研　析】此是敘公劉由邰遷豳之詩，詩義自明。《詩序》曰：「〈公劉〉，召康公戒成王也。成王將涖政，戒以民事，美公劉之厚于民，而獻是詩也。」謂召康公戒成王，於詩無證，聊備一說耳。

詩共六章。首章敘公劉遷豳之由及遷豳之準備。二章敘公劉勘察豳地不辭辛勞。三章敘公劉率民居於豳之京邑，從者無不歡愉。四章敘宮室既成，公劉宴饗群臣。五、六兩章敘公劉繼續開墾土地、營建房屋，於是豳地地廣人眾，欣欣向榮。

本篇敘事層層推進，有始有終，細密嚴謹。詩人描摹人物、場景極有致態。如第二章敘公劉勘察豳地地形，章末忽轉寫其玉飾容刀，看似閑筆，卻點染出人物高貴不凡。末章敘說豳地移民壯闊景象，人聲鼎沸，刻劃如畫；章末又以「芮鞫之即」一句戛然而止，留出一片想像空間，詩雖止而意未盡。吳闓生《詩義會通》引舊評曰：「此篇見大手筆。」

【韻讀】一章：康、疆、倉、糧、囊、光、張、揚、行，陽部。二章：原、繁、宣、歎、巘、原，元部。瑤、刀，宵部。三章：泉、原，元部。岡、京，陽部。野、處、旅、語，魚部。四章：依、依，微部；濟、几，脂部。微脂合韻。曹、牢、匏，幽部。飲、宗，侵部。五章：長、岡、陽，陽部。泉、單、原，元部。糧、陽、荒，陽部。六章：館、亂、鍛，元部。理、有，之部。澗、澗，元部。密、即，質部。

七 泂酌

泂❶酌彼行潦❷，
挹❸彼注❹茲❺，
可以餴饎❻。
豈弟❼君子❽，

從遠處打來那路邊溝水，
舀取它灌在這裏，
可以用來蒸稷黍。
平和的國君，

民之父母？

泂酌彼行潦，
挹彼注茲，
可以濯罍[9]。
豈弟君子，
民之攸歸？

泂酌彼行潦，
挹彼注茲，
可以濯溉[10]。
豈弟君子，
民之攸塈[11]？

怎能不成為百姓的父母？

從遠處打來那路邊溝水，
舀取它灌在這裏，
可以用來洗酒器。
平和的國君，
百姓怎能不附歸？

從遠處打來那路邊溝水，
舀取它灌在這裏，
可以用來洗東西。
平和的國君，
百姓怎能不休息？

【注釋】❶泂　通「迥」。遠也。❷行潦　路邊溝中之水。❸挹　舀也。❹注　灌也。❺茲　此也。❻餴饎　蒸飯。餴，蒸也。饎，指黍稷。❼豈弟　平和。❽君子　此蓋指周王。❾罍　古代盛酒器，似壺。參見〈周南・卷耳〉注。❿溉　洗滌。⓫塈　見〈假樂〉注。

【研析】此亦頌周王愛民之詩。《詩序》曰：「〈泂酌〉，召康公戒成王也。言皇天親有德，饗有道也。」然於詩無據。

詩共三章，形式複疊。首章言周王為民之父母，為全篇總提。二章言周王得人心。三章言周王愛民，使得休息。各章皆以彼行潦之水尚可遠汲而蒸米洗滌，反與周王豈得不愛民，情意誠摯委婉。

【韻讀】一章：茲、饎、子、母，之部。二章：茲、子，之部。罍、歸，微部。三章：茲、子，之部。溉、塈，物部。

八　卷阿

有卷❶者阿❷，　綿延曲折的山巒，
飄風❸自南。　暴風從南方吹來。
豈弟君子❹，　平和的君子，

來游來歌，
以矢❺其音❻。
伴奐❼爾游矣，
優游❽爾休矣。
豈弟君子，
俾爾彌爾性❾，
似❿先公酋⓫矣。
爾土宇⓬昄章⓭，
亦孔之厚矣！
豈弟君子，
俾爾彌爾性，

來遊玩唱歌，
來陳獻他的詩歌。
您悠閑地遊玩吧，
您從容地休息吧。
平和的君子，
願您長壽，
繼承先公的智謀。
您的疆土版圖，
很遼闊喲！
平和的君子，
願您長壽，

百神爾主[14]矣。
爾受命長矣，
茀[15]祿爾康[16]矣。
豈弟君子，
俾爾彌爾性，
純[17]嘏[18]爾常矣。

有馮[19]有翼[20]，
有孝有德，
以引[21]以翼。
豈弟君子，
四方為則。

眾神由您主祭。
您領受天命已久，
您已安享福祿。
平和的君子，
願您長壽，
您永享大福。

有倚靠，有輔助，
有孝道，有德行，
還有人引路幫助。
平和的君子，
四方以您為法度。

顒顒㉒卬卬㉓，
如圭㉔如璋㉕，
令㉖聞㉗令望。
豈弟君子，
四方為綱㉘。

鳳皇㉙于飛，
翽翽㉚其羽，
亦集爰止。
藹藹㉛王多吉士㉜，
維君子㉝使，
媚㉞于天子。

您態度溫和氣度高昂，
像玉圭，像玉璋，
您有美譽有好聲望。
平和的君子，
四方以您為紀綱。

鳳凰飛翔，
搧動翅膀呼呼響，
牠又停落在樹上。
天子有許許多多人材，
但只重用您，
因為您愛戴天子。

鳳皇于飛，
翽翽其羽，
亦傅(35)于天。
藹藹王多吉人(36)，
維君子命，
媚于庶人。

鳳皇鳴矣，
于彼高岡；
梧桐生矣，
于彼朝陽(37)；
菶菶(38)萋萋，
雝雝喈喈(39)。

鳳凰飛翔，
搧動翅膀呼呼響，
一直飛到天邊。
天子有許許多多人材，
但只授命給您，
因為您愛護百姓。

鳳凰鳴叫，
在那高高的山崗；
梧桐生長啊，
在那朝陽的地方；
梧桐枝葉茂盛，
鳳凰喳喳鳴叫。

君子之車，
既庶且多。
君子之馬，
既閑❹❵且馳❹❶。
矢詩不多？
維以遂歌❹❷。

您的車輛，
多又多。
您的馬兒，
訓練有素。
您陳獻的詩歌難道不多？
就讓樂官來譜曲詠歌。

【注釋】❶有卷　猶卷然，曲折貌。有，語助詞。❷阿　大山。❸飄風　旋風；暴風。❹君子　此指獻詩之諸侯。❺矢　通「施」。陳；獻也。❻音　詩歌。❼伴奐　鬆弛；悠閑也。❽優游　從容自得貌。❾彌爾性　使您長壽。彌，滿也；盡也。性，通「生」。生命也。❿似　通「嗣」。繼承也。⓫酋　古「猷」字。謀略也。⓬土宇　疆土。⓭昄章　版圖。⓮主　主祭。⓯茀　通「福」。⓰康　安；安享也。⓱純　大也。⓲嘏　福也。⓳馮　古「憑」字。依靠也。⓴翼　輔助。㉑引　引導。㉒顒顒　溫和貌。㉓卬卬　高昂貌。㉔圭　玉製禮器名。參見〈衛風・淇奧〉注。㉕璋　亦玉製禮器名。參見〈小雅・斯干〉注。㉖令　善也。㉗聞　聲譽。㉘綱　法度。參見〈假樂〉注。㉙鳳皇　即鳳凰。古代傳說之靈鳥。㉚翽翽　振翅之聲。㉛藹藹　眾多貌。㉜吉士　指優秀人才。㉝君子　即上文「豈弟君子」之「君子」。㉞媚　愛戴。參見〈假樂〉注。㉟傅　近；至也。㊱吉人　猶吉士。㊲鳳皇鳴矣四句　言高崗朝陽，梧桐生其上，而鳳凰棲於梧桐之上鳴叫。四句互文見義。(從姚際恆《通論》) ㊳菶菶 茂盛貌。㊴雝雝喈喈 皆鳳凰和鳴聲也。㊵閑熟練。㊶馳 指馳驅之法則。參見〈小雅・車攻〉。㊷維以遂歌 遂維以歌之倒文,言遂為樂官所歌也。

【研 析】此蓋讚頌來朝獻詩諸侯之詩。余培林先生《詩經正詁》辨之甚詳,可參看。《詩序》曰:「〈卷阿〉,召康公戒成王也。言求賢用吉士也。」與詩文不相切合。

詩共十章。首章言君子來遊,獻詩於王。此為全篇總提。二至四章祝君子長壽,繼承祖業,主祭百神,永享福祿。五、六兩章讚君子有孝有德,有賢臣輔弼,又溫和高潔,享有美譽,故能為四方之法度。七、八兩章讚君子上愛天子,下愛百姓,故獨得天子重用。九章以梧桐生高崗,鳳凰來棲鳴,象徵天子德高,群賢畢至。末章讚君子車馬眾盛。全篇以「矢詩不多」二句作結,與首章「以矢其音」遙相呼應,結構完密。

本篇雖為祝頌之詩,但比興兼備,章法參差多變,讀來不覺枯澀無味。如第九章全章用比,「全在空際描寫」(姚際恆語),且上下文互文見義,筆法甚奇,頗耐玩索。

【韻 讀】一章:阿、歌,歌部。南、音,侵部。二章:游、休、酋,幽部。三章:厚、主,侯部。四章:長、康、常,陽部。五章:翼、德、翼、則,職部。六章:卬、璋、望、綱,陽部。七章:止、士、使、子,之部。八章:天、人、命、人,真部。九章:鳴、生,耕部。岡、陽,陽部。菶、雝,東部。萋、喈,脂部。十章:車、馬,魚部。多、馳、多、歌,歌部。

九 民勞

民亦勞止❶，
汔❷可小康❸。
惠❹此中國❺，
以綏❻四方。
無縱❼詭隨❽，
以謹❾無良。
式❿遏寇虐⓫，
憯⓬不畏明⓭。
柔⓮遠能⓯邇，
以定我王。

百姓已夠勞苦，
該可以稍得安康。
要愛護這個京都，
以此安定四方。
不要放縱姦猾的小人，
而要小心提防他們行為不良。
要制止掠奪暴虐，
他們竟然不怕觸犯法網。
要安撫遠國，親睦鄰邦，
來安定我們君王。

民亦勞止，
汔可小休。
惠此中國，
以為民逑⑯。
無縱詭隨，
以謹惛怓⑰。
式遏寇虐，
無俾民憂。
無棄爾⑱勞⑲，
以為王休⑳。
民亦勞止，
汔可小息。

百姓已夠勞苦，
該可以稍得休息。
愛護這個京都，
以此凝聚民眾。
不要放縱姦猾的小人，
而要小心提防他們喧鬧爭鬥。
要制止掠奪暴虐，
不要讓百姓怨憂。
不要放棄你的前功，
來成就君王美好功業。
百姓已夠勞苦，
該可以稍得喘息。

惠此京師，
以綏四國。
無縱詭隨，
以謹罔極㉑。
式遏寇虐，
無俾作慝㉒。
敬慎威儀㉓，
以近有德。

民亦勞止，
汔可小愒㉔。
惠此中國，
俾民憂泄㉕。

愛護這個京都，
以此安定四方諸侯。
不要放縱姦猾的小人，
要小心提防他們反覆無常。
要制止掠奪暴虐，
不要讓他們作惡多端。
態度舉動要嚴肅謹慎，
以此接近有德的賢人。

百姓已夠勞苦，
該可以稍得休整。
愛護這個京都，
讓百姓發洩憂憤。

無縱詭隨，
以謹醜厲㉖。
式遏寇虐，
無俾正㉗敗。
戎㉘雖小子㉙，
而式㉚弘大。

民亦勞止，
汔可小安。
惠此中國，
國無有殘㉛。
無縱詭隨，
以謹繾綣㉜。

不要放縱姦猾的小人，
要小心提防醜惡行徑。
要制止掠奪暴虐，
不要讓他們敗壞國政。
你雖然是年輕人，
卻擔負著國家重任。

百姓已夠勞苦，
該可以稍得安寧。
愛護這個京都，
京都沒有殘暴。
不要放縱姦猾的小人，
要小心提防他們結黨營私。

式遏寇虐，
無俾正反㉝。
王欲玉㉞女，
是用㉟大諫。

要制止掠奪暴虐，
不要讓他們顛覆國政。
君王想要重用你，
因此推心置腹向你勸諫。

【注釋】❶止　語助詞。❷汔　庶幾；或許可以。❸康　安也。❹惠　愛也。❺中國　此指京師。❻綏　安撫。❼縱　放縱。❽詭隨　狡猾欺詐。❾謹　慎防。❿式　語助詞。⓫寇虐　掠奪暴虐。⓬憯　竟也。⓭明　指法也。⓮柔　安撫。⓯能　親善。⓰逑　聚合。⓱惛怓　喧嘩爭吵。⓲爾　指受諫之同僚，即下文之「小子」。⓳勞　功也。⓴休　美也。㉑罔極　無常。參見〈衛風・氓〉注。㉒慝　邪惡。㉓威儀　指容貌舉止。㉔愒　休息。㉕泄　發洩；消除。㉖醜厲　醜惡。㉗正　古「政」字。國政也。㉘戎　你。㉙小子　年輕人。㉚式　作用。㉛殘　殘暴；凶惡。㉜繾綣　牢固相纏也，此指結黨營私。一說：反覆無常也。㉝正反　國政敗壞。正，古「政」字。㉞玉　此作動詞，珍愛也。㉟是用　因此。

【研析】此是周朝元老憂國之將傾，勸諫年輕同僚輔弼周王、挽救危亡之詩。《詩序》曰：「〈民勞〉，召穆公刺厲王也。」刺厲王未見其必然，召穆公亦未見於詩，但作者為周之老臣當無疑。

詩共五章，形式複疊。各章起首「民亦勞之」四句，言百姓已不堪勞苦，國之危象顯露無遺。中間「無縱詭隨」四句，指出防姦除惡乃當務之急。章末二句皆勉勵年輕同僚不棄前功，輔成君德。五章一意，「每章言愈切而意愈深」（陳子展語）。「無縱詭隨」一語，五章五出，以見防姦乃全詩之重心。詩人矛頭直指姦佞，「無良」、「惛怓」、「罔極」、「醜厲」、「繾綣」，皆極寫佞人情狀，何等淋漓痛快！

【韻讀】一章：康、方、良、明、王，陽部。二章：休、逑、憂、休，幽部；怓，宵部。幽宵合韻。三章：息、國、極、慝、德，職部。四章：愒、泄、厲、敗、大，月部。五章：安、殘、綣、反、諫，元部。

一〇 板

上帝板板❶，
下民卒癉❷。
出話不然❸，
為猶❹不遠。
靡聖管管❺，
不實❻於亶❼。

上帝一反常態，
百姓一起受難。
你說出的話不合理，
你出的主意目光短淺。
你不要聖賢，一切隨心所欲，
你不講信用，

猶之未遠，
是用大諫。
天之方難，
無然❽憲憲❾；
天之方蹶❿，
無然泄泄⓫。
辭⓬之輯⓭矣，
民之洽⓮矣；
辭之懌⓯矣，
民之莫⓰矣。
我雖異事，

謀劃又不深遠，
因此才推心置腹向你勸諫。
上天正降下災難，
不要這樣得意忘形；
上天正在變臉，
你不要這樣夸夸其談。
只要政令溫和，
百姓就會融洽；
只要政令寬鬆，
百姓就會安心。
我雖然和你職務不同，

及爾同僚⑰。
我即⑱爾謀，
聽我囂囂⑲。
我言維服⑳，
勿以為笑。
先民有言，
詢㉑于芻蕘㉒。

天之方虐，
無然謔謔㉓。
老夫㉔灌灌㉕，
小子㉖蹻蹻㉗。
匪我言耄㉘，

畢竟和你還是同事。
我給你出點主意，
你卻聽得很不耐煩。
我說的都是治國的策略，
請不要當笑話看待。
古人說過，
要向打柴的樵夫請教。

上天正在施暴，
不要再這樣戲鬧。
我這老頭一片誠心，
你這年輕人卻如此驕傲。
不是我在賣老，

爾用[29]憂謔。
多將熇熇[30]，
不可救藥。

天之方懠[31]，
無為夸毗[32]。
威儀[33]卒迷，
善人載[34]尸[35]。
民之方殿屎[36]，
則莫我敢葵[37]。
喪亂蔑[38]資[39]，
曾[40]莫惠[41]我師[42]。

而是你把憂愁當玩笑。
太過份將引火把身燒，
到時救你沒有良藥。

上天正在發脾氣，
不要卑躬屈膝去獻媚。
一切禮儀都已迷亂，
好人就像死屍一般。
百姓正在痛苦呻吟，
沒有人敢對我考察重用。
死喪混亂，貧窮困苦，
竟沒人愛撫我們百姓大眾。

天之牖㊸民，
如壎如篪㊹，
如璋如圭㊺，
如取如攜。
攜無曰益㊻，
牖民孔㊼易。
民之多辟㊽，
無自立辟。

价人㊾維藩㊿，
大師(51)為垣(52)，
大邦為屏，
大宗(53)維翰(54)，

上天誘導百姓，
像吹壎篪相應和，
像玉璋玉圭配合密切，
像提取物品一般順利。
輕輕提起不硬拽，
誘導百姓就很容易。
百姓要遵循的法令多多，
不要再另立法度。

好人聖賢是籬笆，
百姓大眾是圍牆，
諸侯大國是屏障，
本家族親是棟梁，

懷德維寧，
宗子55維城。
無俾城壞，
無獨斯畏56。

敬57天之怒，
無敢戲豫58；
敬天之渝59，
無敢馳驅60。
昊天曰明，
及爾出王61。
昊天曰旦62，
及爾游衍63。

胸懷大德是安定的保障，
君王嫡子是城牆。
不使城牆遭毀壞，
就不要擔心孤立無援。

敬畏上天發脾氣，
不敢戲鬧遊樂；
敬畏上天降災異，
不敢恣意放縱。
等到老天變清明，
我就和你一起出遊；
等到老天放光明，
我就和你一起遊逛。

【注釋】❶板板　反常貌。板，通「反」。❷卒癉　盡病。❸不然　不對；不合理。❹猶　謀略。❺管管　恣意；隨心所欲貌。管，通「悹」。❻實　忠實。❼亶　誠信。❽然　如此。❾憲憲　喜悅；得意貌。憲，通「欣」。❿蹶　動；變也。⓫泄泄　多言貌。泄，通「呭」。⓬辭　言辭；政令也。⓭輯　溫和也。⓮洽　和諧；融洽。⓯懌　和悅，引申為寬鬆。⓰莫　古「寞」字。靜也；安定也。⓱同僚　同事。⓲即　近；往也。⓳囂囂　傲慢不聽貌。囂，通「謷」。⓴服　通「艮」。治也。（從馬瑞辰《通釋》）㉑詢　諮詢。㉒芻蕘　代指樵夫。芻，草也。蕘，柴也。㉓謔謔　戲侮。㉔老夫　詩人自稱。㉕灌灌　猶款款，誠懇貌。灌，通「懽」。㉖小子　見〈民勞〉注。㉗蹻蹻　驕傲貌。㉘言耄　猶云倚老賣老。耄，八十歲老人也。㉙用　通「以」。㉚熇熇　火勢熾盛貌。㉛懠　怒也。㉜夸毗　卑躬屈膝以取媚於人。㉝威儀　禮儀。㉞載　則也。㉟尸　死屍。㊱殿屎　痛苦呻吟。又作「唸吚」，聯綿詞。㊲葵　通「揆」。度量；考察也。㊳蔑　無也。㊴資　錢財。一說：救助也。㊵曾　竟然。㊶惠　愛也。參見〈民勞〉注。㊷師　民眾。㊸牖　通「誘」。誘導也。㊹如壎如篪　壎篪，皆古吹奏樂器，其聲相和。參見〈小雅．何人斯〉注。㊺如璋如圭　璋圭，皆玉製禮器名。半圭為璋，合二璋則成圭。㊻益　古「搤」字。捉也。（從高亨《詩經今注》）㊼孔　甚也。㊽辟　法也。㊾价人　善人；賢人。价，大；善也。㊿藩　籬也。(51)大師　大眾。(52)垣　牆也。(53)大宗　指周王同姓宗族。(54)翰　牆柱；棟梁。參見〈小雅．桑扈〉注。(55)宗子　周王之嫡子。(56)無獨斯畏　無畏獨之倒文，言不畏懼孤獨。斯，是也，複指提賓「獨」。(57)敬　敬畏。(58)豫　娛樂；遊樂。(59)渝　變也。此指天災。(60)馳驅　猶云放縱也。(61)王　通「往」。(62)旦　猶明也。(63)游衍　遊樂。衍，樂也。

【研析】此亦老臣勸諫年輕同僚之詩。不但詩旨與上篇相類，且似同出一人手筆。《詩序》曰：「〈板〉，凡伯刺厲王也。」於詩未見其證。

詩共八章。首章憂天命無常，百姓遭殃，同僚缺乏政治遠見，故作此詩勸諫。此申作詩之由，為全篇總提。二章言天之變亂，起於政令嚴酷。三、四兩章責同僚傲慢不敬，拒納忠告。五章勸同僚不做諂媚小人，須關心民眾疾苦。六章陳治民之方：只能因勢利導，不可強行制服。七章陳治國方略，強調懷德為本。末章言天方震怒，當自敬畏；待政治清明，當與同僚同遊共樂。

本篇詩人重在陳獻救國方略，其辭雖嚴，其心忠懇。詩中正言、反言間雜，「若無倫次，然正見意志迫切」（姚際恆語）。比喻貼切精妙，語言鏗鏘有力。方玉潤《詩經原始》曰：「較之上篇，意尤深切，而詞愈警策，足以動人。」

【韻　讀】一章：板、癉、然、遠、諫，元部。二章：難、憲，元部。蹶、泄，月部。輯、洽，緝部。懌、莫，鐸部。三章：僚、囂、笑、蕘，宵部。四章：虐、謔、蹻、耄、謔、熇，藥部。五章：懠、毗、迷、尸、屎、葵、資、師，脂部。六章：篪、圭、攜，支部。益、易、辟、辟，錫部。七章：藩、垣、翰，元部。屏、寧、城，耕部。壞、畏，微部。八章：怒、豫，魚部。渝、驅，侯部。明、王，陽部。旦、衍，元部。

蕩之什

一 蕩

蕩蕩❶上帝❷，
下民之辟❸。
疾威❹上帝，
其命多辟❺。
天生烝民❻，
其命匪諶❼。
靡不有初，

至高無上的上帝，
他是百姓的主君。
如今上帝暴虐，
他的旨意多邪僻。
雖然上帝降生眾多百姓，
但是天命不能完全相信。
事事都有良好的開端，

鮮⑧克有終。
文王曰：「咨⑨！
咨，女⑩殷商！
曾⑪是彊禦⑫！
曾是掊克⑬！
曾是在位⑭！
曾是在服⑮！
天降滔德⑯，
女興⑰是力⑱。」
文王曰：「咨！
咨，女殷商！

卻很少有完美的結局。
文王說：「唉！
唉，你這殷商的君王！
竟然如此強暴專橫！
竟然如此吹噓逞能！
竟然如此處在高位！
竟然如此掌握職權！
上天賦予你傲慢的德性，
你推波助瀾特別起勁。」
文王說：「唉！
唉，你這殷商的君王！

而⑲秉⑳義類㉑，
彊禦多懟㉒。
流言以對㉓，
寇攘㉔式內㉕。
侯作侯祝㉖，
靡屆靡究㉗。」
文王曰：「咨！
咨，女殷商！
女炰烋㉘于中國㉙，
斂怨以為德。
不明爾德，
時㉚無背㉛無側㉜；

你應當任用好人，
強橫的人會召來許多怨恨。
他們用謠言來應對，
在內部巧取豪奪。
又是謾罵又是詛咒，
吵吵鬧鬧沒有盡頭。」
文王說：「唉！
唉，你這殷商的君王！
你在國內怒吼發威，
把積怨當成了美德。
不能使你的德行光明，
於是前後左右沒有可靠的人；

爾德不明，
以無陪㉝無卿㉞。」
文王曰：「咨！
咨，女殷商！
天不湎㉟爾以酒，
不義從式㊱。
既愆㊲爾止㊳，
靡明靡晦㊴；
式㊵號㊶式呼，
俾晝作夜。」
文王曰：「咨！

你的德行不光明，
因此沒有輔佐的大臣。」
文王說：「唉！
唉，你這殷商的君王！
上天不讓你沈迷在酒裡，
不讓你效法不良的習氣。
但你使自己犯下錯誤，
縱樂不分天亮天黑；
你們又喊又叫，
把白天也當作黑夜。」
文王說：「唉！

咨，女殷商！
如蜩[42]如螗[43]，
如沸[44]如羹[45]。
小大近喪，
人[46]尚乎由行[47]。
內奰[48]于中國，
覃[49]及鬼方[50]。」

文王曰：「咨！
咨，女殷商！
匪上帝不時[51]，
殷不用舊[52]。
雖無老成人[53]，

唉，你這殷商的君王！
到處像蟬兒在鬧騰，
到處像開水和熱湯。
大小一切都快淪喪，
你還在沿老路向前闖。
你在國內激起了憤怒，
還波及到邊遠的國度。」

文王說：「唉！
唉，你這殷商的君王！
不能怪上帝心不好，
是你拋棄了傳統。
即使沒有德高望重的老臣，

尚有典刑[54]。
曾是莫聽[55]，
大命以傾。」

文王曰：「咨！
咨，女殷商！
人亦有言，
顛沛[56]之揭[57]，
枝葉未有害，
本[58]實先撥[59]，
殷鑒[60]不遠，
在夏后[61]之世。」

也還有典章和法度。
你竟然聽不進這些，
國家命運因而顛覆。」

文王說：「唉！
唉，你這殷商的君王！
人們早就說過，
大樹倒地根朝天，
枝葉雖然還沒傷，
樹根實在已損壞。
殷商這面鏡子並不遠，
就在那夏桀的時代。」

【注　釋】❶蕩蕩　廣大貌。此形容天之高遠。一說：法度廢壞貌。❷上帝　此借指厲王。❸辟　君王。❹疾威　暴虐。❺辟　古「僻」字。邪僻也。❻烝民　眾民。❼諶　信賴。❽鮮　少也。❾咨　猶嗟，嘆詞。❿女　古「汝」字，此指殷紂。⓫曾　竟然。⓬彊禦　強橫暴虐。⓭掊克　自誇逞強。掊，通「伐」。誇耀也。⓮在位　居高位。⓯在服　任職。按：以上四「曾是」句互文見義，即彊禦在位，掊克在服也。⓰滔德　傲慢之德，猶言凶德也。滔，通「慆」。傲慢也。⓱興　興起；助長。⓲力　力行。⓳而　通「汝」。⓴秉　掌握；任用。㉑義類　善者；賢良也。㉒懟　怨恨。㉓對　對答。㉔寇攘　掠奪。㉕式內　用於內部。㉖侯作侯祝　侯，語助詞。作祝　二字同義，皆詛咒也。作，通「詛」。㉗靡屆靡究　屆究，二字同義，皆窮盡也。㉘炰烋　通「咆哮」。怒吼。㉙中國　國中之倒文。㉚時　通「是」。於是。㉛背　背後。㉜側　旁也。㉝陪　輔助，此指輔助之臣。㉞卿　指權重之臣。㉟湎　沈迷於酒。㊱不義從式　從式不義之倒文，言效法不善之事。義，善也。式，效法也。㊲愆　過失。㊳止　容止。㊴晦　暗也，此指夜晚。㊵式　語助詞。㊶號　喊叫。㊷蜩　蟬。㊸螗　又名蝘、螗蜩，蟬之大而黑者。按：如蜩如螗，形容聲音嘈雜。㊹沸　沸水。㊺羹　古代以肉或菜烹製之帶汁食物。按：如沸如羹，形容社會混亂。㊻人　此指紂王。㊼由行　遵循舊道，猶今俗語走老路也。㊽奰　怒也。㊾覃　延及。㊿鬼方　商周時西北方之部族名，此泛指遠方。(51)時　善也。(52)舊　此指先王舊法。(53)老成人　舊臣。(54)典刑　典章法度。(55)曾是莫聽　曾莫聽是之倒文，言竟無人聽此勸諫也。(56)顛沛　指樹木倒地。(57)揭　樹根翹起貌。(58)本　根也。(59)撥　通「敗」。斷絕。(60)鑒　鏡子；借鑒。(61)夏后　此指夏桀。

【研　析】此詩假託文王責商紂，刺厲王敗政亂國。《詩序》曰：「〈蕩〉，召穆公傷周室大壞也。厲王無道，天下蕩蕩，無綱紀文章，故作是詩也。」雖於詩未見明證，然綜觀詩文，大體可信。

詩共八章。首章言上帝暴虐，天命無常，實為暗斥厲王。此為全篇總提。二至八章，皆文王責商紂之辭：二章責商紂強橫貪暴。三章責商紂排斥賢良。四章責商紂驕橫自恣，不修明德，以致眾叛親離。五章責商紂沈湎於酒。六章責商紂一意孤行，民怨沸騰，內憂外患。七章責商紂廢棄先王舊典，拒絕勸諫。八章以樹倒根先壞，喻殷商亡國之先，國本已絕。全詩以「殷鑒不遠，在夏后之世」作結，暗示詩人作詩本意在於警告厲王，當以殷商為鑒。

本詩全篇託古諷今，命意特高。詩人雖然含沙射影，因其在首章先凌空發議，末章又以「殷鑒不遠」二句作結，前後照應，暗示中間文字全在指桑罵槐。此有帷燈匣劍之妙，令人叫絕。吳闓生《詩義會通》引陸奎勳曰：「文王以下七章，初無一語顯斥厲王，結撰之奇，在雅詩亦不多覯。」

【韻　讀】一章：帝、辟、帝、辟，錫部。諶、終，侵部。二章：商，陽部。與以下各章「商」字遙韻。克、服、德、力，職部。三章：類、懟、對、內，物部。祝，覺部；究，幽部。覺幽通韻。四章：國、德、德、側，職部。明、卿，陽部。五章：式，職部；止、晦，之部。職之通韻。呼，魚部；夜，鐸部。魚鐸通韻。六章：商、螗、羹、喪、行、方，陽部。七章：時、舊，之部。刑、聽、傾，耕部。八章：揭、害、撥、世，月部。

二 抑

抑抑❶威儀，
維德之隅❷。
人亦有言，
靡哲❸不愚。
庶人之愚，
亦職❹維疾；
哲人之愚，
亦維斯戾❺。
無競❻維人❼，

儀容舉止嚴密謹慎，
這是有德的特徵。
人們早就說過，
沒有一個聰明人不愚蠢。
普通人的愚蠢，
主要由疾病造成；
聰明人的愚蠢，
是自己的罪孽造成。
如果那人的才幹別人無法競爭，

四方其訓❽之。
有覺❾德行，
四國順之。
訏謨❿定命，
遠猶⓫辰⓬告。
敬慎威儀，
維民之則⓭。

其⓮在于今，
興⓯迷亂于政。
顛覆⓰厥德，
荒湛⓱于酒。
女雖湛樂從⓲，

四面八方將會向他歸順；
如果德行正直高尚，
四方諸侯就會服順。
要制定國家遠大規劃，
並且把遠大規劃及時告訴人民。
嚴肅認真的儀容舉止，
這是人民效法的榜樣。

可是在今天，
你卻在政治上助長混亂，
敗壞自己的德行，
在酒色中沈迷。
你只追求無度的享樂，

弗念厥紹⑲。
罔⑳敷㉑求先王，
克共㉒明刑㉓。
肆㉔皇天弗尚㉕。
如彼泉流，
無淪胥以亡㉖。
夙興夜寐㉗，
洒掃庭㉘內㉙，
維民之章㉚。
脩爾車馬，
弓矢戎兵㉛，
用㉜戒㉝戎作，

不想著去繼承先王的事業。
不廣泛探求先王的經驗，
不能奉行英明的法典。
因此上天不保佑。
我們不該像那泉水流淌，
相繼而消亡。
應當早起晚睡，
灑掃庭院內室，
這才是人民的榜樣。
修整你的車馬，
以及弓箭兵器，
來戒備戰事發生，

用逷㉞蠻方㉟。
質㊱爾人民㊲，
謹爾侯度㊳，
用戒不虞㊴。
慎爾出話，
敬爾威儀，
無不柔㊵嘉。
白圭㊶之玷㊷，
尚可磨也；
斯言之玷，
不可為也。

來消滅遠方蠻邦。
安定你的人民，
謹慎你的法度，
來戒備意外事故。
你講話要謹慎，
你的儀容舉止要恭敬，
一切要溫和美好。
潔白的玉圭有污點，
還可以把它磨掉；
這講話有污點，
那就不好辦了。

無易由言㊸，
無曰苟矣㊹。
莫捫㊺朕㊻舌，
言不可逝㊼矣。
無言不讎㊽，
無德不報。
惠㊾于朋友，
庶民小子㊿。
子孫繩繩(51)，
萬民靡不承(52)。
視爾友(53)君子(54)，
輯柔(55)爾顏，

講話不要太輕率，
不要說一切隨便隨便。
雖然沒人捂我的嘴，
話說出口就沒法追。
說話都會有反響，
德行都會有報應。
要熱愛朋友，
以及百姓和他們的子弟。
子子孫孫小心謹慎，
億萬人民無不順從。
看你接交君子的時候，
你的臉色溫柔和藹，

不遐[56]有愆？
相[57]在爾室，
尚[58]不愧於屋漏[59]。
無曰：「不顯，
莫予云覯[60]。」

神之格[61]思[62]，
不可度思，
矧[63]可射[64]思？

辟[65]爾為德，
俾臧[66]俾嘉。
淑[67]慎爾止[68]，
不愆[69]于儀[70]。

難道不表現出好像有過錯？
看你在家裡的時候，
在隱蔽的角落還能自守。
不要說：「角落不明亮，
沒有人能看到我。」

神明的到來呀，
不可猜測呀，
何況怎能討厭？

人們效法你，作為道德楷模，
你要使自己盡善盡美。
你的儀容舉止要既好又謹慎，
在禮節方面不要有差錯。

不僭(71)不賊(72)，
鮮(73)不為則。
投我以桃，
報之以李。
彼童(74)而角，
實虹(75)小子。

荏染(76)柔木(77)，
言緡(78)之絲(79)。
溫溫恭人(80)，
維德之基。
其維哲人，
告之話言(81)，

沒有差錯不傷害人，
很少有人不把你當楷模。
你送給我甜桃，
我就用李子回報。
說那不長角的童羊長了角，
其實在哄騙年輕人喲。

只要有柔韌的木材，
安上絲弦便能做成樂器。
溫和謙恭的人，
是修養德行的根基。
假如是聰明人，
告訴他古人的忠告，

順德之行；
其維愚人，
覆謂我僭。
民各有心！
於乎[82]小子，
未知臧否[83]。
匪手攜之，
言示之事；
匪面命之，
言提其耳。
借[84]曰未知，
亦既抱子。

就會聽從它修養德行；
假如是蠢人，
反而說我心術不正。
人的心思呀各不相同！
啊，年輕人！
你還不懂善良和邪惡。
我不但要用手拉著你，
還要用具體事例來說明；
我不但要當面教訓你，
還要提起你的耳朵反復叮嚀。
假如你說還是不懂，
你可也已經抱了兒子。

民之靡盈85，
誰夙86知而莫87成？
昊天孔昭，
我生靡樂。
視爾夢夢88，
我心慘慘89。
誨爾諄諄90，
聽我藐藐91，
匪用為教，
覆用為虐92。
借曰未知，
亦聿93既耄94。

人們只要不是自滿，
誰能早上知道晚上就成功？
上天很明白，
我生來就沒有快樂。
看你糊裡糊塗，
我心裡充滿憂愁。
我苦口婆心開導你，
你聽我話太藐視，
非但不當作教誨，
反而當作玩笑。
假如你說還不懂，
你也已經變老。

於乎小子，
告爾舊[95]止[96]。
聽用我謀，
庶[97]無大悔。
天方艱難，
曰[98]喪厥國。
取譬不遠[99]，
昊天不忒[100]。
回遹[101]其德，
俾民大棘[102]。

啊，年輕人！
告訴你舊的典章法度。
你聽從我的主張，
該不會有大的後悔。
上天正在降下災難，
要滅亡我們國家。
我的比方很淺近，
上天也不會有偏差。
你的德行邪僻不正，
就要使百姓蒙受大難。

【注釋】❶抑抑　慎密貌。❷隅　通「偶」。指相配之特徵。❸哲　哲人；智者。❹職　主要。❺戾　罪；畏罪也。❻無競　莫強。競，強也。❼人　指賢人。❽訓　順從。❾有覺　高大正直貌。有，語助詞。❿訏謨　大謀；國策。訏，大也。謨，謀也。⓫遠猶　遠謀，與「訏謨」同義變文耳。⓬辰　時；及時也。

⑬則　法則；典範。⑭其　語助詞。⑮興　助長。⑯顛覆　敗壞。⑰荒湛　猶沈湎也。荒，逸樂過度也。湛，沈溺於享樂也。⑱女雖湛樂從　女雖從湛樂之倒文，言你唯追求淫樂也。雖，通「唯」。⑲紹　繼承。⑳罔　無也。㉑敷　廣也。㉒共　古「拱」字。執行也。㉓刑　法度。㉔肆　故也。㉕尚　保佑。㉖如彼泉流二句　言無如彼泉流，相率以敗亡也。淪胥，相率也。㉗夙興夜寐　見〈衛風・氓〉注。㉘庭　中庭。㉙內　內室。㉚章　表率。㉛戎兵　兵器。㉜用　以也。㉝戒　戒備。㉞逷　通「剔」。整治；剪除也。㉟蠻方　蠻夷之邦。㊱質　平治；安定。㊲人民　當作「民人」。㊳侯度　法度。㊴不虞　不測之事。㊵柔安也。㊶圭　玉器名。參見〈衛風・淇奧〉注。㊷玷　污點。㊸由　於也。參見〈小雅・小弁〉注。㊹苟苟且；隨便。㊺捫　捂也。㊻朕　我。㊼逝　追也。㊽讎　答也。㊾惠　愛也。㊿小子　指子弟。(51)繩繩戒慎貌。(52)承　順從。(53)友　交往；接待。(54)君子　此指賢人。(55)輯柔　溫和。(56)不遐　猶豈不。(57)相看也。(58)尚　庶幾。(59)屋漏　屋頂漏光處，俗稱天窗。因其在室之西北角，故室西北角陰暗處亦稱屋漏。(60)莫予云覯　莫覯予之倒文，言無人見我也。云，語助詞。(61)格　至也。(62)思　語助詞。下同。(63)矧　況且；何況。(64)射　通「斁」。厭倦也。(65)辟　效法。(66)臧　美好。(67)淑　善也。(68)止　容止；儀容舉止。(69)愆　過失。(70)儀　禮節。(71)僭　差錯。(72)賊　傷害。(73)鮮　少也。(74)童　無角之羊。參見〈小雅・賓之初筵〉注。(75)虹　通「訌」。哄騙也。(76)荏染　柔弱。參見〈小雅・巧言〉注。(77)柔木　柔韌之木，如椅、桐、梓、漆等。此指以柔木所製之琴瑟。(78)緡　安上。(79)絲　琴弦。(80)恭人　謙恭有禮之人。(81)話言　當作「詁言」，古之善言也。(從陳奐《傳疏》校) (82)於乎　即嗚呼。嘆詞。(83)否　惡也。(84)借　假如。(85)靡盈　不自滿。(86)夙　早也。(87)莫　古「暮」字。晚也。(88)夢夢　昏亂貌。(89)慘慘　當作「懆懆」。憂愁不樂貌。(90)諄諄　懇切貌。(91)藐藐　輕視貌。(92)虐　古「謔」字。戲謔也。(93)聿　語助詞。(94)耄　老也。(95)舊舊章；舊法。(96)止　語助詞。(97)庶　庶幾。(98)曰　語助詞。(99)不遠　淺近。(100)忒　偏差。(101)回遹　邪僻。(102)棘　通「急」。困急；災難。

【研　析】《詩序》曰：「〈抑〉，衛武公刺厲王亦以自警。」《詩集傳》曰：「衛武公作此詩，使人日誦於其側以自警。」蓋皆附會《國語・楚語上》「昔衛武公年數九十有五矣，猶箴儆于國……於是乎作〈懿戒〉以自儆也」。然詩中既未見衛武公之證，又不類自警之辭，〈懿戒〉是否即〈抑〉亦無從證明，故其說難以信從。今綜觀詩文，當為老臣諷諫周王之辭。詩中「弗念厥紹」、「罔敷求先王」、「謹爾侯度」、「萬民靡不承」等皆為誡王之語，是其證也。

詩共十二章。首章言哲人之愚由己之罪造成。此為全篇總提。二章言有德則民以為法則。三章斥周王敗德亂政。四章誡周王當勤政。五、六兩章誡周王慎言。七章誡周王慎獨。八章誡周王當儀容、養德並重，謹防受騙上當。九章言謙虛乃修養德行之前提。一〇章言告誡叮嚀之懇切。一一章斥周王視教誨為兒戲。一二章警告周王，若不懸崖勒馬，改邪歸正，必將亡國滅主。

本詩雖通篇說教，但詩人既溫且厲，動情曉理，並間用比興，頗具文彩，故精警動人，略無空泛之感。其詩句富有哲理，如「靡哲不愚」、「白圭之玷，尚可磨也；斯言之玷，不可為也」、「無言不讎，無德不報」等等，皆為至理名言，傳誦千古而不朽。

【韻　讀】一章：隅、愚，侯部。疾、戾，質部。二章：訓、順，文部。告，覺部；則，職部。覺職合韻。三章：政、刑，耕部。酒，幽部；紹，宵部。幽宵合韻。四章：尚、亡，陽部。寐、內，物部。章、兵、方，陽部。五章：度，鐸部；虞，魚部。鐸魚合韻。儀、嘉、磨、為，歌部。六章：舌、逝，月部。讎、報，幽部。友、子，之部。繩、承，蒸部。七章：顏、愆，元部。漏、覯，侯部。格、度、射，鐸部。八章：嘉、儀，歌部。賊、則，職部。李、子，之部。九章：絲、基，之部。言，元部；行，陽部。元陽合韻。僭、心，侵部。一〇章：子、否、事、耳、子，之部。盈、成，耕部。一一章：昭、慘(懆)、教、耄，宵部；樂、藐、虐，藥部。宵藥通韻。一二章：子、止、悔，之部。難、遠，元部。國、忒、德、棘，職部。

三 桑柔

菀❶彼桑柔❷，
其下侯❸旬❹，
捋❺采其劉❻。
瘼❼此下民，
不殄❽心憂。
倉兄❾填❿兮，
倬⓫彼昊天，

那枝葉茂盛的嫩桑樹，
樹下布滿了樹蔭，
濫採濫摘，桑葉便稀疏凋零。
上天使下界百姓困病，
我心中憂愁，沒有止境。
悲傷已經很久了呀，
那明朗的蒼天啊，

寧⑫不我矜⑬？
四牡騤騤⑭，
旟旐⑮有翩⑯。
亂生不夷⑰，
靡國不泯⑱。
民靡有黎⑲，
具⑳禍以燼㉑。
於乎㉒有哀，
國步㉓斯頻㉔。
國步蔑資㉕，
天不我將㉖。

為什麼對我不憐憫？
四匹公馬奔走不停，
鷹隼旗龜蛇旗在迎風飄揚。
戰亂發生，不能平息，
沒有哪個國家不混亂。
百姓已經所剩無幾，
全都遭殃變成灰燼。
啊，多麼悲痛，
國家命運已如此危急！
國家面臨嚴重貧困，
上天不來扶助我們。

靡所止疑㉗，
云徂何往㉘？
君子實維㉙，
秉心無競㉚。
誰生厲階㉛，
至今為梗㉜？
憂心慇慇㉝，
念我土宇㉞。
我生不辰㉟，
逢天僤㊱怒。
自西徂東㊲，
靡所定處㊳。

沒有地方可以安身，
不知該去什麼地方？
實在是因為君子，
沒有競爭之心。
是誰製造了禍端，
至今還在作梗？
憂心忡忡，
一心想著我們的國土。
我生不逢時，
剛好碰上老天大怒。
從西方走到東方，
找不到可以安身的地方。

多我覯痻[39]，
孔棘[40]我圉[41]。
為謀為毖[42]，
亂況斯削。
告爾憂恤[43]，
誨爾序爵[44]。
誰能執熱，
逝不以濯[45]？
其何能淑[46]？
載[47]胥[48]及溺。
如彼遡風[49]，

我遇到的災禍太多，
我們邊境形勢非常緊張。
只要謀劃小心謹慎，
混亂的狀況就可以減輕。
我告訴你應當憂國憂民，
教導你要任用賢人。
誰能抓滾燙的東西，
手不在冷水裡先浸一浸？
不然怎能有好結果？
只能相繼在水中滅頂。
好比那迎著風的人，

亦孔之僾[50]。
民有肅心[51]，
荓[52]云[53]不逮[54]。
好是稼穡[55]，
力民[56]代食[57]。
稼穡維寶，
代食維好。

天降喪亂，
滅我立王[58]。
降此蟊賊[59]，
稼穡[60]卒痒[61]。
哀恫[62]中國[63]，

被憋得很氣悶。
百姓有上進心，
你卻讓他們使不上勁。
要重視農業生產，
讓出力的人代替不出力的人吃飯。
莊稼是個寶，
有功的人代享俸祿就是好。

老天降下死喪禍亂，
要消滅我們的君王。
降下這許多害蟲，
莊稼全都遭殃。
國中到處哀傷，

具贅[64]卒荒[65]。
靡有旅力[66]，
以念穹蒼[67]。

維此惠君[68]，
民人所瞻。
秉心宣猶[69]，
考[70]慎其相[71]。
維彼不順[72]，
自獨[73]俾臧[74]。
自有肺腸[75]，
俾民卒狂[76]。

接連發生災荒。
我沒有力量，
只能盼望老天幫忙。

只有這順應民心的君王，
人民才把他瞻望。
他有智有謀，
考察慎用那些輔佐的臣相。
只有那些不順應民心的君王，
只顧自己享樂。
他有一副壞心腸，
讓百姓最終迷亂癲狂。

瞻彼中林，
甡甡[77]其鹿。
朋友已譖[78]，
不胥[79]以穀[80]。
人亦有言，
進退維谷[81]。
維此聖人，
瞻言百里；
維彼愚人，
覆狂以喜。
匪言不能[82]，
胡斯畏忌？

看那樹林裡面，
鹿兒相伴成群。
朋友之間卻欺詐虛偽，
不能用善意真誠待人。
人們早就說過，
無論進退都將陷入困境。
只有這聖人，
能望見百里之遠；
只有那蠢人，
反而狂妄大喜。
不是說不能歡喜，
為什麼要害怕這些？

維此良人(83)，
弗求弗迪(84)；
維彼忍心(85)，
是顧是復。
民之貪亂，
寧為荼毒(86)？

大風有隧(87)，
有空(88)大谷。
維此良人，
作為(89)式(90)穀。
維彼不順，
征(91)以中垢(92)。

只有這些賢良的人，
不去追求被提升進用；
只有那些狠心的人，
念念不忘升官發財。
百姓貪婪作亂，
難道做壞事他們心甘情願？

大風吹得猛烈，
山谷多麼空曠。
只有這些賢良的人，
行為可以效法做榜樣。
只有那些不順應民心的人，
在污泥濁水中來來往往。

大風有隧，
貪人敗類[93]。
聽言[94]則對，
誦言[95]如醉。
匪用其良，
覆俾我悖[96]。

嗟爾朋友，
予豈不知而作[97]？
如彼飛蟲[98]，
時亦弋獲[99]。
既之陰女，
反予來赫[100]。

大風吹得猛烈，
貪心小人敗壞了善良的人。
他們聽到順耳的話就回答，
聽到規勸的話就像喝醉酒裝聾作啞。
不但不任用賢良，
反而想讓我也背叛作亂。

啊，你們這些朋友，
我難道不知道你們的作為？
就像那飛鳥，
有時也會被射中捕獲。
我曾經把你們保護，
你們反而來恐嚇我。

民之罔極[101]，
職[102]涼[103]善背。
為民不利[104]，
如云[105]不克[106]。
民之回遹[107]，
職競用力。
民之未戾[108]，
職盜為寇。
涼曰[109]不可，
覆背善詈[110]。
雖曰匪予，
既作爾歌。

百姓行為不端正，
主要因為有人刻薄反覆無常。
他們做不利於百姓的事情，
好像唯恐做不成。
百姓走上邪道，
主要因為有人競相使用暴力。
百姓不善良，
主要因為有人自己在做強盜。
勸你不要太刻薄，
你反而翻臉破口大罵。
即使你罵我不好，
我也已經寫下了這首詩歌。

【注釋】❶菀　茂盛貌。參見〈小雅・正月〉注。❷桑柔　柔桑之倒文。❸侯　猶維，語助詞。❹旬　樹蔭遍布也。❺捋　抹取。參見〈周南・芣苢〉注。❻劉　樹葉凋落而稀疏。❼瘼　病也。❽殄　絕也。❾倉兄　通「愴怳」。悲傷失意貌。❿填　通「陳」。久也。⓫倬　廣大；光明貌。⓬寧　何也。⓭矜　憐憫。⓮騤騤　馬匹奔走不息貌。⓯旟旐　繪有鷹隼龜蛇之旗幟。參見〈小雅・無羊〉注。⓰有翩　猶翩翩，旗幟飄揚貌。有，語助詞。⓱夷　平息。⓲泯　亂也。⓳黎　眾；多也。⓴具　古「俱」字。㉑燼　灰燼。㉒於乎　同「嗚呼」。㉓國步　猶國運也。㉔頻　危急。㉕蔑資　無錢財。參見〈大雅・板〉注。㉖天不我將　天不將我之倒文。將，扶助也。㉗止疑　安定。疑，止也。㉘云徂何往　云徂往何之倒文，言往何處也。云，語助詞。徂，往也。㉙君子實維　實維君子之倒文。維，語助詞。君子，指當政者。㉚無競　不競爭。㉛厲階　為惡之階梯，即禍端。㉜梗　病；禍也。㉝慇慇　憂傷貌。㉞土宇　家園；國土。參見〈卷阿〉注。㉟辰　時也。㊱僤　厚；盛也。㊲自西徂東　當作「自東徂西」。（從朱駿聲說）㊳定處　猶上文「止疑」也。㊴多我覯痻　我多覯痻之倒文。言我受難之多也。覯，遇也。痻，病；災也。㊵棘　通「急」。㊶圉　邊疆。㊷為謀為毖　言謀劃審慎也。上「為」字，做也。下「為」字，湊足音節。㊸恤　憂也。㊹序爵　使賢者官爵排列有序也，即任用賢人之意。㊺誰能執熱二句　執，持也。逝，語助詞。濯，洗也。言誰能抓燙手之物，不預先以冷水浸手？此喻治國當先用賢。㊻淑　善也。㊼載　則也。㊽胥　相率。㊾遡風　逆風。遡，面向也。㊿僾　唈噎，言呼吸不暢。(51)肅心　進取心。(52)荓　使也。(53)云　語助詞。(54)逮　及也。(55)稼穡　泛指農業生產。(56)力民　指有功之人。（從黃焯《毛詩鄭箋平議》）(57)代食　代無功者食祿。(58)立王　指厲王。王為上天所立，故稱立王。(59)蟊賊　食禾苗之害蟲也。參見〈小雅・大田〉注。(60)稼穡　莊稼。(61)痒　病也。(02)恫　痛也。(63)中國　國中之倒文。(64)贅　連續。(65)荒　荒蕪。(66)旅力　體力；力量。旅，古「膂」字。(67)穹蒼　青天。(68)惠君　順民心之君王。(69)宣猶　猶明智也。宣，明也。猶，謀也。(70)考　考察。(71)相　輔佐之臣。(72)不順　與「惠君」相對，指不順民心之君王。(73)自獨　獨自之倒文。(74)臧 善也。(75)肺腸 心思。(76)狂 迷惑。(77)甡甡 眾多。(78)譖 虛偽；不誠實。(79)胥 相也。(80)穀 善也。(81)谷 通「鞠」。困窘也。一說：山谷也。(82)匪言不能 匪不能言之倒文。匪，通「非」。(83)良人 即上文之「聖人」。(84)迪 進用。(85)忍心 殘忍之人。(86)荼毒 指惡行。荼，苦菜也。毒，螫蟲也。(87)有隧 猶隧然，風勢急速貌。有，語助詞。(88)有空 猶空然。有，語助詞。(89)作為 行為。(90)式 效法。(91)征 行；處世。(92)中垢 垢中之倒文。垢，污垢也。(93)類 善也。(94)聽言 順從之言。(95)誦言 勸諫之言。(96)悖 背逆；叛亂。(97)作 作為。(98)蟲 此指鳥。(99)弋獲 射獲。(100)反予來赫 反來赫予之倒文。赫，威赫也。(101)罔極 不正。(102)職 主；主要。(103)涼 刻薄；不厚道。(104)不利 指不利於民之事。(105)云 語助詞。(106)克 勝也。(107)回遹 邪僻。(108)戾 善也。(109)曰 語助詞。(110)詈 罵也。

【研 析】此是芮伯刺厲王，並斥執政同僚之詩。《詩序》曰：「〈桑柔〉，芮伯刺厲王也。」《左傳・文公元年》引周芮良夫之詩與本詩一三章全同，故《序》說當不誤。

詩共十六章，其章數之多，為三百篇之最。首章以柔桑凋零興百姓困病。此為全詩總提。二章言戰亂不斷，生靈塗炭。三章責問使國家陷入困境之禍首為誰？四章言國無寧土，邊境形勢緊急。五章言慎謀及用賢乃救國之良策。六章言須重視農業，鼓勵有功者。七章言天降災滅我君王。八章以有道之君與無道之君對比，譴責昏君荒淫亂政。九章以林鹿相偕成群，反興同僚爾虞我詐，己則進退維谷。一〇章以聖人與愚人對比，斥周王目光短淺，狂妄自大。一一章以良人與忍心者對比，斥執政者貪婪成性。一二章以良人與無道者對比，斥執政者腐敗墮落。一三章斥執政同僚不用賢良。一四章斥執政同僚反目為仇。一五章指出百姓之所以走邪路，是由於執政者反覆無常和使用暴力。一六章指出百姓之所以不善，是由於執政者刻薄和掠奪。

本詩通篇說理，沈鬱頓挫。詩之主旨在追究禍亂根源，故三章「誰生厲階，至今為梗」是全詩重心所在。詩人目光深邃，語言犀利，鞭笞昏君亂臣一針見血，切中要害。詩中採用比興之多，為〈大雅〉所罕見。八至一二章，每章皆用對比手法，兩相對照，善惡是非，極為分明。

【韻讀】一章：柔、劉、憂，幽部。旬、民、填、天、矜，真部。二章：騤、夷、黎，脂部；哀，微部。脂微合韻。翩、泯、燼、頻，真部。三章：將、往、競、梗，陽部。維，微部；階，脂部。微脂合韻。四章：慇、辰、東、瘠，文部。宇、怒、處、圉，魚部。五章：毖、恤，質部；熱，月部。質月合韻。削、爵、濯、溺，藥部。六章：風、心，侵部。僾，物部；逮，質部。物質合韻。穡、食，職部。寶、好，幽部。七章：王、痒、荒、蒼，陽部。賊、國、力，職部。八章：瞻，談部；相、臧、腸、狂，陽部。談陽合韻。九章：林、譖，侵部。鹿、穀、谷，屋部。一〇章：里、喜、忌，之部。一一章：迪、復、毒，覺部。一二章：谷、穀，屋部；垢，侯部。屋侯通韻。一三章：隧、類、對、醉、悖，物部。一四章：作、獲、赫，鐸部。一五章：極、背、克、力，職部。一六章：可、詈、歌，歌部。

四 雲漢

倬❶彼雲漢❷，
昭回❸于天。
王❹曰：「於乎，
何辜今之人❺！
天降喪亂，
饑饉❻薦臻❼。
靡神不舉❽，
靡愛❾斯牲❿。
圭璧⓫既卒⓬，
寧⓭莫我聽！

那高遠明亮的銀河，
閃爍著在天上迴旋。
君王嘆息道：「啊，
如今人們究竟有什麼罪過！
上天降下死喪災禍，
饑荒接連不斷來到。
我沒有哪個神靈不祭祀，
從不吝惜這些祭祀用的牲畜。
玉圭玉璧已經用盡，
為什麼上天不聽我的祈求！

旱既大⑭甚，
蘊隆⑮蟲蟲⑯。
不殄⑰禋祀⑱，
自郊徂宮⑲。
上下⑳奠瘞㉑，
靡神不宗㉒。
后稷㉓不克㉔，
上帝不臨。
耗斁㉕下土，
寧丁㉖我躬㉗？
旱既大甚，
則不可推㉘。

旱情已經非常嚴重，
暑氣鬱積，悶熱熏蒸。
我從來沒有中斷祭祀，
從郊外直到宗廟。
祭天祭地，敬獻祭品，
沒有哪個神靈不被尊奉。
但是后稷無能為力，
上帝也不肯降臨。
下界的土地已被烤焦，
為什麼災禍正好落在我身上？
旱情已經非常嚴重，
卻沒有辦法把它解除。

兢兢業業㉙，
如霆㉚如雷。
周餘黎民㉛，
靡有孑遺㉜。
昊天上帝，
則不我遺㉝！
胡不相畏？
先祖于摧㉞。

旱既大甚，
則不可沮㉟。
赫赫炎炎㊱，
云㊲我無所。

人人恐懼萬分，
像聽到雷霆轟鳴。
周族所剩的百姓，
沒有留下幾個人。
老天啊，上帝，
卻不肯給我留下一點！
怎能叫我不害怕？
祖先的事業就要毀滅。

旱情已經非常嚴重，
卻沒有辦法把它擋住。
炎熱的太陽像火燒，
我沒有一塊蔽蔭的地方。

大命㊳近止㊴，
靡瞻靡顧。
群公㊵先正㊶，
則不我助。
父母先祖，
胡寧忍予㊷！

旱既大甚，
滌滌㊸山川。
旱魃㊹為虐，
如惔㊺如焚。
我心憚㊻暑，
憂心如熏。

國家的命運快要完結，
但沒有誰肯來照顧。
前代公卿的神靈，
卻不肯給我一點幫助。
父母啊，祖先啊，
怎麼竟忍心這樣對待我！

旱情已經非常嚴重，
山嶺光禿，河流乾涸。
旱神兇狠殘暴，
大地像烈火燃燒。
我心裡害怕這酷熱，
憂愁的心像被火燻烤。

群公先正，
則不我聞[47]。
昊天上帝，
寧俾我遯[48]？

旱既大甚，
黽勉[49]畏去[50]。
胡寧瘨[51]我以旱？
憯[52]不知其故。
祈年[53]孔夙[54]，
方社[55]不莫[56]。
昊天上帝，
則不我虞[57]。

前代公卿的神靈，
卻不肯慰問我一聲。
老天啊，上帝，
為什麼要讓我逃避？

旱情已經非常嚴重，
我要盡力把可怕的旱神趕走。
老天為什麼竟用旱災來坑害我？
我竟不知道是什麼緣故。
祈求豐年的祭祀我舉行得很早，
祭祀四方神土地神也不算晚。
老天啊，上帝，
卻不肯來幫助我。

敬恭[58]明神[59]，
宜無悔怒。

旱既大甚，
散無友紀[60]。
鞫[61]哉庶正[62]，
疚哉冢宰[63]。
趣馬[64]師氏[65]，
膳夫[66]左右，
靡人不周[67]，
無不能止[68]。
瞻卬[69]昊天，
云[70]如何里[71]！

我一向尊敬神明，
祂們該不會對我恨怒。

旱情已經非常嚴重，
人們散亂沒有了綱紀。
走投無路呀，公卿大夫們，
焦慮不安呀，我的宰相。
我的馬官，我的師氏，
我的廚師和左右隨從，
沒有哪個不慷慨救助，
沒有哪個節約措施不被採用。
我抬頭仰望老天，
心裡多麼憂愁！

瞻卬昊天，
有嘒⑫其星。
大夫君子⑬，
昭假⑭無贏⑮。
大命近止，
無棄爾成⑯。
何求為我？
以戾⑰庶正。
瞻卬昊天，
曷⑱惠⑲其寧？」

我抬頭仰望老天，
只見星星閃爍不停。
大夫公卿們，
要誠心誠意祈禱神明。
國家命運快要完結，
但不要放棄你們已有的成就。
我為什麼祈求？難道為我自己？
我是想安定公卿大夫們。
我抬頭仰望老天，
究竟何時才能賜給安寧？」

【注釋】❶倬　廣大；高明貌。❷雲漢　銀河。❸回　運轉。❹王　此指周宣王。❺何辜今之人　今之人何辜之倒文。辜，罪也。❻饑饉　泛指災荒。❼薦臻　重複降臨。薦，重也。❽舉　祭祀。❾愛　吝惜。❿牲　犧牲，即祭祀所用之牛羊豬等。⓫圭璧　皆玉器名，祭祀用之。⓬卒　盡也。⓭寧　何也。⓮大古「太」字。下同。⑮薀隆　暑氣鬱積隆盛也。⑯蟲蟲　熱氣熏蒸貌。蟲，古「爞」字。⑰殄　絕也。⑱禋祀　祭祀。⑲宮　宗廟。⑳上下　天地。㉑奠瘞　祭祀禮儀，先將供品陳列於地，後埋入土中。此泛指敬獻供品。㉒宗　尊敬。㉓后稷　周之始祖名。參見〈生民〉注。㉔克　勝；能也。㉕耗斁　消耗敗壞。㉖丁當也。㉗躬　自身。㉘推　消除。㉙兢兢業業　恐懼貌。㉚霆　霹靂。㉛黎民　百姓。㉜孑遺　殘餘。㉝遺遺留。㉞摧　滅絕；墜毀。㉟沮　止也。㊱赫赫炎炎　熾熱貌。㊲云　語助詞。㊳大命　此指國運。參見〈蕩〉「大命以傾」。㊴止　終結。㊵群公　指周之群先公。㊶先正　先世之重臣。㊷忍予　忍心於我。㊸滌滌　山禿水涸貌。㊹旱魃　旱神。㊺惔　通「炎」。焚燒也。㊻憚　畏；怕也。㊼聞　通「問」。恤問也。㊽遯　逃避。㊾黽勉　勉力。㊿畏去　言使可畏之旱魃去除也。(51)瘨　病也。(52)憯　曾；竟也。(53)祈年指祈求豐年之祭祀。(54)夙　早也。(55)方社　皆祭名。祭四方之神曰方；祭土神曰社。參見〈小雅・甫田〉注。(56)莫　古「暮」字。晚也。(57)虞　安撫；幫助。(58)敬恭　尊敬。(59)明神　即神明。(60)友紀　有綱紀。友，通「有」。(61)鞫　窮也。(62)庶正　眾官之長。(63)冢宰　周之官名，為六卿之首，猶後世之宰相。參見〈小雅・十月之交〉注。(64)趣馬　官名，掌周王之馬匹。參見〈小雅・十月之交〉注。(65)師氏　官名，掌王子及貴族子弟之教育。參見〈小雅・十月之交〉注。(66)膳夫　官名，掌周王之飲食。(67)周　古「賙」字。救濟也。(68)無不能止　無止不能之倒文。止，指節約措施。(69)瞻卬　仰望。卬，古「仰」字。(70)云　語助詞。(71)里　古「悝」字。憂也。(72)有嘒　猶嘒嘒，眾星貌。參見〈召南・小星〉注。(73)大夫君子　指上文庶正、冢宰等。(74)昭假　誠意禱告。假，通「格」。至也。(75)贏　盈餘。(76)成　成功。(77)戾　安定。(78)曷何時。(79)惠　恩賜。

【研　析】此是周宣王求雨禳旱之詩。《詩序》曰：「〈雲漢〉，仍叔美宣王也。宣王承厲王之烈，內有撥亂之志，遇烖而懼，側身修行，欲銷去之。天下喜於王化復行，百姓見憂，故作是詩也。」《序》說唯「遇烖而懼，側身修行，欲銷去之」三句可採。此詩顯非美詩，故「仍叔美宣王」云云當為無根之說。仍叔，周大夫也，事跡不詳。

詩共八章。首章言旱災嚴重。起首「倬彼雲漢」二句，描摹久旱無雨景象。「饑饉薦臻」二句乃本章重心。此章為全篇總提。二至七章反復抒寫災情嚴重，但上帝先祖皆不佑助之憂急心情。二章言我祭祀虔誠，然先祖后稷和上帝皆不助我。三章極言旱情之酷烈，惟恐先祖功業墜毀。四章再言群公先正、父母先祖之靈皆不相助。五章言旱魃施虐，群公先正不來恤問。六章言我祭祀天地神明無不虔敬，上帝何故要加害於我。七章言綱紀散亂，但朝廷上下能同舟共濟。八章勉勵大夫公卿繼續敬事上帝，挽回天心，並祈求上帝早日賜以安寧。

吳闓生《詩義會通》曰：「自王曰於乎以下至篇末，皆借王口中出之，以見其憂民之誠，不煩更贅一語，亦一奇格。」祈天求雨為本詩主旨，然通篇不出一「雨」字，亦為奇筆。除首尾二章，中間六章皆以「旱既大甚」起首，足見旱情之重，憂心之深。詩人從旱象酷烈、憂心如焚，寫到祭祀虔敬、神靈不佑，再寫到君臣上下同心抗災，「重重複複，說了又說，樣樣說到，喋喋不已，最見憂旱懇切至意。」（孫鑛《批評詩經》）

【韻　讀】一章：天、人、臻，真部。牲、聽，耕部。二章：甚、蟲、宮、宗、臨、躬，侵部。三章：推、雷、遺、遺、畏、摧，微部。四章：沮、所、顧、助、祖、予，魚部。五章：川、焚、熏、聞、遯，文部。六章：去、故、虞、怒，魚部；莫，鐸部。魚鐸通韻。七章：紀、宰、右、止、里，之部。八章：星、贏、成、正、寧，耕部。

五 崧高

崧高❶維嶽❷，
駿❸極❹于天。
維嶽降神，
生甫❺及申❻。
維申及甫，
維周之翰❼。
四國于蕃❽，
四方于宣❾。
亹亹❿申伯，

最高的山就是四嶽，
山勢高峻直插天邊。
四嶽降下神靈，
誕生了仲山甫和申伯。
只有申伯和仲山甫，
才是周國的棟梁。
他們保護四方諸侯，
他們給四方諸侯築起城牆。
勤勤懇懇的申伯，

王纘⑪之事。
于⑫邑于謝⑬，
南國是式⑭。
王命召伯，
定申伯之宅。
登⑮是南邦，
世執⑯其功。

王命申伯，
式是南邦，
因⑰是謝人，
以作爾庸⑱。
王命召伯，

宣王讓他繼承先祖的事業。
於是分封在謝地，
讓南方諸侯都向他學習。
宣王傳命召伯，
替申伯勘定住宅，
在這南方建功立業，
世世代代繼承他的事業。

宣王傳命申伯，
要為南方諸侯作出榜樣，
依靠謝地百姓，
來築起你的城牆。
宣王傳命召伯，

徹⑲申伯土田。
王命傅御⑳，
遷其私人㉑。

申伯之功，
召伯是營。
有俶㉒其城，
寢廟㉓既成，
既成藐藐㉔，
王錫申伯，
四牡蹻蹻㉕，
鉤膺㉖濯濯㉗。

整治申伯的土地。
宣王傳命手下的傅御，
負責申伯家臣的遷移。

申伯的基業，
由召伯負責替他經營。
他的城牆修得高大挺拔，
宗廟也已經落成，
落成的宗廟莊嚴雄偉。
宣王又賜給申伯，
四匹矯健的大公馬，
胸前的鉤膺鮮艷亮澤。

王遣㉘申伯，
路車㉙乘馬㉚。
我圖㉛爾居，
莫如南土。
錫爾介圭㉜，
以作爾寶㉝。
往近㉞王舅，
南土是保。

申伯信㉟邁，
王餞于郿㊱。
申伯還南，
謝于誠歸㊲。

宣王又送給申伯，
路車和四匹馬。
我考慮您的封地，
不如南方諸侯肥美。
所以再賜您大圭，
把它作為您的符信。
去吧，舅舅，
請您去保護這南方諸侯。

申伯真的去了，
宣王在郿地為他餞行。
申伯回到南方，
的確回到了謝城。

王命召伯，
徹申伯土疆。
以峙(38)其粻(39)，
式(40)遄(41)其行。
申伯番番(42)，
既入于謝。
徒御(43)嘽嘽(44)，
周(45)邦咸喜，
戎(46)有良翰。
不顯申伯？
王之元舅(47)，
文武是憲(48)。

宣王傳命召伯，
整治申伯的田界，
備足他的路糧，
加快他的行程。
申伯多麼威武，
他已經進入謝城。
步行的駕車的聲勢浩大，
全國上下喜氣洋洋，
你們有了出色的棟梁。
申伯難道不顯赫？
他是宣王的大舅，
文武都要以他為榜樣。

申伯之德，
柔惠㊾且直，
揉㊿此萬邦，
聞51于四國。
吉甫52作誦53，
其詩孔碩54。
其風55肆56好，
以贈申伯。

申伯的品德，
溫順而且正直，
他安撫天下萬國，
聲名傳遍四方。
吉甫我寫下了這首詩歌，
這首詩歌寫得很長，
它的曲調非常優美，
把它送給申伯。

【注釋】❶崧高　崇高；高峻。崧，同「嵩」。高也。❷嶽　特高之山也。此指四嶽：東嶽泰山、南嶽衡山、西嶽華山、北嶽恆山。❸駿　通「峻」。高峻。❹極　至也。❺甫　指尹吉甫，周宣王之大臣。參見下篇。❻申　指申伯，申國國君，周之卿士，宣王之舅。❼翰　牆柱；棟梁。❽蕃　藩籬；屏障。此作動詞。❾宣　通「垣」。牆也。此亦作動詞。❿亹亹　勤勉。參見〈文王〉注。⓫纘　繼承。⓬于　往也。⓭謝　古地名，申伯之封地，在今河南唐河南。⓮式　效法。⓯登　成；定也。⓰執　遵循。⓱因　依靠。⓲庸　古「墉」字。城牆。⓳徹　治理。⓴傅御　輔佐周王辦事之大臣。㉑私人　此指家臣。㉒有俶　猶俶然，完美貌。有，語助詞。㉓寢廟　宗廟。㉔藐藐　美盛貌。㉕蹻蹻　馬健壯貌。㉖鉤膺　馬飾，懸於馬胸前。參見〈小雅・采芑〉注。㉗濯濯　鮮明貌。㉘遣　贈送。㉙路車　諸侯之車。㉚乘馬　四匹馬。㉛圖　考慮；思量。㉜介圭　大圭，諸侯持以朝覲天子。㉝寶　指作符信之瑞玉。㉞近　通「䢋」。語助詞。㉟信　的確；確實。㊱郿　古地名，在今陝西省郿縣。㊲謝于誠歸　誠歸于謝之倒文。誠，果真。㊳峙　通「庤」。儲備。㊴粻　糧食；乾糧。㊵式　語助詞。㊶遄　速也。㊷番番　威武貌。㊸徒御　步行者和駕車者。㊹嘽嘽　人眾勢盛貌。㊺周　遍；全也。㊻戎　你；你們。㊼元舅　大舅。㊽憲　法；效法。㊾柔惠　溫順；溫和。㊿揉　安撫。(51)聞　聲名遠播。(52)吉甫　即尹吉甫。(53)誦　詩歌。(54)碩　大；長也。(55)風　曲調。(56)肆　極也。

【研　析】此詩詩旨顯明。《詩集傳》曰：「宣王之舅申伯出封于謝，而尹吉甫作詩以送之。」極是。詩人稱頌申伯同時，實亦兼美宣王，故《詩序》以為「尹吉甫美宣王」亦不為誤。

詩共八章。一章以誇誕之辭，言申伯為四嶽之神所生，並為周之棟梁，為下文作鋪墊。二至五章為全篇主幹，備述宣王對申伯之尊寵：命召伯為申伯修築謝城、建造宗廟、勘定住宅、整治田地，遷其家臣，無微而不至；又賜以路車、四牡、鉤膺、介圭等厚禮。詩中以「南國是式」、「南土是保」等語表明宣王對申伯之器重。六章始轉入餞行，申伯歸謝。七章盛讚申伯入謝威武雄壯，申國上下同慶。末章頌揚申伯德高望重，並點明作詩之意。

本詩起筆雄奇，「崧高維嶽，駿極于天」二句橫空出世，襯托申伯不凡氣度。中間反復抒寫宣王對申伯尊寵有加，突出申伯身份地位之崇高。篇末頌揚申伯德望，以示申伯非徒以親貴邀寵也。首尾呼應，周到完密。姚際恆《詩經通論》曰：「此與下篇皆吉甫所作，理明詞順，俊快自得，與〈桑柔〉〈雲漢〉之古拗稍不類。宣王與厲王時文章風氣已有升降如此。」

【韻讀】一章：天、神、申，真部。翰、蕃、宣，元部。二章：事，之部；式，職部。之職通韻。伯、宅，鐸部。邦、功，東部。三章：邦、庸，東部。田、人，真部。四章：營、城、成，耕部。藐、蹻、濯，藥部。五章：馬、土，魚部。寶、舅、保，幽部。六章：郿，脂部；歸，微部。脂微合韻。彊、粻、行，陽部。七章：番、嘽、翰、憲，元部。八章：德、直、國，職部。碩、伯，鐸部。

六　烝　民

天生烝❶民，
有物❷有則。
民之秉彝❸，
好是懿德❹。
天監有周❺，
昭假❻于下。

上天降生了民眾，
萬事萬物都有準則。
人的本性，
就是愛好這美德。
上天觀察周國，
他們在下界誠心祈禱。

保茲天子，
生仲山甫❼。

仲山甫之德，
柔嘉維則。
令❽儀令色，
小心翼翼❾。
古訓❿是式⓫，
威儀⓬是力⓭。
天子是若⓮，
明命⓯使賦⓰。

王命仲山甫，

為了保佑這天子，
就降生了仲山甫。

仲山甫的品德，
溫和善良是準則。
優美的儀態，和善的臉色，
辦事小心謹慎。
他遵循先王的遺教，
盡力保持威嚴的儀容。
天子挑選他，
明令派他去發布政令。

宣王傳命仲山甫，

式是百辟⑰，
纘⑱戎⑲祖考⑳，
王躬㉑是保。
出納㉒王命，
王之喉舌㉓。
賦政于外，
四方爰發㉔。

肅肅㉕王命，
仲山甫將㉖之；
邦國若否㉗，
仲山甫明之。
既明且哲㉘，

要以百官公卿為榜樣，
繼承你的祖先，
要保護我的安全。
要發布和接受我的命令，
做我的代言人。
向外界發布政令，
四方諸侯能立即行動。

嚴肅的天子的命令，
由仲山甫把它實行；
國家治理好壞，
仲山甫最是清楚。
他既聰明又有智慧，

以保其身。
夙夜㉙匪解㉚，
以事一人㉛。

人亦有言：
柔則茹㉜之，
剛則吐之。
唯仲山甫，
柔亦不茹，
剛亦不吐。
不侮矜寡㉝，
不畏彊禦㉞。

以此保全自身。
他從早到晚不敢鬆懈，
來侍奉天子一人。

人們早就說過：
柔軟的就把它吃掉，
堅硬的就把它吐出。
只有仲山甫，
柔軟的他也不吃，
堅硬的他也不吐。
他不欺侮無依無靠的人，
他也不怕強橫的人。

人亦有言：
德輶㉟如毛，
民鮮㊱克舉之。
我儀圖㊲之，
維仲山甫舉之，
愛㊳莫助之。
袞職㊴有闕㊵，
維仲山甫補之。

仲山甫出祖㊶，
四牡業業㊷，
征夫捷捷㊸，
每㊹懷靡及。

人們早就說過：
道德輕如毛髮，
但很少有人能舉起它。
我思量這句話，
只有仲山甫能舉起它，
別人吝惜不肯幫助他。
天子做事有缺失，
只有仲山甫能補救它。

仲山甫出行前祭祀路神，
四匹公馬多麼健壯，
隨行人員動作敏捷，
他經常反思不足的地方。

四牡彭彭㊺，
八鸞㊻鏘鏘。
王命仲山甫，
城彼東方㊼。

四牡騤騤㊽，
八鸞喈喈㊾。
仲山甫徂齊，
式㊿遄(51)其歸。
吉甫作誦，
穆(52)如清風。
仲山甫永懷，

四匹公馬多麼強壯，
八只鸞鈴叮噹作響。
宣王命令仲山甫，
在那東方築起城牆。

四匹公馬威武強壯，
八只鸞鈴清脆響亮。
仲山甫前往齊國，
希望他快點回來。
吉甫我寫下這首詩歌，
它和美得像清風一樣。
但願仲山甫常常想起它，

以慰其心。

可以寬慰他的心。

【注　釋】❶烝　眾也。❷物　事物。❸秉彝　持有常性，猶云本性也。❹懿德　美德。❺有周　周國。有，語助詞。❻昭假　祈禱。參見〈雲漢〉注。❼仲山甫　樊國國君，周宣王之卿士。❽令　善也。❾翼翼　謹慎貌。❿古訓　指先王之遺教。⓫式　效法。⓬威儀　威嚴之儀容舉止。⓭力　勉力。⓮若　選擇。⓯明命　明令。⓰賦　通「敷」。頒布。⓱百辟　百官。⓲纘　繼承。⓳戎　你。⓴祖考　先祖。㉑王躬　指宣王自身。躬，身也。㉒出納　指發布和接受命令。㉓喉舌　代指代言者。㉔發　施行。㉕肅肅　嚴正貌。㉖將　奉行。㉗若否　猶善惡也。若，順也。㉘哲　明智。按，明、哲同義連用。㉙夙夜　早晚。㉚解　古「懈」字。㉛一人　此指天子。㉜茹　食；吃。㉝矜寡　泛指貧弱者。矜，通「鰥」。老而無妻者。㉞彊禦　強橫之人。參見〈蕩〉注。㉟輶　輕也。㊱鮮　少也。㊲儀圖　思考；思量。儀、圖同義連用。㊳愛　吝惜。㊴袞職　天子之職務。袞，天子之禮服也。㊵闕　缺失。㊶祖　出行時祭祀路神。㊷業業　高大健壯貌。參見〈小雅・采薇〉注。㊸捷捷　敏捷貌。㊹每　常也。㊺彭彭　強有力貌。參見〈小雅・北山〉注。㊻鸞　指鸞鈴。古代貴族高官之車有鸞鈴八只。㊼東方　指齊國。㊽騤騤　馬強壯威武貌。㊾喈喈　猶鏘鏘，鸞鳴聲也。㊿式　語助詞。(51)遄　速也。(52)穆　和諧；和美。

【研　析】此是周宣王命仲山甫前往齊國築城平亂、尹吉甫送行之詩。詩中有借仲山甫美宣王之意，故《詩序》曰：「尹吉甫美宣王也。任賢使能，周宣中興矣」，亦不為誤。

詩共八章。首章前四句以人性皆向善開篇，後四句言上天保佑天子，降生仲山甫。此為全詩總提。二至六章備讚仲山甫之德行。二章言仲山甫和善謙敬。三章言仲山甫得宣王重任。

四章言仲山甫明哲保身，效忠宣王。五章言仲山甫不欺矜寡不畏強暴。六章言仲山甫恪盡職守，能為宣王補過。以上五章為全詩主幹。七、八兩章言仲山甫銜命赴齊築城，篇末點出作詩之意。

本詩圍繞一個「德」字，從天賦、品德、修養、才幹等諸多方面讚美仲山甫文武兼備、卓越超群。頭緒雖多，但重點突出。開端高渾有勢，與上篇異曲同工。通篇夾敘夾議，敘事與說理融為一體。語言精粹而富有哲理。孫鑛《批評詩經》曰：「語意高妙，探微入奧，又別是一種風格，大約以理趣勝。」

【韻讀】一章：則、德，職部。下、甫，魚部。二章：德、則、色、翼、式、力，職部。若，鐸部；賦，魚部。鐸魚通韻。三章：考、保，幽部。舌、外、發，月部。四章：將、明，陽部。身、人，真部。五章：茹、吐、甫、茹、吐、寡、禦，魚部。六章：舉、圖、舉、助、補，魚部。七章：業、捷，盍部；及，緝部。盍緝合韻。彭、鏘、方，陽部。八章：騤、喈、齊，脂部；歸，微部。脂微合韻。風、心，侵部。

七　韓奕

奕奕❶梁山❷，　　高峻的梁山，
維禹甸❸之。　　是大禹把它整治。

有倬④其道，
韓⑤侯受命⑥。
王親命之：
「纘戎祖考⑦，
無廢朕命。
夙夜匪解⑧，
虔⑨共⑩爾位。
朕命不易⑪，
幹⑫不庭方⑬，
以佐戎辟⑭。」

四牡奕奕，
孔脩且張⑮。

那道路多麼寬廣，
韓侯來接受周王的冊命。
周王親自冊命：
「繼承你祖先的事業，
不要廢棄我的使命。
早晚都不要鬆懈，
全心全意忠於你的職守。
我的命令不會改變，
你要平服不來朝見的諸侯國，
來輔佐你的君王。」

四匹大公馬多麼高大，
馬身又長又大。

韓侯入覲⑯，
以其介圭⑰，
入覲于王。
王錫韓侯：
淑旂⑱綏章⑲，
簟茀⑳錯衡㉑，
玄袞㉒赤舄㉓，
鉤膺鏤鍚㉔，
鞹鞃㉕淺幭㉖，
鞗革㉗金厄㉘。
韓侯出祖㉙，
出宿于屠㉚。

韓侯進京朝見天子，
雙手捧著大圭，
進京朝見天子。
天子賞賜韓侯：
有漂亮的龍旗、掛在旗杆上的標誌，
有竹編車蔽、飾有花紋的車衡，
有黑色禮服、紅色禮鞋，
馬飾有鉤膺和鏤鍚，
車飾有鞹鞃淺幭，
還有馬具絡頭和銅軛。
韓侯離京先祭祀路神，
中途在屠邑逗留。

顯父㉛餞之，
清酒㉜百壺。
其殽㉝維何？
炰㉞鱉鮮魚。
其蔌㉟維何？
維筍及蒲㊱。
其贈維何？
乘馬路車。
籩豆㊲有且㊳，
侯氏㊴燕胥㊵。

侯氏取㊶妻，
汾王㊷之甥，

顯父來為他餞行，
獻上濾過酒糟的清酒百壺。
他的葷菜是什麼？
是清蒸老鱉和活魚。
他的素菜是什麼？
是竹筍和嫩蒲。
他送的禮物是什麼？
是四匹大馬和路車。
杯盤許許多多，
韓侯十分快樂。

韓侯娶的妻子，
是厲王的外甥，

蹶父[40]之子[44]。
韓侯迎止，
于蹶之里[45]。
百兩彭彭[46]，
八鸞鏘鏘[47]，
不顯其光？
諸娣[48]從之，
祁祁[49]如雲。
韓侯顧之，
爛其[50]盈門。
蹶父孔武[51]，
靡國不到。

是蹶父的女兒。
韓侯去迎親，
他前往蹶邑。
百輛馬車浩浩蕩蕩，
八只鑾鈴清脆響亮，
難道不大顯榮光？
陪嫁的姐妹跟隨新娘，
人數眾多好像天上的雲彩。
韓侯回頭看去，
門庭一片燦爛。
蹶父非常威武，
沒有哪個國家他沒有到過。

為韓姞(52)相攸(53)，
莫如韓樂。
孔樂韓土，
川澤訏訏(54)，
魴鱮(55)甫甫(56)，
麀鹿(57)噳噳(58)，
有熊有羆(59)，
有貓(60)有虎。
慶既令居，
韓姞燕譽(61)。
溥(62)彼韓城，
燕師(63)所完。

他替韓姞選擇夫家，
沒有哪家像韓國那樣安樂。
非常安樂呀韓國國土，
大河沼澤多麼遼闊，
鯿魚鰱魚多麼肥大，
鹿兒成群結隊，
有狗熊和馬熊，
有山貓有老虎。
慶幸終於有了幸福的歸宿，
韓姞非常快樂。
那韓國的都城多麼廣大，
是燕國的百姓所建造。

以先祖受命，　憑著祖先的功業接受冊命，
因時64百蠻65。　憑著這眾多的北方民族。
王錫韓侯，　天子賞賜韓侯，
其追其貊66，　管轄那追國貊國，
奄受67北國，　統領北方各國，
因68以其伯69。　於是用他做北國的方伯。
實70墉實壑71；　他於是築城牆，於是挖護城河；
實畝實籍72。　於是開墾田地，於是收取賦稅。
獻其貔73皮，　他給天子進貢貔皮，
赤豹黃羆。　還有赤豹皮和黃熊皮。

【注釋】❶奕奕　高峻；高大貌。❷梁山　山名，在今河北省。一說：在今陝西省。❸甸　整治；治理。❹有倬　寬廣；開闊貌。有，語助詞。❺韓　古國名，在今河北固安東南，姬姓。❻命　指冊命，即天子封立諸侯載於簡冊之命令。❼纘戎祖考　見〈烝民〉注。❽夙夜匪解　見〈烝民〉注。❾虔　恭敬。❿共古「供」字。忠於也。⑪易　改變。⑫幹　糾正；平服。⑬不庭方　不來朝覲之方國。⑭戎辟　你君王，即周天子。⑮張　大也。⑯覲　朝見。⑰介圭　見〈崧高〉注。⑱旂　龍旗。⑲綏章　以羽毛或犛牛尾加於旗杆作為區別等級之標誌。⑳簟茀　車蔽。參見〈齊風・載驅〉注。㉑錯衡　刻繪花紋之車衡。衡，車衡，車轅前之橫木。㉒玄袞　有龍紋之黑色禮服。㉓赤舄　紅色複底鞋。參見〈豳風・狼跋〉注。㉔鉤膺鏤錫　馬飾。鉤膺，參見〈小雅・采芑〉注。鏤錫，即當盧，馬額上之金屬飾物。㉕鞹鞃　以去毛獸皮包紮於車軾中央。㉖淺幭　以淺毛虎皮覆蓋於車軾上。㉗鞗革　馬之絡頭。革，古「勒」字。㉘金厄　以金屬裝飾之馬軛。厄，古「軛」字，套在馬頸上之人字形馬具。㉙祖　見〈烝民〉注。㉚屠　通「杜」。古地名，即杜陵，在今陝西西安東。㉛顯父　人名，周之卿士。㉜清酒　濾去酒糟之酒。㉝殽　葷菜。㉞炰　蒸煮。㉟蔌　素菜。㊱蒲　水生植物名。即蒲草，嫩苗可食。㊲籩豆　皆食器名。參見〈豳風・伐柯〉注。㊳有且　猶且然，多貌。有，語助詞。㊴侯氏　此指韓侯。㊵燕胥　安樂；快樂。胥，猶兮，語助詞。㊶取　古「娶」字。㊷汾王　即周厲王，厲王流亡於彘，彘在汾水之上，故時人號曰汾王。㊸蹶父　周宣王之卿士。㊹子　此指女兒。㊺里　邑；封地。㊻彭彭　眾多貌。㊼八鸞鏘鏘　參見〈烝民〉。㊽諸娣　眾妾。古代貴族嫁女，常以女之妹或侍女多人陪嫁作妾。㊾祁祁　眾多貌。㊿爛其　猶爛爛然，燦爛。(51)武　威武。(52)韓姞　韓侯之妻。(53)攸　處所也。此指夫家。(54)訏訏　廣大。(55)魴鱮　鯿魚和鰱魚。(56)甫甫　肥大。(57)麀鹿　泛指鹿群。麀，母鹿。(58)噳噳　眾多貌。(59)羆　熊之一種，毛褐體大，又叫馬熊。(60)貓　指山貓。(61)燕譽　快樂。燕，通「宴」。安也。譽，通「豫」。樂也。(62)溥　廣大貌。(63)燕師　燕國之大眾。燕，其地在今河北、遼寧，都於薊（今北京）。(64)時　通「是」。此也。(65)百蠻　指北狄。(66)追貊　皆北狄國名。(67)奄受　猶統領。(68)因　用也。(69)伯　方伯；諸侯之長。(70)實　通「是」。於是。(71)實墉實壑　墉壑，城牆和護城河。此皆作動詞。(72)實畝實籍　畝籍，土地和賦稅也。此亦皆作動詞。(73)貔　獸名，似虎或熊。

【研　析】此是美韓侯入覲受命之詩。《詩序》曰：「〈韓奕〉，尹吉甫美宣王也。能錫命諸侯。」詩人固有美宣王之意，然謂尹吉甫所作，詩中未見明據。

詩共六章。一章言韓侯入覲受命，為全篇之總提。二章言天子賞賜之優渥。三章言韓侯歸國，途中受顯父款待。四、五兩章插入娶妻，渲染妻之顯貴，韓之富庶。六章歸於受命，與首章遙相呼應。

本詩既結構嚴整，又跌宕多姿。詩人善用鋪張映襯之法。如二章將天子賞賜件件羅列，「奇光異彩，炫睛奪目」（方玉潤語）。四、五兩章又借韓侯娶妻蹶父擇婿，以見韓土美沃，有映帶之妙趣。「其聯絡脫卸處幾于無迹可尋」（姚際恆語）。吳闓生《詩義會通》讚其「雄俊奇偉，高華典麗兼而有之。在三百篇中亦為傑出之作。」

【韻　讀】一章：甸、命、命、命，真部。道、考，幽部。解，支部；易、辟，錫部。支錫通韻。二章：張、王、章、衡、鍚，陽部。幭、厄，錫部。三章：祖、屠、壺、魚、蒲、車、且、胥，魚部。四章：子、里、之，之部。彭、鏘、光，陽部。雲、門，文部。五章：到，宵部；樂，藥部。宵藥通韻。土、訏、甫、噳、虎、居、譽，魚部。六章：完、蠻，元部。貊、伯、壑、籍，鐸部。皮、羆，歌部。

八 江漢

江漢❶浮浮❷，
武夫滔滔❸。
匪❹安匪遊，
淮夷來求❺。
既出我車，
既設❻我旟❼。
匪安匪舒，
淮夷來鋪❽。
江漢湯湯❾，

長江漢水波濤洶湧，
將士們威武英勇。
不敢安逸，不敢遊樂，
要去討伐淮夷。
我們的戰車已經推出，
已經插上了我們的鳥隼旗。
不敢安逸，不敢放鬆，
要去懲罰淮夷。
長江漢水浩浩蕩蕩，

武夫洸洸⑩。
經營四方，
告成⑪于王。
四方既平，
王國庶⑫定。
時⑬靡有爭，
王心載⑭寧。

江漢之滸⑮，
王命召虎⑯：
「式⑰辟⑱四方，
徹⑲我疆土。
匪疚⑳匪棘㉑，

將士們鬥志昂揚，
他們去治理四面八方，
把成功的喜訊奏報君王。
四面八方都已平定，
國家該能安定。
於是沒有戰爭，
君王就可以放心。

從長江漢水旁，
君王命令召虎：
「要去開闢四面八方，
整治好我的國土。
不要傷害百姓，不要太心急，

王國來極[22]。
于[23]疆于理，
至于南海[24]。」

王命召虎：
「來旬[25]來宣。
文武受命，
召公[26]維翰[27]。
無曰予小子，
召公是似[28]。
肇敏[29]戎公[30]，
用[31]錫爾祉[32]。

一切以王國的準則辦理。
於是去劃定田界，於是去治理土地，
一直把疆土拓展到南海邊。」

君王命令召虎：
「去巡視和發布政令。
當年文王武王接受天命，
召康公是頂梁柱。
你不要說我還太年輕，
你是繼承了召康公的業績。
好好謀劃你的事業，
上帝因此會賜給你福氣。

釐㉝爾圭瓚㉞，
秬鬯㉟一卣㊱，
告于文人㊲。
錫山土田，
于周㊳受命，
自㊴召祖㊵命。」
虎拜稽首㊶：
天子萬年！

虎拜稽首，
對揚㊷王休㊸。
作召公考㊹，
天子萬壽！

賜給你玉柄金勺，
賜給你香酒一壺，
你可以向有文德的先祖祭告。
賜給你山林土地，
到鎬京接受冊命，
按照你祖先召康公的禮儀。」
召虎拜謝：
祝天子萬壽無疆！

召虎跪拜磕頭，
答謝並頌揚天子的美意。
鑄造了紀念召康公的銅簋，
刻上祝天子萬壽無疆！

明明天子，
令聞㊺不已。
矢㊻其文德㊼，
洽㊽此四國。

英明的天子，
他的美譽永不中止。
施行那文治的德政，
使四方諸侯融洽協和。

【注釋】❶江漢　長江與漢水。❷浮浮　強盛貌。「浮浮」當與下句「滔滔」互訛。❸滔滔　水盛貌。❹匪　通「非」。按，下「匪」字為足句之襯字，無實義。❺淮夷來求　求淮夷之倒文。淮夷，古代聚居於淮河流域之少數民族。來，猶「是」，語助詞。求，尋求，此為討伐之意。❻設　建；樹也。❼旟　鳥隼旗。參見〈鄘風・干旄〉注。❽鋪　通「搏」。打擊；討伐。❾湯湯　水盛貌。❿洸洸　威武貌。⓫成　成功。⓬庶　庶幾。表示希望之詞。⓭時　通「是」。於是。⓮載　則也。⓯滸　水邊。⓰召虎　即召穆公。姓姬，周宣王之大臣。⓱式　語助詞。⓲辟　古「闢」字。開闢。⓳徹　治理。⓴疚　害也。㉑棘　通「急」。㉒王國來極　極王國之倒文。極，準則也，此作動詞。來，語助詞。㉓于　往也。㉔南海　即今之東海。㉕旬　通「徇」。巡視。㉖召公　指召康公，召虎之始祖。㉗翰　牆柱；骨幹。㉘召公是似　似召公之倒文。是，代詞，復指提賓「召公」。似，通「嗣」。繼承。㉙肇敏　謀劃。㉚公　通「功」。事也。㉛用　因此。㉜祉　福也。㉝釐　賜也。㉞圭瓚　玉柄金勺，君王祭祀時舀酒澆地之用。㉟秬鬯　以黑黍與鬱金草釀成之香酒，供祭祀之用。㊱卣　盛鬯之酒器。㊲文人　有文德之人，指召虎之先祖。㊳周　指鎬京。㊴自　用也。㊵召祖　指召虎之祖康公。㊶稽首　古代跪拜之禮。參見〈小雅・楚茨〉注。㊷對揚　臣受君賜時答謝頌揚也。㊸休　美也。此指天子之冊命。㊹考　通「簋」。古代祭祀宴享時盛黍稷之器皿，多用青銅製造。㊺令聞　美譽。㊻矢　施行。㊼文德　文治之德，指禮樂教化。㊽洽　融洽。

【研　析】此是美召虎平定淮夷凱旋之詩，所記與〈召伯虎段〉銘文相似。《詩序》曰：「〈江漢〉，尹吉甫美宣王也。能興衰撥亂，命召公平淮夷。」謂美宣王自亦不為誤，但稱尹吉甫所作則無據。此詩當召虎自作也。

詩共六章。一章言召虎奉命由江漢出征討伐淮夷，將士勇武。二章言淮夷既平，告成於王。三章言王命召虎開闢疆土，直至南海。四、五兩章言王再命召虎，勉以賡續先祖業績，賜以重賞，並予冊命。六章言召虎作器記恩銘勳，並以頌揚天子作結。

本詩主旨雖為美召虎征伐淮夷武功，然詩中無一字鋪張威烈。詩人巧借王命，以天子重賞褒獎側面烘托召虎功績，意深筆曲。韓愈〈平淮西碑〉祖此。

【韻　讀】一章：浮、滔、遊、求，幽部。車、旟、舒、鋪，魚部。二章：湯、洸、方、王，陽部。平、定、爭、寧，耕部。三章：滸、虎、土，魚部。棘、極，職部。理、海，之部。四章：宣、翰，元部。子、似、祉，之部。五章：人、田、命、命、年，真部。六章：首、休、考、壽，幽部。子、已，之部。德、國，職部。

九　常武

赫赫明明，

君王多麼威武，多麼英明，

王❶命卿士❷，
南仲❸大祖❹，
大師皇父❺。
整❻我六師❼，
以脩我戎❽。
既敬❾既戒，
惠此南國。

王謂尹氏❿，
命程伯休父⓫，
左右陳行⓬，
戒我師旅：
「率⓭彼淮浦⓮，

他命令卿士：
南仲，在那太祖廟，
同時也命令太師皇父。
整頓我的六軍，
修理我的武器。
提高警惕，加強戒備，
去解救南方諸侯國。

君王囑咐尹吉甫，
命令程伯林父，
把隊伍左右排成行，
告誡我的部隊：
「沿著那淮河邊上，

省⑮此徐⑯土，
不留不處⑰。
三事⑱就緒。」

赫赫業業⑲，
有嚴⑳天子，
王舒保作㉑。
匪紹㉒匪遊，
徐方㉓繹騷㉔。
震驚徐方，
如雷如霆，
徐方震驚。

去巡視徐國大地，
不要在那裡久留。
三卿已經準備妥當。」

威風凜凜，
天子多麼威嚴，
他發兵舒緩從容。
不弛緩不遊逛，
徐國軍隊聞風騷動。
使徐國震動驚恐，
像那雷霆，
徐國上下震動驚恐。

王奮厥㉕武，
如震如怒。
進厥虎臣㉖，
闞㉗如虓㉘虎。
鋪敦㉙淮濆㉚，
仍㉛執醜虜㉜。
截㉝彼淮浦，
王師之所。

王旅嘽嘽㉞，
如飛如翰㉟，
如江如漢，
如山之苞㊱，

君王奮揚他的威武，
如天打雷，如天發怒。
揮進他的勇猛的將領，
他們怒吼像是咆哮的老虎。
大軍逼近淮河邊上的高地，
接連抓獲許多俘虜。
那整齊的淮河水邊，
是天子軍隊駐紮的場所。

天子的軍隊聲勢赫赫，
他們像翱翔的雄鷹，
像奔騰的長江和漢水，
像巋然不動的高山，

如川之流。
緜緜翼翼[37]，
不測不克[38]，
濯[39]征徐國。

王猶[40]允塞[41]，
徐方既來。
徐方既同[42]，
天子之功。
四方既平，
徐方來庭[43]。
徐方不回[44]，
王曰還歸。

像浩浩蕩蕩的大河。
連綿不斷，嚴肅整齊，
不可測度，不可戰勝，
大張旗鼓，討伐徐國。

君王的謀略確實周密，
徐國已經來歸順。
徐國已經來朝覲，
這是天子的功勞。
四方諸侯都已平定，
徐國也歸順了朝廷。
徐國不再背叛，
君王說班師回朝。

【注釋】❶王　指周宣王。❷卿士　周代總管朝政之大臣，似後世之宰相。❸南仲　周宣王之大臣。參見〈小雅・出車〉注。❹大祖　指太祖廟。❺大師皇父　言亦於太廟命太師皇父也。文有省略。大師，即太師，周代執掌軍事之最高長官。皇父，人名。❻整　治理。❼六師　即六軍。周制，天子六軍。一萬二千五百人為一軍。❽戎　兵器。❾敬　通「警」。警戒。❿尹氏　蓋指尹吉甫。⓫程伯休父　程國伯爵，名休父。宣王時失去原官守，任大司馬，負責軍隊事務。⓬陳行　列隊。⓭率　循；沿也。⓮浦　水邊。⓯省　巡視。⓰徐　周之諸侯國名，故城在今安徽省泗縣北。⓱處　居住；駐紮。⓲三事　三卿。即上文之南仲、皇父、程伯休父。⓳赫赫業業　威儀盛大貌。⓴有嚴　猶嚴然也。有，語助詞。㉑舒保作　舒緩安行。作，行也。㉒紹　弛緩。㉓徐方　徐國。方，方國。㉔繹騷　軍陣騷動也。繹，軍陣。㉕厥　其也。㉖虎臣　如虎之臣。㉗闞　虎怒貌。㉘虓　虎吼。㉙鋪敦　大軍壓境。鋪，通「敷」。大也。敦，迫也。㉚濆　水邊高地。㉛仍　頻繁；屢屢。㉜醜虜　俘虜。醜，對敵人之蔑稱。㉝截　平治；平服。㉞嘽嘽　人多勢盛貌。參見〈小雅・四牡〉注。㉟翰　猛禽名，似鷂鷹。㊱苞　根也，引申為穩固。㊲翼翼　嚴整。㊳克　戰勝。㊴濯　大也。㊵猶　謀略。㊶允塞　確實周密。塞，實也。㊷同　會同；朝見。㊸庭　朝廷。㊹回　違背；背叛。

【研　析】此是美周宣王親征徐方之詩。《詩序》曰：「〈常武〉，召穆公美宣王也。有常德以立武事，因以為戒然。」謂召穆公所作，詩中無據；「有常德以立武事」云云，釋篇名〈常武〉之義，附會之辭耳，不足信也。

詩共六章。一、二兩章述宣王調兵遣將，準備遠征伐徐。三、四、五三章述宣王親征，王師勇猛，大勝徐方。六章歸功天子。

本詩雖以戰爭為主題，但與《楚辭・國殤》不同，詩人並未渲染腥風血雨之戰爭場面，而是採用烘托反襯等手法刻意抒寫王師聲勢之盛以及徐方之震驚，以虛筆代替實寫。吳闓生《詩義會通》曰：「首章曰：既敬既戒，惠此南國。次章曰：不留不處，三事就緒。三章曰：王舒保作，匪紹匪遊。末章曰：徐方不回，王曰還歸。何其舂容而大雅也！四、五兩章，正敘兵事。如飛四句形容軍陣，措語之精，振古無倫。綿綿三句，承上文而下，氣勢浩穰，有天地褰開、風雲變色之象。噫嘻！嘆觀止矣！」

【韻讀】一章：士，之部；祖、父，魚部。之魚合韻。戒、國，職部。二章：父、旅、浦、土、處、緒，魚部。三章：業，盍部，作，鐸部。盍鐸合韻。遊、騷，幽部。霆、驚，耕部。四章：武、怒、虎、虜、浦、所，魚部。五章：嘽、翰、漢，元部。苞、流，幽部。翼、克、國，職部。六章：塞，職部；來，之部。職之通韻。同、功，東部。平、庭，耕部。回、歸，微部。

一〇 瞻卬

瞻卬❶昊天，　仰望著老天，

則不我惠❷。　老天不再把我們關愛。

孔填❸不寧，　不得安寧已經很久，

降此大厲❹。
邦靡有定，
士民其瘵❺。
蟊賊❻蟊疾❼，
靡有夷屆❽。
罪罟❾不收，
靡有夷瘳❿。

人有土田，
女⓫反有之；
人有民人⓬，
女覆⓭奪之。
此宜無罪，

老天降下這大災。
國家不安定，
人民是那樣困苦。
害蟲侵害莊稼，
沒有止息的時候。
罪網不加收斂，
苦難沒有平息的時候。

人家有一點土地，
你卻把它佔有；
人家有一些奴隸，
你卻把他們奪取。
這人該是無罪，

女反收[14]之；
彼宜有罪，
女覆說[15]之。
哲[16]夫成城，
哲婦[17]傾城。
懿[18]厥哲婦，
為梟為鴟[19]。
婦有長舌，
維厲之階。
亂匪降自天，
生自婦人。
匪教匪誨[20]，

你卻把他收押；
那人該是有罪，
你卻把他赦免。
聰明的男人建功立業，
聰明的女人把國家毀滅。
嘿！那個聰明的女人，
是個兇惡的貓頭鷹。
這女人有個長舌頭，
是製造禍亂的臺階。
禍亂不是從天降下，
而是從女人那裡產生。
不是由於別人教唆，

時維婦寺㉑。
鞫㉒人忮忒㉓，
譖始竟背㉔。
豈曰不極㉕？
伊㉖胡為慝㉗！
如賈㉘三倍，
君子是識㉙。
婦無公事㉚，
休其蠶織。
天何以刺㉛？
何神不富㉜？

這是因為太親近女人。
抓住把柄不放，心腸十分狠毒，
起初不誠實，最終背棄別人。
難道還沒有做絕？
為什麼做得這樣兇惡！
像那商人獲利三倍，
君子居然也能懂得。
女人不紡紗縫衣，
停止了養蠶織布。
為什麼要責備老天？
哪個神靈不降福？

舍爾介狄㉝，
維予胥忌㉞。
不弔㉟不祥，
威儀不類㊱。
人㊲之云㊳亡，
邦國殄瘁㊴。

天之降罔㊵，
維其優㊶矣！
人之云亡，
心之憂矣！
天之降罔，
維其幾㊷矣！

你拋棄了遠大抱負，
只是嫉恨我。
不幸呀，不吉祥，
容貌舉止不像樣。
賢人紛紛逃亡，
國家面臨滅亡。

老天降下罪網，
是那樣大呀！
人們紛紛逃亡，
心裡多麼憂傷呀！
老天降下罪網，
是那樣距離近呀！

人之云亡，
心之悲矣！

觱沸43檻泉44，
維其深矣！
心之憂矣，
寧45自今矣？
不自我先，
不自我後。
藐藐46昊天，
無不克鞏。
無忝47皇祖48，
式49救爾後50。

賢人紛紛逃亡，
心裡多麼悲傷呀！

噴湧的泉水，
是那樣的深呀！
我心裡的憂傷呀，
為什麼從今天開始呀？
不從我前面，
也不從我後面。
高高在上的老天，
沒有什麼不能鞏固。
不要辱沒你的祖宗，
還要救救你的子孫後代。

【注　釋】❶瞻卬　仰視。卬，古「仰」字。❷不我惠　不惠我之倒文。惠，愛也。❸填　通「陳」。久也。❹厲　禍亂。❺瘵　病也。❻蟊賊　食禾之蟲。❼蟊疾　侵害。❽夷屆　猶止息也。夷，平也。屆，極也。❾罪罟　罪網。參見〈小雅・小明〉注。❿夷瘳　猶夷屆，平息也。瘳，病癒也。⓫女　古「汝」字。你。此指幽王。⓬民人　人民，此指奴隸。⓭覆　反而；卻。⓮收　拘捕；拘押。⓯說　通「脫」。赦免。⓰哲　聰明。⓱哲婦　聰明的女人。此指褒姒。⓲懿　通「噫」。嘆詞。⓳為梟為鴟　梟鴟，皆為貓頭鷹一類惡鳥。⓴匪教匪誨　教誨，猶教唆。㉑時維婦寺　維寺婦之倒文。時，通「是」。此也。寺，近也。㉒鞫　窮究。㉓忮忒　狠毒。㉔譖始竟背　始譖竟背之倒文。譖，不誠實也。竟，終也。㉕極　極端；頂點。㉖伊　維也。語助詞。㉗慝　惡；邪惡。㉘賈　商人。㉙君子是識　君子識是之倒文。識，知也。㉚公事　女功之事，如紡織縫衣之類。公，通「功」。㉛刺　指責；諷刺。㉜富　通「福」。㉝介狄　遠大抱負。介，大也。狄，古「逖」字，遠也。㉞維予胥忌　維胥忌予之倒文。胥，相也。㉟不弔　不幸。㊱類　善也。㊲人　此指賢人。㊳云　語助詞，無實義。㊴殄瘁　困病；敗亡。㊵罔　古「網」字。罪網也。㊶優　寬大；多也。㊷幾　近也。一說：危也。㊸觱沸　泉水上湧貌。㊹檻泉　自下而上噴湧之泉水。檻，通「濫」。㊺寧　何也。㊻藐藐　高遠貌。㊼忝　辱沒。㊽皇祖　祖先。皇，大也。㊾式　語助詞。㊿後　指子孫後代。

【研　析】此是刺幽王寵褒姒將致亡國之詩。《詩序》曰：「〈瞻卬〉，凡伯刺幽王大壞也。」大旨不誤，但謂凡伯所作，詩中未見明證。

詩共七章。一、二兩章仰天呼告，斥幽王倒行逆施，致天降大災，國無寧日。三、四兩章追究禍源，由於褒姒之寵。方玉潤《詩經原始》曰：「極力描寫女禍，可謂不遺餘力。」五、六兩章哀嘆賢人逃亡，國之將亡。七章自傷恰逢此亂，猶望幽王懸崖勒馬。孫鑛《批評詩經》曰：「篇中語特多新陗，然又有率意處。此起章則極其雄肆，勃勃如吐不罄，語盡而意猶未止。」

【韻讀】一章：惠、疾、屆，質部；厲、瘵，月部。質月合韻。收、瘳，幽部。二章：田、人，真部。有，之部；收，幽部。之幽合韻。奪、說，月部。成、傾，耕部。三章：鴟、階，脂部。天、人，真部。誨、寺，之部。四章：忒、背、極、慝、識、織，職部；倍、事，之部。職之通韻。五章：刺、狄，錫部。富，職部；忌，之部。職之通韻。祥、亡，陽部。類、瘁，物部。六章：罔、亡、罔、亡，陽部。優、憂，幽部。幾、悲，微部。七章：深、今，侵部。後、後，侯部；鞏，東部。侯東通韻。

一一　召旻

旻天❶疾威，
天篤❷降喪。
瘨❸我饑饉，
民卒❹流亡。

上天暴虐，
接連降下禍亂。
用饑荒摧殘我們，
百姓全都逃亡。

我居⑤圉⑥卒荒。
天降罪罟⑦，
蟊賊⑧內訌⑨，
昏椓⑩靡共⑪。
潰潰⑫回遹⑬，
實⑭靖夷⑮我邦。
皋皋⑯訿訿⑰，
曾⑱不知其玷⑲。
兢兢業業⑳，
孔填㉑不寧，
我位孔貶。

從國中到邊疆都已荒涼。
上天降下罪網，
害人蟲在內部爭鬥，
昏亂毀謗不盡職守。
混亂邪僻，
這是在毀滅我們國家。
頑固不化，詆毀誹謗，
竟不知自己的污點。
小心翼翼，惶恐不安，
很久以來不得安寧，
我的職位大大降低。

如彼歲旱，
草不潰㉒茂，
如彼棲苴㉓。
我相此邦，
無不潰止㉔。
維昔之富不如時㉕，
維今之疚㉖不如茲㉗。
彼疏㉘斯粺㉙，
胡不自替㉚？
職兄斯引㉛。
池之竭矣，

好比那大旱的年景，
野草也不繁茂，
如同那枯萎的草。
我看這個國家，
不可能不崩潰了。
從前的財富不如今天多，
今天的苦難不如現在深。
那些該吃粗糧的小人吃著細糧，
小人們為什麼不自己退讓？
這種情況正在蔓延滋長。
池塘乾涸呀，

不云㉜自頻㉝？
泉之竭矣，
不云自中？
溥㉞斯害矣，
職兄斯弘㉟，
不烖㊱我躬？

昔先王㊲受命，
有如召公㊳，
日辟㊴國百里；
今也日蹙㊵國百里。
於乎㊶哀哉！

難道不是從池邊開始？
泉水枯竭呀，
難道不是從中間開始？
這禍害已經普遍發生，
這種情況正在擴大，
怎能不害及我自身？

從前文王武王接受天命，
擁有像召公那樣的大臣，
每天開闢國土百里；
如今呀每天要削減國土百里。
啊，可悲呀！

維今之人，
不尚㊷有舊㊸。

今天的人們，
不尊重原來的傳統。

【注釋】❶旻天　秋天，此泛指上天。❷篤　重；多也。❸瘨　病；摧殘。❹卒　盡；都也。❺居　指國中。❻圉　邊疆。❼罟　網也。❽蟊賊　食禾之蟲，此喻朝廷之小人。❾內訌　內部自相爭鬥。❿椓　通「諑」。毀謗。⓫靡共　不供職也。共，古「供」字。⓬潰潰　通「憒憒」。昏亂貌。⓭回遹　邪僻也。⓮實　通「是」。此也。⓯靖夷　毀滅。靖，平也。⓰皋皋　頑固不化貌。⓱訿訿　毀謗貌。⓲曾　竟然。⓳玷　白玉之斑點，引申為人之污點。⓴兢兢業業　謹慎恐懼貌。㉑填　久也。參見〈瞻卬〉注。㉒潰　茂盛。㉓棲苴　枯草。㉔止　語助詞。㉕時　通「是」。此也。㉖疚　病也。㉗茲　此也。㉘疏　粗糧。㉙粺　細糧。㉚替　廢退。㉛職兄斯引　言此情況正在蔓延也。職，主也；此也。兄，古「況」字。㉜云　語助詞。㉝頻　通「濱」。水邊。㉞溥　普遍。㉟弘　大也。㊱烖　同「災」。㊲先王　指文王、武王。㊳召公　指召康公。參見〈江漢〉注。㊴辟　古「闢」字。開闢。㊵蹙　削減；縮小。㊶於乎　即嗚呼，嘆詞。㊷尚　崇尚；尊重。㊸舊　指原有之傳統。

【研析】此是刺幽王重用小人禍國殃民之詩。《詩序》：「〈召旻〉，凡伯刺幽王大壞也。旻，閔也。閔天下無如召公之臣也。」大體不誤，唯謂召公所作亦於詩中無據也。

詩共七章。一章言天降喪亂饑饉之。二章言群小內訌，亂政誤國。三章言己雖小心謹慎，仍不免貶職。四章言國運已如旱年之枯草，必敗無疑。五章言危機深重已至極點，然小人張狂，其勢益盛。六章言禍亂日益擴大，憂其殃及自身。七章言昔文王武王有如召公之臣，國力日強；哀今之人不循舊章，國力日衰。孫鑛《批評詩經》曰：「音調淒惻，語皆自哀苦衷中出，匆匆若不經意，而自有一種奇峭，與他篇風格又別。」吳闓生《詩義會通》曰：「二詩（按，指上篇與本詩）皆憂亂之將至，哀痛迫切之音。賢者遭亂世，蒿目傷心，無可告愬，繁冤抑鬱之情，〈離騷〉〈九章〉所自出也。」

【韻讀】一章：喪、亡、荒，陽部。二章：訌、共、邦，東部。三章：玷、貶，談部；業，盍部。談盍通韻。四章：茂，幽部；止，之部。幽之合韻。五章：富，職部；時、疚、兹，之部。職之通韻。替，質部；引，真部。質真通韻。六章：竭、竭、害，月部。中、躬，侵部；弘，蒸部。侵蒸合韻。七章：甲、里、哉、舊，之部。

頌

〈頌〉多為天子、諸侯廟堂祭祀之樂歌，共四十篇，其中〈周頌〉三十一篇，〈魯頌〉四篇，〈商頌〉五篇。〈周頌〉為西周早期之詩。〈魯頌〉比較特殊，四篇皆是春秋時頌揚魯僖公之詩，體兼〈風〉〈雅〉，與〈周頌〉、〈商頌〉迥然不同。蓋孔子編詩，等魯於王，所以尊之也。〈商頌〉從內容形式兩方面考察，皆不類商代詩歌，當是武王滅商後，商之後裔宋人祭祖之詩。

周頌

清廟之什

一 清廟

於❶穆❷清廟，
肅雝❸顯相❹。
濟濟❺多士❻，
秉文❼之德。
對越❽在天，
駿❾奔走在廟。
不顯不承❿？
無射⓫於⓬人斯⓭。

啊，清靜的宗廟多麼美好，
光明磊落的助祭人多麼莊嚴和諧。
眾多的助祭人多麼整齊，
他們秉承了文王的德行。
答謝頌揚在天的神靈，
在宗廟裡快步奔走。
文王的德行難道不光明不美好？
他永遠不會被人們厭倦。

【注釋】❶於　嗚呼，嘆詞。❷穆　美好。❸肅雝　莊嚴和諧。❹相　指助祭者。❺濟濟　整齊美好貌。❻多士　此指助祭者，即上文之相。❼文　指周文王。❽對越　報答宣揚。❾駿　迅疾。❿承　通「烝」。美也。一說：繼承也。⓫射　通「斁」。厭倦。⓬於　介詞，表示被動。⓭斯　語助詞。

【研　析】此是祭祀周文王之詩。《詩序》曰：「〈清廟〉，祀文王也。周公既成雒邑，朝諸侯，率以祀文王焉。」大旨不誤。但謂周公率諸侯祭祀，於詩無證。

詩僅一章，共八句。起首「於穆清廟」一句，嘆美文王之廟清靜和美，籠罩全詩。次「肅雝顯相」五句，述助祭者肅雝、美盛、虔敬。末「不顯不承」二句，讚頌文王之德。本詩以抒寫助祭者為主體，借以烘托文王之功業美德，故吳闓生《詩義會通》引舊評曰：「頌文王若鋪敘德業，雖連篇累牘豈能盡之。妙用烘托法，寫廟、寫相、寫多士，末以無射咏嘆之，絕不正寫文王，《史記・孔子贊》本此。」顧廣譽曰：「〈頌〉體簡淡寂寥，此詩及〈維清〉其尤也。」

【韻　讀】無韻。

二　維天之命

維天之命，
於穆❶不已。
於乎❷不顯？
文王之德之純！

上天賜給周的大命，
啊，多麼美好，永無止境。
啊，怎麼不光明？
文王的德行這樣純正！

假以溢我❸，　　如果把它授予我，
我其❹收之。　　我將全部接受。
駿❺惠❻我文王，　　要好好地遵循我們文王的德行，
曾孫❼篤❽之。　　子子孫孫要忠誠地實行。

【注釋】❶於穆　見〈清廟〉注。❷於乎　即嗚呼。❸假以溢我　授予我。假，授也。以，而也。溢，通「益」。加也。❹其　將也。❺駿　大也。❻惠　順從；遵循。❼曾孫　孫之子，此泛指子孫後代。❽篤　忠誠信守實行也。

【研析】此是祭祀文王之詩。《詩序》曰：「〈維天之命〉，太平告文王也。」是也。詩僅一章，共八句。前四句言文王德配天命，後四句言子子孫孫當篤守文王之德。「文王之德之純」一語為全詩之重心，全詩言簡而意賅。

【韻讀】收，幽部；篤，覺部。幽覺通韻。

三　維　清

維清緝熙❶，　　這清明光大的，

文王之典。

肇❷禋❸，

迄用❹有成，

維周之禎❺。

就是文王的法典。

從開始就祭祀，

終於獲得成功。

這是周家的吉祥。

【注釋】❶緝熙 光明；光大。❷肇 始也。❸禋 祭祀。❹迄用 猶終於也。迄，至；終也。用，以；於也。（從余培林《詩經正詁》）❺禎 吉祥。

【研析】此亦祭祀文王之詩。《詩序》曰：「〈維清〉，奏象舞也。」傳說象舞象文王擊刺之法，〈維清〉為配舞之樂，可備一說。

詩僅一章，共五句，十八字，為《詩經》最短小者。其首二句讚美文王之典清明光大，後三句讚美文王之典之重大作用。吳闓生《詩義會通》曰：「此篇以合象舞之節也。其意則重在『文王之典』一句。」戴震《毛鄭詩考正》曰：「辭彌少而意旨極深遠。」

【韻讀】典、禋，真部。成、禎，耕部。

烈文

烈❶文辟公❷，
錫茲祉❸福。
惠我無疆，
子孫保之。
無封靡❹于爾邦，
維王其崇之。
念茲戎功❺，
繼序❻其皇❼之。
無競❽維人❾，
四方其訓❿之。

有武功文德的先公，
賜給我們這許多幸福。
給我們恩惠沒有止境，
子子孫孫要好好保有它。
不要讓你的國家受罪，
應當只尊重君王。
要想想這些大功勞，
繼承前人的事業，讓它發揚光大。
那人的才能沒有誰趕得上，
四方諸侯都歸順他。

不顯維德？　他的德行怎能不光明？
百辟⓫其刑⓬之。　諸侯們都以他為榜樣。
於乎前王⓭不忘！　啊，前代君王不能忘！

【注釋】❶烈　功業，此指武功。❷辟公　諸侯，此指周之先公。❸祉　亦福也。❹封靡　大罪。一說：自我束縛無所作為也。封，閉也。靡，通「縻」。束縛也。❺戎功　大功。❻繼序　繼承事業。序，通「緒」。事業也。❼皇　光大。❽無競　無可競爭。參見〈抑〉注。❾人　疑指末句之「前王」。❿訓　通「順」。服從；歸順也。⓫百辟　指諸侯。⓬刑　古「型」字。模範；榜樣。此作動詞。⓭前王　前代君王，此蓋指文王、武王。

【研析】此是祭祀周之先王先公之詩。《詩序》曰：「〈烈文〉，成王即政，諸侯助祭也。」以此詩為成王即位之初，告誡助祭者之作。然詩中有「維王其崇之」之句，知其非君王自作。《序》說未妥。

全詩一章，共十三句。首四句頌揚先公之功業。次四句告誡助祭之諸侯。末五句頌揚先王之德。吳闓生《詩義會通》曰：「詞意蓋因諸侯來助祭，為此詩勉之，即借以勉成王。惟『無封靡于爾邦』一語，為告誡諸侯之詞；『念茲戎功，繼序其皇之』，雖若告誡諸侯，實以諷喻王耳。以下四句并同。末更以追念前王作收，神氣尤為妙遠。」

【韻讀】公、邦、功，東部；疆、皇，陽部。東陽合韻。人，真部；訓，文部；刑，耕部。

真文耕合韻。

五 天作

天作❶高山❷，
太王❸荒❹之。
彼作❺矣，
文王康❻之。
彼徂❼矣，
岐有夷❽之行。
子孫保之。

上天創造了這高山，
太王就來開墾它。
他開了頭呀，
文王就來接替他。
文王前往呀，
岐山就有了平坦的道路。
子子孫孫要保有它。

【注釋】❶作 產生；創造。❷高山 此指岐山。❸大王 即文王祖父古公亶父，亶父初居豳地，為狄人侵擾，遂率部族遷至岐山之下，建立周國。後被尊為太王。大，古「太」字。❹荒 開荒。❺作 興起；開頭。❻康 通「賡」。賡續；繼續。❼徂 往也。❽夷 平坦。

【研析】此是祭祀太王、文王之詩。《詩序》曰：「〈天作〉，祀先王先公也。」當不誤。詩僅一章，共七句。詩以天作岐山，太王開墾之，文王繼承之，頌揚周之先王先公為締造周國之不懈努力。吳闓生《詩義會通》曰：「文從天作高山說起，取勢雄偉。由大王遞入文王，跌宕頓挫。彼徂矣岐二句，形容文王之功德，撰語奇特……收以子孫保之，仍入規戒後嗣，意含蘊無盡，必如是意指乃有所歸，不為苟作。全篇不足三十字，而峰巒起伏，綿亘萬里，絕世奇文。」

【韻讀】荒、康、行，陽部。

六　昊天有成命

昊天有成命❶，
二后❷受之。
成王❸不敢康❹，
夙夜基命❺宥密❻。
於❼緝熙❽！

上天有已經決定的命令，
文武二王接受了天命。
成王不敢安逸，
早晚努力，為天命奠定基礎深廣靜謐。
啊，多麼光明！

單⑨厥心，　用盡了他的心力，

肆⑩其靖⑪之。　所以國家鞏固安定。

【注釋】❶成命　已定之命。❷二后　指文王、武王。后，君王。❸成王　周武王之子，名誦。即位時年幼，由叔父周公旦攝政。親政後繼續分封諸侯，奠定西周王朝之基礎。在位三十七年。❹康　安逸。❺基命　為此天命奠定基礎。❻宥密　深廣而靜謐。❼於　嘆詞。❽緝熙　光明。❾單　古「殫」字。竭盡。❿肆　故也。⓫靖　安也。

【研析】此是祭祀成王之詩。《詩序》曰：「〈昊天有成命〉，郊祀天地也。」此說僅據首句「昊天有成命」立義，有失偏頗。

全詩僅一章，共七句。其「成王不敢康」等五句，皆頌揚成王之辭，自是詩之重心所在。首二句「昊天有成命，二后受之」無非言成王繼文武二后承天之成命，為頌揚成王作鋪墊。詩人重點突出成王敬肅勤勉，筆法凝練。

【韻讀】無韻。

七　我將

我將❶我享，　我奉獻，我祭祀，

維羊維牛，
維天其右❷之。
儀式刑❸文王之典，
日靖❹四方，
伊❺嘏❻文王，
既右饗之。
我其夙夜，
畏天之威，
于時❼保之。

祭品是羊是牛，
但願天帝來享用。
要效法文王，以他為典範，
每天都要想著治理四方。
那偉大的文王啊，
也請來享用。
我將從早到晚，
敬畏天帝的威嚴，
於是能保住江山。

【注釋】❶將　奉獻。與下「享」字同義。❷右　通「侑」。勸食。下「既右饗之」之「右」同。❸儀式刑　三字同義，皆為效法之意。❹靖　治理；安定。❺伊　猶彼也。指示代詞。❻嘏　大；偉大。❼于時　即於是。時，通「是」。

【研析】《詩序》曰：「〈我將〉，祀文王於明堂也。」然詩中有「維天其右之」之句，可見不獨祭祀文王，當為合祭天帝與文王之詩歌也。或以為此是〈大舞〉舞曲之首章，為武王伐殷時祭祀天帝、文王，祈求保佑之作。聊備一說。

詩僅一章，共十句。首三句言祀天帝；次四句言祀文王；末三句為周王自警之辭。其言畏天而不言畏文王者，畏天亦即畏文王也。全詩結構嚴整，次第井然。

【韻讀】牛、右，之部。方、饗，陽部。

八 時邁

時❶邁❷其邦❸，
昊天其子之❹。
實右❺序有周❻。
薄言❼震❽之，
莫不震疊❾。
懷柔❿百神，
及河⓫喬嶽⓬。

周王按時巡視各國，
上天該會把他當兒子。
這是保佑周家使它有秩序。
我們用武力威懾天下，
沒有誰不震動懼怕。
祭祀四方神明，
以及河神山神。

允⑬王維后⑭！　的確呀，周王是賢君！
明昭有周，　前途光明的周國，
式⑮序在位⑯。　安排在位的諸侯很有次序。
載⑰戢⑱干戈⑲，　就收起干戈，
載櫜⑳弓矢。　就藏好弓箭。
我求懿㉑德，　我們追求美德，
肆㉒于時㉓夏㉔。　並且把它推行到全中國。
允王保之！　的確呀，周王能保有天下！

【注釋】❶時　按時。❷邁　行；巡視。❸邦　此指諸侯國。❹子之　把他（周王）當作兒子。子，此作動詞。❺右　古「佑」字。❻有周　即周國。有，語助詞。❼薄言　皆語助詞，無實義。參見〈周南・芣苢〉。❽震　指以武力威懾。❾疊　通「慴」。恐懼。❿懷柔　安撫，此指祭祀。⓫河　黃河，此指河神。⓬喬嶽　高山，此指山神。一說：指泰山之神。⓭允　的確；確實。⓮后　國君。⓯式　語助詞。⓰在位　指諸侯。⓱載　則也。⓲戢　聚集；收藏。⓳干戈　泛指兵器。⓴櫜　盛裝弓箭之袋。㉑懿　美也。㉒肆　施行。㉓時　通「是」。此也。㉔夏　指中國。

【研　析】此詩頌周王巡視四方，並祭祀山川百神也。《詩序》曰：「〈時邁〉，巡守告祭柴望也。」與詩旨相合。舊說此為武王克商、初定天下所作，或是。

詩僅一章，共十五句。首二句言周王奉天命而巡視四方，此為全詩總綱。下十三句為告祭正文：「薄言震之」二句，言於諸侯則威懾之；「懷柔百神」二句，言於百神則懷柔之；「載戢干戈」二句，言斂武也；「我求懿德」二句，言修文也。層次分明，整然有度。壯闊雄渾，有王者氣象。

【韻　讀】無韻。

九　執競

執競❶武王，
無競❷維烈❸。
不顯成康❹？
上帝是皇❺。
自彼成康，

武王自強不息，
他的功業沒有人能超過。
成王康王的功業難道不顯赫？
上帝都讚揚他們。
自從那成王康王開始，

奄有❻四方，
斤斤❼其明。
鐘鼓喤喤❽，
磬❾筦❿將將⓫。
降福穰穰⓬，
降福簡簡⓭。
威儀反反⓮，
既醉既飽，
福祿來反⓯。

就擁有了天下四方。
他們的德行多麼光明。
鐘鼓聲喤喤，
磬管聲嗆嗆。
上帝賜福真是多呀，
上帝賜福真是大呀。
儀容舉止謹慎得體，
先祖們已經飯飽酒足，
他們會回報我們更大的福祿。

【注釋】❶執競　猶言自強不息。執，持也。競，強也。❷無競　無可競爭。❸烈　功業。❹成康　成王與康王。康王，名釗，成王之子，繼為天子。❺上帝是皇　上帝皇是之倒文。皇，讚美也。是，此也，指成康。❻奄有　擁有；全部佔有。❼斤斤　明察貌。斤，古「昕」字，明也。❽喤喤　聲音洪亮和諧。❾磬　古代打擊樂器，以玉或石片製成。❿筦　同「管」字。古代竹製管樂器。⓫將將　樂器奏鳴聲。⓬穰穰　眾多貌。⓭簡簡　大也。⓮反反　謹慎有禮貌。⓯福祿來反　反福祿之倒文。反，回報也。來，猶是也，語助詞。

【研　析】此是祭祀武王兼及成王、康王之詩。《詩序》曰：「〈執競〉，祀武王也。」大體不誤。

詩僅一章，共十四句。前七句盛讚武、成、康三王之功業德行；後七句描繪祭祀之隆盛，並期盼先祖降福。後七句中竟有四句採用疊音詞，音節優美，氣氛隆重。

【韻　讀】王、康、皇、康、方、明、喤、將、穰，陽部。簡、反、反，元部。

一〇　思　文

思❶文❷后稷，
克配彼天。
立❸我烝民❹，
莫非爾極❺。
貽我來牟❻，
帝命率❼育。

有文德的后稷呀，
他的功德可與那上天相配。
養育我們百姓呀，
全都是您的恩情。
送給我們小麥大麥呀，
上帝教他把百姓全部養活。

無此疆爾❽界，　不分這塊那塊田界呀，
陳常❾于時夏❿。　把農業生產推行到全中國。

【注釋】❶思　語助詞。❷文　文德。❸立　古「粒」字。養育。❹烝民　百姓。烝，眾也。❺極　善也。❻來牟　小麥、大麥。牟，古「麰」字。❼率　普遍；全部。❽爾　這；那。❾常　常政；常法。此指農政。❿時夏　見〈時邁〉注。

【研析】此是祭祀后稷之詩。《詩序》曰：「〈思文〉，后稷配天也。」向無異議。

詩僅一章，共八句。首二句「思文后稷，克配彼天」為全詩總綱。以下六句皆頌揚后稷奉天命教民稼穡之功。語簡而意深。張所望曰：「后稷配天，一事也。〈生民〉述事，故詞詳而文直；〈思文〉頌德，故語簡而旨深。〈雅〉、〈頌〉之體，其不同如此。」（《傳說彙纂》）

【韻讀】稷、極，職部。天、民，真部。

臣工之什

一 臣工

嗟嗟❶臣工❷，
敬❸爾在公。
王釐❹爾成❺，
來❻咨來茹❼。
嗟嗟保介❽，
維莫❾之春，
亦又何求？

啊，啊，大臣官員們，
你們要認真地對待公事。
周王賜給你們成功的經驗，
還來和你們諮詢商量。
啊，啊，田官們，
現在已是暮春，
你們有什麼打算？

如何新畬❿？
於⓫皇⓬來牟⓭，
將受厥明⓮。
明昭上帝，
迄用⓯康年⓰。
命我眾人，
庤⓱乃錢鎛⓲，
奄⓳觀銍艾⓴。

怎樣種好新開墾的田地？
啊，多麼美好的小麥大麥，
將會得到好的收成。
開明的上帝，
終於會賜給我們豐年。
命令我的百姓，
準備好你們的農具，
大家一起來看收穫的場景。

【注釋】❶嗟嗟　嘆詞。❷臣工　群臣百官。❸敬　慎重。❹釐　賜也。❺成　成法，此蓋指農耕之法。❻來　語助詞，猶是也。❼茹　商量；探求。❽保介　保護田界者，即田官。❾莫　古「暮」字。❿新畬　新墾之田。開墾兩年之田曰新，三年曰畬。⓫於　嘆詞。⓬皇　美也。⓭來牟　見〈思文〉注。⓮明　指收成。⓯迄用　終於。參見〈維清〉注。⓰康年　豐收。⓱庤　具備；準備。⓲錢鎛　古農具，似今之鍬鋤。⓳奄　同；一同。⓴銍艾　收割。銍，鐮刀，此作動詞。艾，通「刈」。割也。

【研析】此蓋周王暮春省耕之詩。《詩序》曰：「〈臣工〉，諸侯助祭，遣于廟也。」可備一說。

詩僅一章，共十五句。首四句告誡群臣百官慎於公事；次四句詢問農官如何準備春耕，此為全詩重心所在；後七句祈求上帝賜福，五穀豐登。吳闓生《詩義會通》引舊評曰：「於皇以下，虛擬之辭，筆情飛舞。」所謂「虛擬之辭」即想像之辭也，修辭學稱之為示現，可以拓展時空，活躍詩情。此種筆法，國風屢見，然見之於〈周頌〉，亦足稱奇矣。

【韻讀】工、公，東部。

二　噫嘻

噫嘻❶成王，
既昭假❷爾❸。
率時❹農夫❺，
播厥百穀。
駿❻發爾私❼，
終❽三十里❾。
亦❿服⓫爾耕，

啊，啊，成王，
我們已經虔誠地向您禱告了啊。
就要帶領這些農夫，
去播種各種穀物。
大力開發你們的私田，
整整方圓三十里。
好好從事你們的耕作，

十千⓬維耦⓭。　　上萬人並肩犁地。

【注　釋】❶噫嘻　嘆詞。❷昭假　禱告；將誠敬之心表明於神靈也。❸爾　語助詞。❹時　通「是」。此也。❺農夫　農民。一說：農官。❻駿　大也。❼私　私田。參見〈小雅・大田〉。❽終　整；盡也。❾三十里　舊說據《周禮》謂，方圓三十二里半為一農業行政區域，可容一萬農夫耕種，由一農官掌管。或以為此為虛指，非實數。❿亦　語助詞。⓫服　從事。⓬十千　一萬。蓋亦虛數。⓭耦　兩人用一犁並肩而耕。

【研　析】此蓋祭祀成王並勸春耕之詩。疑為康王所作。《詩序》曰：「〈噫嘻〉，春夏祈穀于上帝也。」謂春夏兩季祈穀，未確。

詩僅一章，共八句。首二句「噫嘻成王，既昭假爾」，禱告成王之辭。「率時農夫」以下皆敦促農夫春耕之辭也，當為本詩重心所在。詩以「百穀」、「三十里」、「十千」等誇張之辭，描繪了一幅壯闊的萬人春耕圖，或為三百篇誇飾之濫觴也。

【韻　讀】無韻。

三　振　鷺

振❶鷺❷于飛，　　白鷺展翅飛翔，

于彼西雝❸。
我客戾❹止❺，
亦有斯容。
在彼❻無惡，
在此❼無斁❽。
庶幾❾夙夜❿，
以永⓫終譽⓬。

落在那西邊的水塘上。
我的客人來到了，
他也有這樣的儀容。
在他的國家沒人憎恨他，
在這兒沒人討厭他。
但願他起早貪黑，
永遠保持眾人稱譽的好名聲。

【注釋】❶振　猶振振，展翅貌。❷鷺　水鳥名，即白鷺，羽毛潔白。❸雝　通「邕」。水澤。❹戾　至；到達。❺止　語助詞。❻彼　指客之封國。❼此　指周國。❽斁　通「厭」。參見〈周南・葛覃〉注。❾庶幾　但願；希望。❿夙夜　早晚。⓫永　長也。⓬終譽　眾人讚譽。終，通「眾」。

【研析】此是迎客之詩。《詩序》曰：「〈振鷺〉，二王之後來助祭也。」其所謂「二王」不知所指。或以為讚殷商之後宋之微子來周助祭之詩，聊供參考。

詩僅一章，共八句。首四句以白鷺飛臨西邕，興有客來西。次四句讚客之儀容聲譽。末二句勉勵客人勤政保譽。姚際恆《詩經通論》曰：「全在意象之間，絕不著迹。」

【韻讀】雝、容，東部。惡、斁、夜，鐸部；譽，魚部。鐸魚通韻。

四　豐年

豐年多黍❶多稌❷，
亦有高廩❸，
萬億及秭❹。
為酒為醴❺，
烝❻畀❼祖妣❽，
以洽❾百禮。
降福孔皆❿。

豐年黍子稻子多多，
還有高高的糧倉，
數不清有多少億個。
釀清酒，做甜酒，
獻給祖先享用，
來配合百樣禮儀。
但願降福多多。

【注釋】❶黍　黍子，似小米而性黏。❷稌　稻。❸廩　糧倉。❹秭　億之倍數：或以十億為秭，或以千億為秭，或以萬億為秭。極言數之多也。❺醴　甜酒。❻烝　進獻。❼畀　給予。❽祖妣　男女祖先。❾洽　配合。❿皆　普遍；盛多。一說：嘉也。

【研析】此是豐收後祭祖之詩。《詩序》曰：「〈豐年〉，秋冬報也。」大體不誤。詩僅一章，共七句。首三句描繪豐收景象。後四句言釀酒祭祖，末以「降福孔皆」為結，祈求先祖保佑。層次極為分明。此詩亦用誇張筆法，形象生動。

【韻讀】黍、稌，魚部。秭、醴、妣、禮、皆，脂部。

五 有瞽

有瞽❶有瞽，
在周之庭❷。
設業設虡❸，
崇牙❹樹羽。
應❺田❻縣鼓，
鞉❼磬❽柷❾圉❿。
既備乃奏，

有盲樂師啊，有盲樂師啊，
在周國宗廟的庭院裡。
豎起樂器架，
木齒上面插羽毛。
小鼓大鼓和懸鼓，
搖鼓、石磬、柷和圉。
樂器齊備就演奏，

簫管⑪備舉。
喤喤⑫厥聲，
肅雝⑬和鳴，
先祖是聽。
我客戾⑭止，
永⑮觀厥成⑯。

排簫長笛一起吹。
那樂聲多麼洪亮，
合奏的音樂多麼肅穆，
先祖的神靈在聽著。
我的客人都光臨，
一直觀賞到演奏全部結束。

【注　釋】❶瞽　盲人，此指盲人樂師。❷庭　指宗廟之堂前平地。❸設業設虡　業虡，懸掛樂器之木架。參見〈大雅·靈臺〉注。❹崇牙　又名樅，業上齒狀懸樂器處。參見〈大雅·靈臺〉注。❺應　小鼓。❻田　通「朄」。大鼓。❼鞉　搖鼓，有柄有耳。❽磬　石製打擊樂器。❾柷　古樂器名。狀似方木筒，有椎把插入底部，擊之出聲，以令左右奏樂。❿圉　古樂器名。木製，狀似伏虎，背有二十七鋸齒，用木尺劃之出聲以止樂。⑪簫管　皆竹製管樂器，古簫編竹而成，管似笛。⑫喤喤　見〈執競〉注。⑬肅雝　肅穆和順。⑭戾　見〈振鷺〉注。⑮永　長也。⑯成　指樂曲結束。

【研　析】此是合奏諸樂以祭祀先祖之詩。《詩序》曰：「〈有瞽〉，始作樂而合乎祖也。」甚得詩旨。

詩僅一章，共十三句。首二句總序其事，且點出演奏場所。「設業設虡」四句，述演奏前之準備。「既備乃奏」五句，述演奏情景，其中「肅雝和鳴，先祖是聽」二句為全詩之重心。末二句「我客戾止，永觀厥成」側寫祭祀儀式之隆盛也。詩中採用鋪敘之法，凡樂師之位、樂器之設、演奏之效果以至貴賓之臨觀，無不詳述備至，井井有條，簡潔而生動。

【韻讀】瞽、虡、羽、鼓、圉、舉，魚部。庭、聲、鳴、聽、成，耕部。

六　潛

猗與❶漆沮❷！　啊，啊，漆水和沮水！
潛❸有多魚。　水中柴圍的魚窩裡魚兒多多。
有鱣有鮪❹，　有鱣魚有鮪魚，
鰷❺鱨鰋鯉❻。　有白鰷魚、鱨魚、鯰魚和鯉魚。
以享以祀，　用牠們來祭祀，
以介景福❼。　用牠們來祈求大福。

【注釋】❶猗與　嘆詞。❷漆沮　皆水名，在陝西渭河以北。參見〈小雅・吉日〉注。❸潛　通「槮」。

水中畜魚之積柴也。❹有鱣有鮪　鱣鮪，皆魚名。參見〈衛風・碩人〉注。❺鰷　魚名，又名白鰷，體細長而色白。❻鰋鯉　皆魚名。參見〈小雅・魚麗〉注。❼以祀以享二句　見〈小雅・楚茨〉、〈大田〉注。

【研　析】此是用魚祭祀之詩。《詩序》曰：「〈潛〉，季冬薦魚，春獻鮪也。」大體不誤。

詩僅一章，共六句。首二句總敘漆沮多魚，此為虛筆。次二句連列六種魚名，此為實筆。本篇雖短小，但層次清晰。詩人採用虛實相間和鋪陳手法寫魚既多且美，已留意筆法之變化矣。

【韻　讀】沮、魚，魚部。鮪、鯉、祀，之部；福，職部。之職通韻。

七　雝

有❶來雝雝❷，　人們來時神情溫和，
至止肅肅❸。　到達以後恭敬嚴肅。
相❹維辟公❺，　幫助祭祀的是諸侯們，
天子❻穆穆❼。　天子主祭神態肅穆。
於❽薦❾廣牡❿，　啊，獻上肥大的公牛，

相⑪予肆⑫祀。
假⑬哉皇考⑭，
綏⑮予孝子。
宣哲⑯維人⑰，
文武⑱維后⑲。
燕⑳及皇天，
克昌厥後。
綏我眉壽㉑，
介㉒以繁祉㉓。
既右㉔烈考㉕，
亦右文母㉖。

人們幫助我陳列祭品。
偉大呀，我的先父，
您安慰我這孝子。
您做人臣時十分明智，
能文能武是稱職的君王。
您使上天有安寧，
使子孫後代得昌盛。
賜給我長壽，
又賜給我許多幸福。
既向我的先父敬酒，
也向我有文德的母親敬酒。

【注釋】❶有　語助詞。❷雝雝　和悅貌。❸肅肅　肅敬貌。❹相　指助祭者。❺辟公　諸侯。參見〈烈文〉注。❻天子　舊說指武王。❼穆穆　恭敬嚴肅貌。❽於　嘆詞。❾薦　進獻。❿廣牡　大公牛。⓫相幫助。⑫肆　陳列。⑬假　大也。參見〈大雅・文王〉注。⑭皇考　對已故父祖之敬稱。皇，美也。⑮綏安也。⑯宣哲　明智。⑰人　指人臣、臣子。⑱文武　指文德武功。⑲后　君主。⑳燕　安也。㉑眉壽長壽。參見〈豳風・七月〉注。㉒介　助；賜也。㉓祉　福也。㉔右　通「侑」。勸食；勸酒。㉕烈考猶皇考。烈，光榮也。㉖文母　有文德之母。

【研　析】此是周天子祭祀父母之詩。《詩序》曰：「〈雝〉，禘大祖也。」亦即祭祀太祖也。太祖為誰？或曰后稷，或曰文王。今觀詩中有「宣哲維人，文武維后」之句，似以指文王為勝，故舊說多以此為武王祭文王之詩也。

詩僅一章，共十六句。起首「有來雝雝」四句，述天子主祭，諸侯助祭，氣氛隆重肅穆。次「於薦廣牡」二句，述祭牲之美。次「假哉皇考」六句，讚頌先父之辭。末「綏我眉壽」四句，祈求父母之靈降福也。本篇多用對偶之句，如「有來雝雝，至止肅肅」，「宣哲維人，文武維后」等，此於〈周頌〉實為罕見。本篇用韻竟出現交韻，即奇句與奇句相押，偶句與偶句相押，且前後又相蟬聯，故姚際恆曰：「此詩每句有韻，甚奇。又……前後相關，音調纏綿繚繞，尤為奇變。」（《詩經通論》）

【韻　讀】雝、公，東部。肅、穆，覺部。牡、考、壽、考，幽部。祀、子、祉、母，之部。人、天，真部。后、後，侯部。

載見

載❶見辟王❷，
曰❸求厥章❹。
龍旂❺陽陽❻，
和鈴❼央央❽。
鞗❾革❿有鶬⓫，
休⓬有烈光⓭。
率見昭考⓮，
以孝以享⓯，
以介眉壽。
永言保之，

初次朝見周王，
希望得到新頒的典章。
交龍旗幟多麼鮮艷，
車鈴旗鈴響叮噹。
籠頭上的銅環兒明晃晃，
多麼美好有光彩。
率領大家拜謁武王廟，
進獻供品來祭祀，
來祈求長壽。
永久保有它，

思⑯皇⑰多祜⑱。　那大又多的福祿。
烈⑲文辟公⑳，　有武功文德的先公，
綏㉑以多福。　將賜給我們許多幸福。
俾緝熙㉒于純嘏㉓。　使我們大福更加光大。

【注釋】❶載　始也。一說：則也。❷辟王　君王，此蓋指成王。❸曰　語助詞。❹章　此指成王即位後之新典章制度。❺旂　交龍旗。參見〈小雅・出車〉注。❻陽陽　顏色鮮明貌。❼和鈴　鈴懸於車軾為和，懸於旂上為鈴。一說：指鸞鈴。❽央央　鈴聲和諧。❾鞗　馬籠頭上連接轡繩之小銅環。❿革　通「勒」。馬籠頭。⓫有鶬　猶鶬然，金屬飾物美盛貌。⓬休　美也。⓭烈光　光明；光彩。⓮昭考　此指武王。古代廟制：太祖居中，左昭右穆。周廟文王當穆，武王當昭。⓯以孝以享　孝享，皆為祭祀之義。⓰思　語助詞。⓱皇　大也。⓲祜　福也。⓳烈　有武功。⓴辟公　諸侯，此指周之先公。㉑綏　安也。一說：賜與。㉒緝熙　光明。㉓純嘏　大福。

【研析】此是周王即位，諸侯來朝，並拜謁周廟之詩。《詩序》曰：「〈載見〉，諸侯始見乎武王廟也。」或是，但義有未備也。

詩僅一章，共十四句。首「載見辟王」二句，述諸侯來朝求新頒典章。次「龍旂陽陽」四句述王朝車服之盛，以見「厥章」之一斑。次「率見昭考」五句，述周王率諸侯拜謁武王之廟以求福。末「烈文辟公」三句，述求周之先公賜福。吳闓生《詩義會通》曰：「起層不急入助祭，舒徐有度。末以長句作收。」

【韻讀】王、章、陽、央、鶬、光、享，陽部。考、壽、保，幽部。祜、嘏，魚部。

九　有客

有客有客，	有客人啊，有客人啊，
亦❶白其馬。	他駕著雪白的馬。
有萋❷有且❸，	又美又多，
敦琢❹其旅❺。	他的隨從都經過精心挑選呀。
有客宿❻宿，	客人請住兩夜呀，
有客信❼信。	客人請多住幾夜呀。
言授之縶❽，	給他一根絆馬繩，
以縶其馬。	把他的馬兒拴住呀。
薄言❾追之，	趕快把他追回來，

左右綏⑩之。
既有淫威⑪，
降福孔夷⑫。

左右大臣要讓他安心呀。
他既有大德，
會有大福降臨給他。

【注釋】❶亦 語助詞。❷有萋 猶萋然，美盛貌。有，語助詞。❸有且 猶且然，盛多貌。有，語助詞。❹敦琢 通「雕琢」。此引申為精心挑選也。❺旅 眾也。此指隨從人員。❻宿 住一夜。❼信 通「申」。住兩夜。❽縶 絆馬足之繩索。參見〈小雅·白駒〉注。下句之「縶」作動詞。❾薄言 語助詞。❿綏 安也。⓫淫威 大德。淫，大也。威，法則；威德也。⓬夷 大也。

【研析】此是周王殷勤留客之詩。《詩序》曰：「〈有客〉，微子來見祖廟也。」微子為商之後，紂王之庶兄也，成王殺武庚後，封微子於宋。因詩中有「亦白其馬」之句，而殷商尚白，故舊多從《序》說。

詩僅一章，共十二句。首「有客有客」四句，述有客來朝威儀之盛。「亦白其馬」一句極為醒目。次「有客宿宿」四句，述周王留客之殷勤。疊用「宿」「信」二字，表達了主人的深情厚誼。「薄言追之」二句，述客去而竭力挽留也。用一「追」字，突出主人留客之堅。末「既有淫威」二句，盛讚來客，並祈求降福。本篇次第井然，情意懇切，語言精煉生動，為〈周頌〉之上品。

【韻讀】馬、旅、馬，魚部。追、綏、威，微部；夷，脂部。微脂合韻。

一〇　武

於❶皇❷武王，
無競❸維烈❹。
允❺文文王，
克❻開厥後❼。
嗣❽武❾受之，
勝殷遏劉❿，
耆⓫定爾功。

啊，偉大的武王，
您的功業沒人比得上。
文王的確有文德，
您能為後人開創基業。
武王踩著足跡繼承文王的事業，
戰勝殷商，制止了殘殺無辜，
致使完成了您的大功。

【注釋】❶於　嘆詞。❷皇　大也。❸無競　無可競爭。參見〈執競〉注。❹烈　功業。❺允　的確；確實。❻克　能也。❼後　指後代。❽嗣　繼承。❾武　足跡。❿劉　殺戮，此指殷紂殘害無辜。⓫耆　致使；達到。

【研析】此是頌揚武王伐紂之詩。《詩序》曰：「〈武〉，奏〈大武〉也。」〈大武〉是表現武王伐紂場面之舞樂，傳說為周公所作。

詩僅一章，共七句。起首「於皇武王」二句，開門見山，頌揚武王功業無與倫比。此為全詩總提。次「允文文王」二句，追念文王奠基之功，與武王功業交相輝映，文筆曲折有致。末「嗣武受之」三句，述武王伐紂之功，此為全詩重心所在。

【韻　讀】無韻。

閔予小子之什

一　閔予小子

閔❶予小子❷，
遭家不造❸，
嬛嬛❹在疚❺。
於乎皇考❻，
永世克孝。
念茲皇祖❼，
陟降❽庭❾止❿。

可憐我這年輕人，
家門遭到不幸，
無依無靠憂傷成病。
啊，偉大的先父，
一生能奉行孝道。
懷念這先祖文王，
他的神靈降臨在朝廷。

維予小子，　我這年輕人呀，
夙夜敬止。　從早到晚嚴肅謹慎。
於乎皇王⓫！　啊，偉大的文王武王！
繼序⓬思⓭不忘。　我將繼承你們的事業不敢遺忘。

【注　釋】❶閔　古「憫」字。可憐。❷予小子　古代帝王之謙稱，此為成王自稱。❸不造　猶言不幸。❹嬛嬛　孤獨無依貌。❺疚　憂病。❻皇考　此指武王。❼皇祖　此指文王。❽陟降　神靈降臨。（從王國維〈與友人論詩書中成語書〉）❾庭　通「廷」。朝廷。❿止　語助詞。⓫皇王　此指文王、武王。⓬序　通「緒」。事業。⓭思　語助詞。

【研　析】此是成王遭父之喪於祖廟祭告先父先祖之詩。《詩序》曰：「〈閔予小子〉，嗣王朝于廟也。」過於簡略。

詩僅一章，共十一句。起首「閔予小子」三句，成王傷悼之辭。次「於乎皇考」四句，頌揚先父武王，兼及先祖文王。末「維予小子」四句，祭告先父先祖，將繼承緒業，不敢有失。吳闓生《詩義會通》引舊評曰：「起，沈慟。橫接皇考，波瀾壯闊。」

【韻　讀】造、考、孝，幽部；疚，之部。幽之合韻。庭、敬，耕部。王、忘，陽部。

二 訪落

訪❶予落❷止❸，
率❹時❺昭考❻。
於乎❼悠❽哉！
朕❾未有艾❿，
將⓫予就⓬之，
繼猶⓭判渙⓮。
維予小子⓯，
未堪家多難。
紹庭上下⓰，
陟降⓱厥家。

諮詢我該如何開始執政，
一切遵循我這英明的先父。
啊，您是多麼高遠呀！
我還沒有經驗，
請扶助我向您靠攏，
繼承您的謀略，使它發揚光大。
只是我這年輕人，
還承受不了家裡那麼多災禍。
希望您的神靈繼續降臨朝廷，
也降臨到我的家裡。

休⓲矣皇考⓳，　真美好啊，我的偉大的先父，
以保明⓴其身。　請您保佑我。

【注釋】❶訪　諮詢。❷落　始，此指初即位執政。❸止　語助詞。❹率　遵循。❺時　通「是」。此也。❻昭考　此指武王。❼於乎　即嗚呼。❽悠　長；高遠。❾朕　我。❿艾　閱歷；經歷。⓫將　扶助。⓬就　接近。⓭猶　謀略。⓮判渙　大；發揚光大。⓯予小子　見〈閔予小子〉注。⓰紹庭上下　言冀神靈降臨於朝廷也。庭，通「廷」。上下，猶陟降也。⓱陟降　見〈閔予小子〉注。⓲休　美也。⓳皇考　亦指武王。⓴保明　明保之倒文。保佑。

【研析】此是成王即位之初祭告武王，祈求保佑之詩。《詩序》曰：「〈訪落〉，嗣王謀于廟也。」大旨不誤。

詩僅一章，共十二句。起首「訪予落止」二句，言己執政之始將奉行武王之道。此為全詩總提。次「於乎悠哉」四句，言武王之道極為高遠，祈求助己近而繼承之。次「維予小子」六句，言己不堪家難，祈求先父武王之靈降臨保佑之。

【韻讀】止，之部；考，幽部。之幽合韻。艾，月部；渙、難，元部。月元通韻。下、家，魚部。

三　敬之

敬❶之敬之，
天維顯思❷，
命不易哉！
無曰高高在上，
陟降厥士，
日監在茲❸。
維予小子❹，
不聰❺敬止。
日就月將❻，
學有緝熙❼于光明。

要警惕呀，要警惕呀，
上天有眼是那樣明亮呀，
保有天命不容易啊！
不要說祂高高在上，
祂降臨在這兒，
天天監視著我們。
只是我這年輕人，
既不聰明，又不謹慎。
但願天天努力，月月進步，
向光明磊落的人學習光明的德行。

佛❽時❾仔肩❿，　請輔助我擔起這重任，
示我顯德行！　指點我光明的德行！

【注釋】❶敬　通「警」。警惕；警戒。❷思　語助詞。❸陟降厥士二句　言上帝陟降在茲，日監厥事也。上下句義互足。陟降，見〈閔予小子〉注。士，通「事」。❹予小子　見〈閔予小子〉注。❺聰　聰明。❻日就月將　言日有所成，月有所進也。就，成也。將，進也。❼緝熙　光明。❽佛　通「弼」。輔助也。一說：大也。❾時　通「是」。❿仔肩　責任。

【研析】此是成王自警自勉之詩。《詩序》曰：「〈敬之〉，群臣進戒嗣王也。」今觀此詩通篇一氣呵成，皆是成王語氣，因知《序》說之非也。

詩僅一章，共十二句。前六句言上天顯明，日監在此，故須時時警惕。此為自警之辭。後六句言己不聰明，願就學於光明。此為自勉之辭。

【韻讀】之、之、思、哉、士、茲、子、止，之部。將、明、行，陽部。

四　小毖

予其❶懲❷，　我將接受教訓，

而毖❸後患。
莫予荓蜂❹，
自求辛螫❺。
肇❻允❼彼桃蟲❽，
拚飛❾維鳥。
未堪家多難，
予又集❿于蓼⓫。

謹防以後再發生禍害。
沒有人拉拽我，
是我自找的災禍。
開始他們的確像隻鷦鷯，
經過翻飛終於變成鷹雕。
承受不了家裡發生的那麼多災禍，
我又遇上了苦難。

【注釋】❶其　將也。❷懲　受創傷而知戒；接受教訓。❸毖　謹慎。❹莫予荓蜂　莫荓蜂予之倒文。荓蜂，連綿字，同「甹夆」。牽引也。❺辛螫　毒蟲刺人，比喻禍害。❻肇　始也。❼允　的確；確實。❽桃蟲　鳥名，又名鷦鷯，小於黃雀，傳說長大變雕。此喻小患變大也。❾拚飛　翻飛。拚，通「翻」。❿集　逢；遇也。⓫蓼　野菜名，味辛辣。此喻辛苦。一說：通「瘳」。病也。

【研　析】武王滅商後二年去世，成王年幼，由其叔周公旦攝政。商紂之子武庚乘機勾結管、蔡二叔，散布流言，成王輕信謠言而疑周公，遂致管蔡之亂起。此是叛亂既平，成王反省檢討之詩。《詩序》曰：「〈小毖〉，嗣王求助也。」過於簡略。

詩僅一章，共八句。起首「予其懲」二句，點明題旨。次「莫予荓蜂」二句，乃自責之辭。次「肇允彼桃蟲」二句，喻己不察，遂釀成大禍。末「未堪家多難」二句，言不堪多難，企求輔助。方玉潤曰：「筆意清矯，思致纏綿。」《詩經原始》吳闓生《詩義會通》引舊評曰：「哀音動人。」

【韻讀】鳥、蓼，幽部。

五 載芟

載❶芟❷載柞❸，
其耕澤澤❹。
千耦❺其耘❻，
徂隰❼徂畛❽。
侯❾主❿侯伯⓫，
侯亞⓬侯旅⓭，
侯彊⓮侯以⓯。

開始清除荒草和雜樹，
土地耕得多麼鬆軟。
上千人並耕，
前往地頭，前往田邊。
有家長，有長子，
有次子，還有其他子弟們，
有年輕力壯的，也有年老體弱的人。

有嗿⑯其饁⑰，
思⑱媚⑲其婦，
有依⑳其士㉑。
有略㉒其耜㉓，
俶載㉔南畝。
播厥百穀，
實函㉕斯活。
驛驛㉖其達㉗，
有厭㉘其傑㉙。
厭厭其苗，
綿綿㉚其麃㉛，
載㉜穫濟濟㉝，
有實其積，

送飯的人許許多多，
那農婦多麼漂亮，
那農夫多麼強壯。
那犁頭多麼鋒利，
開始耕作田地，
播種各種穀物，
種子顆粒飽滿，粒粒都能成活。
陸續破土而出，
挺立的壯苗多麼美好。
那禾苗生長繁茂，
仔細除去田間的雜草，
於是收穫多多，
那堆積的糧食嚴嚴實實，

萬億及秭。　成千上萬數不清。
為酒為醴，　釀清酒，做甜酒，
烝畀祖妣，　獻給祖先享用，
以洽百禮㉞。　來配合百樣禮儀。
有飶㉟其香，　那美酒多芳香，
邦家之光。　這是國家的榮光。
有椒㊱其馨，　那酒香飄逸四方，
胡考㊲之寧。　老人們享受安康。
匪且有且，　不是只有這裡豐收，
匪今斯今㊳，　不是只有今天才豐收，
振古㊴如茲！　從古以來就這樣！

【注釋】❶載　始也。❷芟　除草。❸柞　砍除樹木。❹澤澤　土質疏鬆潤澤貌。❺耦　兩人並耕。參見〈噫嘻〉注。❻耘　除草；耕耘。❼隰　低濕之田，此泛指田地。❽畛　田邊小道，即田界。❾侯　猶維，語助詞。❿主　指家長。⓫伯　指長子。⓬亞　指次子。⓭旅　指眾子弟。⓮彊　同「強」。指強有力者。⓯以　指老弱者。一說：指雇工。⓰有嗿　眾多貌。有，語助詞；下文凡形容詞前之「有」字皆同。⓱饁　送飯於田間，此指送飯者。⓲思　語助詞。⓳媚　美也。⓴有依　猶殷然，強盛貌。依，通「殷」。㉑士　此指男子。㉒有略　鋒利貌。㉓耜　犁頭。㉔俶載　皆始也，此指開始耕作。㉕實函　指種子顆粒飽滿。函，含也。㉖驛驛　通「繹繹」。禾苗陸續出土貌。㉗達　指幼苗破土而出。㉘有厭　美好；茂盛貌。下句「厭厭」同。㉙傑　指苗之粗壯者。㉚緜緜　詳密；細緻貌。㉛麃　古「穮」字。鋤地薅草。㉜載　則也。㉝濟濟　眾多貌。㉞萬億及秭四句　見〈豐年〉注。㉟有飶　酒食芳香。㊱有椒　猶有飶，芳香。㊲胡考　老者。胡，頷下垂肉。蓋人老肉弛，故稱。㊳匪且有且二句　猶言非今有且也，即非今始有此豐收也。上下兩句實為一句。匪，通「非」。且，通「此」。上「且」字及「斯今」二字皆湊足音節。按，譯詩仍作兩句，不得已也。㊴振古　自古。

【研　析】此是豐收之年周王祭祀之詩，與〈豐收〉大旨相同。《詩序》曰：「〈載芟〉，春藉田而祈社稷也。」然詩中「載穫濟濟」以下皆述豐收之事，故《序》說謂「春藉田」未妥。《詩集傳》曰：「此詩未詳所用，然辭義與〈豐年〉相似，其用應亦不殊。」其說有當。

詩僅一章，共三十一句。自首句「載芟載柞」至「緜緜其麃」，述春耕景象。次「載穫濟濟」三句，述秋季豐收。「為酒為醴」以下，述釀酒祭祀。篇末「匪且有且」三句，述天賜豐年自古而然。

本詩鋪敘農事極有次序，敘述中又穿插形容，故生動而有致。詩人描寫禾苗出土，連用疊詞，「語不多而意狀飛動」（孫鑛《批評詩經》），此種筆法見之頌詩，尤覺清新。

【韻讀】作、澤，鐸部。耘、畛，文部。伯，鐸部；旅，魚部。鐸魚通韻。以、婦、士、耜、畝，之部。活、達、傑，月部。苗、麃，宵部。濟、秭、醴、妣、禮，脂部。香、光，陽部。馨、寧，耕部。

六 良耜

畟畟❶良耜，	好犁犁得深，
俶載❷南畝。	開始耕種田地。
播厥百穀，	播下各種穀物，
實函❸斯活。	種子飽滿，粒粒成活。
或❹來瞻女❺，	有人來地頭看你，
載❻筐及筥❼，	帶著方的和圓的飯筐，
其饟❽伊❾黍。	那送來的飯是黃米飯。
其笠❿伊糾⓫，	那斗笠是用草繩來編，

其鎛⑫斯⑬趙⑭，
以薅⑮荼蓼⑯。
荼蓼朽止⑰，
黍稷茂止。
穫之挃挃⑱，
積之栗栗⑲。
其崇⑳如墉㉑，
其比㉒如櫛㉓。
以開百室，
百室盈止，
婦子寧止。
殺時㉔犉㉕牡，
有捄㉖其角。

那鋤頭是這樣鋒利，
來除掉田裡的雜草。
雜草都已腐爛了，
黍稷長得多繁茂。
收穫開鐮沙沙響，
穀堆堆得一垛垛。
它們高得像城牆，
它們密得像梳齒。
打開糧庫百間，
百間糧庫都裝滿，
妻子兒女才能歇下來。
殺掉這頭黑嘴唇公牛，
牠有彎彎的犄角。

以似㉗以續， 用來繼續，
續古之人㉘。 繼續先祖祭祀。

【注釋】❶畟畟 深耕貌。❷俶載 見〈載芟〉注。❸實函 見〈載芟〉注。❹或 有人，此指農婦及子女。❺女 汝，此指農夫。❻載 則也。一說：攜也。❼筥 圓筐。參見〈召南・采蘋〉注。❽饟 同「餉」。所送之飯食。❾伊 猶維，語助詞。❿笠 斗笠。參見〈小雅・無羊〉注。⓫糾 以繩編織。⓬鎛 鋤也。參見〈臣工〉注。⓭斯 此；如此。⓮趙 鋒利。⓯薅 除草。⓰荼蓼 泛指雜草。⓱止 語助詞。⓲挃挃 收割聲。⓳栗栗 眾多貌。⓴崇 高也。㉑墉 城牆。㉒比 密；密集。㉓櫛 木梳。㉔時 通「是」。此也。㉕犉 黑唇之黃牛。㉖有捄 彎曲貌。參見〈小雅・大東〉注。㉗似 通「嗣」。繼也。㉘古之人 指先祖。

【研析】此亦豐收祭祀之詩，與〈載芟〉為姐妹篇。《詩序》曰：「〈良耜〉，秋報社稷也。」大旨不誤。

詩僅一章，共二十三句。起首「畟畟良耜」四句，述春耕之事。次「或來瞻女」三句，述婦子餉田。次「其笠伊糾」五句，述耘草漚肥。次「穫之挃挃」七句，述大獲豐收。末「殺時犉牡」四句，述續先祖而祭祀。本篇手法、風格與上篇極為相似，如出一轍。鋪敘春耕秋收，詳詳密密，有條不紊。間用比喻、誇張，生動有致。

【韻讀】耜、畝，之部。女、筥、黍，魚部。糾、蓼、朽、茂，幽部；趙，宵部。幽宵合韻。

挃、栗、櫛、室，質部。盈、寧，耕部。角、續，屋部。

七 絲衣

絲衣❶其紑❷，
載❸弁❹俅俅❺。
自堂徂基❻，
自羊徂牛，
鼐鼎及鼒❼。
兕觥❽其觩❾，
旨酒思❿柔。
不吳⓫不敖⓬，
胡考⓭之休⓮。

絲綢禮服多麼潔白，
頭上戴著曲長的禮帽。
從堂下察看到門檻，
從羊察看到牛，
從大鼎察看到小鼎。
牛角酒杯向上翹，
美酒味道真柔和。
不喧嘩，不大聲，
願神靈賜給我們長壽大福。

【注釋】❶絲衣 此指助祭者所服白色絲質祭服。❷紑 鮮潔貌。❸載 通「戴」。❹弁 古代貴族所戴禮帽。❺俅俅 曲長貌。(從余培林《詩經正詁》)一說:恭順貌。❻基 通「畿」。門檻。❼鼐鼎及鼒 猶言自鼐徂鼒也。鼐、鼎、鼒,皆古代烹煮食物之器具,有三足兩耳,亦作祭祀之禮器;其大者曰鼐,小者曰鼒。❽兕觥 飲酒器,形似犀牛角。參見〈小雅・桑扈〉注。❾觩 獸角彎曲貌。❿思 語助詞。⓫吳 喧嘩。⓬敖 古「謷」字。大聲也。⓭胡考 老人,此指長壽。參見〈載芟〉注。⓮休 美也。

【研 析】此是繹祭之詩。所謂繹祭,即正祭次日再祭並宴請尸之禮。《詩序》曰:「〈絲衣〉,繹,賓尸也。」與詩文相合。

詩僅一章,共九句。起首「絲衣其紑」三句,以服飾點明助祭者之身份。次「自堂徂基」三句,以視察祭牲供品,顯示其祭祀之隆盛也。次「兕觥其觩」二句,以酒之和美,述賓尸之禮也。末「不吳不敖」二句,祈求神靈賜福之辭也。詩人採用旁敲側擊手法,烘托繹祭隆重、和諧、肅穆氛圍,蘊藉含蓄。

【韻 讀】紑、俅、觩、柔、休,幽部;基、牛、鼒,之部。幽之合韻。

八 酌

於❶鑠❷王師❸, 啊,武王的軍隊多麼美盛,

遵❹養❺時晦❻。 武王率領他們奪取了這個昏君的權力。

時❼純熙❽矣，　於是大放光明呀，

是用❾大介❿。　因此大吉祥啊。

我龍⓫受之，　我榮幸地接受了，

蹻蹻⓬王之造⓭。　威武的武王締造的軍隊。

載用有嗣⓮，　武王有了繼承人，

實維爾公允師⓯。　這是因為我的確能效法您的功業。

【注釋】❶於　嘆詞。❷鑠　美也。❸王師　指武王之軍隊。❹遵　率領。❺養　奪取。❻時晦　此昏昧者，指商紂。時，通「是」。❼時　通「是」。於是。❽純熙　大明。純，大也。熙，明也。❾是用　因此。❿介　善；吉祥也。⓫龍　古「寵」字。榮幸；光榮。⓬蹻蹻　威武貌。⓭造　締造，此作名詞，指武王締造之軍隊。⓮載用有嗣　言有繼承者。載，則也。用，以也。嗣，繼也。⓯實維爾公允師　實維允師爾公之倒文。公，通「功」。功業也。允，的確也。師，仿效；師法也。

【研　析】此詩讚美武王之師，蓋為成王所作。《詩序》曰：「〈酌〉，告成〈大武〉也。言能酌先祖之道以養天下也。」〈大武〉，傳說是頌揚武王武功之舞樂，〈酌〉為其中第五章。陳奐《傳疏》曰：「樂莫大于〈大武〉，故云告成〈大武〉也。」至於「能酌先祖之道」云云，則與詩意未洽。

詩僅一章，共八句。起首「於鑠王師」四句，讚美武王率師伐紂之功績。次「我能受之」二句，言我今榮幸繼承王師。末「載用有嗣」二句，言己能效法武王，故先王事業後繼有人。

【韻讀】無韻。

九　桓

綏❶萬邦，　　使天下萬國安定，
婁❷豐年，　　屢屢賜給我們豐年，
天命匪解❸。　　天命絲毫不懈怠。
桓桓❹武王，　　威武的武王，
保有厥士，　　擁有那許多優秀人材，
于❺以❻四方，　　於是統率四方諸侯，
克❼定厥家❽。　　能夠安定周家。
於❾昭于天❿，　　啊，武王的功德在天上顯耀，皇⑪以間⑫之。　上天讓他取代商紂統治天下。

【注釋】❶綏　安定；平定。❷婁　古「屢」字。屢次。❸解　古「懈」字。懈怠。❹桓桓　威武貌。❺于　於是。❻以　帶領；統率。❼克　能也。❽家　指周家。❾於　嘆詞。❿昭于天　言武王之功德顯耀於天也。昭，顯也。⑪皇　君；統治也。⑫間　取代。

【研析】此是祭祀武王之詩，頌揚其受天命克商有天下。《詩序》曰：「〈桓〉，講武類禡也。桓，武志也。」類、禡皆是祭祀之名。詩中未見講武、類、禡之內容，故《序》說當為詩樂之用，而非詩之本義也。

詩僅一章，共九句。起首「綏萬邦」三句，言武王得天之佑。次「桓桓武王」四句，言武王得人之助，奄有天下。末「於昭于天」二句，頌揚武王受天命而克商也。本篇氣勢雄偉，言簡意賅，首尾照應，突出天佑人助。第一節三字句與四字句交替使用，句式頗為靈動，增強了詩歌音樂節奏感。

【韻讀】無韻。

一〇　賚

文王既勤❶止❷，　文王真辛勤呀，

我應受❸之，
敷❹時❺繹❻思❼。
我徂❽維求定，
時周❾之命。
於❿繹思！

我要繼承他，
推廣他的功德，使他的事業連綿不斷。
我前往滅商，是為了求得天下安定，
這是上天交給周家的重任。
啊，繼承文王的功業世代不斷！

【注釋】❶勤　辛勤；辛勞。❷止　語助詞。❸應受　承受；繼承。應，通「膺」。當；承也。❹敷　廣施；推廣。❺時　通「是」。此指文王之功德。❻繹　連續不斷。❼思　語助詞。下同。❽徂　往，此指往伐商紂。❾時周　猶云有周。時，通「是」。此也。❿於　嘆詞。

【研　析】此蓋武王克商，歸而告祭文王之詩。詩中表達了武王繼承文王的決心。《詩序》曰：「〈賚〉，大封于廟也。賚，予也。言所以錫予善人也。」然詩中無大封之義，故《序》說未可信也。

詩僅一章，共六句。起首「文王既勤止」三句，讚嘆文王之辛勤，言己欲繼之不絕。次「我徂維求定」二句，言己伐商乃受天之命也。末「於繹思」一句，再次表明繼承文王功業之決心。短短六句詩，竟兩出「繹」字，其為全詩重心無疑。孫鑛《批評詩經》曰：「古淡無比。於繹思三字，以嘆勉，會味最長。」本篇三、四、五字句交互使用，節奏明快。

【韻 讀】止、之、思、思，之部。

二一 般

於❶皇❷時周❸！
陟❹其高山，
嶞山❺喬嶽❻，
允猶❼翕❽河❾。
敷天❿之下，
裒⓫時⓬之對⓭，
時周之命。

啊，周國多麼壯麗！
登上那高山，
望見小山和大山，
沇水湝水和黃河匯合。
普天下的諸侯，
會聚在這裡，答謝天子，
共同擔負上天交給周國的重任。

【注 釋】❶於 嘆詞。❷皇 美也。❸時周 見〈賚〉注。❹陟 登也。❺嶞山 山之狹小者。❻喬嶽 高山。❼允猶 皆水名。允，通「沇」。猶，通「湝」。（從高亨《詩經今注》）❽翕 合也。❾河 指黃河。❿敷天 普天。敷，普遍。⓫裒 聚集；會聚。⓬時 通「是」。此也。⓭對 答謝。

【研析】此蓋周王祭祀山川並大會諸侯之詩。《詩序》曰：「〈般〉，巡守而祀四嶽河海也。」庶幾近之。

詩僅一章，共七句。首句「於皇時周」，嘆美之辭。次「陟其高山」三句，言登高而望，山川遼闊，盡收眼底。末「敷天之下」三句，言大會天下諸侯。「陟其高山」三句寫登山所見，氣勢磅礴，十分精彩。

【韻讀】無韻。

魯頌

一 駉

駉駉❶牡馬❷，
在坰❸之野。
薄言❹駉者：
有驈❺有皇❻，
有驪❼有黃，
以❽車彭彭❾。
思無疆，
思❿馬斯臧⓫。

高大肥壯的公馬，
馴養在遙遠的野外。
那壯實的馬喲：
有的黑身白胯，有的毛色淺黃，
有的全身烏黑，有的毛色赤黃，
拉起車來多麼有力。
思慮深遠喲，
馴養的馬匹才強壯。

駉駉牡馬，
在坰之野。
薄言駉者：
有騅⑫有駓⑬，
有騂⑭有騏⑮，
以車伾伾⑯。
思無期⑰，
思馬斯才。

駉駉牡馬，
在坰之野。
薄言駉者：
有驒⑱有駱⑲，

高大肥壯的公馬，
馴養在遙遠的野外。
那壯實的馬喲：
有的黑中帶白，有的黃白雜毛，
有的紅中透黃，有的棋紋青黑，
拉起車來力大無比。
思慮深長喲，
馴養的馬匹才能幹。

高大肥壯的公馬，
馴養在遙遠的野外。
那壯實的馬喲：
有的斑如魚鱗，有的白身黑鬃，

有騂[20]有雒[21]，
以車繹繹[22]。
思無斁[23]，
思馬斯作[24]。

駉駉牡馬，
在坰之野。
薄言駉者：
有駰[25]有騢[26]，
有驔[27]有魚[28]，
以車祛祛[29]。
思無邪，
思馬斯徂[30]。

有的紅毛黑鬃，有的黑身白鬃，
拉起車來奔走如飛。
思慮從不厭倦，
馴養的馬匹才有生氣。

高大肥壯的公馬，
馴養在遙遠的野外。
那壯實的馬喲：
有的毛色灰白，有的紅中帶白，
有的黑色黃脊，有的兩眼有白圈，
拉起車來多麼矯健。
思慮純正喲，
馴養的馬匹才善於奔馳。

【注　釋】❶駉駉　馬匹壯大貌。❷牡馬　公馬。❸坰　遙遠之野外。❹薄言　皆語助詞。❺驈　黑馬白胯。❻皇　毛色黃白之馬。❼驪　黑馬。❽以　牽引；拉也。❾彭彭　強有力貌。❿思　語助詞。⓫臧　善也。⓬騅　蒼白雜毛之馬。⓭駓　黃白雜毛之馬。⓮騂　毛色赤黃之馬。⓯騏　毛色青黑有棋格紋之馬。參見〈秦風・小戎〉注。⓰伾伾　猶彭彭，亦有力貌。⓱期　限度；窮極。⓲驒　毛色青黑、有魚鱗斑紋之馬。⓳駱　白色黑鬣之馬。⓴駵　赤身黑鬣之馬。㉑雒　黑身白鬣之馬。㉒繹繹　善於奔跑貌。㉓斁　厭倦。㉔作　振作；奮起。㉕駰　淺黑雜白毛之馬。參見〈小雅・皇皇者華〉注。㉖騢　赤白雜毛之馬。㉗驔　黑色黃脊之馬。㉘魚　指有白色眼圈之馬。㉙祛祛　強健貌。一說：疾驅貌。㉚徂　往，此指善走。

【研　析】舊說此是頌魯僖公之詩。《詩序》曰：「〈駉〉，頌魯僖公也。僖公能遵伯禽之法，儉以足用，寬以愛民，務農重穀，牧于坰野，魯人尊之。於是季孫行父請命于周，而史克作是頌。」今觀詩中未見僖公顯證，但每章末「思無疆」、「思無期」、「思無斁」、「思無邪」之語，辨其語氣，似非頌馬官之辭，故姑從《序》說。

詩共四章，形式複疊。各章皆以「駉駉牡馬」二句起興，讚馬之肥壯。次「薄言駉者」四句，備述良馬種類之多，能力之強。末二句讚僖公深謀遠慮。此詩舉馬政以頌僖公立心深遠，與〈鄘風・定之方中〉借「來騋牝三千」讚衛文公「秉心塞淵」用意相同。

本篇雖為〈頌〉，然其形式與〈風〉詩無異。詩人採用重章互足手法，四章一氣點出十六種良馬，然其用意又不在馬而在人，故吳闓生《詩義會通》引舊評曰：「極一篇鋪張文字，都是極空靈文字。」

【韻　讀】一章：馬、野、者，魚部。皇、黃、彭、疆、臧，陽部。二章：馬、野、者，魚部。

駓、騏、伾、才，之部。三章：馬、野、者，魚部。駱、雒、繹、斁、作，鐸部。四章：馬、野、者、騢、魚、祛、邪、徂，魚部。

二 有駜

有駜❶有駜，
駜彼乘❷黃❸！
夙夜在公，
在公明明❹。
振振❺鷺❻，
鷺于下❼。
鼓咽咽❽，
醉言❾舞。
于❿胥⓫樂兮！

強壯喲，強壯喲，
那四匹黃馬多麼強壯！
從早到晚都在官府，
在官府勤勉地幫助祭祀。
舞姿像一群白鷺，
在向下飛翔。
鼓聲咚咚不停頓，
醉醺醺地起身跳舞。
大家盡興快樂呀！

有駜有駜，
駜彼乘牡！
夙夜在公，
在公飲酒。
振振鷺，
鷺于飛。
鼓咽咽，
醉言歸。
于胥樂兮！

有駜有駜，
駜彼乘駽[12]。
夙夜在公，

強壯喲，強壯喲，
那四匹公馬多麼強壯！
從早到晚都在官府，
在官府喝酒慶祝。
舞姿像一群白鷺，
在天空飛翔。
鼓聲咚咚不停頓，
醉醺醺地把家回。
大家盡興快樂呀！

強壯喲，強壯喲，
那四匹鐵青馬多麼強壯！
從早到晚都在官府，

在公載⑬燕⑭。
自今以始，
歲其有⑮。
君子有穀⑯，
詒⑰孫子⑱。
于胥樂兮！

在官府飲酒慶祝。
從今開始，
但願年年大豐收。
君子有福祿，
傳給子子孫孫。
大家盡興快樂呀！

【注　釋】❶有駜　猶駜駜，馬強壯貌。有，語助詞。❷乘　四匹馬。❸黃　指黃馬。❹明明　通「勉勉」。勤勉；勉力。❺振振　鳥群飛貌。參見〈周頌・振鷺〉注。❻鷺　即白鷺，此指以其羽毛所製之舞具，舞者持以起舞。❼鷺于下　言舞姿模仿白鷺下飛。于，往也。一說：語助詞。❽咽咽　鼓聲深長貌。❾言　語助詞。❿于　語助詞。⓫胥　皆也。⓬駽　毛色鐵青之馬。⓭載　則也。⓮燕　通「宴」。宴飲。⓯有　指豐收。⓰穀　指福祿。⓱詒　遺留；傳給。⓲孫子　子孫之倒文。

【研　析】此是群臣宴飲慶豐年之詩也。《詩序》曰：「〈有駜〉，頌僖公君臣之有道也。」朱熹《辨說》曰：「此但燕飲之詩，未見君臣有道之意。」是也。

詩共三章，形式複疊。各章皆以「有駜有駜」二句起興，以馬匹膘肥體壯暗示魯國國力強盛。次「夙夜在公」二句，言群臣祭祀恭敬，祭畢歡飲也。一、二兩章「振振鷺」四句，言群臣醉而持羽起舞，盡興而歸。末章「自今以始」四句，乃祝頌豐年之辭。此為全詩重心。各章章末反復詠唱「于胥樂兮」，寫出一片歡樂之情。全詩三言句與四言句疊用，「音節絕佳」（吳闓生《詩義會通》引舊評）。

【韻讀】一章：黃、明，陽部。下、舞，魚部。樂，與下二章遙韻。二章：牡、酒，幽部。飛、歸，微部。三章：駽、燕，元部。始、有、子，之部。

三　泮水

思❶樂泮水❷，　　多麼歡樂呀，泮宮的月牙池邊，
薄❸采其芹❹。　　大家採摘池裡的水芹菜。
魯侯❺戾❻止❼，　　魯侯來到這裡，
言❽觀其旂❾。　　觀賞那交龍旗。
其旂茷茷❿，　　那交龍旗迎風飄揚，
鸞⓫聲噦噦⓬。　　鸞鈴叮叮噹噹。
無小無大，　　官員不分大小，

從公[13]于[14]邁[15]。

思樂泮水，
薄采其藻[16]。
魯侯戾止，
其馬蹻蹻[17]。
其馬蹻蹻，
其音昭昭[18]。
載[19]色[20]載笑，
匪怒伊[21]教。

思樂泮水，
薄采其茆[22]。

都跟隨魯侯前往。

多麼歡樂呀，泮宮的月牙池邊，
大家採摘池裡的水藻。
魯侯來到這裡，
他的馬兒高大健壯。
他的馬兒高大健壯，
他的聲音多麼爽朗。
他臉色溫和含著微笑，
從不發怒，只是教導。

多麼歡樂呀，泮宮的月牙池邊，
大家採摘池裡的蓴菜。

魯侯戾止，
在泮飲酒。
既飲旨酒，
永錫難老㉓。
順彼長道㉔，
屈此群醜㉕。

穆穆㉖魯侯，
敬明㉗其德，
敬慎㉘威儀㉙，
維民之則㉚。
允㉛文允武，
昭假㉜烈祖㉝。

魯侯來到這裡，
在泮宮請大家喝酒。
大家痛飲美酒，
祝願上天賜他長生不老。
遵循那仁義的大道，
征服這些惡人。

莊重嚴肅的魯侯，
認真修養他的德行，
他的儀容舉止很嚴謹，
他是人民效法的榜樣。
他的確有文德有武功，
向祖先表明自己的誠心。

靡有不孝㉞，
自求伊祜㉟。
明明㊱魯侯，
克明其德。
既作泮宮，
淮夷㊲攸㊳服。
矯矯㊴虎臣㊵，
在泮㊶獻馘㊷。
淑問㊸如皋陶㊹，
在泮獻囚㊺。
濟濟㊻多士，

他沒有一樣不效法祖先，
自己求得那福氣。
勤奮努力的魯侯，
能夠修明他的德行。
建成了泮宮，
淮夷於是來歸服。
威武的像猛虎一般的將帥，
在泮宮獻上敵屍的左耳。
善於審訊，就像當年皋陶，
在泮宮獻上俘虜。
朝廷有眾多的人材，

克廣德心。
桓桓㊼于征，
狄㊽彼東南㊾。
烝烝皇皇㊿，
不吳[51]不揚[52]。
不告[53]于訩[54]，
在泮獻功。
角弓[55]其觩[56]，
束矢[57]其搜[58]。
戎車[59]孔博[60]，
徒御[61]無斁[62]。
既克淮夷，

他們能推廣自己的善心。
威風凜凜出征，
去征服那東南方的惡人。
戰果多麼輝煌，
他們不喧嘩不出聲。
不吵吵鬧鬧爭功，
在泮宮陳獻自己的戰功。
角弓彎彎，
一捆捆的箭是那樣的多。
兵車很高大，
步行的駕車的都沒有倦意。
戰勝了淮夷，

孔淑不逆。
式(63)固(64)爾猶(65)，
淮夷卒獲。

翩(66)彼飛鴞(67)，
集于泮林。
食我桑黮(68)，
懷(69)我好音(70)。
憬(71)彼淮夷，
來獻其琛(72)：
元(73)龜象齒，
大賂(74)南金(75)。

敵人很馴服不叛逆。
堅定地執行了您的計謀，
淮夷最終被平服。

那輕盈地飛翔的貓頭鷹，
停落在泮宮的樹林。
牠吃了我的桑果兒，
就送我好聽的聲音。
那遠道而來的淮夷，
來進貢他們的珍貴禮品：
有大龜和象牙，
有大玉和南土黃金。

【注釋】❶思　語助詞。❷泮水　環繞泮宮之水池，其形如圓璧之半，故稱泮。泮宮，周代諸侯之學宮，亦常於此舉行宴會和禮儀。❸薄　語助詞。❹芹　水生蔬菜名，即水芹，古代常用於祭祀。❺魯侯　蓋指魯僖公。一說：指周公之子伯禽。❻戾　至也。❼止　語助詞。❽言　語助詞。❾旂　交龍旗。❿茷茷　旗幟飄揚貌。⓫鸞　車鈴。參見〈小雅・庭燎〉注。⓬噦噦　鈴聲和諧貌。⓭公　此指魯侯。⓮于　往也。⓯邁　行也。⓰藻　水生植物名，即水藻。古代亦常用於祭祀。參見〈召南・采蘋〉注。⓱蹻蹻　強壯貌。參見〈大雅・崧高〉注。⓲昭昭　顯明；爽朗。⓳載……載　猶又……又。載，語助詞。⓴色　臉色。此作動詞，言臉色溫和。㉑伊　猶維也，語助詞。㉒茆　水生蔬菜名，即蒓菜。㉓永錫難老　言上天將長賜其青春永駐。㉔長道　猶大道，此指仁義之道。㉕群醜　此指淮夷。醜，惡也。㉖穆穆　恭敬嚴肅貌。㉗敬明　敬慎修明。㉘敬慎　謹慎。㉙威儀　儀容舉止。㉚則　法則；模範。㉛允　的確。㉜昭假　向神靈表明誠敬之心。㉝烈祖　有功業之祖先。㉞孝　通「效」。效法。㉟祜　福也。㊱明明　通「勉勉」。參見〈有駜〉注。㊲淮夷　古代居於淮河下游之部族名。參見〈大雅・江漢〉注。㊳攸　猶乃，語助詞。㊴矯矯　威武貌。㊵虎臣　勇猛如虎之將帥。㊶泮　指泮宮。㊷馘　敵屍之左耳，古人割取以記功。參見〈大雅・皇矣〉注。㊸淑問　指善於審訊。㊹皋陶　舜之臣，掌刑獄，以善斷獄訟著稱。㊺囚　囚犯，此指俘虜。㊻濟濟　眾多貌。㊼桓桓　威武貌。㊽狄　通「剔」。治理；平定。㊾東南　此指淮夷。㊿烝烝皇皇　盛大貌，此形容戰果輝煌。(51)吳　喧嘩。參見〈周頌・絲衣〉注。(52)揚　大聲。(53)告　通「鞫」。窮究；爭執。(54)訩　爭訟，此指爭功。(55)角弓　以牛角裝飾之弓。參見〈小雅・角弓〉注。(56)觩　上弦之弓兩端上翹貌。(57)束矢　一捆箭，此言箭之多也。一說：古代以五十支箭為一束。(58)搜　眾多貌。(59)戎車　兵車。(60)博　廣大。(61)徒御　指步行及駕車者。(62)斁　厭倦。(63)式　語助詞。(64)固　堅定。(65)猶　謀略。(66)翩　鳥飛翔貌。(67)鴞　即貓頭鷹。參見〈陳風・墓門〉注。(68)桑黮　桑果。(69)懷　通「饋」。贈送。(70)好音　動聽之音，此指淮夷使者之頌語也。(71)憬　遠行貌。(72)琛　珍寶。(73)元　大也。(74)賂　通「璐」。玉也。

⑮南金　南方所產之金或銅。

【研析】此是讚頌魯僖公平服淮夷，於泮宮慶功祝捷之詩。《詩序》曰：「〈泮水〉，頌僖公能修泮宮也。」姚際恆謂其「止道著一半」，是也。

詩共八章。前三章述僖公親臨泮宮之非凡氣度及在泮宮設宴祝捷之盛況。此三章皆以「思樂泮水」二句起興，烘托歡樂祥和氣氛。四、五、六三章，讚頌僖公文德武功。七章讚頌僖公良謀，征伐淮夷終獲全勝。末章以飛鴞食桑椹而報以好音，興淮夷懷僖公之德而有報於魯。本篇以賦為主，兼用比興，於〈頌〉詩中別具一格。吳闓生《詩義會通》引舊評曰：「自順彼長道以下，皆頌禱之詞。允文允武句，一篇樞紐。末章舂容大雅。」

【韻讀】一章：芹、旂，文部。茷、噦、大、邁，月部。二章：藻、昭、笑、教，宵部；蹻、蹻，藥部。宵藥通韻。三章：茆、酒、酒、老、道、醜，幽部。四章：德、則，職部。武、祖、祜，魚部。五章：德、服、馘，職部。陶、囚，幽部。六章：心、南，侵部。皇、揚，陽部。訩、功，東部。七章：觩、搜，幽部。博、斁、逆、獲，鐸部。八章：林、黮、音、琛、金，侵部。

四　閟宮

閟(ㄅㄧˋ)宮(ㄍㄨㄥ)❶有(ㄧㄡˇ)侐(ㄒㄩˋ)❷，　　神廟深閉靜悄悄，

實實❸枚枚❹。
赫赫姜嫄❺，
其德不回❻。
上帝是依❼，
無災無害。
彌月❽不遲，
是生后稷。
降之百福：
黍稷重穋❾，
稙❿稺⓫菽⓬麥。
奄有⓭下國⓮，
俾民稼穡。
有稷有黍，

多麼高大，多麼緻密。
顯赫光明的姜嫄，
她的德行多麼純正。
上帝保佑她，
使她沒有災難。
懷孕足月不延遲，
於是生下了后稷。
上帝降下百福：
賜給黍稷和早熟晚熟的穀物，
還有早種晚種的穀物和大豆小麥。
讓他擁有天下，
教會百姓種莊稼。
有稷子有黍子，

有稻有秬⑮。
奄有下土，
纘⑯禹之緒⑰。
后稷之孫，
實維大王⑱。
居岐⑲之陽，
實始翦⑳商。
至于文武，
纘大王之緒。
致㉑天之屆㉒，
于牧之野㉓。
「無貳㉔無虞㉕，

有稻子有黑黍。
擁有天下土地，
繼承大禹的事業。
后稷的遠孫，
就是太王亶父。
他從豳地遷徙到岐山南方，
就開始準備消滅殷商。
到了文王武王，
他們繼承太王的事業。
執行天意討伐商紂，
在商都近郊牧野。
「不要懷二心，不要不忠誠，

上帝臨㉖女。」
敦㉗商之旅㉘，
克咸㉙厥功。
王㉚曰：「叔父㉛，
建爾元子㉜，
俾侯于魯。
大啟爾宇㉝，
為周室輔。」
乃命魯公㉞，
俾侯于東。
錫之山川，
土田附庸㉟。

上帝在監視著你們。」
打敗商紂的軍隊，
完成了那世代相承的功業。
成王對周公說：「叔父，
立您的長子，
封他在魯為侯。
大大開闢您的疆土，
作為周王室的輔助。」
於是任命魯公，
封他在東方為侯。
賜給他山林河流，
還有土地和附庸國。

周公之孫，
莊公之子㊱。
龍旂㊲承祀，
六轡㊳耳耳㊴。
春秋㊵匪解㊶，
享祀不忒㊷。
皇皇㊸后帝㊹，
皇祖后稷。
享以騂犧㊺，
是饗是宜㊻，
降福孔多。
周公皇祖，

他是周公的遠孫，
魯莊公的兒子。
打著交龍旗來繼承先輩祭祀，
駟馬車六根轡繩多麼柔順。
一年四季不鬆懈，
祭祀神靈沒有差錯。
光明偉大的上帝，
偉大的先祖后稷。
供上毛色純紅的牛，
神靈於是享用於是滿意，
降下福祿很多很多。
周公和偉大的先祖，

亦其福女。
秋而載[47]嘗[48]，
夏而楅衡[49]。
白牡[50]騂剛[51]，
犧尊[52]將將[53]。
毛炰[54]胾[55]羹，
籩豆[56]大房[57]。
萬舞[58]洋洋[59]，
孝孫[60]有慶[61]。
俾爾熾[62]而昌，
俾爾壽而臧[63]。
保彼東方，
魯邦是常[64]。

也將降福給您。
秋天要舉行嘗祭，
夏天就在犧牛角上綁木棍。
白毛豬羊紅毛牛，
牛形酒樽多漂亮。
有連毛煮的豬和肉片湯，
盛在籩裡豆裡和大盤上。
表演萬舞場面盛大，
孝順的子孫有福氣。
神靈使您的事業發達昌盛，
使您長壽又美好。
保衛那東方，
常守這魯國。

不虧不崩65，
不震不騰66。
三壽作朋67，
如岡如陵。
公車千乘，
朱英68綠縢69。
二矛重弓70。
公徒三萬，
貝胄71朱綅72，
烝73徒增增74。
戎狄是膺75，
荊舒是懲76，
則莫我敢承77。

不虧損，不崩壞，
不震蕩，不翻騰。
壽命和參星比高，
像山崗，像丘陵。
魯公的兵車有千輛，
紅纓長矛，綠絲纏弓，
人人備有長矛兩支弓兩張。
魯公步兵有三萬，
紅絲連綴的貝殼把頭盔妝點，
眾多的步兵多麼壯大。
打擊西戎北狄，
教訓楚國和舒國，
就沒人敢和我們對抗。

俾爾昌而熾，
俾爾壽而富。
黃髮台背[78]，
壽胥[79]與試[80]。
俾爾昌而大，
俾爾耆而艾[81]。
萬有千歲，
眉壽[82]無有害。

泰山巖巖[83]，
魯邦所詹[84]。
奄有龜蒙[85]，
遂荒[86]大東[87]，

神靈使您昌盛發達，
使您長壽富強。
黃髮鮐背的老壽星，
您可同他們比壽長。
神靈使您昌盛大發，
使您長生不老。
您能活到千萬歲，
長壽而沒有災難。

泰山多麼高峻，
魯國人人瞻望它。
魯國擁有龜山蒙山，
於是覆蓋到最東邊，

至于海邦[88]。
淮夷來同[89]，
莫不率從[90]，
魯侯之功。

保有[91]鳧繹[92]，
遂荒徐宅[93]，
至于海邦。
淮夷蠻貊[94]，
及彼南夷[95]，
莫不率從。
莫敢不諾[96]，
魯侯是若[97]。

直到海邊的小國。
淮夷來朝見，
沒有誰敢不順從，
這是魯侯的大功。

魯國擁有鳧山繹山，
於是覆蓋徐國，
直到海邊小國。
淮夷和大大小小的部落，
以及那南方的楚國，
沒有誰敢不順服。
沒有誰敢不答應，
都服從魯侯。

天錫公純嘏[98]，
眉壽保魯。
居常與許[99]，
復周公之宇[100]。
魯侯燕[101]喜，
令妻壽母[102]。
宜[103]大夫庶士，
邦國是有[104]。
既多受祉[105]，
黃髮兒齒[106]。
徂來[107]之松，
新甫[108]之柏，

上天賜給魯公大福，
賜給長壽保有魯國。
占有常邑和許田，
光復周公的疆土。
魯侯宴飲歡喜，
祝妻子美好母親長壽。
使大夫士人都能施展抱負，
共同保有我們魯國。
魯公受福多多，
頭髮黃了又長出新牙。
徂來山上的松樹，
新甫山上的柏樹，

是斷是度(109)，
是尋是尺(110)。
松桷(111)有舄(112)，
路寢(113)孔碩，
新廟(114)奕奕(115)。
奚斯(116)所作，
孔曼且碩(117)，
萬民是若(118)。

把它們砍斷，把它們鋸開，
測量它們的長短。
松木椽子多粗實，
正宮蓋得很高大，
新廟造得真宏偉。
這是奚斯設計建造，
真是又大又高，
千萬百姓都聽從魯公。

【注釋】❶閟宮　神廟。❷有侐　清靜；靜謐貌。有，語助詞。❸實實　廣大貌。❹枚枚　緻密貌。一說：空曠無人貌。❺姜嫄　后稷之母。參見〈大雅・生民〉注。❻回　邪；不正。❼上帝是依　上帝依是之倒文。依，依附；保佑也。是，指代姜嫄。❽彌月　滿月，指妊娠足月。❾黍稷重穋　四種穀物名。參見〈豳風・七月〉注。❿稙　早種之穀物。⓫穉　晚種之穀物。⓬菽　豆。⓭奄有　擁有。⓮下國　天下。⓯秬　黑黍。參見〈大雅・生民〉注。⓰纘　繼承。⓱緒　事業。⓲大王　周文王祖父古公亶父。大，古「太」字。⓳岐　岐山。⓴翦　同「剪」。剪斷；消滅。㉑致　奉行；執行。㉒屆　通「殛」。誅殺；討伐。

㉓牧之野　即牧野。參見〈大雅・大明〉注。㉔貳　二心。㉕虞　失誤；欺騙。一說：疑慮。㉖臨　監視。按，「無貳無虞」二句為武王在牧野誓師之辭，與〈大雅・大明〉「上帝臨女」二句同意。㉗敦　打擊；討伐。㉘旅　軍隊。㉙咸　完成。㉚王　此指成王。㉛叔父　此指周公。㉜元子　長子，此指周公之長子伯禽。㉝宇　疆土。㉞魯公　此指伯禽。㉟附庸　依附於諸侯之小國。㊱周公之孫二句　此指魯僖公。㊲龍旂　交龍旗。參見〈周頌・載見〉注。㊳轡　轡繩也。按，古車駕四馬，有轡繩八根，兩側驂馬各有一根轡繩直接繫於車上，御者掌握六根，故稱六轡。㊴耳耳　柔順貌。㊵春秋　猶言四季。㊶解　古「懈」字。懈怠。㊷忒　差錯。㊸皇皇　光明貌。㊹后帝　指上帝。㊺騂犧　純赤色祭祀之牲。周人尚赤。㊻宜　猶饗，此為享受祭祀。㊼載　則也。㊽嘗　秋祭名。參見〈小雅・天保〉注。㊾楅衡　綁於牛角之橫木，以防抵觸人。㊿牡　指公牲。(51)剛　通「犅」。公牛，此亦泛指公牲。(52)犧尊　牛形飲酒器，亦作祭祀之禮器。(53)將將　美好貌。(54)毛炰　連毛燒煮之豬羊。(55)胾　肉片。(56)籩豆　古代食器名。參見〈豳風・伐柯〉注。(57)大房　祭祀時盛牛羊之禮器，底有四足。(58)萬舞　古代大型舞蹈名。參見〈邶風・簡兮〉注。(59)洋洋　盛大貌。參見〈衛風・碩人〉注。(60)孝孫　此指僖公。(61)慶　福也。(62)熾　強盛；旺盛。(63)臧　善也。(64)魯邦是常　常魯邦之倒文，言常守魯國也。是，複指魯邦。(65)不虧不崩　虧崩，毀壞。(66)不震不騰　震騰，動蕩不安。(67)三壽作朋　言壽如參星之高也。三，參星也。（從郭沫若《兩周金文辭大系圖錄考釋》）(68)朱英　長矛矛頭之飾物，即紅纓也。(69)縢　束弓之絲繩。(70)二矛重弓　言兵車上每人皆備有二矛二弓，以防損壞。重，兩也。(71)貝冑　飾有貝殼之頭盔。冑，頭盔。(72)朱綅　紅絲線。此作動詞，言用紅絲線連綴。(73)烝　眾也。(74)增增　眾多貌。(75)戎狄是膺　膺戎狄之倒文。戎、狄，古代居於西部、北部之部族也。是，複指戎狄。膺，抵禦；打擊也。(76)荊舒是懲　懲荊舒之倒文。荊，即楚國。舒，楚之屬國。是，複指荊舒。懲，教訓也。(77)則莫我敢承　則莫敢承我之倒文。承，抵禦也。(78)黃髮台背　皆長壽之徵也。台，通「鮐」。魚名，體有斑紋。老人背生壽斑，故稱台背。參見〈小雅・南山有臺〉及〈大雅・行葦〉注。

(79)胥　相也。(80)試　比擬。(81)俾爾耆而艾　耆艾，皆長壽也。(82)眉壽　滿壽；長壽也。參見〈豳風・七月〉注。(83)巖巖　高峻貌。參見〈小雅・節南山〉注。(84)詹　故「瞻」字。瞻望也。(85)龜蒙　皆山名，在今山東境內。龜山在泗水縣；蒙山在蒙陰西南。(86)荒　占有。(87)大東　極東之地。(88)海邦　近海之小國。(89)同　朝見。(90)率從　順從。(91)保有　占有。(92)鳧繹　皆山名，在今山東省鄒縣境內。(93)徐宅　指徐國。在今安徽省泗縣一帶。宅，居也。(94)蠻貊　古代對南北少數民族之蔑稱，此指淮夷。(95)南夷　指楚國。(96)諾　答應；順從。(97)魯侯是若　若魯侯之倒文。是，複指魯侯。若，順從也。(98)純嘏　大福。(99)居常與許　常許，皆魯邑名。常邑在今山東蒙陰，許邑在今山東臨沂。按，常、許曾被他國侵占，後又歸魯。(100)宇　疆域。(101)燕　通「宴」。宴飲。(102)令妻壽母　言祝妻美好，祝母長壽也。令，善也，此與壽字皆作動詞，表示使動。(103)宜　適宜。此亦作動詞，表示使動。(104)邦國是有　有邦國之倒文。是，複指邦國。有，保有也。(105)祉　福也。(106)兒齒　老人齒落後又生之新牙，此亦壽徵也。兒，古「齯」字。(107)徂來　山名，在今山東泰安境內。(108)新甫　山名，在今新泰境內，與泰山相鄰。(109)是斷是度　斷是度是之倒文。是，指代松柏也。度，古「剫」字，劈開也。(110)是尋是尺　尋是尺是之倒文。尋，八尺，此與尺字皆作動詞，言度量也。(111)桷　方形椽子。(112)有舄　猶舄舄，粗大貌。(113)路寢　古代君主處理政事之宮室。(114)新廟　指閟宮。(115)奕奕　廣大貌。(116)奚斯　人名，即魯大夫公子魚，負責建造新廟之官員。一說：奚斯為本詩之作者。(117)孔曼且碩　言新廟既長且大。一說：言此詩篇幅之長大。(118)萬民是若　萬民若是之倒文。是，指代僖公也。若，順從也。

【研　析】此是借新廟落成讚頌魯僖公能繼承烈祖、光復疆土、安邦興業之詩。《詩序》曰：「〈閟宮〉，頌僖公能復周公之宇也。」大旨不誤。

　　詩共八章，一百二十句，其篇幅之長，為三百篇之最。一、二兩章推本溯源，追述祖德，歷數姜嫄、后稷、太王、文王、武王、成王、周公之功德。三章述周公之子伯禽受封開國，僖公繼而祭祀，虔誠孝敬，上帝先祖降福弘多。四章前半讚頌僖公武力強盛，討伐淮夷荊舒；後半則反復祝頌僖公長壽昌盛。五、六兩章緊承四章，頌揚僖公保有魯國、開拓疆土之功。七章頌僖公光復舊土，家齊國治。末章頌僖公建造新廟之功，與篇首「閟宮有侐，實實枚枚」遙相呼應。

本篇以頌體頌揚當代君主，亦為頌詩之變格。吳闓生《詩義會通》引舊評曰：「鋪張揚厲，開漢賦之先聲。有詞源倒流之勢，極文章之大觀。」

【韻讀】一章：枚、回、依，微部；遲，脂部。脂微合韻。稷、福、麥、國、穡，職部；穋，覺部。職覺合韻。黍、秬、土、緒，魚部。二章：王、陽、商，陽部。武、緒、野、虞、女、旅、父、魯、宇、輔，魚部。三章：公、東、庸，東部。子、祀、耳，之部。解，支部；帝，錫部。支錫通韻。忒、稷，職部。四章：犧、宜、多，歌部。祖、女，魚部。嘗、衡、剛、將、羹、房、洋、慶、昌、臧、方、常，陽部。崩、騰、朋、陵，蒸部。乘、縢、弓、增、膺、懲、承，蒸部；綅，侵部。蒸侵合韻。熾、富、背、試，職部。大、艾、歲、害，月部。五章：巖、詹，談部。蒙、東、邦、同、從、功，東部。六章：繹、宅、貊、諾、若，鐸部。邦、從，東部。七章：嘏、魯、許、宇，魚部。喜、母、士、有、祉、齒，之部。八章：柏、度、尺、舄、碩、奕、作、碩、若，鐸部。

商頌

一　那

猗與那與❶，
置❷我鞉❸鼓！
奏鼓簡簡❹，
衎❺我烈祖❻。
湯孫❼奏假❽，
綏❾我思❿成⓫。
鞉鼓淵淵⓬，
嘒嘒⓭管聲。

美盛呀，美盛呀，
支起我的鞉和鼓！
敲起鼓來咚咚咚，
娛樂我功業顯赫的先祖。
商湯的後人進告神靈，
祈求神靈讓我們安享太平。
鞉鼓的聲音多悠長，
管笛的聲音多悠揚。

既和且平，
依我磬[14]聲。
於[15]赫湯孫，
穆穆[16]厥聲。
庸[17]鼓有斁[18]，
萬舞[19]有奕[20]。
我有嘉客[21]，
亦不夷懌[22]？
自古在昔[23]，
先民[24]有作[25]。
溫恭朝夕，
執事有恪[26]。
顧[27]予烝嘗[28]，

既協調又和緩，
伴著我的玉磬聲。
啊，顯赫的商湯後人，
那演奏的樂曲多麼優美動聽。
大鐘大鼓多麼美盛，
演出萬舞多麼壯觀。
我有貴賓來助祭，
難道還不高興？
從古以來，
我們的先祖就有作為。
他們從早到晚溫和恭敬，
辦事小心謹慎。
請光臨我的祭祀，

湯孫之將㉙。（ㄊㄤ ㄙㄨㄣ ㄓ ㄐㄧㄤ）

商湯的後人親自奉獻。

【注釋】❶猗與那與　即猗那與。上「與」字湊音節。猗那，連綿詞，猶猗儺、婀娜，美盛貌。與，猶兮，語助詞。❷置　通「植」。樹立也。❸鞉　搖鼓，用以節樂。參見〈周頌・有瞽〉注。按，鼓植而鞉不植，此言植者，因鼓連類而及之。❹簡簡　鼓聲。❺衎　樂；娛樂。❻烈祖　有功業之祖先，此蓋指成湯。❼湯孫　商湯之子孫後代，此指主祭之時王。❽奏假　進告神靈，招請神靈到來。奏，進也。假，至也。❾綏　安；安享。❿思　語助詞。⓫成　平；太平。⓬淵淵　鼓聲深長。⓭嘒嘒　管樂聲。⓮磬　石或玉製打擊樂器。參見〈周頌・有瞽〉注。⓯於　嘆詞。⓰穆穆　和美。⓱庸　古「鏞」字。大鐘。⓲有斁　猶斁斁，美盛貌。⓳萬舞　古代大型舞蹈名。參見〈邶風・簡兮〉注。⓴有奕　猶奕奕，盛大貌。㉑嘉客　此指助祭之諸侯。㉒夷懌　歡愉也。二字同義。㉓自古在昔　猶云從前。自古，即在昔。㉔先民　先人；祖先。㉕作　作為。㉖有恪　猶恪恪，謹慎貌。㉗顧　光顧；光臨。㉘烝嘗　泛指四時祭祀。烝，冬祭名。嘗，秋祭名。㉙湯孫之將　湯孫將之之倒文。將，奉獻也。之，指烝嘗。

【研　析】此蓋商之後裔祭祀其先祖成湯之詩。《詩序》曰：「〈那〉，祀成湯也。」其說不誤。詩中「湯孫」，一說為太甲，一說為宋襄公，皆無足據，姑闕疑。今觀此詩構文工妙，不類商詩。

詩僅一章，共二十二句。起首「猗與那與」六句，言湯孫奏鼓迎祖，以祈求平安。此為全詩總提。次「鞉鼓淵淵」十句，極陳樂舞之盛大優美；其中「我有嘉客」二句言嘉賓助祭，亦暗示祭祀之隆重。次「自古在昔」四句，讚美殷商溫恭謹慎之風尚。末「顧予烝嘗」二句，請求先祖神靈光臨。商人尊鬼而尚聲，故本詩用鋪張手法突出描寫樂舞之隆盛，以表達對先祖之敬意。

【韻讀】猗、那，歌部。鼓、祖，魚部。成、聲、平、聲、聲，耕部。斁、奕、客、懌、昔、作、夕、恪，鐸部。嘗、將，陽部。

二　烈祖

嗟嗟❶烈祖，
有秩❷斯祜❸。
申錫❹無疆，
及爾斯所❺。
既載❻清酤❼，
賚❽我思成❾。
亦有和羹❿，

啊，功業顯赫的先祖，
他的福是如此廣大。
不斷賜福，
給您的國家。
清酒已經斟滿，
請賜給我平安。
還有五味調和的肉汁，

既戒⑪既平⑫。
鬷假⑬無言，
時靡有爭。
綏⑭我眉壽⑮，
黃耇⑯無疆。
約軝錯衡，
八鸞鶬鶬⑰，
以假⑱以享⑲，
我受命溥將⑳。
自天降康，
豐年穰穰㉑。
來假來饗，
降福無疆。

已經齊備很可口。
進獻神靈肅靜無聲，
這時沒有一點爭吵。
請讓我安享長壽，
賜我萬壽無疆。
車軸纏紅革，車衡鑲金銀，
八只鸞鈴響叮噹，
來祭祀先祖，請求神靈降臨，
我受天命又大又長。
從天上降下安康，
賜給豐年糧食滿倉。
神靈來到來享用，
降下福祿無量。

顧予烝嘗，
湯孫之將㉒。

請光臨我的祭祀，
商湯的後人親自奉獻。

【注　釋】❶嗟嗟　嘆詞。參見〈周頌・臣工〉注。❷有秩　猶秩秩，大也。有，語助詞。❸祜　福也。❹申錫　重複賜予。申，重也。❺及爾斯所　言賜給您的國家。爾，指烈祖。所，指國家。（從余培林《詩經正詁》）❻載　盛；斟也。❼酤　酒也。❽賚　賜予。❾思成　見〈那〉注。❿和羹　五味調和之肉汁。⓫戒　具備；齊全。⓬平　正，此指口味適中。⓭鬷假　通「奏假」。見〈那〉注。⓮綏　安享。參見〈那〉注。⓯眉壽　長壽。⓰黃耇　長壽之徵。黃，黃髮。耇，老人之壽斑。⓱約軧錯衡二句　見〈小雅・采芑〉注。⓲假　至也。⓳享　祭祀。⓴溥將　廣大；長大。㉑穰穰　眾多貌。㉒顧予烝嘗二句　見〈那〉注。

【研　析】《詩序》曰：「〈烈祖〉，祀中宗也。」朱熹《辨說》曰：「詳此詩未見其為祀中宗，而末言湯孫，則亦祭成湯之詩耳。」其說是也。

詩僅一章，共二十二句。起首「嗟嗟烈祖」四句，頌揚烈祖屢降大福。次「既載清酤」六句，言祭祀潔盛敬肅。次「綏我眉壽」二句，祈求烈祖神靈賜我福壽。末「約軧錯衡」十句，追述來祭時車馬整飭，並以奉祭獲福作結。本篇句句用韻，有「黃鐘大呂之音」（吳闓生《詩義會通》引舊評）。

【韻　讀】祖、祜、所、酤，魚部。成、平、爭，耕部。疆、衡、鶬、享、將、康、穰、饗、疆、嘗、將，陽部。

三 玄鳥

天命玄鳥❶，
降而生商❷，
宅❸殷土❹芒芒❺。
古帝❻命武湯❼，
正域❽彼四方。
方❾命厥后❿，
奄有九有⓫。
商之先后⓬，
受命不殆⓭，
在武丁孫子⓮。

上天授命燕子，
降生殷商始祖契，
定居在殷地多寬廣。
上帝授命威武的成湯，
占有那四方。
於是授命那成湯，
擁有天下九州。
殷商的先王，
接受天命不懈怠，
中興在遠孫武丁時代。

武丁孫子，
武王靡不勝⑮。
龍旂⑯十乘，
大糦⑰是承⑱。
邦畿⑲千里，
維民所止⑳，
肇㉑域㉒彼四海。
四海來假㉓，
來假祁祁㉔，
景員維河㉕。
殷受命咸宜，
百祿是何㉖。

遠孫武丁，
成湯的事業他都能勝任。
交龍旗車有十輛，
獻上豐盛的黍稷酒菜。
國土方圓有千里，
到處住滿殷商的百姓。
於是開始拓展疆土到四海，
四海諸侯都來朝拜，
來朝拜的諸侯許許多多，
幅員廣大，全境貫穿黃河。
殷商接受天命事事都適宜，
所以承受上帝賜給的許多福氣。

【注釋】❶玄鳥　即燕子。傳說有娀氏之女簡狄，為高辛氏妃，吞燕卵而生契，契後為商之始祖。說見《史記・殷本紀》。❷商　此指契，因協韻而易字。❸宅　居住。❹殷土　殷商之地。❺芒芒　猶茫茫，廣大貌。❻古帝　上帝。❼武湯　有武德之成湯。❽正域　常有。域，通「有」。❾方　乃也。❿后　君王，此指成湯。⓫九有　即九州。有，通「域」。⓬先后　先王，此亦指成湯。⓭殆　通「怠」。懈怠。⓮武丁孫子　孫子武丁之倒文。（從陳奐《傳疏》）武丁，即殷高宗，成湯十世孫，有中興之功。⓯武王靡不勝　言於成湯王天下之業無不保有承擔也。（從黃焯《毛詩鄭箋平議》）武王，猶云武湯，指成湯。⓰龍旂　交龍旗。參見〈周頌・載見〉注。⓱大糦　豐盛之酒食。糦，黍稷，泛指酒食也。⓲承　奉獻。⓳邦畿　國土。畿，王都所轄之地，亦泛指疆土。⓴止　居住。㉑肇　始也。㉒域　疆域，此作動詞。㉓假　至也，此指來朝。㉔祁祁　眾多貌。㉕景員維河　言殷商幅員廣大，黃河橫貫境內也。景，大也。員，幅員也。㉖百祿是何　何百祿之倒文。是，復指百祿。何，古「荷」字，承受也。

【研　析】此是祭祀高宗武丁之詩。《詩序》曰：「〈玄鳥〉，祀高宗也。」不誤。

詩僅一章，共二十二句。全詩分兩層。起首「天命玄鳥」七句，推本溯源，言商契降生、成湯立國皆由天命。此為下文之鋪墊。自「商之先后」以下至篇末，則歸重武丁，言其受命不怠，繼承成湯之功業，開拓疆域，入賜百祿。詩之重心在頌揚武丁中興之功，辭意極為顯明，無可置疑。方玉潤《詩經原始》曰：「詩骨奇秀，神氣渾穆，而意亦雋永，實為三〈頌〉壓卷。」

【韻　讀】商、芒、湯、方，陽部。有、殆、子，之部。勝、乘、承，蒸部。里、止、海，之部。祁，脂部；河、宜、何，歌部。脂歌合韻。

四　長發

濬哲❶維商❷，
長發❸其祥❹。
洪水芒芒❺，
禹敷❻下土方❼。
外大國是疆❽，
幅隕❾既長。
有娀❿方將⓫，
帝立子⓬生商⓭。
玄王⓮桓撥⓯，

始祖商契多麼英明，
很久以後才顯露吉兆。
當時洪水茫茫，
大禹治水在天下四方。
在大國外面開拓疆土，
國土幅員已經很寬廣。
有娀氏國正開始強盛，
上帝立國君的女兒為妃生下了契。
玄王契發憤治國，

受小國是達，
受大國是達⑯。
率履⑰不越，
遂視既發⑱。
相土⑲烈烈⑳，
海外有截㉑。
帝命不違㉒，
至於湯齊㉓。
湯降不遲㉔，
聖敬㉕日躋㉖。
昭假㉗遲遲㉘，
上帝是祗㉙。

受封為小國很發達，
受封為大國很發達。
遵循禮法不越軌，
巡視各地，政令都已施行。
孫子相土多麼威武，
四海之外都被治服。
從不違背天命，
直到成湯，一樣謹慎。
商湯降生正合時，
明智恭敬的品德日日上進。
向神靈祈禱久久不息，
對上帝十分敬畏。

帝命式㉚於九圍㉛。
受小球㉜大球，
為下國㉝綴旒㉞，
何㉟天之休㊱。
不競不絿㊲，
不剛不柔，
敷政㊳優優㊴，
百祿是遒㊵。
受小共㊶大共，
為下國駿厖㊷，
何天之龍㊸。

上帝授命，讓他做九州的表率。
接受進貢的大小球玉，
成為諸侯效法的榜樣，
承受上天賜予的美福。
不競爭，不急躁，
不強硬，不柔弱。
施行政令很寬和，
會聚福祿多多。
接受進貢的大小珙玉，
成為諸侯的庇護，
承受上天賜予的榮耀。

敷奏㊹其勇，
不震不動，
不戁不竦㊺，
百祿是總㊻。

武王㊼載旆㊽，
有虔㊾秉㊿鉞(51)。
如火烈烈，
則莫我敢曷(52)。
苞有三蘖(53)，
莫遂莫達(54)。
九有(55)有截，
韋(56)顧(57)既伐，

施展他的英勇，
不震驚，不動搖，
不懼怕，不驚恐，
總聚福祿多多。

威武的湯王開始出征，
手持斧鉞威風凜凜。
像火一般猛烈，
沒有誰敢把我阻攔。
樹樁上抽出三根枝芽，
絕對不能讓它們長大。
九州實現統一，
已經戰勝韋國顧國，

昆吾(58)夏桀(59)。　　還有昆吾和夏桀。
昔在中葉(60)，　　從前在殷商中期，
有震(61)有業(62)。　　處境動蕩危懼。
允(63)也天子，　　成湯的確是一位天子，
降予(64)卿士。　　上天降下了賢良的卿士。
實維阿衡(65)，　　就是那個伊尹，
實左右(66)商王(67)。　　輔佐商王成湯。

【注釋】❶濬哲　智慧；明智。濬，通「睿」。智慧也。❷商　指契。參見〈玄鳥〉注。❸長發　久而始顯露。❹祥　吉兆。❺芒芒　猶「茫茫」，大貌。參見〈玄鳥〉注。❻敷　治理。❼下土方　天下土地。方，四方。❽外大國是疆　言於大國以外開闢疆土。外，作動詞。大國，此指夏國也。❾幅隕　即幅員，版圖；疆域也。❿有娀　遠古部族名，其地在今山西永濟。⓫將　大；壯大。⓬立子　指立有娀氏之女簡狄為妃。子，指簡狄也。⓭商　指契。⓮玄王　契之尊稱。⓯桓撥　發憤圖治。桓，武也。撥，治也。⓰受小國是達二句　言契無論受封為小國或大國皆能使國家暢達也。按，契始受堯之封，為小國；至舜末年，

增地為大國。⑰率履　循禮。履，通「禮」。⑱發　施行。⑲相土　人名，契之孫。⑳烈烈　威武貌。㉑有截　猶截然，整齊。引申為治服。㉒帝命不違　不違帝命之倒文。㉓齊　一致。㉔不遲　猶云適時。㉕聖敬　指明智敬謹之德。㉖躋　升；進也。㉗昭假　禱告；祈神降臨也。參見〈大雅・雲漢〉注。㉘遲遲　長久。㉙上帝是祗　祗上帝之倒文。是，複指上帝。祗，敬也。㉚式　法則；模範。㉛九圍　九州。㉜球　美玉名。㉝下國　指諸侯。㉞綴旒　表章。㉟何　古「荷」字。承受。參見〈玄鳥〉注。㊱休　美；福也。㊲絿　急躁也。一說：通「求」。乞求。㊳敷政　布政；施政。㊴優優　寬和貌。㊵百祿是遒　遒百祿之倒文。遒，聚集也。㊶共　古「珙」字。亦美玉名。㊷駿厖　庇覆；庇護。㊸龍　古「寵」字。榮耀。㊹敷奏　施展；表現。㊺不戁不竦　戁竦，恐懼。二字同義。㊻百祿是總　總百祿之倒文。總，總聚也。㊼武王　指成湯。參見〈玄鳥〉注。㊽載旆　開始出發。按，指討伐夏桀也。載，始也。旆，借為「發」。㊾有虔　猶虔然，強武貌。有，語助詞。㊿秉　執持。(51)鉞　古兵器名，似大斧，長柄。(52)莫我敢曷　莫敢曷我之倒文。曷，古「遏」字，阻擋。(53)苞有三櫱　一殘根生三枝芽，喻韋、顧、昆吾三黨附於桀也。苞，根也。櫱，殘根生發之枝芽也。(54)莫遂莫達　遂達，生長。二字同義。(55)九有　見〈玄鳥〉注。(56)韋　部落名，亦稱豕韋，夏之同盟，其地在今河南省滑縣，後為商湯所滅。(57)顧　部落名，夏之同盟，其地在今河南省范縣，後為商湯所滅。(58)昆吾　部落名，夏之同盟，其地在今河南許昌，後為商湯所滅。(59)夏桀　夏朝末代君主，名履癸，荒淫殘暴，商湯滅夏後出奔而亡。(60)中葉　中世，此指成湯之前，商為夏之諸侯之時。(61)震　震懼。(62)業　危懼。(63)允　確實。(64)降予　賜給。(65)阿衡　官名，即伊尹，猶後世之宰相。(66)左右　輔佐。(67)商王　指成湯。

【研　析】此是合祭成湯及湯以前先公先工之詩。《詩序》曰：「〈長發〉，大禘（按，即對天神祖先之大祭）也。」不誤。

詩共七章。首章言天命生契，其祥久發，乃推本商湯之有天下也。二章言契發憤圖治，其孫相土繼承祖業，海外歸服。三章以下備言湯之功業。三章言其敬畏上帝，受天命而撫有九州。四章美文德，言其為政寬和，剛柔相濟也。五章美武功，言其勇武無畏也。六章讚頌其伐桀除暴功績。末章言天降卿士，得伊尹輔佐。通篇貫串天命，突出商湯功業。章法嚴整，詳略得宜。篇中五、六言句互用，句式參差，又句句用韻，音律優美。

【韻讀】一章：商、祥、芒、方、疆、長、將、商，陽部。二章：撥、達、達、越、發、烈、截，月部。三章：違、圍，微部；齊、遲、躋、遲、祗，脂部。微脂合韻。四章：球、旒、休、絿、柔、優、遒，幽部。五章：共、厖、龍、勇、動、竦、總，東部。六章：旆、鉞、烈、曷、蘖、達、截、伐、桀，月部。七章：葉、業，盍部。子、士，之部。衡、王，陽部。

五　殷武

撻(ㄊㄚˋ)❶彼(ㄅㄧˇ)殷(ㄧㄣ)武(ㄨˇ)❷，　　那殷王武丁多麼英勇，
奮(ㄈㄣˋ)伐(ㄈㄚ)荊(ㄐㄧㄥ)楚(ㄔㄨˇ)❸。　　奮力討伐南蠻楚國。
罙(ㄇㄧˇ)❹入(ㄖㄨˋ)其(ㄑㄧˊ)阻(ㄗㄨˇ)，　　深入到它的險阻，
裒(ㄆㄡˊ)❺荊(ㄐㄧㄥ)之(ㄓ)旅(ㄌㄩˇ)❻，　　俘虜了眾多楚兵，

有截⑦其所，
湯孫⑧之緒⑨。

維女荊楚，
居國南鄉⑩。
昔有成湯，
自彼氐羌⑪，
莫敢不來享⑫，
莫敢不來王⑬，
日商是常⑭。

天命多辟⑮，
設都于禹之績⑯。

治服了他們的國土，
這是成湯遠孫的功勳。

你們南蠻楚國，
居住在我國南方。
從前我們有成湯，
連那遠自西北的氐羌，
沒有誰敢不來進貢，
沒有誰敢不來朝見，
都說要經常朝貢殷商。

上天命令諸侯，
在大禹治理的九州建立都城。

歲事⑰來辟⑱，
勿予⑲禍適⑳，
稼穡匪解㉑。

天命降監㉒，
下民有嚴㉓。
不僭㉔不濫㉕，
不敢怠遑㉖。
命于下國㉗，
封㉘建㉙厥福。

商邑㉚翼翼㉛，
四方之極㉜。

每年都來朝見，
就不會譴責你們，
耕種莊稼也不能放鬆。

上天命令到下面視察，
百姓做事恭敬認真。
不越軌，不胡來，
不敢懈怠偷懶。
於是命令諸侯各國，
要給他們大大添福。

殷商的都城多麼壯觀嚴整，
它是四方諸侯國的標準。

赫赫厥聲㉝，
濯濯㉞厥靈。
壽考㉟且寧，
以保我後生㊱。

陟彼景山㊲，
松柏丸丸㊳。
是斷是遷㊴，
方斲是虔㊵。
松桷㊶有梴㊷，
旅㊸楹㊹有閑㊺，
寢㊻成孔安。

他的聲名多麼顯赫，
他的神靈多麼光明。
他享有長壽，國家又安寧，
來保佑我們後代子孫。

登上那座大山，
松柏長得又粗又大。
砍伐松柏搬回家，
又是削又是鋸。
松木椽子多挺直，
根根柱子粗又圓，
宗廟落成神靈安寧。

【注　釋】❶撻　勇武貌。❷武　蓋指武丁。❸荊楚　即楚國。❹罙　深入。一說：突擊。❺裒　俘虜。❻旅　眾，此指士兵。❼有截　整齊，引申為治服。參見〈長發〉注。❽湯孫　指武丁。❾緒　事業；功業。❿南鄉　南方。⓫氐羌　古代部族名。商周時期，氐羌在今青海、甘肅、四川一帶。⓬享　貢獻；進貢。⓭王　朝見。⓮商是常　常商之倒文。是，複指商。常，經常也，此作動詞，言經常朝貢也。⓯多辟　指諸侯。辟，君王也。⓰禹之績　大禹所治之地，亦即九州也。績，通「跡」。足跡也。⓱歲事　歲時行朝覲之事也。⓲來辟　猶來王，來朝見也。⓳予　施與。⓴禍適　通「過謫」。譴責；責備也。㉑解　古「懈」字。懈怠也。㉒降監　下視。㉓有嚴　猶嚴然，恭敬貌。有，語助詞。㉔僭　過份；過差。㉕濫　漫無準則。㉖遑　閒暇。㉗下國　諸侯國。㉘封　大也。㉙建　立也。㉚商邑　指商都。㉛翼翼　整飭貌。參見〈大雅・緜〉。㉜極　中心；準則。㉝厥聲　指武丁之聲名。㉞濯濯　光明貌。㉟壽考　長壽。㊱後生　後代子孫。㊲景山　大山。一說：山名，在商都亳附近。㊳丸丸　高大挺直貌。㊴是斷是遷　斷是遷是之倒文。是，指代松柏。遷，搬運。㊵方斲是虔　句式同「是斷是遷」。方，猶是也。斲，砍削也。虔，鋸斷也。按，「是斷是遷」言砍伐，「方斲是虔」言加工。㊶梴　方椽。參見〈魯頌・閟宮〉注。㊷有梴　猶梴然，木長貌。有，語助詞。㊸旅　眾也。一說：通「櫩」。屋檐也。㊹楹　堂前柱。㊺有閑　猶閑然，粗大貌。有，語助詞。㊻寢　寢廟；宗廟。

【研　析】此蓋新廟落成之際祭祀殷高宗武丁之詩。《詩序》曰：「〈殷武〉，祀高宗也。」不為誤。

詩共六章。首章頌武丁伐楚之功。二章緊承上章，追述成湯當年威服四方之盛，借以警告荊楚。三章言天命諸侯來朝於商。四、五兩章述武丁承天之命，整治內政，殷道中興，貽福後人。末章述時王修建宗廟，以安武丁之靈。

【韻　讀】一章：武、楚、阻、旅、所、緒，魚部。二章：鄉、湯、羌、享、王、常，陽部。三章：辟、績、辟、適，錫部；解，支部。錫支通韻。四章：監、嚴、濫，談部；遑，陽部。談陽合韻。國、福，職部。五章：翼、極，職部。聲、靈、寧、生，耕部。六章：山、丸、遷、虔、梴、閑、安，元部。

附錄

詩經參考書要目

《毛詩正義》（《正義》） 毛亨傳、漢鄭玄箋、唐孔穎達疏 北京中華書局十三經注疏本

《毛詩草木蟲魚疏》 三國吳陸璣 漢魏叢書本

《詩本義》 宋歐陽修 通志堂經解本

《毛詩李黃集解》 宋李樗，黃櫄 同上本

《詩集傳》（《集傳》） 宋朱熹 上海古籍出版社排印本

《詩序辨說》（《辨說》） 宋朱熹 附《欽定詩經傳說匯纂》內

《詩辨妄》 宋鄭樵 顧頡剛輯本

《詩總聞》 宋王質 臺灣商務印書館四庫全書本

《呂氏家塾讀詩記》（《詩記》） 宋呂祖謙 同上本

《續呂氏家塾讀詩記》（《續詩記》） 宋戴溪 同上本

《詩緝》 宋嚴粲 同上本
《詩疑》 宋王柏 叢書集成初編本
《詩考》 宋王應麟 同上本
《詩地理考》 宋王應麟 同上本
《詩傳注疏》 宋謝枋得 同上本
《詩傳通釋》 元劉瑾 臺灣商務印書館四庫全書本
《詩說解頤》 元季本 同上本
《詩經世本古義》 明何楷 同上本
《魯申培詩說》 明豐坊 津逮祕書本
《端木賜詩傳》 明豐坊 同上本
《毛詩原解》 明郝敬 湖北叢書本
《評點詩經》 明鍾惺 （在《隱秀軒文集》內） 崇禎九年刊本
《批評詩經》 明孫鑛 復旦大學圖書館藏本
《讀詩臆評》 明戴君恩 述古堂光緒庚辰合刊本
《日知錄》 清顧炎武 古籍出版社本
《詩本音》 清顧炎武 皇清經解本
《詩經稗疏》 清王夫之 岳麓書社《船山全書》本
《詩廣傳》 清王夫之 同上本

《毛詩稽古編》 清陳啟源 皇清經解本
《毛鄭詩考證》 清戴震 同上本
《詩經補注》 清戴震 同上本
《詩說》 清惠周惕 同上本
《毛詩補疏》 清焦循 同上本
《群經識小》 清李惇 同上本
《三家詩異文疏證》 清馮登府 同上本
《詩經小學》 清段玉裁 同上本
《毛詩故訓傳定本》附《小箋》 清段玉裁 同上本
《說文解字注》 清段玉裁 上海古籍出版社本
《說文通訓定聲》 清朱駿聲 武漢市古籍書店本
《毛詩後箋》(《後箋》) 清胡承珙 皇清經解續編本
《詩毛氏傳疏》(《傳疏》) 清陳奐 同上本
《毛詩傳箋通釋》(《通釋》) 清馬瑞辰 同上本
《詩地理徵》 清朱右曾 同上本
《群經平議》 清俞樾 同上本
《詩經傳說匯纂》 清王鴻緒 四庫全書影印本
《田間詩學》 清田澄之 同上本

《詩經通義》 清朱鶴齡 同上本
《詩瀋》 清范家相 同上本
《虞東學詩》 清顧鎮 同上本
《詩經通論》 清姚際恆 北京中華書局本
《詩經原始》 清方玉潤 同上本
《詩古微》 清魏源 岳麓書社本
《讀風偶識》 清崔述 (在《崔東壁遺書》內) 上海古籍出版社本
《經義述聞》(《述聞》) 清王引之 江蘇古籍出版社本
《經傳釋詞》 清王引之 同上本
《詩毛鄭異同辨》 清曾釗 西城樓叢刊本
《詩問》 清郝懿行 光緒壬午刊本
《詩切》 清牟庭 齊魯書社本
《詩說》 清王照圓 光緒刊本
《詩序廣義》 清姜炳璋 嘉慶二十年刊本
《詩經韵讀》 清江有誥 音韻學叢書本
《詩義會通》 清吳闓生 北京中華書局本
《詩三家義集疏》 清王先謙 同上本
《觀堂集林》 王國維 同上本

《毛詩詞例舉要》 劉師培 （在《劉申叔遺書》內）
《毛詩學》 馬其昶 京師第一監獄印本
《詩經學》 胡樸安 萬有文庫本
《詩經研究》 謝無量 商務印書館本
《詩經通解》 林義光 臺灣中華書局本
《毛詩會箋》 竹添光鴻 大通書局本
《讀詩雜記》 俞平伯 人文書店本
《澤螺居詩經新證》 于省吾 北京中華書局本
《積微居小學述林》 楊樹達 同上本
《毛詩說》 曾運乾 岳麓書社本
《毛詩鄭箋平議》 黃焯 上海古籍出版社本
《詩經選》 余冠英 人民文學出版社本
《詩經直解》 陳子展 復旦大學出版社本
《詩經今注》 高亨 上海古籍出版社本
《詩經譯注》 程俊英 同上本
《詩經注析》 程俊英 北京中華書局本
《詩經研究史概要》 夏傳才 中州出版社本
《詩經引論》 滕志賢 江蘇教育出版社本

《詩經研讀指導》 裴普賢 三民書局本
《詩經欣賞與研究》 裴普賢 同上本
《詩經正詁》 余培林 同上本
《詩經詮釋》 屈萬里 聯經出版社本
《詩經詞典》 向熹 四川人民出版社本
《詩經評釋》 朱守亮 學生書局本
《詩經周南召南發微》 文幸福 學海出版社本
《詩經古義新證》 季旭昇 文史出版社本
《詩經研究論集》 林慶彰編 學生書局本
《中國歷代詩經學》 林葉連 同上本

◎新譯唐人絕句選

卞孝萱、朱崇才／注譯
齊益壽／校閱

唐代詩歌比較全面地反映了當代社會生活，閱讀欣賞唐詩，不但可以從中得到美的享受，而且還可以藉以了解古人的生活和心靈。而唐人絕句，以其輕薄短小而精練的特色，更是進入唐詩世界的捷徑。本書選擇四五三首唐人絕句，所選不拘一派一家，能反映唐人絕句的全貌和具體成就。注譯簡明通俗，賞析精到，是您涵詠唐人絕句的不二之選。

國家圖書館出版品預行編目資料

新譯詩經讀本／滕志賢注譯;葉國良校閱.——三版一刷.——臺北市：三民，2024
冊；　公分.——(古籍今注新譯叢書)

ISBN 978-957-14-7768-8（平裝）
1.詩經 2.注釋

831.12　　　113002109

古籍今注新譯叢書

新譯詩經讀本（下）

注譯者｜滕志賢
校閱者｜葉國良

創辦人｜劉振強
發行人｜劉仲傑
出版者｜三民書局股份有限公司（成立於 1953 年）

三民網路書店
https://www.sanmin.com.tw

地　址｜臺北市復興北路 386 號　（復北門市）　(02)2500-6600
臺北市重慶南路一段 61 號（重南門市）　(02)2361-7511

出版日期｜初版一刷 2000 年 1 月
二版九刷 2020 年 10 月
三版一刷 2024 年 3 月
書籍編號｜S031820
ISBN｜978-957-14-7768-8